女帝

卷八

第一章　雄圖霸業

曾經少年時，趙勝隨祖父、父親出征，是見過白家軍的……

白家軍的將士們身上都有一種凌厲之氣，是他從晉國其他軍隊身上看不到的，很容易辨別。

「走吧！」趙勝說。

趙冉帶著濕了半截身子的趙勝從幽暗冰冷的地牢通道往外走，被關在牢獄之中的大樑將領看到趙勝，紛紛擠到大牢門口，高呼趙將軍。

可視死如歸的趙勝卻頭也沒回，他猜……鎮國公主讓白家軍的人帶他去審問，或許會用曾經祖父對付白家軍的方式對待他，就像曾經對待弟弟那樣。然而，讓趙勝意外的是，他並未被帶到血腥味濃重的審訊室，而是被帶到了青西山關口剛被他奪回來時，他暫住的營房。

那個傳聞中已經快死的鎮國公主白卿言，正跪坐在他的几案前，手中舉燈……仔細又緩慢看著從他箱籠裡找出來的輿圖。

趙冉先行進來稟報白卿言說趙勝來了，他還同白卿言道：「昨夜激戰一夜，大樑旁的敗將都已經將送去的餅子吃光……連一點兒渣子都沒有剩下，倒是這趙勝，一張餅子都沒有碰。」

白卿言點了點頭，放下手中油燈，讓趙冉去請趙勝進來。

激戰一夜，疲乏的趙勝雙眸充血，鬍子凌亂不齊，顯得十分狼狽，倒是白卿言換了一身乾淨的衣裳，雖然眼底也是布滿紅血絲，白淨如雪的臉將烏黑的眼圈襯得越發明顯，可白卿言卻沒有絲毫狼狽姿態，脊背直挺，舉止從容優雅。

見趙勝進來，白卿言拎起在紅泥小爐子上溫著的茶壺，為趙勝斟了一杯茶：「趙將軍請。」

他走至白卿言對面，隔著一張几案在白卿言對面跪坐下來，視線掃過被他詳細標記過的輿圖，手心收緊。

晉軍攻城來得突然，這些都是趙勝沒有來得及銷毀的。不過，這輿圖也沒什麼了不起的，不過是一張囊括了大樑、晉國、西涼、魏國、戎狄和大燕的地圖，標注了各國重要的關口。「不知鎮國公主想要問什麼？」趙勝定睛望著白卿言，滿身的狼狽，卻如同落難的王者依舊驕傲。

「想請趙將軍幫個忙……」白卿言將輿圖疊好，放在一旁，與趙勝相對而視，溫聲開口，「救治所裡有些染了疫病的樑軍，不肯用藥……一心要殉國，還請趙將軍出面勸上一勸。」

趙勝一怔，自從晉國和大樑國有了疫病之後，這藥草的價格是翻了又翻……晉國的藥草會用在大樑的降俘身上？趙勝還以為按照白卿言的個性，攻破青西山關口之後，就應當直接將所有染了疫病的樑軍將士處死，屍身焚燒，以免浪費糧食，可她……卻給大樑降俘用藥，什麼意思？

一個荒唐的念頭陡然在趙勝腦海中萌生，幾乎沒有過腦子，趙勝便問了出來：「鎮國公主，是想要我樑國之卒，為你晉國效命？」

明亮燭火之下的白卿言，神容沉穩，目光幽邃，語聲格外的平靜自然：「數百年前，我們早已……車同軌，書同文，行同倫，列國本就是一家人，哪裡用得著分什麼你國我國？」

趙勝內心猶如掀起了驚濤駭浪。車同軌，書同文，行同倫，此乃一統的基礎，鎮國公主此言是告訴他……晉國有一統天下之意，還是……她有一統天下之志？

「這麼說，此次晉國派鎮國公主出山，是為了要滅我樑國？」趙勝故意做出一副戲謔的表情，卻十分沒有底氣。大樑的第一雄關青西山關口失守，再往前樑國若無強悍的兵將抵擋，若是晉國上下一心，用不了幾年……大樑就要亡。

白卿言唇角帶著淺淺的笑意，這笑容沒有任何殺氣，淡然從容，竟讓人不自覺有種放下戒心之感，她道：「趙將軍，我等武將……殺伐征戰到底是為了什麼，你可有想過？」

不等趙勝回答，白卿言便道：「為的……是護國安民，是為國取利，然否？」

趙勝緊緊抿著唇。

「可就為了搶奪一座城池，搶奪一片沃土，又會死多少戰士？哪個兵卒不是他人子嗣，哪個兵卒又不是他人父親？十幾年才長成的好兒郎，卻徵召進軍隊裡，或因一國之利，捨生忘死，或因護衛自家百姓，死拼沙場！看著自己手下的將士一個一個拼殺死去……趙將軍不心疼嗎？」白卿言端起手邊茶杯，語聲裡帶著歎息，「就拿玉山關來說，一個玉山關，晉國和樑國打了百年？那裡埋有多少樑軍將士的骨骸，趙將軍不會不知道，埋了多少晉軍將士鮮活的生命，我也十分清楚。」

他心疼死去的將士嗎？無疑……趙勝是心疼的！

他還記得年幼時頭一次同祖父征戰沙場對上的便是白家軍，從小看著他長大的叔叔為了救他，被白岐山的羽箭洞穿喉頭，一箭斃命！幼時……陪著他蹴鞠嬉鬧，年歲比他大不了多少的少年郎，一路跟著他跋涉征戰，後來都一個一個倒在血泊之中，再沒有能回家，趙勝也是心疼的！

可是心疼之餘，他又覺得這是將士的使命，將士最好的歸宿……就是沙場！

但今日鎮國公主這一番話，讓他生出了極強的矛盾！

數百年前天下一統的時候，他們同是一國人，車同軌，書同文，行同倫，就連節氣過的都是一樣的，到底在打什麼？爭什麼？是在保家衛國，還是在……為君王為皇室爭地奪利？

「若是天下重新歸為一家，不再是列國各自為政，不再是將軍百戰……只為母國取利，是否天下便不會再有戰事，舉國安泰，四海太平，不再有骨肉分離，老無所依，更不再有家破人亡，十室九空！」白卿言凝視瞳仁輕顫的趙勝，接著道，「百姓忙於農耕，商人專心買賣，士子安心讀書，天下一國，天下萬民皆一國之民，海晏河清，天下太平……這樣的日子，趙將軍不想看到嗎？」

趙勝聽完此言，心頭大撼，他極力克制著自己顫抖的身體，讓自己坐得筆直。

他心中的撼動來源於……白卿言所說的那個一家天下，更是因為……沒有想到，白卿言一個女子竟有如此心志，這樣的年紀竟有這樣的氣魄！

趙勝想到了晉國那個如今沉迷於煉丹的皇帝，再想起那個曾經有過一面之緣的太子，那時……太子還是齊王，至少在趙勝記憶裡的那個齊王，絕對沒有這樣的膽魄，意圖一統天下！

趙勝的心突突直跳，他想起威震列國的鎮國公府白家……

他記得祖父曾說過，白家歷代都以能輔佐君王王霸天下，一統山河為己任。

趙勝咬緊了牙關，凡是武將……哪一個不想立這萬世之功業？

奈何君王無此大志，他一個做下臣……且如今還是不受重用的下臣，又能如何？

趙勝如炬的目光陡然看向眼前毫不遮掩，分明不是羸弱之人的白卿言。

什麼幾次病危，什麼纏綿病榻，什麼活不過今年……全都是這位鎮國公主的有意為之，她為的便是減輕大晉皇室的疑心，避免如今的白家落得上一輩人那樣的命運！

可她即便身逢那樣的境地，竟依舊不忘白家的志向！

趙勝大膽猜測，不是晉國皇帝要一統天下，更不是晉國太子想要一統天下，而是眼前這個用兵如神，心智堪稱神鬼的女子！她……要一統這天下！

趙勝強壓下心中的震盪，克制著情緒開口：「鎮國公主……口才是好，但還不足以讓趙勝為鎮國公主賣命！趙某人……沒有鎮國公主這樣宏大的志向，只想守護樑國邊民無憂無懼。」

「趙家沒有這樣的雄心？趙將軍沒有這樣的壯志嗎？」白卿言抬手點了點那份列國輿圖，又將輿圖展開，「趙將軍若沒有，又怎麼會有這樣一份輿圖？」

趙勝看著那輿圖之上，他親筆寫下認真又乾淨的筆跡，拳頭收緊，低聲道：「就算是天下一統了，難道就沒有戰爭了嗎？若是一統之後便無征伐，又何來今日這諸國？」

「趙將軍此言說的……是一統之後，如何治理這偌大一國。」白卿言語聲從容，「可如今……一統的雛形都沒有看到，拿什麼去談治理？趙將軍說的是不錯，一統之後或許還會有征伐，還會分裂成諸國，難道因為如此我們便不去做這一統之事嗎？沒有人去做……世人便永遠看不到海晏河清這一天！」

「如何治國，這是一門學問，亂世有亂世安民的手段，太平有太平的治世律法，如何制定利國利民之策略，是需在歷史推進的同時，依照國力，逐步完善修正。就如同後世學者鴻儒……意圖在古之聖賢所遺殘章斷簡之中重塑完本全章流傳後世，但學識淵博如閔千秋老先生，也不敢說他所梳理編纂之文，便最合聖賢精神，閔老先生每每與崔岩石老先生探討辯駁之後，重改之文章不在少數。」

「甚至……就連當今文壇鴻儒所著之書，或許也會在將來亂世之中遺失，難道因此便要停止著書，停止重塑聖賢所遺的殘章斷簡了嗎？」

趙勝拳頭緊緊攥著。

白卿言還是那副波瀾不驚的模樣，平緩開口：「治國治世亦當如此，當以史為鑒，有錯則改，即便不成……也能成為後來者的他山之石，趙將軍以為……白卿言所言，然否？」

立在門外的白錦稚，聽著長姐將趙勝辯得啞口無言的話，拳頭緊緊攥著，心中激盪難抑……

白家數代人都在說天下一統，可白錦稚……只在她長姐這裡看到了希望。

並非從前白家人不如長姐心智，而是曾經……白家太愚忠林氏皇權。

從一開始，白卿言的語聲便溫雅得體，音韻平仄緩和，可每一個字都像是潺潺流水，流到了趙勝的心坎兒上。至少現在，趙勝拿不出任何話來反駁白卿言所言。

甚至……連他的意志都不堅定，感性的一面正迫不及待想要倒戈白卿言。

沒有人去做這天下一統之事，便不會有天下一統這一天，這話不假！

治國治世，安民利民之策，也應當是在歷史推進之時，不斷修正。

趙勝閉了閉眼，再睜眼又問：「敢問鎮國公主，晉國這位太子……能成為治國治世之君嗎？」

白卿言搖了搖頭，語聲鏗鏘堅定：「但，定有人能！」

如此，趙勝便明白了……

白卿言和歷代忠於晉國的白家人不一樣，她不忠於任何人，只志在一統！

晉國的皇帝和太子都不行，或許……白卿言真的會成為那個人。

祖父曾言……胸懷天下之人，必定有經天緯地之才，撥亂反正之力。

趙勝觀白卿言，撇開她是女子不談，她的胸懷和才智毋庸置疑。搖曳燭火之下，趙勝沉默著。

可有些話就像是火星子，一旦跌落在心尖兒上，便會以燎原之勢……火速蔓延。

注意到外面探頭探腦的白錦稚，白卿言收回視線，繼續同趙勝道：「如今燕國攻魏的架勢，趙將軍真的以為……是因為魏國拉扯樑國意圖滅燕分燕，迫不得已自保嗎？大燕如今打得魏國毫無招架之力，連奪魏國三十幾座城池，直逼魏國都城……這是要滅魏！燕滅魏是為何？」

趙勝抬頭望著白卿言，被白卿言這麼一點，便明白了，明白之後亦是非常震驚。

曾經在姬后手中的大燕，是強燕……所以燕國有一統天下的志向這不足為奇，後來的燕國僻處一隅自保都難，好不容易收回了南燕之地，現在又要滅魏，難不成一統天下的心志還未曾滅？

趙勝仔細盤算燕國和魏國的此次戰役，他陡然脊背生寒，就連燕國這樣民弱國貧之國，都有一統天下的雄心壯志，反觀他們大樑皇帝……只為私仇，連大樑百姓都不顧了。

他還在為如何守國而發愁，別國……卻已經開始為一統行動，為實現這一統大業而拼搏。

是他的胸懷格局小了，居然問白卿言一統之後便能沒有戰爭這樣的愚蠢之語。

「燕只有滅了魏國，整個西面和南面才能無後顧之憂，而滅了魏國之後的燕國……下一個要滅的必是西涼！」白卿言聲音徐徐，「所以晉國……此次必定滅樑，占據北方，北面無後顧之憂，才能再談一統大業。」

言盡於此，白卿言未將趙勝逼得太緊，只將趙勝的輿圖推到趙勝面前：「趙將軍看著輿圖，好好想想我的話，今夜在這裡好生歇息，若是願意的話……便去勸一勸不肯喝藥的樑卒，畢竟這治療疫病的藥，對晉國來說也珍貴得很，樑卒一而再再而三打翻湯藥不肯服用，劉將軍或許……便會下令不許再給樑卒提供湯藥了。」說完，白卿言站起身，朝外走去。

睡飽了立在門外的白錦稚，見自家長姐出來迎上前，朝著屋內的趙勝看了眼，挽住白卿言的手臂，故意扯著嗓子道：「樑卒不願意服用湯藥拉倒，還不如給我們晉國將士一人一碗強身健體防治疫病！」

白卿言和白錦稚的腳步聲漸行漸遠，趙勝雙手按在輿圖之上，死死咬著牙，雙眸發紅……

他越是不想去想剛才白卿言那些話，那些話就一遍又一遍在腦子裡迴盪。

白卿言同白錦稚回到大帳之中，紀琅華端來了兩碗熱騰騰的麵。簡單的清湯白水，上面臥著顆雞蛋，灑了一點點清白相間的蔥花，又被熱油稍微淋了一下，蔥香味撲鼻。

紀琅華將兩碗麵擱在白卿言和白錦稚面前：「大姑娘和四姑娘先湊合湊合用一點！」

劉宏是在軍中下了令的，全軍上下上到主帥下到兵卒，每日所用餐食都是一樣的，時間也是一樣的，過了時辰，就是天王老子也不許夥頭兵給開小灶。紀琅華這還是同火頭軍說了白錦稚和白卿言到現在還沒顧上吃東西，火頭軍才讓紀琅華偷偷用了炊具。

將熱呼呼的湯麵狼吞虎嚥下肚，白錦稚舌頭燙得發麻，心滿意足地呼了一口氣，用帕子擦了擦嘴：「琅華這做麵的手藝，當真是一絕啊！」

白卿言端著麵碗，小口小口喝著熱湯，還未放下碗，趙冉就來了，手裡拿著大都城方向白錦繡送來的信。

白卿言放下麵碗，用帕子擦了擦嘴：「趙冉進來吧！」

趙冉疾步走至白卿言面前，行禮後將信交給白卿言：「大姑娘，是二姑娘的信！」

紀琅華貼心地拿了盞燈過來，放在白卿言面前的几案上。

白卿言將信展開……

白錦繡在信中先說了些家常，說董葶芳和符家長房的婚約總算是取消了。

之前白卿言還在大都之時，白錦繡的母親劉氏便親自同白卿言的大舅母宋氏轉達了白卿言的意思，大舅母宋氏的意思是等到符家長房那孩子參加完春闈之後再說取消婚約之事，。

後來，符家長房那孩子並未高中，符家長房大夫人便去董府想要定日子操辦兩個孩子的婚事，宋氏便順嘴提了取消婚約，誰知符家長房大夫人拒不同意，還說可以將婚期延遲……

宋氏怕旁人以為董家嫌棄符家長房那孩子沒考好，便想等一段時間再提，董葶芳跪求宋氏同意她與符家長房嫡子見一面，將事情說清楚。

這兩家斷斷續續都有事，拖到了九月初，董葶芳終於同符家長房的嫡子見了一面，那符家長房嫡子回去後便跪求符家長房大夫人取消婚約，說要安心讀書考取功名，雖然符家長房大夫人不同意，可符若兮夫人羅氏這邊兒得到了消息，便找機會告訴了白錦繡。

於是，白卿言的大舅母宋氏知道火候到了，正大光明登門取消婚約，稱強扭的瓜不甜，他們董家的女兒想來不愁嫁，既然符家長房的子嗣不願意娶，董家就是讓女兒落髮為尼也不會嫁，所以為著兩家人的體面還是把婚退了的好。

婚約解除之後，董家就一輛馬車將董葶芳送去了登州，放在董老太君膝下管教。

這也算是董葶芳求仁得仁，她臨走前特意前往秦府，請白錦繡一定幫忙向白卿言道謝。

白錦繡信中第二件事，便是符若兮發現范餘淮最近同巡防營舊部的人走得有些近，倒不是符若兮如今是巡防營統領了，所以不高興范餘淮總聯繫自己的部下，而是符若兮發現了一點不同尋常的味道。

雖然說范餘淮曾經是巡防營統領，說他念舊情喜歡同舊部來往……倒也沒有什麼錯處，可符若兮去查了……就算以前范餘淮還是巡防營統領的時候，也沒有像如今這樣總請舊部吃喝的，有些不太符合范餘淮以往的作風。也約莫是因范餘淮是為救駕失去了一隻眼睛，如今范餘淮又是太子身邊的紅人，所以巡防營內的范餘淮舊下屬很是買帳。

符若兮目前只是存疑，說會繼續留意范餘淮，讓白卿言不必太過在意，心中有數便好。

白錦繡還說因為陷害白卿言而被革職在家的李明瑞，此次立了軍令狀都沒有得到領兵出征的機會，左相李茂又開始想別的辦法……

此次太子欲派人押送糧草輜重和藥材來青西山關口時，左相又為自己的兒子請命，可太子思量再三還是沒有同意，最後太子不知是聽了誰的諫言，用了范餘淮的兒子范玉甘和張端睿將軍的堂弟張端寧。

范餘淮的兒子范玉甘是個不學無術的紈褲公子，之前隨呂元鵬胡鬧參軍，後來實在是受不住，在皇帝調動新兵前往南疆之時，被范餘淮設法弄回了大都。

聽說此次押運糧草輜重和草藥來青西山關口，范玉甘原本是不願意的，據白錦繡所查，這范玉甘覺得讀書考科舉太苦，後來從軍營回去後，曾放出話去……這輩子就想當個富貴閒散人。

而張端睿將軍的堂弟張端寧，白錦繡也已查過了，是個老實平庸……但穩重之人。

太子如此安排是有提拔范餘淮兒子之意，張端寧老成持重足以妥善安排一路事宜，范玉甘不過是跟著走一趟罷了。除此之外，太子還命人帶了太醫……說是要讓太醫專職伺候在白卿言身邊照顧白卿言的身子，不得有失，讓白卿言千萬小心一些。

在信的末尾，白錦繡寫了大燕與魏國最新戰況，如今大燕已出三位悍將……大燕九王爺慕容衍、大燕二皇子慕容平，和大燕戰將謝荀。

九王爺慕容衍帶兵死守大燕抵禦西涼，二皇子慕容平和戰將謝荀兵分兩路穩步向魏國都城昌城前進出發，按照現在大燕的行軍速度，最快到年底便能順利拿下魏國都城了。

白卿言看完信沉默片刻，將燈罩挪開，將信紙點燃，看著信被燃成灰燼，白卿言才抬頭看向趙冉：「去和送信的人說，轉告二姑娘……小心留意范餘淮，但不要打草驚蛇。范餘淮都同哪些舊部走得比較近，讓符若兮記好名單，按如今范餘淮對待巡防營那些舊屬的親疏遠近，和官位高低分別排列出來，適當的時候可以在巡防營中位置稍高且親近范餘淮者……和位置相對低一些范餘淮疏者之中，各挑選一個……將其位置輕重變動變動，看看范餘淮對兩人的態度會不會變。」

白卿言聲音稍作停頓，又補充：「另外……再讓二姑娘查查，到底是誰舉薦了范餘淮的兒子范玉甘和張端寧兩個人來押運糧草輜重的。」

「是！」趙冉抱拳應聲，轉身出去傳令。

白卿言之前給過范餘淮名單，也是為了試探……當時范餘淮所做的舉動，在白卿言看來……他是想要做一個不參與到各方爭鬥之中的純臣，如今卻開始和巡防營舊部走動，與此同時，還有人舉薦了和呂元鵬關係非比尋常……同為紈褲的范餘淮之子范玉甘，這就有些微妙了。

范餘淮之子范玉甘只想做富貴閒散人，做父親的卻不能不為兒子前程打算，才有了范玉甘此次押送糧草輜重來前線之事。

那麼范餘淮的兒子，會不會就是范餘淮的軟肋？有人以范玉甘的前程拉攏了范餘淮？

正如同符若兮所擔憂的那樣，范餘淮曾經並非是一個喜歡吃吃喝喝的人，相反的……曾經的范餘淮似乎不怎麼愛去摻合同僚之間吃喝玩樂的宴席。他真的是做到如今禁軍統領的位置便滿足了，覺得到頭了，便失去了謹慎，還是有了其他變化，這一點白卿言目前不敢肯定。

但……白卿言可以肯定的是，范餘淮的心裡和曾經的想法已有了變化，這變化對白卿言而言是好是壞，便不得而知了。

「長姐，這范餘淮……可是上一次武德門之亂救駕的功臣，也算是同長姐一同歷經生死了，也不可信嗎？」白錦稚心中也有疑惑。

白卿言轉頭笑著對白錦稚道：「這個世道，或因利，或因情，人心時時都在變，不可盡信。雖然祖父曾教導過，這個世上除了血脈至親之外，同袍之情……便是這個世上最深的羈絆，可范餘淮並非一開始便與我們一條心，與我們數次共歷生死之人，更別說范餘淮最開始便對我們有所保留。」也正是因為范餘淮一開始的保留，才讓白錦繡和符若兮對范餘淮留了一個心眼。

白錦稚想了想點頭：「我明白了，范餘淮和符若兮……都是長姐推舉給太子的，可是范餘淮對長姐當初安排的人有所保留，但符若兮卻一心聽從長姐的吩咐，所以符若兮可用，范餘淮用……但要防著用。」

白卿言欣慰點了點頭，端詳著白錦稚比之前更黑瘦一些的五官：「雖然長高了，可黑瘦不少，等回去三嬸兒看到又要發愁了。」

「沒事兒，等平定了大樑……回去養養就白回來了！」白錦稚毫不在意，壓低了聲音悄悄同白卿言說，「我都聽母親身邊的嬤嬤說了，母親之所以這麼在意我白不白，是因為母親小時候就黑！養了這麼多年費盡周折最後才白了，我母親怕我一直黑下去沒法嫁人，可我又不在意，我就是故意將自己曬得黑黑的，好讓母親歇了給我說親事的心！」

「你可當真同三嬸兒說的一樣，是三嬸兒的小魔星！」白卿言抬手在白錦稚的額頭上點了點，又道，「朔陽教書的那位蔡先生，我這次一同帶來了，以後……就讓蔡先生跟在你的身邊，你凡事若有拿不定的，可詢問蔡先生。」

「長姐這不是來了嘛！」白錦稚不解，「我有事問長姐不就行了？」

「青西山關口稍作休整，拿下柳州城之後，我會建議劉宏將軍，你、我……劉宏將軍，兵分三路直逼大樑都城韓城！」白卿言抬手扣住白錦稚的肩膀，「欲成狼王，你就必須單獨展現出讓將士們臣服的實力來，你若能第一個打到大樑韓城，從此往後……便再無人敢小瞧你這位白將軍了。」

白錦稚黝黑發亮的眸子望著自家長姐，用力點頭：「小四記住了！」

她沒有忘記，曾經在大都城她不計後果對那些前去白府門前鬧事的惡人揮鞭後，長姐的那一番教誨，她一直都記得長姐所言……說她應當以女子之身在這沙場建功立業，成為白家甚至是整個晉國最耀目的女將軍！這也是白錦稚這輩子最大的目標。

白卿言捏了捏白錦稚的肩膀，對白錦稚能帶領好軍隊深信不疑。

趙勝在營房之中痛苦掙扎了三日之久。

期間有趙家軍也染上了疫病被送入救治所，也有一開始便服用了治療疫病藥物症狀轉好的。

然而，救治所裡每日進人，也每日死人，最開始還硬骨不願意喝晉國治療疫病湯藥的樑卒，每日都能眼睜睜看著被抬出救治所的同袍屍骨，心中已然動搖，有些骨頭不夠硬的……甚至開始放低姿態祈求晉軍賜藥。

只要一個人開了頭，後面便有更多的人失去傲骨，跪地求藥。殺人不過頭點地，這救治所裡樑軍每日看著因不服藥死去……接連不斷被抬出救治所焚燒的同袍屍身，對樑卒心裡衝擊極大。心中的惶恐，也會隨著他們自身病情的加重，一次比一次更駭人。

倒是趙家軍，十分硬骨，沒有一個染了疫病的折節求藥，他們靠坐在救治所裡，蔑視睇著那些跪地求藥的樑卒，視死如歸。

當趙勝從給他包紮傷口的梁軍軍醫處得知，他的副將重傷不肯服用晉人的藥死去時，知道他最得力的下屬趙琪、王宇二將也染上了疫病被送入救治所時，趙勝心慌不已。

他看著正在整理藥箱的樑國軍醫，問：「晉國給我們樑國兵卒用的湯藥管用嗎？」

提到這個，那老軍醫忍不住點頭：「管用啊！藥方我看過了……的確是對症，不過我同晉國的那位軍醫洪大夫將藥方稍作調整了一下，畢竟我們大樑人同晉國人的體質，因為氣候的關係還是有些差異，調整之後的藥方……湯藥對我們樑人來說就溫和許多。」

「晉軍將藥方……給你看了?!」趙勝一臉意外。

「是啊，我當時也很是意外，不過晉國那位姓洪的大夫說，先生教授弟子知識，有教無類，醫者救人，亦是有救無類，大樑的兵也是娘生爹養的，都是人……就都得救！」老軍醫歎道，「晉國這大夫的胸懷，倒真是讓老夫佩服，易地而處，老夫深以為……我們大樑是做不到的。」

趙勝拳頭微微收緊，這位洪大夫……趙勝知道，原本是晉國鎮國王白威霆身邊極有名大夫，是白家軍的軍醫。他閉著眼，腦海裡再次想起白卿言天下一家之言，深覺連白家軍的大夫都能做到救人不分母國不同，可見白卿言所言白家欲一統天下夙願，並非作假。

「我還要回去照顧傷兵，就先走了……」

趙勝目送老軍醫離開，終於下定了決心，端起面前的茶水一飲而盡，扶著几案起身，對外面守著他的晉國將士道：「煩請轉告鎮國公主，我要去救治所，見見我的下屬。」

那晉兵看了眼趙勝，點頭去向白卿言通稟。

白卿言正隨劉宏立在青西山關口，迎太子派送糧草輜重和藥材的范玉甘和張端寧，以示對太子的尊重。聽趙冉前來說趙勝要見他的下屬，白卿言知道趙勝十有八九是想要先去設法說服下屬，然後再來見她。白卿言壓低聲音同趙冉道：「你親自去陪著趙勝去見他想見的任何人，但……趙勝同他的下屬談話時，你避開不要在場，不要讓趙勝有你在監視他之感。」

「屬下明白！」趙冉應聲，轉身離開。

劉宏回頭看了眼匆匆離開的趙冉，又看向白卿言，問：「何事？」

「趙家軍的將軍趙勝，想要見他的下屬，我讓人帶趙勝去見。」白卿言倒是沒有瞞著劉宏。

劉宏頷首，望著立在豔陽之下，唇瓣毫無血色的白卿言道：「鎮國公主不如先去歇息，公主身分尊貴，又身體不適，不必在這裡強撐！」

白卿言擺了擺手，裝作不知道太子已經派了太醫前來，道：「若是我不在這裡，太子派來的人知道，回去告訴太子……怕是會讓太子擔心。」

劉宏聞言不再勸，只點了點頭，聽到林康樂說來了，這才看向遠處……

此次，太子為了白卿言可謂是煞費苦心，送來的糧草輜重和藥材，比之前任何一次都多。

張端寧一到，便上前同白卿言請安，還說……太子還專程讓他帶來了一位太醫，說是要讓太醫留下隨行照顧白卿言身體的。

白卿言看了眼被人從馬車上扶下來的太醫，還是那位曾經在太子府為白卿言診過脈的太醫，她朝張端寧拱了拱手：「讓太子殿下費心了！」

「白家姐姐！」范玉甘疾步走到白卿言面前，朝著白卿言和白錦稚行禮後笑道，「呂元鵬參軍就是為了有一天能在戰場上同白家姐姐同戰！之前我讓他和司馬平一同隨我回大都，他還不願意……說去南疆就有機會看到白家姐姐戰場之上的颯颯英姿，同白家姐姐同戰，他倆倒是去了南疆，可沒想到白家姐姐來了大樑！哈哈哈哈……還是我最先看到白家姐姐的颯颯英姿！」

范玉甘笑容爽朗，雙眸清澈乾淨，一看便是一個不諳世事的少年郎。

「公子！」跟隨范玉甘一同前來的范家管家，連忙出聲提醒，「見到鎮國公主禮數還是要有的！怎可喚鎮國公主姐姐！」

「無妨……」白卿言對范玉甘笑著，「這一路辛苦了。」

「不辛苦！不辛苦！我這一路什麼都沒有做，都是張世叔安排好的，我不過跟著坐了一路的馬車。」范玉甘道。

范家管家：「……」

下了馬車的太醫走至白卿言面前行禮：「見過鎮國公主，下官奉太子殿下之命，一到便需立即為鎮國公主診脈，請鎮國公主移步！」

白卿言頷首，隨眾人一同進了劉宏的營帳之中。

不僅太子想知道白卿言的身體狀況，就連劉宏、林振康和王喜平等人也想知道。

眾目睽睽之下，白卿言將手腕放在脈枕上，白錦稚蹲跪在一旁，神色緊張望著正在皺眉診脈的太醫：「太醫，我長姐怎麼樣？」

范玉甘也湊到白錦稚的旁邊，問太醫：「太醫，白……鎮國公主的身體怎麼樣？」

太醫診脈結束，收回手，朝著白卿言長揖一禮：「鎮國公主您這個身子，比之前在太子府可是還不如了啊！微臣說過……鎮國公主需要靜養，可鎮國公主勞神傷身遠征，真不拿自己的命當回事了嗎？」

范玉甘一臉震驚：「太醫你是不是搞錯了，白家姐姐看起來……看起來……雖然瘦弱了些，臉色蒼白了些，可……可……」

白卿言不動聲色，將護腕整理好，對太醫道：「請太醫回去轉告太子殿下，白卿言身子已在慢慢恢復之中，切勿讓太子為我憂心。」

「鎮國公主這意思，是還要繼續征戰?!」太醫不可置信，朝著白卿言拱了拱手，「鎮國公主恕老朽直言，鎮國公主這身子若是再這樣勞累下去，別說是微臣……就算是太醫院院判黃太醫在此，怕是撐不過一個月！」

劉宏震驚看向面色波瀾不驚，跪坐在几案之前的白卿言。

王喜平和林康樂亦是睜大了眼。

劉宏起身走至太醫身邊，恭敬道：「太醫我並非懷疑您危言聳聽，只是……現在鎮國公主的身子，已經糟糕到了何等地步，還請明言！」

太醫一邊收拾藥箱，一邊道：「打個比方來說，人的身子是一口裝滿水的水甕，偶爾有個什麼病痛，就是水甕裂了個小口子露出點兒水也不打緊，受了重傷，只要修補好，好好將養不要再輕易挪動，這甕還是能用的！可鎮國公主這身子……就如同那水甕上全都是洞，跟個篩子一樣，稍微一碰怕都要碎！靜養都怕會撐不住，更別說行軍打仗了！」

「太醫！您是否診治有誤？鎮國公主……看起來……」林康樂看了白卿言一眼，緊張上前問。

張端寧想也不想，忙道：「鎮國公主如今青西山關口已經拿下，不如鎮國公主隨微臣返回大都城，好讓黃太醫好好為鎮國公主調理才是。」

「長姐……」白錦稚抓住白卿言的手腕，她知道這是假的，可也知道長姐服用了洪大夫給的藥，這會兒身體定然是極度不舒服的。

「待大樑平定，我定返回晉國！還望太醫與張大人……」白卿言又看向滿目擔憂的范玉甘，「小范大人，勿要將我身體狀況告知太子，以免太子費心朝政之時，還要分心為我擔憂！白卿言在此，拜託三位了。」

劉宏望著白卿言蒼白無血色的五官，身側拳頭悄悄收緊，心中難免愧疚……那日白卿言不讓他將朔陽兵驍勇之事寫在奏摺之中，劉宏還略有懷疑白卿言的用心，可今日太子派來的太醫……診治過白卿言後，得出這麼個結果，白卿言還擔心太子為她費心，可見對太子的確忠誠。

太醫直搖頭：「太子讓微臣來照顧鎮國公主身子，鎮國公主若是如此……微臣怕是不能領命了！」

白卿言挺直脊背，抱拳道：「太醫勿要憂心，此次出征白卿言帶著黃太醫的師兄洪大夫，洪大夫定會為白卿言的身子竭盡全力。」

太醫眉頭皺得更緊，搖頭揹起自己的藥箱，負氣告辭出了大帳。

作為大夫，最不喜歡的便是不聽話，不拿自己性命當回事兒的病人，太醫也不例外。

「鎮國公主……」劉宏想要相勸，可一想到白卿言堅決的態度又將話咽了回去，之後他多加照顧力求不讓鎮國公主出戰，只讓鎮國公主出謀劃策便是了。

大都城送來了糧草輜重，還有犒賞將士的酒肉，按照道理說各將領應當高興才是，可林康樂同王喜平兩人從帥帳出來後，心情都十分沉重。

白卿言同白錦稚還留在劉宏大帳之中，三人立於掛在帥帳之中的輿圖前，白卿言指著三個方向同劉宏詳說此次進軍大樑都城的路線。

「大樑如今疫病得不到有效的控制，百姓紛紛染病，即便是想要徵兵抽調兵力，也是力不從心，而此時晉國的兵力充足，所以對大樑的打法，應當三面進攻，讓大樑不得已分兵……從而不能混合形成一支強大的隊伍頑抗，如此……我們拿下大樑會容易很多！」

白卿言指著從青西山關口前往大樑都城韓城的那條直線之路：「劉宏將軍率重兵，從青西山關口穩紮穩打前往韓城，這是一路。」她又指著青西山關口前方的柳州城右側：「白錦稚率安平大軍，從這平原廣袤之地繞行攻往韓城！」

「我……」白卿言點了點柳州城左側較為難走的那一條道，「帶朔陽八千將士，和全部樑兵的降樑，一同從左側城池較多的方向攻向韓城，為劉將軍和白錦稚分散大樑援兵。」

「樑兵降卒？」劉宏頗為意外。

「或許，我前幾日已經說動趙勝將軍，他願為晉國效力也說不準！」白卿言笑了笑又道，「一會兒便會有消息。」

劉宏點了點頭，沒去細思趙勝會不會轉投晉國，他看著輿圖……緊緊握住腰間佩劍細思剛才白卿言的進攻策略。

白卿言說得有理，若是只從一面進攻大樑，大樑自然會合兵頑抗，可若是分而擊之，兵力上占優勢晉國就比較占便宜。三方一同出擊，樑國要麼就必須兵分三路去阻攔，只要有一個方向樑國顧不上，那麼就會有一路晉兵能拿下大樑都城韓城。

法子倒是不錯，可白卿言的身體……劉宏轉頭看向白卿言：「可太醫說，鎮國公主的身子，怕是經不起征戰啊！萬一若是鎮國公主在路上……我沒法向太子殿下交代！」

「劉將軍放心，有洪大夫在，白卿言還能撐得住！拿不下韓城，白卿言絕不會死。」白卿言語聲沉穩，帶著讓人不由自主信服的威嚴感。

劉宏見白卿言態度十分堅定，加之也明白白卿言是一個一旦下定決心便必定會執行到底之人，就沒有再多勸，只道：「既然如此，我讓人將餐食送到帳中來，與鎮國公主和高義郡主一邊吃一邊詳談，看看如何分兵，具體路線如何走，三路將領如何分配。」

白卿言頷首。

趙冉已經等候多時，見白卿言和白錦稚從劉宏的大帳之中出來，連忙迎上前：「大姑娘、四姑娘，那個趙家軍的趙勝先去救治所見了趙家軍的兩個將領，隨後勸動了樑軍染疫的降俘們喝藥，再後來他又見了此次樑軍全部的降俘將領，說了挺久的！出來後就說要求見大姑娘，現在人在關押他的營房裡，由蔡先生陪同。」

白卿言頷首：「好，去看看吧！」

趙勝坐在几案前，聽著這位鎮國公主身邊的謀士蔡先生，同他說著他的前塵往事，趙勝這才知道……原來這位蔡先生，是大晉國左相李茂府上的謀士，後來因為左相得罪了鎮國公主推他出去任由鎮國公主處置，鎮國公主不但沒有處置他，反倒將他召入麾下，並且從不拿他外看。

蔡子源知道白卿言是個胸懷廣袤足以容納天下之人，所以很容易便猜到白卿言意圖招攬趙勝……包括招攬趙勝手中趙家軍的心思。

蔡子源手中捧著熱茶，笑著同趙勝道：「或許趙將軍心裡還以為我是鎮國公主派來的說客，但……鎮國公主一向是一個磊落之人，她喜歡直抒胸臆，機會擺在趙將軍面前，趙將軍若是不要……鎮國公主定然不會勉強！畢竟對鎮國公主來說，以她的心智，和她練兵的手段，她是不需要依靠旁人的！」

話說到這裡，蔡子源徐徐往茶杯裡吹了一口氣，喝了一口才又道：「招攬趙將軍，也不過是因鎮國公主生性惜才，若是能得趙將軍助力……想必鎮國公主定然會加快天下一統的速度，可趙將軍若是不願意，也不過是慢了一點點而已，鎮國公主並非做不成，畢竟有太多人都願意為鎮國公主，為了能夠看到天下一統的那一天，為了能夠青史留名，而……肝腦塗地。」

對趙勝而言，他想要的，便是能夠看到天下一統那日，並且能夠參與到這樣的偉業之中來，能夠青史留名……趙勝一直都沒有吭聲，他其實已經不用蔡子源再勸。

今日，趙勝見過了趙將軍的各位將領，見過了樑軍的各位將領，已經闡明了自己的意圖……一開始，有人大罵趙勝是個叛徒，可當趙勝說起樑廷裡的情況，說起大樑如今疫病如何緊急，說起皇帝只沉溺於私仇之中，棄大樑萬民於不顧，棄將士的性命於不顧，大樑那些將領倒是沉默了下來。

後來，趙勝同大樑眾將領說起那日白卿言同他說的那番話，在所有大樑將領心中，種下了天下一統的種子，又將大燕如今的圖謀和如今行進的速度，還有晉國誓滅大樑為來日一同天下打基礎的決心，全都說了個明明白白。

大樑的將領都知道，大樑的皇室……沒有這個氣魄一統天下，結束這亂世。

而大樑眾將士心中更是懷疑，晉國那個一心求道問仙的皇帝，有這樣的氣魄？

至此，趙勝才將自己心中的猜測同自己的同袍說了一個明明白白，他以為鎮國公主有一統天下的雄心和氣魄，他已經窺見了鎮國公主的反意，他懷疑如今晉國全力攻打大樑或許就是鎮國公主謀劃的結果。

因為鎮國公主已經明言，晉國若是要一統，必須先要拿下大樑……以免除北方的後顧之憂。

當趙勝同大樑同袍說……他料定鎮國公主必定會反晉國皇室且已經萬事俱備，鎮國公主如今是在為一統大業做準備的同時等待時機，來日必定會建立新國之時，趙家軍的將領率先跪地稱願跟隨趙勝效命鎮國公主。作為武將，誰不想成為平定天下之功的功臣之一？

且說句私心話，如今的大樑已經成了這個樣子，即便是大樑還能夠存國，他們這些武將在樑國怕是也少有出頭之日。亂世出英雄，若是建立新國……他們同趙勝跟隨鎮國公主，將來便是新國的功臣，會青史留名。可若是死守樑國，來日怕是連個名字都不會出現在史書上。

後來陸陸續續有大樑的將領稱願意跟隨趙勝，可也有為樑國寧死不屈的忠骨，對趙勝和願跟隨趙勝的叛樑將領破口大罵。

然，趙勝在得知燕國已經有條不紊推進一統大業之後，越發堅定了跟隨鎮國公主平定天下之心，他對辱罵他之人恭敬行禮，從地牢中出來，第一件事便是求見鎮國公主。

這些，趙勝都沒有同蔡先生說，趙勝從來都不是一個善於傾訴之人。

見白卿言同白錦稚跨入趙勝營房，蔡子源連忙放下手中茶杯起身行禮。

白卿言同蔡先生頷首，視線落在趙勝身上：「聽說趙將軍要見我。」

趙勝站起身，理了理衣裳，從几案後出來，撩開衣衫下擺，朝白卿言單膝跪下，高聲道：「趙勝，願率趙家軍諸將士，追隨鎮國公主，平定天下。」

這結果原本就在白卿言的意料之中，從白卿言看到趙勝行囊中那份輿圖之時，白卿言就知道……趙勝也是一個有著極大野心和抱負之人，只是樑國皇帝實在是稱不上是雄主，趙勝也便將這個心思藏在了心底。趙勝骨子裡不服輸，當他知道燕國已經開始為天下一統滅魏，自然心中也會著急，想爭一爭這不世之功。

白卿言上前，將趙勝虛扶起來，道：「趙將軍今日去地牢之中見了樑國的諸位將領，便是為了勸服他們跟隨趙將軍？」

「既然要追隨鎮國公主，總要拿出我的誠意來。」趙勝望著白卿言幽沉的眸子，恭敬道。

白卿言點了點頭：「趙將軍想來在地牢之中，也被罵了吧！」

「如同晉國當年有鎮國王一般，大樑自有大樑的忠臣硬骨！畢竟……大樑母國是生我們養我們的故鄉，我們祖祖輩輩都是在守衛這個地方，如今……卻要跟隨鎮國公主攻打自己的母國，不是人人心中都能轉過這個彎兒來！」趙勝說。

「這天下本就是一家，此舉並非是為了滅樑而攻樑，是為了讓天下重新成為一國，讓天下百姓重新成為一家，讓這天下再無征戰！」

白卿言望著趙勝，這些話是白卿言想要說給樑國將士聽的，可這些話不能白卿言來說。

「趙將軍，我白卿言對天盟誓，所到之城……絕不傷百姓一根寒毛，且大樑皇室不會為百姓提供治療疫病的藥材，我來給！大樑皇室保不了的百姓，我來保！有違此誓……趙將軍盡可取我項上人頭。」

趙勝聽到白卿言這話，心裡最後一絲顧慮也消失的乾乾淨淨，甚至對白卿言心生感激，眼眶隱隱發熱，打從心底裡感謝白卿言能以起誓的方式同他說這番話，徹底驅散了他心中……對趙家世代守護的大樑百姓的愧疚感。

他起身，再次朝白卿言長揖一禮：「我代大樑百姓謝過鎮國公主，還請鎮國公主再給我些時日，我一定勸動其他將領，畢竟……我們這些將領的家眷都在韓城，心裡不能沒有顧忌。」

白卿言頷首：「趙將軍，盡力便是，不必勉強！」

晉國軍隊有了趙勝的加入，劉宏和白卿言對柳州的情況便更清楚了。

此時趙勝正坐在劉宏的帥帳內，將自己所知前方柳州城的情況，盡數說給在座晉國將領聽。

柳州城內的疫病不算特別嚴重，柳州的父母官命人將染疫的百姓隔絕在城外的道觀裡，派了大夫過去同道觀裡的仙師們一同照顧染疫百姓。

自然了……那些染上疫病的百姓親屬怕自家人得不到妥善的照顧，有的會跟隨前去，跟隨老人前去城外道觀的子女少，跟隨幼子一同前往道觀的母親多。

林康樂聽到這話，冷笑說：「所以才說，寧跟要飯娘，不跟富貴爹。」林康樂是寒庶出身，對拋棄了他和母親的父親有著極為糟糕的記憶，所以對這種父親不顧幼子死活之事深惡痛絕。

趙勝朝著劉宏和白卿言拱手：「當務之急，趙勝以為應當先派兵前往道觀，將藥方送過去，好讓更多百姓能得到及時的醫治！此舉正好可以讓柳州城內的百姓和將士知道，晉軍不會進城大肆燒殺劫掠，反而是會救治百姓。如此……趙勝或許可以勸服柳州的守城將軍楊武策開城門，我們便可不費一兵一卒，直入柳州。」

劉宏聽趙勝如此說，轉頭朝白卿言的方向看去：「鎮國公主以為，趙將軍所言是否可行？」

「就怕藥方送過去，便宜了大樑，大樑又有能力集結更多將士來和我們的將士拼命！」林康樂不太贊同。

「先讓將士護送大夫先行前往道觀，醫治百姓要緊，此事我會親自寫信說明原委派人呈報太子殿下。」白卿言望著劉宏，「我等都是武將，知道武將拼殺為的便是護民安民，將士死守城門，為的也是護一城百姓性命無虞。柳州城的守城將軍定不會願意看著城內百姓一個接一個染疫病而亡！不戰而屈人之兵，善之善者也，白卿言以為……趙將軍所言可行！」

跪坐在桌几後的趙勝，手心緊了緊，他承認出這樣一個主意的確是有私心，想要能多救一個柳州百姓就多救一個，疫病要人命……拖一天便會更多的人死去。

「既然如此，那麼就按照鎮國公主所言，就請……」劉宏視線先落在林康樂身上，見林康樂眉頭緊皺這才看向王喜平，想要他們派出下屬前去，可王喜平垂著頭似乎也不大願意讓自己的下屬去，怕自己的下屬也染上疫病。

「讓我身邊的趙冉去吧！」白卿言開口，「趙冉在朔陽時，曾經協助管理過救治所，知道應當如何協助大夫照顧患疫者，可以最大程度上避免自己和我們的將士染上疫病。」

趙勝又朝白卿言望去，手心攥得更緊了，他挺直腰脊朝著白卿言一拜：「趙勝替柳州城的百姓，謝過鎮國公主。」

命令從劉宏的帥帳之中傳出去後，白卿言將要押送草藥前往道觀的趙冉，喚到了自己跟前。

白卿言負手而立，同趙冉往偏僻無人的地方走了幾步，低聲吩咐：「你去道觀之後，同官府派遣去道觀管理那些疫者的衙役打好關係，柳州城疫者被送至道觀醫治，出城之時官府必定派發了路引，以備有康復者回城！你此次去後……需設法拿到此次染疫已故者的路引，最好是留於柳州的外鄉人但染了疫病被送入道觀，不被衙役熟知之人！」

「還有那些已經被救治好，但因柳州即將要起戰事，不願意再回柳州城之人，你可以設法得到他們的路引，告訴他們晉軍一定會妥善安排他們，將他們接引來晉軍軍營。」

趙冉點頭。

「你將跟隨我來的二十個白家護衛一同帶走，告訴這二十人他們的任務是直奔韓城，救出趙勝一家老小！速度一定要快！你走之前去見趙勝一趟，向趙勝要一個信物。」白卿言叮囑，「救到人之後，兵分兩路……一路扮作趙勝家眷老小往南面來同晉軍匯合，一路帶著趙勝家中老小往韓城北面走，找地方躲起來！一定要等到拿下韓城之後，再回韓城。」

「另外，若是能弄到商人的路引，進城之後便以僕從死於疫病或逃散為由，重金召集柳州百姓押送貨物，分散送往大樑各地，四處宣揚晉軍已經將治療疫病藥方給了大樑，且……此次更是晉軍救了被丟在道觀中等死的百姓！」

「柳州城內一定會有百姓或商客想著大戰在即，逃出柳州，你命人快馬繞行柳州城，在柳州城通往各地的官道之上劫用他人身分！務必要以最快的速度將樑廷已得治療疫病藥方，和晉軍救人這兩件事宣揚出去。」

趙冉便明白白卿言的意圖，抱拳道：「大姑娘放心，趙冉一定辦妥！」

一個時辰後，趙冉帶足了人手和大夫草藥前往柳州城外的道觀。

白卿言回到大帳之中，提筆親自向太子寫信。

她在信中，先對太子表達了感激之情，在信中稱……不論如何她一定會撐到拿下大樑都城韓城，且如今大樑治療疫病的藥材短缺，尤其是黃岑，若是太子能夠設法將更多的藥材送來，白卿言便能兵不血刃拿下大樑更多城池，來減輕晉國負擔。

她還在信中據實寫道，只要能拿下大樑……晉國便坐擁大樑平原沃土，既可充足府庫，又能坐收漁鹽航運之利，利在晉國千秋。屆時……樑國之地盡為晉國國土，為天下一統掃清北方阻礙，即便是晉國在當今陛下和太子當政之時無法一統，也會讓晉國成為天下最富庶的強國大國，霸主地位無人再能動搖。

否則……一旦燕國滅魏，而晉國無法將樑國城池盡占，燕便會取代晉國成為新的霸主。且，若晉國不趁著這一次大燕和魏國征戰之機，狠下心滅樑，來日便再無滅樑的機會，因為燕國一旦強大起來，絕不會再坐視晉國壯大，威脅到大燕強權霸主的位置。

她願意在臨死之前，替太子掃清樑國這個阻礙。

白卿言信中言辭懇切，盡顯忠心，將一個命不久矣，卻願意在死前為太子再拼盡全力做最後一事之情，表達的淋漓盡致。而她之所以這麼寫，是因摸透了太子並未有一統雄心，卻一直以晉國為霸主自詡的心態，太子絕不會允許曾被晉國踩在腳下的燕國取代晉國，再次成為列國霸主。

白卿言思慮了片刻，將信交給了張端寧，讓張端寧快馬送回大都城，交於太子手中。

雖然白卿言未曾交代讓張端寧親自將信交於太子，可張端寧怕鎮國公主書信緊急，安排好范玉甘回程路線，便先行帶人快馬急奔回大都城送信去了。

柳州城道觀之中的百姓原本人心惶惶，準備共同抵禦晉軍。

誰知，道觀裡的道長和護民樑卒，卻見晉軍帶了大夫和草藥來醫治百姓，甚至還同大樑的大夫一同商討藥方，討論藥方中幾味昂貴的藥材是否能夠找到替代，這讓樑卒大吃一驚。

大樑的大夫之中也有極為優秀的大夫，他們看過洪大夫最初給晉人用的藥方，和之前在青西山關口樑軍軍醫改良的藥方，又將兩種藥方重新融合調整，新的藥方竟能讓患疫者恢復得更快。

原本抱著自己的孩子來這道觀等死的母親，聽說晉軍帶來了醫治疫病的藥方和草藥，跪地哭謝，那些母親無以報償救了自己孩子命的晉軍，聽說藥渣做成香包佩戴在身上可以防疫病，紛紛將藥渣收集起來做成香包送給晉軍將士們，表示感謝。

百姓其實很簡單，誰能在危急的時候救他們的命，誰能在太平的時候讓他們吃飽飯，他們便會由衷的感激誰。所以晉國人也好，樑國人也罷，不涉及權力之爭的百姓，從不介意誰會成為皇帝，百姓所求不過是有田能耕，有糧能食，衣能穿暖，片瓦遮頭。

柳州守城的將領楊武策得知此等情況，頗為意外，聽說被挪至柳州城外道觀治療疫病，且已康復的百姓在城外手持路引，請開城門，楊武策便命下屬開城門嚴查路引，放百姓入城。

宣嘉十七年十月二十六，晉兵抵達柳州城下，柳州守城將軍楊武策下令死守，已歸順鎮國公主麾下的趙勝單人匹馬上前，要約見楊武策一面。

楊武策思慮再三，念及曾經同趙家軍的情分，亦是單人匹馬從柳州城出，在城樓之下見了未帶任何武器的趙勝。

兩人坐於馬上都未曾下馬，楊武策看了眼遠處浩浩蕩蕩的晉軍，壓低了聲音問趙勝：「趙將軍可是被晉軍脅迫不得已，需要我協助？」

趙勝對楊武策搖了搖頭：「楊兄，你我曾經浴血同戰，算得上是生死之交，今日我便直言相告，我已經決意歸順鎮國公主麾下，鎮國公主雖為女子……卻有平定天下的志向，趙勝願意跟隨鎮國公主建這不世之功！」

楊武策聽完這話，扯著韁繩的手收緊，直起腰脊望著趙勝的目光充滿著冷漠和輕視：「趙勝你投降敵軍，調轉馬頭成晉國走狗……充作馬前卒來攻打自家人，你對得起你祖父、父親，和曾經守護這大樑土地的趙家列祖列宗嗎？」

「我們打仗是為了什麼，楊兄可有想過？」趙勝不怒語聲平靜。

「自是護國安民！」楊武策字句鏗鏘。

趙勝咬緊了牙，聲音不住拔高：「可如今我們的陛下，大樑的皇帝！不顧百姓死活，不顧將士死活，只一味的要為四皇子報仇！不願意向晉國低頭，不願意為百姓的性命、為將士的性命放下仇恨，先取得救命的藥方！我們的將士……我們的百姓多少死於疫病之下！這樣的君王值得我們誓死效忠嗎？楊兄……我們武將護的是民啊！皇帝能夠救百姓於水火，我們便聽憑他調遣！可他現在滿心仇恨不聽勸告，罔顧百姓死活，還配為一國皇帝嗎？」

遠處騎馬立在晉軍將士之前的林康樂眉頭緊皺，側頭問王喜平：「他們倆說什麼呢？那個姓趙的不會耍花招吧？」

王喜平側頭看向騎於白馬之上，一身銀甲，面色從容的女子，道：「鎮國公主心中有數。」

豔陽之下，楊武策胯下戰馬來回踢踏著馬蹄，他用力拉緊韁繩制住坐騎，咬緊了槽牙。

趙勝握著馬鞭的手指向晉軍的陣營：「是晉軍，他們一到便為我們染疫將士治療疫病，也是晉軍前往道觀幫著治療百姓！因為在鎮國公主心中不分晉國、樑國，天下列國皆是一家，天下百姓皆是百姓！」

楊武策不否認趙勝的話，大樑皇帝如今的心思全然不在百姓身上，滿心的仇恨，樑廷連給前線軍隊的藥草都給不夠，更遑論百姓，柳州城大多數百姓送去道觀都是等死，也的確是晉軍到了之後，救了道觀裡的柳州百姓，他都知道。

可這都讓楊武策懷疑，是晉軍的手段。「說到底，你還是背叛了母國……」楊武策眼底輕蔑越發明顯，「我瞧不起你，你為趙家的忠義之名蒙羞了！」

趙勝也不強辯：「鎮國公主說……列國雖然各自為國，可書同文，車同軌，度同制，行同倫！本就是一家！鎮國公主此戰並非為滅樑而攻樑，而是為了天下一統，讓百姓再不受戰火之苦，人人都能過上安生日子！楊兄……你難道就不想看到這麼一天嗎？」

說完，趙勝從胸前拿出記錄在羊皮上的藥方丟給楊武策。

「這是鎮國公主讓我轉交給楊兄的，鎮國公主說這便是晉國治療疫病的藥方，還請楊兄轉交給大樑朝廷，以便能夠醫治好更多的百姓和將士！國與國之間征戰說白了都是為各自母國取利，說到底……便是為列國當權者取利，最無辜的便是百姓和將士！即便是今日楊兄不願意背叛母國鎮國公主也能理解楊兄的忠君之心，他日若攻入柳州城內，必會管束好晉軍，不會燒殺搶掠，不傷百姓一人。」

楊武策緊緊攥著手中的羊皮，望著趙勝的眼神依舊滿目戒備。

「楊兄，燕國如今攻打魏國是為了滅魏，為來日一統天下，南面無憂打基礎！而今鎮國公主攻打樑國，誓要讓樑歸於晉國，是為來日一統天下掃清北面掃清障礙！鎮國公主胸襟抱負極大……必不會停手！」

「能征善戰的武將，這個世上從來不缺！缺的……是真正可以平定天下的雄主！而我等武將最難的便是能遇到可平定天下的雄主效忠！大燕已經動了，若是楊兄錯過鎮國公主，來日……便只能蝸居在這柳州地界上，看著旁人在這亂世爭雄了！」

趙勝話音一落，便朝楊武策拱手，調轉馬頭離開。

楊武策手中握著那寫著治療疫病藥方的羊皮，不解看了眼趙勝的背影，將羊皮展開，他不懂這藥方是真是假，可大致掃了一眼，只覺這裡面有幾味藥同道觀之中送回來的藥方有所不同，他瞇了瞇眼再次看向趙勝的背影。

道觀之內晉軍治療百姓的藥方被送回柳州城，楊武策便已經將藥方呈報陛下，意圖讓陛下儘快將這藥方送至樑國各地，樑國的疫病就有救了，可如今晉國給的這個藥方又和之前的藥方有所不同……

楊武策不相信晉國會蠢到不擔心道觀那裡治療疫病的藥方已經被樑國得知，而送一個假藥方來害樑國。這……晉國葫蘆裡賣的是什麼藥？思索片刻，楊武策拿著羊皮調轉馬頭回了柳州城裡，將城內大夫召集過來，來研究這個藥方是真是假。

趙勝快馬回到晉軍的軍營，還未來得及同劉宏和白卿言回稟，就聽林康樂問：「你剛才給了楊武策什麼東西？」

「是我讓趙將軍將改良後治療疫病的藥方，給了楊將軍。」白卿言望著林康樂道，「林將軍不必多心！」

林康樂一聽這話，眼睛瞪圓，當時不曾在趙勝的面前反駁什麼，卻在晉軍回營之後，還是忍不住要去見白卿言。林康樂來之前王喜平已經勸過了，可沒有勸住林康樂，王喜平擔憂林康樂說話直衝撞到鎮國公主，只得跟著一起來了，畢竟……鎮國公主那個身子現在可經不起氣。

白卿言正坐在大帳之中，盯著白錦稚翻看地方誌……

等拿下柳州之後，白卿言、劉宏和白錦稚就要兵分三路而行，白錦稚的路線已經定下來，那麼地方誌自然是要看的，這有利於之後行軍打仗。

白錦稚走神的時候，抬頭看到一邊往這邊大帳走，一邊拉拉扯扯的林康樂和王喜平，轉頭對正倚著隱囊看書的白卿言道：「長姐，林康樂將軍和王喜平將軍好像是來見長姐的！」

手持竹簡的白卿言坐直身子，對白錦稚道：「你去請王喜平將軍和林康樂將軍進來。」

白錦稚應聲坐起身來，走出帳外，負手而立看著還在拉拉扯扯的王喜平和林康樂，笑道：「王將軍，林將軍！」

林康樂看到白錦稚，一扯開王喜平攥著他胳膊的手，疾步朝著大帳方向走來，朝白錦稚一拱手行禮，便進了大帳，單膝跪地朝白卿言行禮：「鎮國公主，請恕末將放肆一問，之前鎮國公主派趙冉帶著大夫和草藥去醫治大柳州城被棄於道觀之中的百姓時，末將就擔心藥方會被大樑的大夫偷偷送回柳州城！今日……鎮國公主更是直接將醫治疫病的藥方交給大樑！大樑得不到藥方，我們晉國拿下樑國才會更容易，才會少死一些將士啊！鎮國公主所為……末將不明白。」

王喜平也進了大帳，忙朝白卿言行禮：「見過鎮國公主！」

白卿言對王喜平頷首後，看著心中憋火的林康樂將軍：「我還是頭一次看到林將軍如此不忿！」

王喜平連忙上前笑著道：「林將軍是怕大樑治好了疫病之後，便可以抽調更多的兵力轉頭來對付我們晉國，造成我們晉國將士更大傷亡，還請鎮國公主勿要怪罪林將軍！」

白卿言將手中竹簡放下，示意王喜平和林康樂二位先坐，才徐徐開口：「所以，林將軍……

我明知道上一次派趙冉和大夫們去道觀救治櫟國平民，藥方就可能已經被送回柳州城內，為何還要將藥方再給楊武策將軍一份呢？」

白卿言反問，倒是把林康樂給問住了。

「林將軍可聽過……民為邦本這四個字？」白卿言又笑著問。

林康樂跪坐在几案前頷首，手握腰間佩劍，明顯還是不服氣。

「林將軍格局要再大一些，我們征伐櫟國攻占櫟國城池，那麼……將來這些櫟國百姓便是晉國之民，如今疫病肆虐，我們將藥方交於櫟國……櫟國皇帝若是能夠助百姓平息這場疫病，難道不好嗎？且這藥方是我們晉國藉由柳州守城將軍楊將軍之手給櫟國的，日後櫟國的各城的守城大將和百姓，會不感念恩德嗎？」

林康樂垂眸靜思白卿言的話。

「櫟國皇帝拿到藥方之後，便需要大量的藥草來治療疫病，可櫟國皇帝是會先緊著將士們呢，還是會先緊著百姓呢？」白卿言對林康樂淺淺勾唇，不急不惱，氣場卻逼人得很。

「櫟國皇帝一心復仇，必定是先要緊著將士！」林康樂抬頭道。

「如此，櫟國的百姓……難道不會期盼著願意救他們性命，願意給他們藥草的晉軍能夠奪下城池，好救他們的性命或是他們親眷的性命？」

白卿言眉目帶笑，吐字清晰，又慢條斯理，話語言談間，盡顯居高位者的威嚴和氣魄。

林康樂恍然，轉頭看了眼王喜平。

「可……若是大櫟百姓要是不知道櫟國皇帝已經得到藥方了呢？」林康樂問。

「要是，大櫟百姓不知道皇帝，先將藥材緊著前線將士，不顧他們死活了呢？」王喜平也問。

「所以，我長姐早就派趙冉弄到了行商者的路引，我們的人進了柳州城之後，以下屬染疫皆死為由，重金招攬人手，帶著貨物……一路前往大樑都城韓城，自然了……我們的人必定會帶著柳州百姓，沿路宣揚晉國將治療疫病藥方給了大樑柳州城守城將領楊武策，也會告訴眾人，是晉軍救了柳州這些被丟棄在道觀裡等死百姓的性命。」

白錦稚雙手負在背後，說話時眉目間盡是與有榮焉，還帶著幾分得意，她長姐做事從來都留有後手，哪裡就是林康樂和王喜平看到的那麼簡單。

「當初大燕收復南燕之事，不就是因為百姓知道……大燕若是收復南燕對他們有好處，所以大燕收復南燕才會那麼順利！如今長姐這麼做……也是同樣的道理！」白錦稚笑著看了眼白卿言，又接著同王喜平和林康樂道，「將藥方拋給樑國皇帝，怎麼取捨，你們覺得樑帝和樑國朝廷難不難？」

白錦稚拿起她几案前的地方誌點了點：「畢竟治療這疫症之中有一味無法替代的中藥黃岑……晉國、大燕、戎狄和西涼都有，唯獨……樑、魏二國少見！」

「我們晉國嘛……正在與樑國打仗，且本身國中疫病還未完全治癒！所以定然不會給樑國黃岑！」白錦稚將手中地方誌放下之後，又道：「樑國最開始是要同魏國夾擊大燕的，大燕就算願意賣給樑國黃岑，想必也是天價，且量不會多！再說戎狄……北戎如今被南戎打得招架不住，幾次求援樑國，樑國都未曾出兵，這個節骨眼兒上大樑朝北戎要黃岑，北戎會不會卡住大樑的脖子……要求大樑出兵助北戎啊？」

林康樂和王喜平頓時恍然，尤其是林康樂，忙起身朝著白卿言一拜：「鎮國公主所思所慮，十分周全！屬下冒犯！」

「兩位將軍都是為了晉國，何談冒犯。」白卿言淺淺笑著道。

柳州城內大夫們早替之前已經康復回城的百姓診治過了，服用晉國治療疫病的藥物的確是都轉好了，但是城外大夫讓送回來的藥方裡面有幾味藥價格十分昂貴，尤其是黃岑的確是很麻煩，黃岑醫治疫病可以說是必不可少，可大樑黃岑產量極少，還需從他國購買。

柳州城內大夫在拿到楊武策帶回來的藥方之後，又反覆討論，發現這藥方或許是改良之後的藥方，有兩味十分昂貴的藥物被換成了常用藥，但是黃岑還是在藥方之中。大夫們按照新的藥方給病患試了三天之後發現，的確有效，直言這新的藥方大大降低了治療疫病的成本。

楊武策又忙寫了一份奏摺，將趙勝叛國之事寫的含糊其辭，主要寫了趙勝將此藥方交於他之事，而後讓人將這一份藥方，快馬送往韓城。

派人將藥方送往韓城之後，楊武策不由又想起趙勝那番話……他坐在小几旁，凝視小几上搖曳的油燈火苗，想到趙勝說……如今燕國滅魏是為來日一統做準備之語。

楊武策站起身，舉著油燈走至輿圖前仔細研究，再想起燕國和魏國戰況，他明白趙勝的話不假。之前燕國分兩路大軍前進出發魏國，西涼來犯……燕國皇帝下令不許二皇子慕容平和戰將謝荀回救大燕繼續攻魏國，這已經表明了燕帝要滅魏國的決心。

楊武策陡然想到，之前出青西山關口要前往晉國求和的四皇子魏啟恒，難不成……是因為晉國此次打定主意滅樑，所以晉國才殺了他們大樑四皇子？

【能征善戰的武將，這個世上從來不缺！缺的……是真正可以平定天下的雄主！而我等武將最難的便是能遇到可平定天下的雄主效忠！大燕已經動了，若是楊兄錯過鎮國公主，來日……便只能蝸居在這柳州地界上，看著旁人在這亂世爭雄了!!】

腦海中再次出現趙勝的話，楊武策緊緊攥著手中的油燈，粗重呼吸噴出，讓手中油燈火苗搖曳。他來回在輿圖前走動，目光死死盯著這被火光映亮的輿圖。所以鎮國公主才會救治大樑百姓，因為鎮國公主已經對大樑勢在必得，視如今的樑國百姓為他晉國子民了。

燕國已經有所動作，樑國皇帝絕非是有平定天下之志和平定天下之能的雄主，他到底是應該忠君死守樑國，還是應該良禽擇木去爭一爭那青史留名的大功業？

機不可失時不再來，楊武策頓感迫在眉睫，心慌意亂。

楊武策只覺腦子亂得厲害，他抬手搓了一把臉，高聲喊道：「來人，去將李副將請來！」

第二章 誓死追隨

大都城。太子一下朝先是被皇帝喚到寢宮之中，皇帝說……九重台耗費了晉國大量人力物力，歷時一年如今已經快要接近尾聲完工，工部尚書稱保守來算……至多半年一定能全部建成。皇帝吩咐太子要在舉國上下搜羅五百童男和五百童女，在九重台建成之日，隨皇帝一同登九重台。

要召集五百童男五百童女同皇帝一同登臺，也並非是難事，太子鄭重向皇帝保證，等到九重台建成之日，一定為皇帝尋來五百童男和五百童女。

皇帝誇了誇太子孝心可嘉，心滿意足讓太子退下。

太子從大殿裡出來，眉目間掩不住的高興，還沒有能來得及同全漁分享父皇剛剛誇讚了他的事情，便聽全漁說張端寧一個人先回來了，還帶了鎮國公主的親筆信，要面見太子。

太子心裡咯噔了一下，沒有耽擱即刻命人駕車回太子府，連朝服都沒有顧得上換，便見了張端寧。

張端寧說著，連他自己都感動鎮國公主對太子的忠心。

跟在太子身後的全漁緊緊攥著自己衣裳下擺，眼眶微紅：「殿下，鎮國公主當真是什麼都替殿下思慮，全然不顧她自己！」餘光見太子面色愧疚，全漁適時補充了一句：「全漁跟隨殿下身邊這麼多年，自認比不上鎮國公主對殿下的忠心和用心，全漁慚愧！日後自當以鎮國公主為表率，必定會對殿下更加用心才是！」

太子抬眸望著張端寧，心中除了擔憂白卿言之外，更是……十分舒坦。

看啊……連白卿言這樣被晉國武將崇敬之人，都是如此的忠心他這個太子，可見他是有本事的。太子沒有能藏住唇角翹起的笑容，將信拆開……

看完白卿言的信，太子心中更是大撼，沒想到白卿言對自己竟然忠心至此，時時處處為他，為晉國來日考慮。

太子緊緊攥著信同全漁說：「全漁，你去請呂相、李相，還有兵部尚書、戶部尚書，都過來，就說鎮國公主來信說了極為重要之事，孤……要同他們幾位商議。」

太子手中握著信，就像是多年不受重視的孩子，突然有了一個名望極高，軍中威望極高之人的忠心和崇敬，他迫不及待的想要讓所有人知道，想將這件事傳揚出去。

要知道，最近鎮國公主這四個字在晉國可謂是大出風頭。

朔陽極為有名的西涼舞姬名喚娜康，最近名聲大噪，原因是因這舞姬寫了一首《白將軍出征曲》，此曲已流傳晉國各地，尤其是大都……極為風靡，還有教坊舞姬用這首《白將軍出征曲》排了舞。更有成為娜康入幕之賓的才子，寫下了一首詞，全詞中有一段廣為流傳……

重弦錚錚摧五嶽，輕弦滔滔斷江流。

指尖霹靂風雲聚，耳有鏗鏘金戈音。

曲終熱血急沖天，將軍已破青西山。

那曲子太子也聽了，的確是殺伐有力，讓人聽之熱血沸騰，彷彿將軍百戰的情景就在眼前，恨不能提刀上陣，與將軍一同血戰沙場拋頭顱灑熱血，而這首詞……更是能激起人心中戰意，寫的極好。也正是因為如此，鎮國公主白卿言在晉國上下著實是聲名大噪了起來，人人都在討論這位鎮國公主……這位常勝不敗的白將軍戰場之上是何等風姿。

很快，呂相、李茂和兵部尚書沈敬中、戶部尚書楚忠興全都來了。

太子將手中書信遞給呂相等人傳閱，太子端起茶杯一副老成持重的模樣開口：「孤以為，若是真如鎮國公主所言，能以藥材為代價，拿下櫟國城池，於晉國來說，損失算是最少！將士……從出生到可以上戰場少說也需要十四年，可藥材便不同了！」

呂相看完白卿言的信，太陽穴跳了跳，他從字裡行間看出白卿言掌握了同太子交涉的方式，已能穩穩將太子拿捏在手心之中，可太子卻渾然不知。呂相不得不承認，白卿言的目光的確長遠，如今燕國卯足了勁兒的要收拾魏國，為的是為一統打基礎！

晉國若是不能在此次滅了櫟國，那麼……一旦燕國徹底滅了魏國，晉國丟失了霸主地位不說，便徹底沒有這個機會再去滅櫟了。時不我待，錯過此次晉國的損失無法估量。

如此也好，太子能夠如此信任白卿言，呂相就不用再擔心鎮國王白威霆的慘劇再次發生在白家身上，來日太子繼位……太子和白卿言君臣相互信任，這對晉國有大益而無害。

「老臣以為，太子與鎮國公主所言，實為大善！若能以藥材為代價……兵不血刃拿下櫟國城池，於晉國來說是再好不過的！」呂相起身對太子長揖行禮。

見呂相都已經同意，李茂和兵部尚書沈敬中，戶部尚書楚忠興都忙跟著表示贊同。

「如此，籌措藥材之事便交由戶部尚書楚大人來做，楚大人務必竭盡全力搜羅藥材送往北疆！」太子鄭重其事道。

「雖然，晉國剛剛經歷疫病，且疫病還未徹底平復，藥材價格上漲的厲害……可既然太子殿下開口，此舉又有利於我晉國，微臣就是肝腦塗地……也定然會將鎮國公主所需藥材籌措到，送往北疆！太子殿下盡可放心！」楚忠興站起身表忠心。

「好，此事便如此定下來了！」太子想了想之後，又將皇帝要尋五百童男和五百童女一同登九重台之事說給了呂相等人聽，「此事，孤想交給左相之子李明瑞去辦！上一次左相為李明瑞請命出征，孤沒有准許，這一次……就讓孤看看李明瑞的本事，務必要在九重台竣工之前將五百童男童女找齊。」

李茂一副受寵若驚的模樣，忙朝太子行禮：「太子殿下放心，明瑞一定將此事辦的妥妥當當！」

呂相與兵部尚書沈敬中從太子府出來，作揖和李茂楚忠興告別之後，呂相抬頭望著這晨光大盛的大都城上空，眉心緊皺，只覺……一代雄主晉國怕是要沒落了。

「呂相，陛下要這五百童男五百童女，到底是一同登臺，還是……」沈敬中見左右無人，做了一個殺的手勢，低聲同呂相道，「如今大都城之中的清貴人家……有與陛下一般沉迷丹藥之人，在人牙子處買回孩童，仿效當初的梁王為陛下煉丹的方式，已經有不少孩童殞命了，不過因為這些孩童都是有賣身契的奴僕，事情沒有鬧大，反倒是有更多的人開始仿效了……」

國君乃是一國之源，源潔則流清，皇帝開始用這種方式追求長壽甚至是長生，旁人自然是有樣學樣。

呂相搖了搖頭，只能寄希望於太子身上，希望太子登基之後，不要如同當今聖上一般。

「此事，太子已經交給李茂之子李明瑞去辦，以李家人善於鑽營的性子，李明瑞必定會將此事辦的漂亮，在陛下和太子面前討好！」呂相拳頭緊了緊，心中很是擔憂。

或許是心中還對皇帝抱有一絲希望，呂相轉頭望著沈敬中，又道：「不過，也說不準，說不定陛下就是為了讓五百童男童女與他一同登九重台，求仙藥而已，否則……若是這五百童男童女都離奇消失，陛下怕是也不好同天下交代……」
呂相這話越說到最後越沒有底氣，如今的皇帝還擔心不能向天下人交代嗎？不會的！
「不如，將此事告知鎮國公主？下官看……太子對鎮國公主的話，幾乎是言聽計從，或許……鎮國公主能夠勸住太子呢？」沈敬中道。
呂相搖了搖頭：「鎮國公主所言太子是能聽得進去，可咱們這位太子……是絕沒有那個勇氣同陛下對上的！」

樑國，韓城。接連兩份藥方送到樑帝的案頭，且兩份藥方都是來源於晉軍。
朝堂之上有朝臣說趙勝叛國其罪當誅，應當將趙勝滿門抄斬。有朝臣說……趙勝被俘卻設法拿到了治療疫病的藥方，趙家一向對樑國忠心不二，趙勝定然是為了藥方假意叛國，若是拿不到實證便斬殺趙家滿門，趙將軍聞訊定然心寒，說不定就真的投身敵營了。
朝堂之上爭論不休，三皇子倒是站了出來，同皇帝道：「父皇，兒臣以為趙家世代忠心我大樑，趙勝將軍不可能叛國，更何況趙勝將軍的母親和妻兒可都在韓城，趙勝將軍怎麼會棄母親、妻兒於不顧?!所以父皇萬不可殺趙家滿門，以免寒了趙將軍的心!兒臣以為……可以暫時讓禁軍圍住趙府，將趙家人看管起來就是了。」
樑廷老丞相點了點頭：「三皇子此言甚是！」
見皇帝點頭，三皇子這才鬆了一口氣。

有朝臣見皇帝垂眸看著那份記錄在羊皮上的藥方，上前一步道：「陛下，既然此次晉國已經將藥方給了我們樑國，微臣以為……晉國或許也不想打了，陛下不如就趁著這個機會，同晉國言和，待我國休養生息，將這疫病徹底消滅之後，再發兵晉國為四皇子報仇。」

知道樑帝報仇心切，那朝臣說話十分小心。

樑帝抬眸朝著那朝臣看了眼，發怒：「等疫病徹底消滅再發兵晉國，屆時……你們又會說國庫不支，朕還不知道你們?!從今日起誰再敢同朕提屈膝求和，大仇來日再報這種話，朕……就殺了你們的兒子，讓你們也體會體會朕現在的感受！」

那朝臣聽到這話，嚇得兩腿一軟直接跪在大殿之中：「微臣罪該萬死，請陛下息怒！」

皇帝拂袖離去，三皇子只能忙上前安撫朝臣，又將跪於大殿之中的朝臣扶起來，整理衣冠去求見皇帝，請皇帝下旨。

三皇子從皇帝寢宮出來後，皇帝的旨意也跟著下達了下去。

皇帝讓禁軍先將趙家上下看管起來，不許任何人進出趙府，直到趙勝回來。

誰知，禁軍包圍趙府之後，才得知……趙老太君五日前帶著趙家老小回鄉省親去了，禁軍統領立刻向皇帝稟報此事。

皇帝震怒，下令將趙勝三族以內的親眷全部捉拿下獄，派人去捉拿趙勝一家老小。

趙勝一家老小跑了，叛國已成定局，這已讓樑帝心煩不已，可更讓樑帝心煩的事情緊跟著又來了。皇帝交給太醫院的兩張藥方，太醫院研究之後，將兩個藥方分別給韓城救治所內患了疫病的百姓，藥服下去三天后……服了藥的百姓果然都在好轉。只是用名貴藥材的百姓轉好的速度較快，服用第二個將名貴藥材替代之後的藥方，好的稍微慢一些，但也可以醫治疫病。

太醫院將兩張藥方呈到皇帝案頭，新的問題又來了……治療疫病的藥方中，有一味不可替代的藥物黃岑。大樑並非不產黃岑，只是黃岑的產量極低，所以黃岑在樑國的價格比較高，這也就罷了，畢竟那時各國通商，總會有商人將黃岑運到大樑來，因為大樑和晉國國土接壤，所以……一般大樑用的黃岑大半數都是來自晉國。

如今大樑舉國上下黃岑的儲存量送往軍隊夠，可要醫治不斷增加的患疫百姓，卻是遠遠不夠的，需要樑帝來抉擇，該如何做，是還要同晉國死戰，還是屈膝求和，求得黃岑救百姓。

皇帝拒不求和，命人搜集全國上下的藥草，全部送往軍隊……以確保將士們能夠保持戰力，與晉國死拚。

一向軟弱的大樑三皇子，終於不再懼怕皇帝之威，當朝頂撞樑帝：「父皇，保家衛國的將士本就來自於百姓，若是只顧將士不顧百姓，百姓紛紛喪生我樑國就失去了兵源，沒有新兵源補充，戰場之上兵卒損耗，屆時樑國還是會慘敗！樑國已經到了如此境地……父皇還是不願意求和，難不成非要等到亡國……非要等到成為亡國之君，才甘心嗎?!」

樑帝惱怒，抄起香爐便朝三皇子砸去，三皇子沒有來得及閃躲開，上次被皇帝砸破，剛剛恢復不久的額頭頓時又是鮮血直流。

三皇子卻站起身來，不顧滿頭的血，目光帶著蒼涼和悲憤，望著樑帝，道：「父皇乃是一國國君，為四弟一人之仇，不顧樑國百姓生死，不顧將士生死！父皇還算是樑國的皇帝嗎？」

「你放肆！」樑帝目眥欲裂。

「父皇，兒子這條命是父皇給的，這唯一一次放肆，也是最後一次在父皇面前放肆！兒子不忍心看到樑國因為父皇不肯屈膝求和，令大樑百姓遭受滅頂之災，更不忍心看到樑國被晉國滅國，這就去了，還請父皇保重！」說完，三皇子竟直徑朝著大殿之中的紅漆圓柱撞去。

老丞相睜大了眼：「快攔住三皇子！」

千鈞一髮之際，有武將衝上前將正要一頭撞柱的三皇子撞開，三皇子重心不穩倒地，到底頭顱還是沒有能碰到那朱漆紅柱之上，沒能血濺朝堂。

幾位朝臣立刻撲上去跪著抱住三皇子，哭喊著三皇子不可如此。

樑帝睜大了眼，剛剛險些跳出嗓子眼兒的心總算回落，怒火越發不可遏制……

「好啊！你還和朕玩起死諫這一套了！朕還沒死呢！你就想來做樑國的主了？就這麼怕晉國，你樑人的硬骨都去哪兒了?!」

樑帝氣得將桌几拍的啪啪直響，吼道：「都別攔著！讓他撞！現在就給朕撞！朕倒要看看他敢不敢撞，看看他到底是為了踩著朕的臉面為他博得美名，還是真是個諍臣！」

「陛下息怒啊！」老丞相再次叩首請皇帝息怒。

「一個窩囊了這麼多年的草包廢物，竟然敢死諫！你是想做那沽名釣譽的諍臣呢……還是想將朕取而代之?!你要是想取而代之應該拿劍來殺了朕最乾脆俐落！何苦弄出死諫的戲碼來邀買朝中人心！」

滿臉是血的三皇子猛然抬頭，他以為他只要死諫便能用他的鮮血喚醒父皇的理智，可他的父皇竟然說他是個窩囊的草包廢物！說他死諫是做派……是邀買人心！

三皇子滿目熱淚，死死咬著牙一聲不吭，接受自己父親對他無端的指責，閉上絕望的雙眼。

「陛下息怒啊！」朝中大臣紛紛跪下，請求樑帝息怒。

「晉國皇帝建什麼九重台，不會亡國！朕要為啟恒復仇就會亡國?!這是朕的國！還不是你的！」樑帝狠狠指著三皇子，憤怒的臉都變了顏色，「朕想如何就如何！輪不到你來做主！想作主……那就等朕死了你登上皇位再說！」

「陛下息怒！三皇子萬萬不會有這個意思！求陛下寬恕三皇子！」樑廷年邁的老丞相頭磕的砰砰直響，請求皇帝開恩。

「老丞相你起來！」樑帝面色略有緩和，可心口一股氣憋著出不來，又對著三皇子發怒，「趙勝朕原本不想用，是你……你用項上人頭擔保，讓趙勝帶著趙家軍出征！這下好了……趙勝帶著趙家軍轉投了晉國，這就是你舉薦的好將領！」

樑帝咬牙切齒，又將手邊奏摺砸向三皇子：「你若不是朕的兒子，你以為……你這腦袋還能在肩膀上?!你命早就沒了，還能在這裡和朕來死諫這套！」

樑帝再次拂袖而去，一眾大臣連忙將三皇子扶起來。

老丞相望著滿臉是血的三皇子，忙掏出帕子替三皇子按住額頭上的傷口，語重心長道：「三皇子何苦來得！陛下向來吃軟不吃硬……三皇子如此做，只能傷了自己啊！」

老丞相是真的心疼三皇子，三皇子雖然平庸無大才，可為國……卻真是赤膽忠心。否則以三皇子膽小怕事的個性，怎敢明知會觸怒皇帝逆鱗，怎會幾次三番在朝中懇求皇帝為民三思。

三皇子抬手按住帕子，朝各位朝臣道謝，可眼底卻沒有了往日的情緒，平靜的似一潭死水。

第二日，三皇子告病在府上，未曾早朝，有朝臣前往三皇子府探望，三皇子也不見，似乎打定了主意再不參與朝政，在府中閉門養傷。

救出趙勝母親、妻子和兄弟後，白家護衛兵分兩路，一路駕著刻有趙家徽記的車馬直奔往北方，出城之後更是棄了車駕，晝夜兼程快馬直奔柳州城方向，終於在十一月二十抵達晉軍軍營，還帶來了趙勝母親的親筆書信和信物。

之前趙冉來找趙勝要信物，稱鎮國公主要在趙勝歸順晉國的消息傳入大樑都城之前，派人前往韓城救他的家人時，趙勝其實並未抱特別大的期望，沒成想……鎮國公主的人竟然真的將他的家人全部救出。

蔡子源深覺白卿言這步棋走得極妙，既能讓趙勝對她感激不已，又能抓著趙勝的軟肋控制趙勝。

他之前還擔憂……白卿言冒然用樑國的悍將趙勝，怕是難以駕馭，可若是將趙勝的一家子都捏在手心裡，那白卿言便不用擔心趙勝是假意歸順，回頭反咬一口。

趙勝的確對白卿言銘感於心，鄭重向白卿言叩拜道謝後，趙勝為顯示心懷坦蕩真心追隨白卿言，當著白卿言的面將趙老太君的親筆信打開。

趙老太君在信中說，不論兒子做什麼決定都相信兒子，因為她知道他的兒子是一個心懷百姓之人，若是不利於百姓之事他就是死都不會做，讓趙勝放心趙家人一定不會成為趙勝的拖累。

趙老太君這話裡有兩個意思，一……相信趙勝不會背叛大樑的百姓，二……若是有朝一日鎮國公主用全家要脅趙勝，趙老太君會帶著全家走上絕路，絕不會讓他們成為鎮國公主要脅趙勝的把柄。

蔡子源眉心一跳，沒想到趙老太君竟然如此剛烈。

趙勝念完信已經是淚流滿面，白卿言對趙老太君的果決亦是感懷至深，道：「趙老太君，乃豪傑也！」

趙勝哽咽咬緊牙關，朝著白卿言一拜：「趙勝對鎮國公主絕無二心，願……追隨鎮國公主創太平盛世！」

「白卿言必竭盡所能，在有生之年……讓趙將軍看到這一日！」白卿言挺直腰脊，鄭重道。

自那日柳州城下見過趙勝之後，楊武策便陷入極大的矛盾之中。

他想要成為平定這天下的有功之臣，又不想落得一個叛國的名聲，儘管楊武策的下屬紛紛表明態度，願意誓死跟隨楊武策，可楊武策還是左右為難。

大燕那邊兒連奪魏國數城的消息接連不斷傳來，還有傳魏國遣使求和，卻被大燕拒絕……稱戰事是魏國挑起來的，大戰途中還敢拉扯西涼攻打燕國致使燕帝重傷，不滅魏國……難泄大燕心頭之恨。可見大燕此次必要滅魏，為來日一統天下打基礎。

大燕和魏國戰報每每送來，楊武策都會沉不住氣，可又強迫自己冷靜下來，擔心自己背負不起那個叛國之名，心中天人交戰，好不煎熬。

若是晉國攻城將柳州城打下來了，他被迫歸順晉國……也算是老天爺替他做了決定，可偏偏……已經快一月過去，晉國在青西山關口安營，竟然沒有攻城的打算。

如今樑廷派廉文傑帶三萬大軍增援，援軍已到三日，因為與晉國兵力還有差距……且晉軍率兵將領之中有鎮國公主，就連廉文傑也不敢冒然出兵，雙方就這麼僵持著。

楊武策坐在書房，看著眼前那列國輿圖已經看了很久了，可始終下不了那個決心。

「將軍！將軍……我們派去韓城送藥方的楊威回來了！」楊武策的副將帶著送藥方的將士從門外進來。

楊武策這才轉身走至几案前，示意送信回來的楊威坐。

楊威落坐後先端起水咕嘟咕嘟喝了一大碗，然後才道：「陛下已經決定全國上下搜集治療疫病的藥材，送往軍中！聖旨已經發往各地，勒令民間百姓不許私藏藥材，全部上交！若有發現私藏藥材，嚴懲不貸！」

其實，當楊武策和他的副將拿到藥方，看到藥方之中不可替代的黃岑之後，就猜到或許會是這個結果，畢竟現在樑帝復仇心切不說，晉國已經打到家裡了，樑帝只能先顧軍隊這也是情理之中。

「鎮國公主這手段的確厲害。」楊武策咬了咬牙，總算是想明白了白卿言為何要將藥方交給樑國，「陛下此舉，必定會讓百姓心寒，作為一國國君，拿到藥方……不想著趕緊救治百姓，卻從百姓的手裡搶藥，這是明著不給百姓活路了啊！」

全國上下搜集藥材送往軍營，不顧百姓死活……必然會引得百姓民怨沸騰。

而晉國呢，將藥方交給樑國，在列國面前做出了仁義的姿態，樑國還要繼續和晉國打……便是不識好歹，即便是日後晉國滅了樑國，列國也無法指責晉國……晉國也只需道，晉國將藥方交給樑國便是有意示好，可樑國皇帝非要為四皇子報仇，不願言和，只能如此。

且兩國交戰之時，晉軍還捨藥材救樑民，仁義之名保住了！樑國百姓怕是也不會再抵抗晉軍！

楊武策閉了閉眼，又聽楊威道：「另外還有一件事，三皇子在朝堂之上怒斥陛下不肯屈膝求和，要做亡國之君，激怒陛下，三皇子於朝堂撞柱死諫，被救下之後，又被陛下羞辱，三皇子心灰意冷回府之後閉門不出，也不去朝堂了！」

楊武策聽到這話，長長歎了一口氣，他想明白了……即便是今日他楊武策在這裡頑抗抵禦晉軍，依舊阻止不了樑國滅國的步伐，因為一國皇帝……已經被仇恨蒙蔽了眼睛，棄江山百姓不顧，一心只想報私仇，失去了一個君王應當有的擔當和氣魄，成了這芸芸眾生之中……手握至高權柄，卻是最普通的一個……想要為兒子復仇的老父親。

若說大樑朝堂之中，皇家還有哪一個人能夠真心為大樑著想，那便是三皇子。

如今就連三皇子都心灰意冷，大樑還有什麼指望？

楊武策的副將看著緊緊閉眼，眼角似有淚水的楊武策，咬了咬牙大著膽子上前，抱拳道：「將軍，莫要再遲疑了！末將知道將軍有壯志雄心，也有忠君愛民之心！如今晉國有草藥可救萬民於水火，晉國有平定天下的能力和決心，將軍有平定天下的抱負！燕國氣勢大盛……滅魏勢在必行，鎮國公主不會給將軍更多時間考慮！」

之前楊武策同趙勝在柳州城下一會之後，楊武策將眾將領喚來商議此事時，楊威也在。

楊威亦是從几案後走出來，單膝跪地，抱拳同楊武策道：「將軍，晉軍打進來，和將軍主動求和，將軍日後在鎮國公主那裡所受的器重程度定然會不同，再者也能減少我軍傷亡！末將願誓死跟隨將軍一同平定天下！」

楊武策緩緩睜開眼，看著跪在自己面前的副將和楊威，拳頭緊握，下定決心開口道：「楊威……出城去晉軍軍營找趙勝，讓他轉告鎮國公主，明日一早，楊武策率柳州城眾將士出城，於城門之外恭候鎮國公主，願……率眾將士誓死追隨鎮國公主！」

「是！」楊威應聲，顧不上剛回來一身的風塵僕僕，轉身朝外面跑去。

「你去……」楊武策走至自己副將身邊，壓低了聲音道，「派人將帶兵前來增援的廉文傑……和隨行的三位將軍管控起來，召集柳州城眾將士，就說我有話要說！」

「是！」楊武策的副將正要走，楊武策卻一把拉住副將的手腕，聲音壓得極低：「務必要悄無聲息進行，我不希望在這個節骨眼兒上，廉文傑幾位將軍反抗鬧出動靜，讓將士們心中不安。」

決心一旦下了，楊武策面前就只有一條路，只能一條道走到黑了！此番，跟隨鎮國公主……若是不能在有生之年平定天下，他便是樑國的叛臣賊子，若是能夠平定天下，他就是不世功臣！可觀這位鎮國公主的智謀和手段，楊武策相信……跟著鎮國公主他會是後者。

晉軍在青西山關口安營紮寨已經快一個月了，有的將領已經開始急躁，不知道這仗到底還打不打。

王喜平和林康樂還好，之前跟隨張端睿將軍，張端睿將軍打仗就是個穩妥不冒進的性子，如今劉宏將軍是個要比張端睿將軍還要穩重的將軍，他們就算是有脾氣……跟隨劉宏這麼久也磨合的差不多了。

可白錦稚，還有安平大軍中的柳平高和其他將士卻都按捺不住了。在安平大營眾將士的攛掇下，柳平高帶著安平大營飛熊營的王金兩人一同去了白卿言大帳外求見。

白卿言抬眸看到柳平高帶著一個略有些臉熟的將士進來，放下手中展開的竹簡擱在几案上，笑著道：「飛熊營的王金將軍也來了……」

王金受寵若驚朝著柳平高看了眼，忙抱拳單膝跪地行禮，有些不好意思：「末將當不起鎮國公主將軍二字，沒想到鎮國公主還記得小人！」

「自然是記得的，當初你隨我前往火神山救高義郡主，我還未曾好好謝過你，快起來吧！」白卿言笑道。

王金抬手摸了摸後腦，手足無措，又帶著幾分崇拜和堅定開口：「末將當初只是被鎮國公主那番話給感動了，鎮國公主說……白家軍的道義，是絕不捨棄任何一個同生共死的浴血同袍！說……那日困在火神山的即便不是高義郡主，只是晉軍之中任何一個為救同袍捨生忘死之人，鎮國公主亦會捨命相救！您說……這無關善惡，無關值與不值！這才是信念！這才是道義！末將只覺振聾發聵，深以為然！所以末將願意追隨鎮國公主！」

到現在王金想起白卿言坐在高馬之上，擲地有聲說出這番話時，他心情是怎樣的熱血沸騰，怎樣的激盪。白卿言的每一個字，他都記得一清二楚，能夠背的一字不差。王金願意誓死，跟隨白卿言這樣的將軍捨命沙場！

白卿言點了點頭。

王金看了柳平高一眼，大著膽子抱拳道：「末將今日同柳將軍前來，是因為我們安平大營的將士們，在這青西山關口待不住了，特來問一問鎮國公主不知道為何還不攻城？鎮國公主在我等將士心中，從來都不是一個遲疑的將領，一向殺伐果斷，為何……這一次都快等了一個月了也沒有要攻城的意思，我聽探子說柳州城的援軍都到了三天了。」

柳平高也同白卿言道：「是啊，再這樣等下去，我們將士們的殺心就要被耗沒了，且拖下去對我們晉軍也不利。」

「不攻城，是因為每一位將士的命，在我看來都是極為珍貴的！」白卿言拿起竹簡，將竹簡卷起，也沒有瞞著柳平高和王金，直言相告，「我在等柳州城守城將軍楊武策歸順晉國，楊武策對樑國忠誠度極高，我們得給楊武策時間去想，我算著……楊武策應當已經收到來自大樑都城韓城的消息！很快……楊武策就會做出決斷，我們再等等，若是楊武策拒不歸順，再打不遲！」

白卿言話剛說完，白錦稚就疾步走進大帳：「長姐，楊武策派人來要見趙勝將軍！」

柳平高與王金對視一眼，王金望向白卿言的目光越發崇敬。

白卿言頷首站起身來，道：「將楊武策將軍派來的人帶到劉宏將軍帥帳，召集其他將領過來！柳將軍……與我同去！」

「是！」柳平高抱拳稱是。

從白卿言大帳出來，王金喜不自勝，不等具體消息放出來，便疾步跑回安平大軍將士所在營地，告訴將士們這個好消息。

劉宏等了這些日子，一聽柳州城守城將軍楊武策派人來了晉軍軍營，便知道楊武策這是要歸順晉國了不由心情大好，忙讓人將趙勝和楊武策派來的楊威請入他的大帳之中。

楊威隨趙勝一進大帳，就見劉宏紅光滿面坐在主帥之位上，反觀鎮國公主坐在劉宏下首的位置，一身戎裝顯得十分肅穆，倒不知……這軍營之中到底應該是誰說了算。

按照功績，按照地位，按理說應當是白卿言說了算的，可劉宏此時坐在主帥的位置上，楊威有些犯難。楊威又看了眼劉宏，有些遲疑，卻還是朝劉宏一拱手，轉而對鎮國公主一拜：「柳州城守城將軍楊武策派末將前來，轉告鎮國公主……明日一早，楊武策將軍將率柳州城眾將士出城，於柳州城門外恭候鎮國公主，願率柳州城眾將士誓死追隨鎮國公主！」

這是楊武策讓他帶的話，楊威不得不帶到，楊威本以為這番話一出……身為晉軍主帥的劉宏定然會不高興，沒想到劉宏卻十分高興道：「楊將軍深明大義，為一城百姓著想，劉宏佩服！鎮國公主雖為女子可胸懷廣袤，領兵打仗難逢敵手，楊將軍能入鎮國公主麾下，足見心胸亦是廣大！」

白卿言看著楊威，應聲：「勞煩轉告楊武策將軍，明日一早……白卿言必到。」

劉宏身邊的親衛將楊威送了出去，白卿言望著趙勝開口：「此次……能夠兵不血刃拿下柳州城，趙勝將軍功不可沒。」若非趙勝前去柳州城下見了楊武策將白卿言那番話轉告，又將藥方交給楊武策，或許楊武策還下不了這個決心。

劉宏頷首：「等來日班師回大都城，劉某人定然會將趙將軍的功績……如實稟報陛下和太子殿下！」

趙勝連忙行禮稱不敢。

「明日入柳州城，柳州大定……」白卿言望向劉宏，「便由劉宏將軍、我還有白錦稚各自率兵分三路挺進韓城，爭取在最短的時間內拿下韓城，滅樑。」

白卿言此言一出，大帳之中的晉軍將領頓時熱血澎湃，各個摩拳擦掌準備大幹一場。

白錦稚長長呼出一口氣，難掩興奮。

尤其是林康樂，當年滅蜀之戰是白家軍打得，林康樂眼饞了好久，如今……終於也輪到他可以參與到滅國之戰來。

白卿言緊緊握著腰間佩劍，她一路殫精極慮走到今天這一日，只要能拿下韓城，她便能舉兵反晉了。她相信用不了多久，北戎便會被阿瑜徹底平定，北戎在手，再將大樑攥在手心之中，滅西涼，平大燕，天下一統指日可待。這天下……當是有能者平定，以百姓為重者得之。

情緒激動的晉國將領紛紛看向面色無多少變化的白卿言，當初滅蜀之戰……是白卿言斬下龐平國頭顱立下大功才平定的，他們相信此次白卿言亦是能帶著他們滅樑。

白卿言與白錦稚從劉宏大帳之中出來，眼睛受不住耀目日光，她抬手用手掌擋住光線瞇了瞇眼，便聽將士來報，說大營外有一個名喚月拾的人，要求見白卿言。

「長姐，定是蕭先生派來的！」白錦稚一臉驚喜，「我去喚月拾進來！」

白卿言握著腰間佩劍的手一緊，道：「出去見吧！」

「好！」白錦稚應聲。

月拾立在青西山關口已經被修補好的城牆之外，牽著兩匹馬，伸長脖子往裡瞅……看到白卿言和白錦稚策馬出營的身影，月拾笑著上前一步，還未開口喚白卿言，就被守城門的將士用長戈攔住了他上前的腳步。

月拾看了眼那晉兵，只能悻悻朝後退了幾步，直到白卿言快馬而出，月拾才高興喚了一聲：「白大姑娘！白四姑娘！」

白卿言勒馬，從馬背上一躍而下，望著興高采烈的月拾，便知道蕭容衍那裡一切進展順利。

月拾上前，朝著白卿言長揖一禮，轉頭指著身後那匹通體雪白的寶駒，道：「主子特派月拾前來為白大姑娘送馬！主子說……雖然這匹馬或許比不上大姑娘之前的疾風，但性子是極好的，且此馬極通人性，戰場上或許能護白大姑娘！」

白卿言視線落在月拾身後雪白的駿馬身上，白錦稚先按捺不住上前輕撫著那馬匹柔順的毛髮，豔陽之下……這駿馬的毛髮似被鍍上了一層聖潔之光，隨著腳下步子踢踏，周身給人一種有瑩瑩流光之感。

平安看到小主人摸那匹通體雪白的寶駒，鼻子裡噴出極重的氣息，甩了甩鬃毛。

「對了……」月拾將藏在心口的信拿出來，恭敬遞給白卿言，「這是我家主子給大姑娘的信！」

白卿言接過信，笑著問：「你們家主子可好？」

「我家主子很好，主子的兄長也聽了洪大夫的勸告，如今好生靜養，就是辛苦了主子……如今一大堆事情都壓在主子身上，主子脫不開身，只能讓月拾前來送馬！不能親自來見大姑娘！」月拾說著又朝白卿言一禮。

白卿言將信拆開，信裡蕭容衍十分露骨的表達了對白卿言的思念，叮囑白卿言征戰在外千萬保重，務必收下這匹馬，不要再轉送他人。

白卿言耳根微熱，看了下一頁……信中，蕭容衍告訴了白卿言一些魏國的狀況，自從大魏皇帝御駕親征之後，魏國國都也不太平，魏國皇帝的親兄長蠢蠢欲動聯繫舊部，若是魏國皇帝有什麼三長兩短必會取而代之，魏帝年僅八歲的幼子，險些被人暗害中毒身亡。

魏國太后自此，將魏帝八歲的幼子整日帶在身邊，看得和眼珠子似的，生怕小皇子出點兒什麼意外。如今魏國是內憂外患，魏帝雖然算不上是一代明君，但也並非昏庸，可即便如此……魏帝依舊是雙拳難敵四手，魏國大軍已經顯露疲態。而魏國君王親自出征都沒有能取勝，更是讓燕軍戰心更強，魏軍士氣低迷，拿下魏國都城指日可待。

白卿言走至那匹駿馬身旁，抬手摸了摸馬兒的頸脖，那通體雪白的駿馬像是知道誰是主人一般，低頭……腦袋在白卿言掌心裡蹭了蹭。

眼前的白馬有些像疾風，卻和疾風是完全不一樣的性子，倒是十分溫順，也合白卿言的眼緣：「替我謝過你家主子！」

「是！」月拾抱拳行禮。

白卿言轉頭看向月拾，突然開口問：「月拾，你是打算就這麼一直在你們家主子身邊，當一個護衛嗎？」

月拾一聽話題陡然轉到了自己的身上，一怔：「屬下……不明白大姑娘所指。」

白卿言摸了摸駿馬笑著道：「你身手極好，可以一當十，只做護衛未免可惜！」

不等月拾開口再問，她已笑著同月拾說：「告訴你們家主子，我給這匹馬起名……太平。」

縱馬長驅，征戰殺伐，只為太平。

一頭霧水的月拾忙同白卿言長揖：「是！」

「可要入青西山關內歇歇？」白卿言問。

月拾搖頭：「我要儘快趕回去！」

意料之中的事情，白卿言點了點頭，從剛才她騎來的那匹馬身上取下一個包袱，丟給月拾：「路上用……」

月拾低頭一看，是白卿言讓人給他準備的肉乾，笑得眼睛瞇在一起：「多謝大姑娘！」

「一路保重！」白卿言朝月拾拱手。

來日再見，或許……白卿言與蕭容衍和月拾，便要站在對立面了。

「大姑娘……不給我家主子，帶封信嗎？」月拾小心翼翼問。

「讓你家主子保重。」

月拾：「……」

罷了，就原話給主子帶到吧！月拾一躍上馬，任務完成，便著急趕回蕭容衍身邊，蕭容衍已經給二皇子慕容平和大將軍謝荀下令，只要攻占下魏國都城昌城，便要請陛下乘車入魏國皇城，以為大燕正名，讓世人看到……燕已非彼時之燕，要讓西涼怕……要讓西涼懼，要讓西涼主動前來求和。月拾不想錯過陛下踏入大魏都城昌城的盛況，需要快馬加鞭趕回去。

宣嘉十七年十一月二十二日，大樑柳州守城將軍楊武策，率柳州城兩萬將士與前來柳州馳援的三萬樑卒歸順晉國，晉軍兵不血刃拿下柳州城。

大樑繼青西山關失去趙勝所率三萬趙家軍與三萬多樑卒之後，又失五萬餘眾兵力，一國頹敗之勢已顯。

白卿言下令不許劫掠百姓，但有留於柳州城中的富商，為討好晉軍，送上珍寶，劉宏知白卿言此次率朔陽眾將士來大樑，並未領用朝廷軍資，便讓人都將這些財物送至白卿言處，白卿言也並未客氣收下後，讓人運往朔陽城……交給劉管事。

宣嘉十七年十一月二十三，南戎鬼面將軍活捉北戎王斬首示眾，在戎狄第一場大雪到來之前結束整個戎狄的短暫分裂，鬼面將軍因功績卓著，被戎狄王冊封異姓王。

宣嘉十七年十一月二十四日，晉軍主將劉宏，決意兵分三路……直攻大樑都城。

劉宏率八萬大軍直線，攻城前進。

高義郡主白錦稚率四萬將士於柳州城東門出發，順著平坦廣袤的沃野繞遠路避開多數城池前往韓城。

鎮國公主白卿言帶趙冉、趙勝、楊武策三將，從柳州城西門出，選了沿途城池最多的一條路逼向韓城，除去樑國歸順晉國的樑卒中戰死和重傷的將士，加上朔陽八千將士，白卿言麾下共十二萬之眾。

劉宏知道白卿言將所有歸降樑卒帶到身邊，是為了減輕他與白錦稚的風險。可劉宏還是忍不住擔憂白卿言，白卿言不帶安平大軍不帶晉軍……麾下所率皆是歸降樑卒，而趙勝和楊武策都是樑國大將，萬一要是中途變卦，白卿言手中只有幾千朔陽將士，怕不穩妥。

白卿言讓劉宏安心，她信得過趙勝和楊武策的人品。且趙勝的家人如今在白卿言的手裡，再說楊武策……他若是真的要反她，不會思慮近一個月後主動歸降！

劉宏雖然不放心，卻也知白卿言的個性向來是說一不二，也覺得白卿言既然敢帶著趙勝和楊武策走，必然就有能制住他們的信心，劉宏只好准許白卿言率兵出發。

白卿言所選的這一條路，雖為分散壓力城池居多，但自然……攻破的城池多了，便能有更多的財寶送回朔陽，再送到白錦桐的手上。

白卿言率先出發，臨行前她將白錦稚和蔡子源叫到一旁叮囑：「此次為你選的這條路，盡是平原坦途，若是有可能儘量避開城池，記住……你的主要目標是韓城，我與劉宏將軍攻城前行，為你吸引兵力，指望著你成為殺入大樑的奇兵！不要糾纏攻下城池的數目。」

「小四記住了！長姐放心！此次小四絕不冒進，定穩重行事！若是真的有什麼拿不准主意的，我就問蔡先生！」白錦稚說著回頭看向蔡子源。

蔡子源受寵若驚，忙朝白錦稚長揖行禮。

白卿言點了點頭，忍不住抬手摸了摸白錦稚的頭髮，看向蔡子源：「蔡先生，小四我就託付給你了！」

一身黛綠色夾棉長衫，披著披風的蔡子源對白卿言鄭重保證：「鎮國公主放心，子源誓死效忠高義郡主。」

蔡子源同白錦稚立在柳州城門前，目送白卿言所率大軍緩緩離開，蔡子源這才同依依不捨的白錦稚道：「聽說劉將軍正在修改要遞回大都城的奏摺，高義郡主可以趁此機會，也遞給太子一封信，替鎮國公主多要一些好處！」

負手而立的白錦稚扭頭望著蔡子源：「要什麼東西？」

「要東西是其次的，主要還是表忠心，眼下……太子越是信任鎮國公主，便能為鎮國公主爭取來更多的時間！」蔡子源壓低了聲音道，「太子只有對鎮國公主付出的心思越多，才能越倚重鎮國公主，也更能對鎮國公主深信不疑。」

「那我要藥材？」白錦稚問。

「不僅要藥材，還有糧食！更有軍餉！鎮國公主帶出來的這支隊伍可沒有用朝廷的糧餉！原本想著打下城池之後便能補給，可鎮國公主為了替太子殿下留住人心，留住臣民，所以下令不許搶掠百姓，可若是如此……朔陽出來的兵沒有銀錢糧餉，鎮國公主不讓上報給太子殿下添麻煩，可我們高義郡主是個直腸子沉不住氣，看不下去本就身體嬌弱，又為戰事心力交瘁的鎮國公主再為這些將士的糧餉發愁，同太子討要東西理所應當。」

蔡子源低聲說完，白錦稚就懂了，她點了點頭：「我懂！要東西……這個我最擅長！還要告訴太子，長姐不許告訴太子，是我等長姐走了之後才敢偷偷給太子寫這封信的！」

白錦稚聰慧一點就透，蔡子源笑著頷首。

白卿言的志向是天下，那麼來日舉事需要的銀錢數目必定龐大，能從太子那裡要一點兒是一點兒，白家自家的能省一點兒也是一點兒。且，以蔡子源這些年在大都城對這位太子的研究，若是這位太子知道鎮國公主如此為他著想，必定會做出投桃報李的姿態，從國庫撥付白卿言更多。

宣嘉十七年十一月二十八，鎮國公主白卿言率部，率先奪下建鄴城，建鄴城大樑守城將軍王興軍戰敗自刎殉國，鎮國公主命入城將士不得強搶百姓，軍隊接管救治所，派隨行軍醫對百姓進行救治。

宣嘉十七年臘月初九，劉宏所率一路兵馬至淮上城，淮上疫病情勢嚴峻，百姓跪求守城將軍出城求和，請晉軍入城治療疫病救命，守城將軍望著滿城跪地求和的百姓，不再頑抗，率兵出城降晉，求劉宏醫治患疫百姓。

宣嘉十七年臘月初十，鎮國公主白卿言再奪大樑永安城，將所率部眾擴充至十五萬，永安城百姓見晉軍入城，不搶不殺，反醫治患疫百姓，感激涕零，富商紛紛獻上寶物。

宣嘉十七年臘月十一，燕國大將謝荀將魏國御駕親征的皇帝射於馬下，魏國皇帝重傷身亡。

宣嘉十七年臘月二十八，魏國年僅八歲的皇子被太后扶持繼位，成為魏國新帝，魏太后垂簾聽政，決意遷都衛暑城暫避燕軍鋒芒。

宣嘉十七年除夕夜，謝荀與二皇子慕容平所率兩路大軍，已至魏國都城昌城城下，魏國大將軍宋冠旭率兵死守昌城。

而在除夕夜這夜，沈青竹終於快馬加鞭趕上了白卿言，替白卿言帶來了朔陽母親的信和母親送來禦寒的冬衣。

大樑的天氣一向暖和，冬季無雪，其實是用不上這麼厚的禦寒冬衣，可白卿言摸著那風毛極為厚實的冬衣，心中還是猶有暖流潺潺而過。

除夕之夜，白卿言與眾將士歡聚一堂，永安城有百姓和酒樓餐館掌櫃，因感激晉國鎮國公主白卿言救命之恩，除夕前往軍營送上餃子。被晉軍占領的永安城，並不像其他被攻占下的城池那般變為人間地獄，反倒有軍民其樂融融之象。

白卿言同將士們熱鬧之後，回到大帳之中，脫下戰甲，身著常服坐在火盆前，一邊看母親送來的信，一邊問跪坐在她對面的沈青竹：「不是讓你留在大都城照顧你師父，你怎麼來了？」

沈青竹將茶壺掛在火盆之上，為白卿言烹茶，低聲道：「我不放心大姑娘！」

「你還怕我會和以前你們在我身邊一樣，當急先鋒嗎？」

白卿言抬眸笑著朝沈青竹看去，只見沈青竹點了點頭。

大帳內火盆燒得極旺，沈青竹用裹銅的長鉗撥弄著紅彤彤的炭火，整個人被映得暖融融的。

白卿言笑了笑，垂眸凝視著母親的來信，緩緩開口：「那時我身邊有女子護衛隊護著，身後有祖父、父親和叔父、弟弟們，自然是敢全無後顧之憂的往前衝，可如今……我哪裡還能如此肆意妄為。」她還得護著白家，還得完成白家祖祖輩輩薪火相傳的志向，她又怎麼能讓自己死。

沈青竹望著最近又清減不少的白卿言，心中愧疚不已，她身為大姑娘的貼身護衛，大姑娘來戰場她沒有跟隨，反倒留於大都那個太平之地，讓大姑娘獨自涉險，實在是太不應該了。

董氏在信中告訴白卿言朔陽一切都好，讓白卿言勿要憂心，很隱晦的告訴白卿言家中劉管事他們行事穩妥，將白卿言交代的事情都辦的非常好。

「夫人都說了什麼？」沈青竹忍不住好奇問。

「母親在信中說，朔陽白氏一族的族長白岐禾知道我在大樑需要用大量藥材，統領白氏族人上下一心，不但購買了許多藥材要支援攻打大樑的軍隊，更是舉族上下捐錢捐物……購買了一批糧食，此次也隨行給我們送了過來，哪怕是杯水車薪也算是族人的一分心意。」

白卿言將信翻了一頁：「剩下的便是一些瑣碎的叮嚀。」

白卿言將母親的叮嚀逐字逐句認真看完，回頭摸著身邊包袱裡母親親手縫的狐裘大氅，眼底都是溫潤的笑意。

見白卿言將董氏的信疊好，沈青竹這才又從心口拿出一封信遞給白卿言：「這是二姑娘讓我帶來給大姑娘的信。」

白卿言忙接過信拆開，坐於燈下細細流覽。

「二姑娘自從知道范餘淮有異動，就調足了人手盯著范餘淮，和同范餘淮來往之人……」沈青竹聲音平穩有條不紊向白卿言敘述自己知道的，「這范餘淮也不知道是謹慎呢，還是真的只是為了同同僚敘敘情義，他一直同巡防營舊部，還有他在禁軍之中的下屬隔三差五聚上一聚。」

「之前我得知此事時，曾買通了酒樓的小二，想潛入酒樓盯一盯，可卻碰到了二姑娘派潛進去的人，不管是小二所言也好，還是二姑娘派去探查的人也好，都沒有查出什麼異常的，他們除了敘舊之外，倒也未曾說其他什麼不能說的。」

沈青竹留在大都城，除了照顧師父之外，察覺到不同尋常之事，也會替白卿言去查。

除了沈青竹說的這些之外，白錦繡信中還說……范餘淮就連宴請的次數所花費的銀兩，算下來都與俸祿相差無幾。

可就是這相差無幾讓白錦繡生了極強的戒心，范家自然是有一些生財的營生，宴請之事的次數和規格能控制在自己俸祿之內，不得不說……顯然是經過用心算計的。

只是目下還沒有查出什麼蛛絲馬跡，不過可喜的是……當初白卿言安插在禁軍之中，未曾將名單給范餘淮的那幾人，其中兩人最近也被范餘淮叫著去參加范餘淮的「小聚」了，若是范餘淮有什麼異動，那兩人自以為忠心於太子……必然會稟報。

「還有一事……」沈青竹放下手中裹銅的碳夾子，隔著炭火通紅的火盆望著白卿言道，「符若兮將軍按照大姑娘之前傳回去的命令，找了個由頭，將巡防營之中官位較高且與范餘淮親近的千夫長，與位置相對較低與范餘淮較為疏遠的百夫長，位置調換，范餘淮倒是未曾疏遠被降職的千夫長。」

白卿言頷首，抬眸又問：「那麼……那個被升上千夫長位置的百夫長呢？范餘淮有沒有刻意親近？」

沈青竹搖了搖頭：「在我離開之前還未曾。」

白卿言將信翻了一頁，白錦繡信中寫著，她已經查出是誰舉薦了范玉甘和張端寧兩人來押送糧草輜重的……

是范餘淮給太子府如今最得寵的紅梅送了禮，為兒子求前程，那紅梅將此事告訴太子之後，太子又將范餘淮招到了身邊示好，稱范餘淮是自己人，大可親自去向太子為兒子求前程。

至於張端寧，是呂相不放心范玉甘，為了穩妥又舉薦了張端寧同行。

詳細寫了這些事情之後，白錦繡還在信中說了一件關於秦朗的事情……

如今太子主政，念及秦朗是白卿言的妹婿，故而將修書撰史的秦朗遠派白沃城去當縣官，在上令下來之前太子曾將秦朗叫到一旁，明說……是念及秦朗是白卿言的妹婿，所以只要在外待幾年……幹出政績來，太子便會將秦朗調回大都城委以重用。

秦朗已經收拾妥當，過完年便要去白沃城上任了。

再有便是九重台已經建到尾聲，工部尚書稱預計明年六月份就可徹底竣工，如今大都城內都在傳，皇帝要在過完年後三月份開始召集五百童男和五百童女一同登九重台求仙藥，此事會交由李明瑞去辦，雖然如今還沒有明旨下來，可太子的確給了李明瑞人手。

現在大都城已經出現清貴人家買童男童女來煉丹之事，只是事情做的隱晦，又因買來的童男童女都是有身契，生死皆由主子作主，故而事情不曾鬧大。

白錦繡之所以如此擔憂，是怕皇帝為了求長生不老走火入魔，被國師那個妖道蠱惑，動了歪心思。

秦朗因曾被皇帝稱為世家子表率，春闈又考得不錯，皇帝有時會召秦朗前去，整理那些求仙問道的竹簡書籍。秦朗說他在那些竹簡書籍之中看到過始皇求長生不老藥的記載，有一卷竹簡稱徐福帶了五百童男童女出海是幌子，實際上是用這五百童男童女的性命煉丹藥，將這五百童男童女的壽數過給服藥之人。

白錦繡怕皇帝召集這五百童男童女，是受了妖道和竹簡雜記的影響，要用這些孩子的性命煉丹。

白卿言手心一緊，手指幾乎穿透信件，她將信紙丟入火盆之中，起身走至几案之後，提筆給白錦繡回信。

她在信中告知白錦繡，不論皇帝欲帶五百童男童女登九重台是為用他們的性命煉製長生丹藥，還是只是登臺求仙藥，都將皇帝要用五百童男童女煉丹藥之事散出去，事情做的隱晦一些，最好在晉國之內引得人心惶惶。

如此，呂相等人必會為了穩住晉國人心，而勸阻皇帝和太子。

就算是不能勸住皇帝，百姓聞風也會有戒心，不會一聽要同皇帝一同走九重台就急吼吼將自家孩子送去，有了傳聞……百姓才不會將孩子交給李明瑞，讓皇帝帶著自家孩子登九重台。

倘若如此還不能阻止皇帝湊齊童男童女的決心，那留給白卿言的時間就不多了，她必須在九重台建成之前，拿下大樑國都韓城。

除此之外，白卿言讓白錦繡再多派些人，連同范餘淮的家人一同監視起來，有必要的話可以找機會買通范府的下人。

她在寫完這些之後，又遲疑了片刻，還是在信末寫下讓白錦繡同秦朗一同上任前往白沃城，一來望哥兒還小離開父親對孩子不利，二來……秦朗也需要人照顧。

可最重要的一點白卿言未說，她希望白錦繡離開大都城，是因為等奪下韓城之後舉兵反晉，那時候再將白錦繡和望哥兒轉移出去，動靜太大。

此次……正好太子派秦朗年後去白沃城上任，白錦繡同秦朗一同赴任，名正言順。

至於大都城內的秦府，便交給蔣逢春那兩個女兒自己去折騰吧！

另外便是小七，如今小七還在祖母身邊……

不過，白卿言深信，若是她這邊真的舉兵反晉，祖母還是會護住小七這個孫女兒的。

但，白卿言還是在信中讓白錦繡叮囑小七白錦瑟，范餘淮動向不明，若是大都城出了什麼亂子，一定要機靈一點兒，可以信祖母，但是不能全信，要根據情況自己提前做好準備。

另外，白錦繡走後，將手中暗衛悉數交給符若兮，搜集大都城消息的事情全部交給符若兮處理。話她寫的很隱晦，是怕直白告訴白錦繡她拿下大樑韓城之後要反，白錦繡定然會以身涉險留在大都城為她收集消息。

可在她的心裡，妹妹的安危要比任何事情都重要。

第三章　合力殺敵

信寫完，白卿言將信密封好，交給沈青竹：「派可靠之人，日夜兼程將信送回大都城。」

沈青竹頷首，拿著白卿言的信從大帳之中出去時，正巧碰到背著藥箱而來的洪大夫。

洪大夫笑著從懷裡掏出一個紅色荷包，遞給沈青竹：「來，青竹丫頭，這是給你的壓歲！」

沈青竹一怔，隨即雙手接過道謝：「多謝洪大夫！」

說完，沈青竹便急吼吼去喚白家護衛，她不敢耽擱要立刻命人將信送到白錦繡的手中。

白卿言聽到洪大夫的聲音迎了出來：「洪大夫，怎麼沒有和他們在前頭熱鬧？」

洪大夫笑呵呵同白卿言進了大帳之中，放下藥箱，伸出冰涼的手在火盆之上烤，道：「我年紀大了，前面那群孩子太鬧了，來……給你診脈！」

洪大夫將脈枕放在几案之上，讓白卿言坐，又將火盆朝白卿言的方向推了推。

白卿言順從跪坐在洪大夫對面，伸出手讓洪大夫診脈。

洪大夫將烤熱的手搓了搓，這才伸出手按住白卿言的腕脈，垂眸細細思索。

半晌之後，洪大夫這才收回手，眼底的笑意更濃了：「看來又該給大姑娘換藥方子了。」

這意思，便是白卿言的身體已經比以前更好，需要調整藥方。

白卿言理了理袖口，抬頭就見洪大夫遞過來了一個紅色的荷包：「拿著……」

白卿言微怔，錯愕望著洪大夫：「這是？」

「今年在外過年，老朽就舔著臉當自己是大姑娘半個長輩，算是給大姑娘壓歲。」洪大夫慈祥笑著，眼角縱橫的溝壑被燭火映亮，隱隱能看出褐色的斑點。

聞言，她眼眶一熱，雙手接過洪大夫給的荷包，道：「卿言自幼便是洪大夫看著長大的，在卿言心裡……洪大夫與祖父無異。」

洪大夫點了點頭，將藥箱收拾好，起身道：「大姑娘早些歇息，今晚老朽回去琢磨琢磨……明日給大姑娘換新方子。」

「洪大夫慢走！」白卿言起身相送。

目送洪大夫離開，白卿言垂眸凝視手中的紅色荷包，上面什麼都沒有繡，和以往白卿言收到的荷包不同，就是用兩片紅布拼湊，再用紅線縫了幾針，想來是洪大夫臨時湊合的。

但……就是這樣的荷包，白卿言拿在手裡卻覺得沉甸甸的，又暖又溫馨。

在洪大夫的心裡，她一直都是一個孩子。

今夜除夕，若是在大都城或是在朔陽，定然是漫天飄雪，可大樑冬季是不見雪的。

夜空無皎皎明月，只有疏星點點。白卿言仰頭看了看朗朗夜空，手指摩挲著荷包，轉身正要進帳……突然有石子輕輕砸落在白卿言右側，她回頭便看到於樹後從容走出來的蕭容衍。

蕭容衍一身黑色勁裝，幽邃湛黑的眸子望著白卿言，眼底盡是溫潤笑意。

上次和蕭容衍相見，還是在二月十八崆峒山驛館，那夜白卿言遇襲……蕭容衍正巧也在。

今歲白卿言生辰時，雖然白卿言明知蕭容衍如今在大燕脫不開身，卻還是隱隱在心底期待著蕭容衍會不會突然出現。後來，蕭容衍沒有能來，連個信也沒有，白卿言心裡隱隱有些失落，但也知蕭容衍分身乏術，便吃了一碗長壽麵了事，畢竟征戰在外……顧不上那麼多講究。

生辰蕭容衍未出現，那時她便以為，下一次見面，他們必定是要站在對立面了，誰成想……

竟然在除夕看到了蕭容衍。已經太久太久未見，蕭容衍的身形越發挺拔結實。雖然蕭容衍的五官不如慕容或那般驚豔絕倫……精緻到讓人挑不出一絲瑕疵，可依舊不能否認蕭容衍的英俊奪目，他的英俊是一種剛毅厚重的男人陽剛氣魄，似乎只要有他在……不論何種逆境他都能毫不費力撐起一方天地。

火盆中隨風高低亂竄的火光忽明忽暗映照著蕭容衍的五官，顯得愈發立體，棱角愈發鮮明，尤其是那雙眸子，深邃又沉靜，淺淺含笑，高深莫測。不知是不是因為蕭容衍一身黑衣的關係，他眉目含笑時溫潤的儒雅，已經掩不住他身上經過歲月磨礪……純粹成熟又迫人的威懾感。

白卿言攥著荷包的手一緊，四目相對，強烈的思念衝擊心房，讓她的心跳不自主快了起來。

蕭容衍從容朝著白卿言的方向走來，她極力克制著奔向蕭容衍的腳步，眼眶竟有些濕潤，緊緊攥著手中紅包，最終還是忍不住朝著蕭容衍的方向快行了幾步。

她心中有歡喜雀躍，也有幾分擔憂，怕蕭容衍趕在除夕過來會影響燕國諸事，她沒忘記上次月拾說……燕帝將事情一股腦交給了蕭容衍。

她立在蕭容衍面前，忍著心跳，仰頭望著他問：「你怎麼來了？」

冷風吹過，並未帶走白卿言面頰上滾燙的熱度。

「這還要多謝白家暗衛放我與月拾進軍營來……」蕭容衍眸子凝視著白卿言的眉目，忍不住抬手將白卿言鬢邊碎髮攏在耳後，湊近她耳邊低聲道，「否則我和月拾怕是潛不進來。」

關於白家暗衛陪著月拾瞎溜達的事情，蕭容衍已經知道，所以這一次才敢明目張膽偷偷潛入晉軍軍營之中。

還不等白卿言開口，就聽蕭容衍突然掩唇咳嗽了兩聲，牽扯到胸前的傷口，他怕白卿言看出破綻側身避開，可佝僂起的脊背顫抖……緊繃的身形，還是讓白卿言瞧出他受了傷。

「你受傷了？」白卿言扶住蕭容衍。

「不礙事……」蕭容衍攥住白卿言扶住他的手，手指摩挲著白卿言的細腕，眼底有濃得化不開的深情，「小傷，阿寶勿憂！」

她湊近蕭容衍聞了聞，蕭容衍身上熟悉的氣息之中夾雜著極淡的血腥味，她皺眉反握住蕭容衍的手腕扶住他：「進帳我看看……」

蕭容衍垂眸望著眉心緊皺的白卿言，見她擔憂的模樣，眼底笑意越發濃，便順著白卿言的意思，將半個身子都壓向白卿言，一副強撐著不願意被白卿言看出虛弱的模樣，步調緩慢隨白卿言朝大帳內走去。

月拾這一次還算有眼色，躲在樹後沒有出來打斷白卿言和蕭容衍，見兩人一同進了大帳，月拾偷偷笑了笑，正愁去處呢，突然聽到了頭頂傳來口哨聲。

月拾抬頭，就見白卿言身邊的暗衛正蹲在樹枝上瞅著他，笑道：「走吧小崽子，留一個人在這裡守著就成了，咱們去喝茶！」

未過門的姑爺好不容易和他們家大姑娘見一面，他們這些當下屬的怎麼能這麼沒有眼色，還跟個蠟燭一樣杵在這裡幹什麼？留一個人遠遠的守著，防著外人偷襲也就是了。

月拾頗為意外，他光顧著偷偷瞧主子和白大姑娘了，竟不知道什麼時候白家暗衛已經在他頭頂上了，可見之前不管是在大都城還是朔陽城，果真是白家暗衛陪著他滿城溜著玩兒。

「好！」月拾笑著點頭，「我正愁沒處去呢！」

月拾同那白家暗衛離開，去了離大營特別遠的一個帳篷，月拾剛一進去就看到了正圍在火爐前吃著熱騰騰餃子、剝花生的熟面孔。

正在下餃子的白家暗衛，腰上繫了個沾滿麵粉的圍裙，一手拿著鍋蓋，一手正用長柄木勺在鍋裡攪著：「哎呦，這小崽子是爬在鍋沿兒上了還是怎麼滴，這餃子剛好就來了？未來姑爺也來了？還沒有吃吧！」

月拾憨憨笑了笑，抬手摸著後腦，也沒客氣：「還真沒吃，主子著急趕路來見白大姑娘，我這個做下屬的怎麼好意思自己吃！」

「那還愣著幹什麼，去洗手來爐子邊兒坐……」那下餃子的暗衛招呼著月拾。

月拾還從未見過這樣有煙火氣息且都親如一家人的暗衛，他自小是在燕帝慕容或和慕容衍身邊長大的，所見的暗衛都是規規矩矩，成日裡不苟言笑，藏於主子看不見的暗處護衛著主子的安危，甚至有些人當了一輩子的暗衛，連同袍的名字都不知道。

月拾洗了手，和白家暗衛一同圍爐而坐，手裡立時便被塞了一個荷包，裡面是醃好的肉乾。

「餓了先吃著！正是長身體的時候，得好好吃才有力氣照顧好我們未過門的姑爺！」將月拾叫到大帳裡來的暗衛笑著道。

月拾隱約覺得這句話哪裡怪怪的，可一想到這些白家暗衛已經認定了自家主子就是他們的姑爺，心裡還是很高興的，點頭從荷包裡抽出一根肉條塞進嘴裡，別說……這味道還真好吃。

大帳內，白卿言扶著蕭容衍坐在鋪著白色狐狸毛毯的軟榻上，又將火盆往蕭容衍的方向推了推，她坐在蕭容衍身邊透過燭火細查蕭容衍胸前的位置，只覺他胸前有極小一片黑色衣料色澤微深。她手指剛剛觸碰到還未摸，手腕便被蕭容衍攥在了燙人的掌心裡，蕭容衍輕輕用力便將白卿言帶入懷中。

她抬頭望著蕭容衍，只見男人認真望著她的眼睛，緩緩低下頭，似乎想要吻她，壓低的聲音帶著沙啞：「阿寶，我是個男人……」

細若無骨的指尖劃過蕭容衍胸前那一小塊色澤較深的布料，察覺出濕意……

她垂著眼睫，凝視指尖，果然沾上了些許紅色，只是因蕭容衍穿著黑色的衣裳，所以傷口出血若不仔細看，是決計看不出來的。心陡然提起，皺著眉問：「怎麼受的傷？我看看……」

蕭容衍瞅著白卿言擔憂的模樣，心頭如同蜜糖一般的，身體前傾，手臂將她整個人圈在懷中……

「別鬧！」她雙手不敢觸碰蕭容衍的胸膛，只能按住蕭容衍的雙肩，剛站起身又被蕭容衍扯回來，趔趄跌坐於蕭容衍懷中。

身下是男人結實炙熱的大腿，熱度穿透衣料傳來，驚得她略顯狼狽，忙道歉起身，卻被蕭容衍一手攬著她的腰，一手按住她的腿將她牢牢固定在他的腿上，與她平視。

蕭容衍的目光深沉又幽靜，分明波平如鏡，可她看懂了他平靜眼底蘊藏幾乎要將她吞噬的熱焰。

察覺蕭容衍視線落在她唇角，低頭有要吻她的意圖，她手心收緊，凝視男人線條分明的臉輪廓，沒有強行要看他的傷口，退了一步，低聲問：「你身上是受了什麼傷？」

「小傷，不礙事……」蕭容衍說話時挺鼻已經碰上了她的鼻頭。

她屏住呼吸，按在蕭容衍肩頭的手，不知什麼時候已經勾住了他的頸脖，炙熱的唇瓣冷不防壓下來那一瞬，她心頭惴惴，小心又克制的仰頭迎合。

分神怕碰到蕭容衍的傷口之際，齒關已經被撬開。她將人推開一些，又被男人更加用力攬入懷中，壓住她的唇，屬於蕭容衍的氣息強勢入侵心肺，讓她心跳速度越來越快，手指屈起攥住了蕭容衍頸脖後的衣領，思緒亂得一塌糊塗，就連手臂都跟著起了一層雞皮疙瘩。

火盆之中突有火星燃爆的細微聲響，驚得白卿言推開兩人距離。

蕭容衍沒有勉強，他只靜靜凝視白卿言，藉著搖曳的火苗望著白卿言眉目間的羞赧之色，動作溫柔又從容將她鬢邊碎髮攏在耳後，輕撫著她輪廓優美的下顎，拇指輕撫著她的唇角，再次輕輕吻了上去。

她撇開頭，手已經抵在了蕭容衍胸口：「你的傷……」

話還未說完，男人便再次封住了她的嘴唇。

掌心之下，是男人堅實而有力的心跳，她有所顧忌不敢使力，蕭容衍卻得寸進尺吻得越發用力，她只覺招架不住，臉上的熱度要燒起來，手心收緊，便聽到喘息粗重的男人悶哼一聲。她忙撇開頭，中斷了這個吻，看了眼手心裡的鮮紅，克制著劇烈的喘息，問：「你傷的很重嗎？」

蕭容衍攥住白卿言的手，低頭聞了聞，調整呼吸，低聲道：「不要緊，被魏國先皇兄長派出的殺手刺了一劍。」

聞言，她起身：「我派人喚洪大夫過來！」

「阿寶！」蕭容衍攥住她的手腕，眉目含笑，手指摩挲著她的細腕，凝視著她低聲說，「小傷而已，哪裡就用得著讓洪大夫來，你這是關心則亂，真的是小傷。」

「我這裡有創傷藥，重新給你包紮一下傷口。」

蕭容衍四平八穩坐在鋪著狐狸皮毛的軟榻上，望著白卿言從箱籠裡翻找藥匣子的忙碌身影，眼底笑意越發濃，抬手解開身上的黑色披風，隨手搭在軟榻隱囊之上。

找到了藥匣子，白卿言打開看了眼，裡面裝著乾淨的細棉布和創傷藥，她將藥放在軟榻旁的小几上，仰頭望著蕭容衍：「你……衣裳脫一下。」

蕭容衍薄唇帶著極淺的弧度，垂眸靜靜凝望蹲跪在自己面前一副要給他上藥架勢的白卿言，又深又黑的眼眸裡笑意帶著極濃的曖昧：「阿寶，我們還未成親。」

她被蕭容衍問得耳根一熱，故作鎮定問：「需要我蒙上眼睛嗎？還是……你自己可以換藥？」

蕭容衍拉起白卿言的手按在自己衣裳斜襟的盤扣之上，攥著她的手解開第一顆盤扣，又挪向第二顆盤扣，向前傾身湊近她的耳邊，薄唇貼著她的耳骨，低聲說：「脫了衣裳，看過了，希望阿寶不要始亂之……終棄之！」

熱氣一陣陣隨著醇厚的嗓音，竄入她的耳蝸。

第二顆盤扣被解開，她的臉也跟著轟然發燙。

她硬著頭皮從蕭容衍手中抽出自己的手，將蕭容衍的衣扣解開，夾棉的衣裳已經被鮮血沁濕，望著蕭容衍胸前纏繞著被染紅的細棉布，她手幾不可察的抖了抖，冰涼如玉的手指輕輕觸碰男人炙熱發燙的胸膛，只聽蕭容衍輕輕吸一口氣，身體僵直。

「我還沒開始拆細棉布，很疼嗎？」白卿言一邊低聲問，一邊動作輕緩將細棉布拆開。

蕭容衍望著白卿言笑道：「傷口疼痛男人都可忍受，真正讓男人無法忍耐的……是心愛之人的觸碰。」

她垂眸不理會蕭容衍，專心拆紗布……男人緊實肩脊緊繃著，在這燈火之下更顯線條分明，蜜色的胸膛和腰腹，勁健有力，無一絲餘贅。

黃澄澄的燭火之下，冰肌玉骨的美人兒，耳朵紅如鴿子血。紗布拆開白卿言才發現，蕭容衍這傷口是還沒有癒合便又撕裂的，她用細棉布蘸了熱水，擦去蕭容衍傷口邊緣的鮮血，將洪大夫的止血藥塗抹在蕭容衍傷口之上，又將藥膏塗在細棉布上……小心翼翼貼在蕭容衍的傷口處。

給蕭容衍包紮傷口，白卿言包紮的極為小心。

「你怎麼會被魏國先皇親兄長派出的殺手刺殺？」

她一邊收拾藥箱，一邊問正在穿衣裳的蕭容衍。

還未將衣裳扣好的蕭容衍見白卿言收拾好藥箱起身要將藥箱歸位，他伸手攥住她的細腕，輕輕扯著她讓她坐進自己懷裡：「魏國先皇的兄長，曾經派人毒殺過如今的魏國小皇帝之事，你可知道？」

她未矯情的非從蕭容衍懷中起身，點了點頭。

「那……南戎的鬼面將軍平定戎狄，將燕軍俘虜之事，你也知道了？」

「雖然沒有得到確切的消息，但聽說南戎平定戎狄，結束了戎狄內亂，我便猜到……燕軍要麼便是被趕出了戎狄，要麼便是被戎狄俘虜了。但若燕軍被趕出戎狄，想來晉國一定會收到消息……」

白卿言眉目清明望著蕭容衍：「但，晉國沒有收到消息，我便猜到……燕軍應當是被俘虜，或者被全部屠盡了。」

蕭容衍頷首，白卿言心智無雙，自然會猜到這不意外。

「我遣使去戎狄，請戎狄將燕軍放歸，可戎狄王卻稱……此事他全權交於如今戎狄的鬼面王爺處置，他不會過問，也不知這是戎狄王的推搪之詞，還是戎狄王真的對鬼面王爺信任至此。」

蕭容衍聲音徐徐，她聽著卻相信定然是……後一種。

她知道，弟弟阿瑜想要掌控南戎，那麼必定會牢牢掌控戎狄王，更會牢牢的掌控軍隊。

「後來，魏國也是聽說南戎的鬼面將軍徹底平定戎狄，便遣使前往戎狄求援，戎狄王同魏使也是說……全憑鬼面王爺做主，而魏使同燕使一樣，都未在戎狄尋到這位戎狄鬼面王爺。」

她似幽譚古井的眼眸黑仁靜靜望著蕭容衍，等著他繼續往下說……

「就在上個月月初，魏國的西懷王找到我的下屬，希望能借我行商的路線，來大樑尋到鬼面王爺，請戎狄援手魏國！而我正巧也想親自會一會戎狄這位鬼面王爺，談一談燕軍之事！便念著曾經和魏國西懷王的情義，想救西懷王一救，帶他出魏國，沒成想這一路，魏國先皇的親兄長卻派人一路追殺西懷王。」

蕭容衍原本並未想著真的帶西懷王來樑國，可殺手一路追殺，蕭容衍只能將西懷王帶在身邊，誰成想這一路就帶來了大樑。

不過，蕭容衍並未打算真的帶西懷王見戎狄的鬼面王爺，他會找一個合適的機會，將西懷王安頓在大樑靠海的某個城中，給他商鋪和宅子，讓他做一個富家翁終老此生，也算對得起西懷王曾經對他的種種信任照顧。

西懷王是真的拿蕭容衍當做朋友，所以蕭容衍不想負了西懷王這分真情真意，打算永遠瞞住西懷王，不讓他知道……他的真實身分。

白卿言並不關心魏國的西懷王，她更關心戎狄的鬼面王爺，她有些驚訝，問：「你說……戎狄的鬼面王爺在大樑？」

蕭容衍頷首：「應當正在前往韓城的路上，聽說是受了大樑的邀請，帶著兵去的……消息我已經證實過無誤！」

她心猛然一跳。她明白了，阿瑜……是要帶兵入韓城，以援兵為名，拿下韓城！

可若是如此，太危險了！若是阿瑜到了韓城已經動手，而她卻沒有來得及先白錦稚和劉宏一步趕至韓城，阿瑜非常容易被人包餃子，或者是……裡外夾擊。

她在腦子裡迅速過了一遍輿圖，猜測……阿瑜或許和小四碰上。

「戎狄的鬼面王爺……是白家公子？」蕭容衍雖然是問，語氣卻十分肯定。

蕭容衍早就知道此事，所以才會將這個消息告訴白卿言，讓白卿言有所準備。

她回神望著蕭容衍，交了實底：「是。」

即便是蕭容衍已經知道，可對於白卿言的不隱瞞，他還是很高興。蕭容衍知道……這並非是白卿言被感情沖昏了頭腦，而是白卿言有這個自信和能力，即便是他知道也無法奈何這位鬼面王爺。

對戎狄也好，對天下也好……她都有勢在必得的決心。

這樣的白卿言，讓蕭容衍也燃起了鬥志。

晉國可以說已經是白卿言的掌中之物，而戎狄也已經盡歸白家，她拿下大樑……也是早晚的事情，再觀燕國……收復南燕，如今滅魏之戰還在打。

他想要同白卿言分庭抗禮，便需要在拿下魏國之後，儘快奪取西涼！

可偏偏，西涼女帝可並非草包。畢竟，這個世道對女子來說本欠缺公平，而能真正登頂將權力攥在手中的女子，更是出類拔萃之人中的佼佼者，絕不能小覷。滅魏之戰，不能再拖，一定要在晉國拿下大樑之前，把魏國拿下來，他才能與白卿言爭一爭看誰終能平定天下。

「照這麼說來，天下大半數已經歸於阿寶手中，我需得好好努力了。」蕭容衍揉捏著白卿言細白如玉管的手指，眼底全都是敬佩和高興，「等平定了魏國，我便登門提親，也不知……阿寶有沒有在岳母大人面前，替我說說好話？」

「阿娘，應當是滿意你的。」她沒有忘記曾經母親同她說起是否中意蕭容衍之事，儘管這話說出來不算矜持，也算是給蕭容衍吃一個定心丸。

蕭容衍低低的笑聲輕快，將懷裡的女人摟得更緊，慢慢低下頭，用挺鼻碰了碰她的鼻頭，兩人唇瓣幾乎相觸，可他遲遲沒有吻下來，只用手指摩挲著她的唇角，低聲問：「以岳母對阿寶的疼愛，阿寶滿意，岳母大人便必會滿意，對否？」

不等白卿言回答，蕭容衍唇瓣便已經輕輕碰到白卿言的唇，幾乎是唇瓣相抵呢喃著：「這些日子，我無日無夜不在思念阿寶，阿寶可也念著我？」

他親吻她的唇角，望著白卿言臉上暈染紅坨的模樣，與她對視，喉頭發出低問聲：「嗯？」唇瓣若有似無的觸碰，就像是隔靴搔癢，讓情動不能自持的感覺似被放大了無數倍。

她環著蕭容衍頸脖的手收緊，視線落在蕭容衍唇瓣之上，輕輕淺吻，睫毛因為緊張輕顫著，她低聲說：「想的，生辰的時候明知道你脫不開身，也盼著你會到。」

蕭容衍曾言「生同相慶，日共歡顏」之語，白卿言未曾忘記。

更是未忘記，蕭容衍曾說「恨不能現在就天下一統，日日夜夜……將你擁入我懷。」之語。

「原本是能趕到的，只是不想將危險帶給你，魏國皇家培養的殺手傾巢而出，難纏了些，受傷之後又養了一陣子……」蕭容衍與白卿言十指相扣，聞到白卿言髮絲上的幽香，動情難以自持，摟緊白卿言的細腰，在她擔憂欲追問時，吻住她的唇。

不再是淺嘗輒止，吻得越來越用力。

晃神間，心神俱亂的她已經被蕭容衍吻倒在了狐狸皮毛鋪著的軟榻上。

搖曳燭光和炭火爆破聲之中，有什麼陌生讓人難以自持的情愫一觸即發。

她環著蕭容衍頸脖的手臂不自覺收緊。

「鎮國公主這大帳門口怎麼都沒有個人守著？人呢？」

「進去看看吧！」門外傳來趙勝和楊武策屬於武將的粗獷聲音。

她慌張想推開蕭容衍，可蕭容衍薄唇緊抿著，拒不配合。

蕭容衍剛剛只覺渾身熱血沸騰，全然沒有注意到有人靠近大帳，被人突然打斷風月之事，他難免心中不痛快。

「鎮國公主是不是不在？」

聽出楊武策和趙勝已經跨進大帳，白卿言掌心慌亂間按住蕭容衍的傷口，疼得蕭容衍捂著心口悶哼一聲。

楊武策和趙勝聽到屏風後傳來男人的聲音，愣在大帳門口，對視一眼，小心戒備按住了腰間佩劍，拇指抵出劍刃，寒芒閃現。

屏風後，白卿言已經顧不上蕭容衍，她臉上猩紅還未褪去，便理了理衣裳從屏風後出來，她忍著要跳出喉嚨的心跳，做出一副一本正經的模樣朝著楊武策和趙勝拱手，問道：「兩位將軍前來可是有事？」

楊武策和趙勝見白卿言從屏風後出來，忙將快要出鞘的寶劍收回去，拱手朝著白卿言行禮：「見過鎮國公主！」

趙勝注意到屏風內還有人，藉著燭火隱約看到裡面似乎站著個身姿挺拔的男子，正在繫衣裳盤扣。

楊武策十分高興同白卿言道：「鎮國公主，大名府的守城將軍……」

趙勝老臉頓時轟一下燒了起來，忙低下頭，只覺自己和楊武策來得似乎不是時候，忙拽了一把楊武策，打斷了正準備向白卿言稟報大名府守城將軍曹仁義欲率兵歸降，只求鎮國公主可以賜藥救治百姓之事。

「鎮國公主若是還有事要忙，我二人便先行退下！明日一早再來同鎮國公主稟報！」說著，趙勝便一把拉著楊武策要走……

「我話還沒說完，大名府不戰願降這樣的大事，怎麼能等到明日？」楊武策甩開趙勝的手，心急想將此事告知白卿言，已經等不到明日了。

見趙勝咬著牙用目光示意楊武策往屏風內看，白卿言負在身後的手用力收緊，這事要是解釋不明白……怕趙勝和楊武策要將她當成荒淫之徒了。她清了清嗓子，不等正瞅著屏風方向的楊武策回過神來，便道：「屏風內的是曾經於我白家有恩的大魏義商蕭先生。」

為避免更大的誤會，她緊攥著汗津津的手心，自以為亡羊補牢的描補了一句：「蕭先生受了傷……兩位來時我正替蕭先生換藥。」說完，白卿言才覺出自己這句話簡直越描越黑。

軍中難道沒有軍醫？還得她一個女子親自為男子上藥？

趙勝倒是很配合，裝出一副十分真誠的模樣點了點頭。

聽白卿言在為趙勝和楊武策介紹他，蕭容衍扣好盤扣，從容從屏風後走了出來，眉目含笑，朝著楊武策和趙勝頷首行禮，周身盡是矜貴沉穩氣魄：「容衍……見過兩位將軍。」

望著走至白卿言身邊的蕭容衍，男子五官英俊剛毅，既有男子的陽剛氣魄又有書生的儒雅氣度，身上帶著身居高位者的威嚴感，這種迫人之感甚至可與鎮國公主比肩，全然沒有商人應當有的逢迎諂媚之姿。

趙勝原本還以為白卿言這是看中了軍營中哪個將士，趁著除夕之夜將人喚了過來，沒成想竟然是赫赫有名的大魏富商蕭容衍。趙勝驚訝之餘，脊背陡然生寒，這蕭容衍是何時……又是如何混入軍營的，竟然沒有人發現！還是……蕭容衍一早就在軍營之中，只是他不知道？

趙勝朝著白卿言看去，似乎是想要求證。

白卿言鎮定自若開口：「不瞞兩位將軍，蕭先生與我……由晉國太子作媒，已是未婚夫妻，今日除夕……蕭先生特意快馬加鞭趕來同我相聚，是我讓人將蕭先生接入大營之中。蕭先生受了些小傷，今日除夕……不好勞動軍醫，這才粗略為蕭先生處理一二。」

趙勝和楊武策一臉恍然，趙勝忙更加恭敬朝蕭容衍行禮：「蕭先生多有冒犯。」

「無妨……」蕭容衍因為白卿言對外稱他們已經是未婚夫妻之語，眉目間笑意更深，周身殺伐之氣都被溫潤笑意掩得一絲不漏。

「蕭先生！」楊武策也忙朝蕭容衍行禮，可心中不免疑惑，蕭容衍是魏國人，難不成是來求鎮國公主救他母國的，畢竟現在魏國被燕國打得毫無招架之力。

「趙將軍、楊將軍請坐，與我詳細說說大名府守城將軍願歸降之事。」白卿言坦然對楊武策和趙勝做了一個請的姿勢。

「是！」趙勝、楊武策抱拳稱是。

蕭容衍既然已經是白卿言的未婚夫，便也未曾避開，在白卿言身旁落坐。

楊武策同白卿言行禮後道：「曹仁義與末將父輩關係還算不錯，所以在拿下永安城之後，我便同趙將軍商議，是否可以先行讓我入大名府勸降曹仁義，可趙將軍擔心我冒然去大名府會有危險，便讓我先試著送信過去！這些日子大名府一點兒動靜都沒有，末將都以為此次怕是要費一番功夫才能拿下大名府。」

坐在白卿言身邊的蕭容衍視線落在白卿言几案上那一摞竹簡上，又看向白卿言面前半攤開的竹簡……沒成想竟然是《商子》。商君商鞅所著《商子》被列國所禁，只有大燕有全本，又被稱作帝王之書，所寫的正是馭民之術。蕭容衍朝著正認真傾聽楊武策說話的白卿言望去……

如今看到白卿言看這冊書，蕭容衍便明白白卿言的確有稱帝之心。

蕭容衍又拿起右側几案上，白卿言還未寫完的竹簡更是意外。

白卿言竟在寫兵法，還未寫完，蕭容衍拿過竹簡粗粗流覽。

白卿言目前所寫完的兵法中，第一章……便是說以民心軍心為本，著重強調了攻心為上，不僅是對敵軍更是對自己的將士，士氣極為重要。

二是詳細強調了知己知彼的重要性，如何根據一個人的過往經歷，還有習慣，來預判對手的行為，提前防備，反守為攻。蕭容衍看得有些癡迷……

楊武策說到大名府，忍不住笑開來，聲音也提高了一個度：「誰知……就在剛剛，大名府方向派人送來了我們大樑特有的吃食和樑酒說是慶除夕，還讓大名府來送吃食小隊長帶來了一封信，說是願意歸降鎮國公主，只希望鎮國公主能賜藥救治百姓。」

白卿言垂眸細思，這可和她派人查出曹仁義曾與戎狄之戰中，不顧百姓死活寧死不降的幾場戰役行為不符。

她之所以沒有帶兵攻打大名府，一來是因拿下永安城已經接近年關，她想讓將士們過個好年，二來也是讓將士們好好休整，好啃下大名府這個難啃的骨頭，可曹仁義……卻派人來稱降。

她眯了眯眼，搭在几案邊緣的手輕微摩挲著，曹仁義派人送來的樑酒……和大樑特有的吃食。樑酒、特有的吃食……她低笑一聲，抬眸看向趙勝：「趙將軍以為呢？」

趙勝眉心緊皺：「我與曹將軍不曾有過過多交集，可依照我對曹仁義曹將軍打仗的手法瞭解，曹將軍並非一個愛惜百姓性命的將領，曾經戎狄之戰……曹將軍為了死守城池，強搶百姓糧食，不許百姓離城避難，逼迫百姓拿著農耕用具抵禦戎狄。」

「楊將軍以為呢？」她又問楊武策。

聽趙勝這麼一說，楊武策也略有些遲疑，他與曹仁義關係不錯，自然是希望不要兵戎相見，所以曹仁義派人來求和，讓人帶話也是說不願意和楊武策兵戎相見，楊武策喜不自勝，險些……被舊情蒙蔽了雙眼。正如趙勝所言，曹仁義並非是一個以百姓為重的將領，此次卻說……求鎮國公主賜藥救治百姓，這……算得上是其中最大的破綻了。

楊武策不敢回答白卿言的問題，思索了片刻道：「雖然我不想與舊友兵戎相見，可趙將軍所言……的確不無道理。」說完，楊武策抱拳鄭重同白卿言道：「若是鎮國公主信得過末將，不如讓末將帶小部分兵馬前去大名府一探，若是曹仁義真心歸降，鎮國公主再率部入城，若不是……末將定會活捉曹仁義至鎮國公主面前。」

「不必楊將軍帶兵前往大名府了，今夜怕是這位曹將軍會帶兵前來一會。」她笑著收回擱在几案上的手，語速緩慢，「今夜是除夕，不論是我軍也好……還是樑軍也罷，都會疏於防範，而在除夕這舉家團圓的日子裡……曹將軍送來大樑特有的吃食和樑酒，會不會引起大樑這些將士的思鄉、念鄉之情？會不會有……當初四面楚歌的效果？」

趙勝與楊武策對視一眼，心中警鈴大作。

「我們派去盯著大名府的探子可曾回來？」她問。

趙勝頓時恍然：「未曾。」

如此，怕是派去盯著大名府的探子已經被曹仁義殺了。

如若不然，曹仁義派人送來樑酒美食之前，探子就應該回來稟報才是。

她雙手撐著几案站起身走至掛在大帳之中的沙盤前，趙勝和楊武策連忙起身跟上。

大致掃過詳細的地形之後，她在沙盤之上點了點他們如今紮營在永安城和大名府的位置，語速沉穩：「從我們安營之處前往大名府，來回僅需一個半時辰，請趙將軍再派探子前往大名府打探，探子兩人一組，每隔半柱香的時間出發，一共放出四組！告訴他們不論是途中還是大名府有異動立即折返稟報，若是無一組歸來……定是出問題了。」

趙勝同楊武策頷首，若是曹仁義真的要夜襲，為穩妥……定然會在路上設伏，阻截晉軍探子。

她腦子轉的飛快，一邊想一邊道：「同時請趙將軍和楊將軍集合將士，告知將士們預計曹仁義要夜襲軍營之事，切記一定要給將士們好好提提氣！」

她說著拿了寫著趙和楊的兩面小旗子，凝視趙勝，鎮定自若道：「若是四組探子都未曾回來，趙將軍便率五萬大軍於我軍軍營右側，聽候號令！」

話音一落白卿言將寫著趙字小旗插在了營地右側，又迅速將楊字小旗插在了左側，望著楊武策：「楊將軍率五萬大軍於我軍軍營左側策應，我帶餘下將士在營中靜候，待曹仁義大軍一入包圍圈，便將其拿下！」

白卿言短短時間，將事情有條不紊安排下去，又快又穩，竟讓楊武策和趙勝心中陡生激盪之感。

「是！」楊武策、趙勝抱拳稱是。

白卿言這樣布局，等於是做了一個葫蘆……若是曹仁義今夜帶兵前來，將士一進葫蘆口，楊武策和趙勝將葫蘆口收緊，就是甕中捉鱉，必會讓曹仁義有來無回。

她目光緊盯沙盤，望著從大名府來往晉軍軍營最快且最平坦，也是大名府和永安城來往最常走的那條路，選定了兩個地點，在兩側插上四面小旗子。

「這兩個地點……是來往大名府和永安城最快的這條路上，最容易藏兵的兩個地點，趙將軍派出四隊人馬，在這條路探一探是否有櫟軍埋伏！若是有……不要打草驚蛇，派人回來稟報便是。」

她視線又落在沙盤中晉軍軍營周遭起伏的山巒之中，拿了一把紅色小旗，將幾支旗子插在最容易觀察晉軍軍營的幾個地勢較高的地點上：「我軍軍營周圍，必定有曹將軍的探子！有勞楊將軍一會傳令下去，讓將士們熄燈，佩甲帶劍，靜候命令。」

「我軍熄燈之後，大名府櫟軍探子必定會回城稟報！趙將軍趁熄燈之時，先派一隊人摸黑在這個位置設伏。」白卿言指了指剛剛安排從晉軍軍營前往大名府路上的設伏地點，低垂著眼瞼，幽邃的眼底盡是殺氣，「放走第一批回大名府稟報的探子後……」

趙勝、楊武策緊握佩劍，靜候白卿言吩咐。

白卿言抬眸看著兩位將軍：「再有前往大名府的櫟軍探子，格殺勿論，絕不能再放走一個回去通風報信。」

趙勝點頭，又見白卿言指著紅色小旗的幾個觀察點：「隨後，再派人帶軍中警犬前往這幾個地方搜尋大名府的探子。」

她轉頭看著楊武策和趙勝兩位將軍，手指在沙盤邊緣點了點：「若是在這裡搜到人，無法活捉，就射殺，還是一句話……不能讓人逃走，陡生變數。」

以前，趙勝便知道鎮國公主極擅征戰，卻不知白卿言如此厲害，從他們進帳稟報大名府曹仁義派人送來㮚酒和㮚國特有的吃食，白卿言就能在如此短的時間內，判斷出曹仁義的意圖，且將諸事有條不紊的迅速安排妥當……

難怪都說鎮國公主是將帥之才，這樣又快又穩的應變素質，趙勝自問達不到。

「是！末將這就去安排！」趙勝一拱手，迅速出了大帳去安排。

倒是楊武策頗為不放心道：「鎮國公主，不如末將在營中候著吧，營中候著的軍隊要同曹仁義的軍隊正面對抗，鎮國公主若留於軍營之中怕有危險。」

楊武策好不容易才下定決心跟了一個有雄心壯志呑併天下的雄主，他可不希望鎮國公主口中的一統大業還未開始，便出師未捷身先死。

「無妨，我有安排，楊將軍盡可放心。」白卿言朝楊武策拱手，「其餘的，就拜託楊將軍了。」

白卿言如此說楊武策也不好再勸，只能抱拳從白卿言大帳之中出去，調兵做安排。

蕭容衍見楊武策離開大帳，這才將手中那冊白卿言撰寫的兵書竹簡合了起來，道：「阿寶對趙將軍另有安排？」剛才白卿言下令之時，說讓趙勝率五萬大軍於軍營右側，聽候號令，而非是策應，想來白卿言是對趙勝有旁的安排。

「要看曹仁義心有多沉，若是他想要在這除夕之夜將晉軍剿滅，傾巢而出，那……趙勝便可帶這五萬人馬直奔大名府，在今夜拿下大名府！若曹仁義今夜只是想折損晉軍部分兵力，那就讓曹仁義所派之兵盡數埋骨此地！」白卿言語聲平穩，宛若胸有成竹。

蕭容衍將竹簡放在一旁：「這位曹仁義將軍與樑國已死的四皇子魏啟恒關係非比尋常，此事知道的人極少……」

聞言，立在沙盤前的白卿言轉頭望著跪坐於案桌前的蕭容衍，想起莫名死在青西山關口的魏啟恒問：「魏啟恒身邊有你的人？魏啟恒之死……與燕國有關？」

蕭容衍起身朝白卿言走來，雙手撐著沙盤邊緣將白卿言圈在雙臂之中，看了眼白卿言在沙盤上的布置，這才抬眼靜靜望著她的眸子，倒也沒有瞞著：「魏啟恒身邊有一個謀士姓關，是早些年就埋在大樑暗線其中一人，也是最接近皇權的暗線。此次……樑國派遣魏啟恒前往晉國求和，若是晉國和樑國休戰，燕國危矣！故而……在青西山關口時，關先生命人將魏啟恒一行人全部殺了，推至晉軍頭上！」

她聽蕭容衍這麼說才恍然，一度白卿言以為是晉軍誤殺了魏啟恒，或者是白錦稚為了不給樑軍求和的機會，才將魏啟恒了結在青西山關口。

「後來，關先生為了將戲演全套，連他自己的命都算計了進去，他重傷回大樑國都韓城，拼著最後一口氣，將魏啟恒的屍身帶回韓城。關先生知道魏啟恒是樑帝最疼愛的兒子，編造了一些讓樑帝無法忍受之語告知樑帝，聽起來是魏啟恒臨終前的遺言，可字字句句都在戳樑帝的心窩子，讓樑帝為了魏啟恒不再提與晉國和談之事，如此晉國被牽制在大樑戰場，燕國才好放心的對付魏國，不怕腹背受敵。」

兩人離得很近，蕭容衍英俊的五官近在咫尺，她看得出……蕭容衍眼底有惋惜，說話時對這位關先生充滿敬意。

「關先生，是燕國的真國士。」白卿言抬手輕輕攥住蕭容衍的手臂，不想將他牽扯進晉國的戰事之中，「一會兒晉軍軍營可能會亂，你身上有傷，先走吧！」

「大戰在即，哪有未婚夫婿捨棄未婚妻而去的？」蕭容衍望著她，語聲在這燭火通明的大帳內，格外的溫存，「阿寶既然認我是未婚夫婿，何以同我如此生分？」

四目相對，她攥著蕭容衍手臂的手輕微收緊，心跳再次快了起來。

剛才同趙勝和楊武策說蕭容衍是她的未婚夫婿，不過是權宜之計。

不過，蕭容衍的身手，白卿言不懷疑。她點了點頭：「那你小心些……」

「我幫你佩甲。」蕭容衍道。

沈青竹安排白家護衛回大都城送信之後回來，見蕭容衍也在微微錯愕，白卿言正解身上的鐵沙袋，沈青竹上前：「大姑娘？」

蕭容衍拿著白卿言的銀甲替她穿戴，只聽白卿言交代沈青竹：「青竹，你給蕭先生取一套盔甲來，半個時辰後讓白家護衛送洪大夫回永安城。」

雖說洪大夫是隨行軍醫，大戰之時正是需要軍醫的時候，可洪大夫到底年紀大了，不比年輕人，還是將洪大夫送回永安城白卿言更放心些。

可她又怕洪大夫不肯走，一邊整理護腕，一邊道：「若是洪大夫不願意走，你便讓洪大夫和一眾軍醫都跟隨趙冉行動，告訴趙冉，若是趙勝要往大名府……便派人護著洪大夫留在原地，一定要護好洪大夫安危。」

沈青竹眉目波瀾不驚，淡聲問：「大姑娘，今夜要夜襲大名府？」

「今夜，大名府守城將軍曹仁義，怕是要來襲營！去準備吧！」白卿言吩咐。

沈青竹應聲疾步出帳……

不多時，晉軍軍營果然漸漸熄燈，只有幾個將軍的大帳還亮著。隱在觀察點的樑軍探子見狀，吩咐其中兩人回大名府送信，其餘人等在此繼續監視晉軍軍營，以防有變能隨時回大名府稟報曹將軍。

同樣身著晉軍黑甲的蕭容衍，就坐在白卿言一側，未曾避嫌。

滿帳的將領都已知道這位魏國富商蕭容衍，乃是白卿言的未婚夫婿，今夜特地趕來陪白卿言過除夕的，倒也沒有多說什麼。

「報……」趙勝麾下一兵士疾步跑至帥帳之外，單膝跪下道：「稟報鎮國公主，大名府兩探子已經前往大名府方向，我軍已放行！」

燭光將白卿言一雙幽沉眸子映得忽明忽暗，她挺直脊背，握緊腰間佩劍，望著滿帳的將領。

「今日乃是除夕，卻要諸位同曾經的同袍兵戎相見，白卿言知……諸位心中對昔日同袍有愧！然……曹將軍眼中我等皆為樑國敵軍，要誓死滅之！並非三言兩語能夠勸降！」白卿言朝著眾位將士拱手，「而我等今日舉刀兵，為的便是儘快平定這亂世，為的是日後不會再有同胞同袍相殺之事！溫吞而行太平之日不知何日才能得見，而以刀兵平定，雖是殺伐，卻也是為以戰止戰，是為這天下立太平之功！白卿言懇請諸位……此戰務必竭盡全力，一戰讓大名府守軍無力再頑抗，如此……才能避免再次刀兵相對，避免更大傷亡！儘快平定大名府！」

白卿言一番話，極為提氣，讓帳中將領心中那點子對同袍的愧疚蕩然無存！

他們是為這天下立太平之功，才不得已以戰止戰！

只有如此，才能儘快平定大名府，才能儘快拿下大樑韓城……為天下一統奠定根基！

白卿言的字字句句都說到了眾將領的心坎兒上。

心中激盪的趙勝直起腰脊，抱拳高呼：「誓死跟隨鎮國公主！」

「誓死跟隨鎮國公主！」眾將士跟隨趙勝挺直腰身，抱拳高呼，心中戰意騰騰。

大帳之中，除卻趙冉之外……其餘皆是曾經樑國之軍，可他們都是因同一個目標，才聚在白卿言的麾下，誓死不退。

「趙勝、趙冉聽令！」白卿言朝著趙勝和趙冉看去，「命趙勝率五萬將士，趙冉率五千朔陽軍，隱於軍營右側，等候命令，不得妄動！」

「趙勝領命！」

「趙冉領命！」

趙勝、趙冉抱拳領命。

「楊武策、楊威聽令！」白卿言又朝著楊武策和楊威看去，「命你二人率五萬將士隱於軍營左側，待大名府守軍一入大營，便將其圍困其中，裡外夾擊！若有變數……一切聽楊武策將軍之令行事，不得有誤！」

「楊武策領命！」

「楊威領命！」

白卿言站起身，手握佩劍，如炬目光掃過營中將士，語聲鏗鏘，擲地有聲：「其餘將士同我為餌，在軍營之中靜候樑軍來攻，與兩位趙將軍和兩位楊將軍，裡應外合，合力滅敵！」

「合力滅敵！」趙勝第一個跟著高呼。

整個大帳內，都是合力滅敵的呼喊聲。蕭容衍凝視威嚴肅穆的白卿言，總算是明白，為何白卿言手下能帶出不怕死的勇士，白卿言在鼓舞將士士氣這方面，旁人不能及。

大名府，樑軍同樣是厲兵秣馬，大軍齊集大名府門內外。

眾將領在曹仁義帶領下齊聚城門之上眺望遠處，只等晉軍營中熄燈的消息傳來，便立刻出發。

「將軍！你看……」曹仁義身邊將領隱約看到黑暗之中快馬而來的兩道身影，立時指給曹仁義看。

曹仁義抬手，高聲呼喊：「戒備！」

弓箭手齊齊搭箭拉弓，瞄準遠處，就連城牆之下列隊整裝待發的將士都按住了腰間佩刀。

只聽「嘚嘚」馬蹄聲越來越近，回來的兩個探子勒馬，在城牆之下高呼：「將軍！晉軍熄燈了！」

曹仁義握緊腰間佩劍，聽聞晉軍熄燈心中大定，雙眸發亮。

今夜除夕，他派人送去了樑酒和樑國獨有的美食，說是意圖求和，實際上……一是為了麻痹鎮國公主……讓鎮國公主以為他真的要如同趙勝、楊武策一般歸降，二是為了擾亂鎮國公主白卿言麾下那些樑軍將士的心志。

他們本就是攻打母國，心中應當多少都有愧疚，樑酒和樑國的美食，能夠喚醒他們對故土的情義，真的打起來便也不會那麼費力，這便是所謂的……攻心為上，他今日送去晉軍軍營的樑酒和樑國美食，與當初劉邦漢軍對付西楚霸王項羽的四面楚歌之計，有異曲同工之妙。

「樑國的將士們！今日本應是除夕舉家團圓的日子，可我等必需在此處護衛樑國，護衛我們的家人平安！沒有國哪有家！國若亡，家何在?!與其龜縮城內等晉軍來打，不如攻其不備主動出擊，以攻為守！將晉狗……趕出我們樑國去！」

「趕出樑國！」

「趕出樑國！」

「趕出樑國！」

樑軍將士齊聲高呼。見將士們戰心已起，曹仁義聲嘶力竭喊道：「出發！」

城牆之下的樑軍將領立刻上馬，高呼出發，命眾將士滅了手中高舉的火把，大軍出發。

曹仁義一邊往城牆下走，一邊轉頭對自己副將道：「確定晉國派來的探子已經都被殺盡了？」

曹仁義副將頷首：「將軍放心，末將已經叮囑過沿途設伏的隊長……務必要將晉國的探子全部殺盡，絕對不能讓晉軍探子回去報信。」

曹仁義頷首：「如此便好！我帶軍前往晉國軍營，城中空虛……你切記要守好大名府！若是我等敗了，你便召集百姓一同守城，誰敢不服便殺雞儆猴，一定要等到朝廷援軍到來。」

「將軍戰無不勝！此戰帶六萬將士，必不會敗，定會屠盡叛樑狗賊，手刃晉國鎮國公主頭顱為四皇子報仇！末將在這裡恭候將軍凱旋！」曹仁義副將鄭重抱拳望著曹仁義，對曹仁義此戰必勝信心十足。

曹仁義搖了搖頭：「晉軍十五萬，我軍只有六萬……你還是要有所防備才是。」

雖然話這麼說，曹仁義決意帶六萬人偷襲，為的便是以少敵眾，誓要在此戰一戰名震列國，也是為他曾經的故交四皇子報仇雪恨。

在曹仁義看來，四皇子死在青西山關口定然是晉軍所為，只要能斬殺晉國的殺神白卿言，便算是他為四皇子報仇！四皇子便也可以安息了！

眾將領已經依計行事散開，白卿言反倒放鬆下來，坐於大帳之中，手握竹簡翻閱，靜候探子來回稟曹仁義到底帶了多少兵馬，好做下一步安排。

「報……」很快，探子奔入帥帳之中，抱拳同白卿言道：「報，樑軍來者約六萬人之眾。」

她手指摩挲著竹簡，六萬人看來曹仁義是傾巢而出了，如此……大名府可就空了。

白卿言抬眸，語聲沉著鎮定：「傳令趙勝、趙冉……在曹仁義入晉營之後，立刻帶兵前往大名府，舉曹旗，今夜務必奪下大名府，不得有誤！」

「是！」探子領命立刻奔赴趙勝和趙冉藏兵地點傳令。

讓晉軍舉曹仁義的旗幟，至少可以讓趙勝和趙冉所率部眾，蒙混至城下，減少晉兵兵力傷亡。

蕭容衍望著下令果決的白卿言，心中難免感慨她天生便是為戰場而生，帶兵打仗的思路極為清晰，反應極快且極為細緻。

當曹仁義所率六萬樑軍未曾點火把，趁夜色一路疾行至晉軍軍營前時，突然聽到晉軍軍營門口瞭望台之上的守兵高呼：「有敵來犯！有敵來犯！」晉軍擂鼓聲也響了起來。

曹仁義聞聲，拔劍高呼：「大樑的將士們！此戰務必要將晉狗趕出我樑國國土！殺呀！」

一時間，樑軍殺聲震天，晉軍軍營外守營的將士依計略作抵抗，便往晉營裡退，金戈碰撞之聲很快便被湮滅在樑軍的喊殺聲中。
而晉營之中，將士們繃緊全身肌肉，屏息藏於滅燈的大帳之內，臂纏顯眼的白布，緊握刀柄，調整握刀姿勢，只等號角聲一響，便按計劃殺出去。
晉營除卻大營周圍高高架起的火盆中，火苗還隨風高低亂竄著，整個大營都熄了燈，只有正中央的帥帳亮燈著……
禽獸懼火，人逐光明，這是本性。那燈火通明的大帳，為的便是給曹仁義和樑卒指路，讓他們往這個方向來，引他們入軍營中心。
有樑卒衝殺入漆黑大帳之中，剛進去……便被藏於大帳兩側早有防備的晉軍一把拉住，捂住嘴，乾淨俐落的刀抹脖子，身經百戰的將士動作果斷利索，無絲毫拖泥帶水。
白卿言坐於唯一亮著燈的帥帳之中，抬眸看向陡然喧鬧的大營正門方向，眸色沉著。
白卿言在等……曹仁義好大喜功，按照以往他所打的仗來看，他每每都會命部下不許碰敵方將帥，他要親自斬首或生擒。所以此次，曹仁義突襲，必然想要活捉她這個晉國的不敗戰將，好在大樑立威，也算是威懾晉國。
就算是曹仁義未曾提前叮囑，跟隨曹仁義已久的樑軍也知道規矩，必定會給曹仁義指路。
曹仁義也果然未曾讓白卿言失望，一入軍營，得知白卿言帥帳所在，便一路帶兵馳馬朝著白卿言的帥帳而來。
立在帥帳頂棚上頭一身黑甲的沈青竹懷中抱劍，手握號角，看到入軍營之後疾馳朝帥帳飛奔而來的曹仁義，立刻吹響號角。
晉營之中頓時號角聲四起，藏於帳篷之中的晉軍嘶吼著從大帳之中衝出……

金戈聲，廝殺聲，直沖九霄。

曹仁義立時勒馬，舉目望去，四周從大帳裡衝出來的，竟都是整裝配甲的晉軍。

「不好！中計了！」曹仁義剛剛一聲驚呼，就見晉軍軍營周遭，火把陡然亮起，將營地外映得如同白晝一般，殺聲從遠處傳來。

「穩住！撤！」曹仁義調轉馬頭聲嘶力竭地喊道，高呼聲幾乎被湮滅在樑軍的慘叫和金戈聲中。剛才氣勢洶洶衝入晉營要大開殺戒的軍，見軍營周遭火光大盛，晉軍身穿佩甲殺氣騰騰，又見主帥調轉馬頭高聲喊撤，頓時方寸大亂，竟成晉軍手中待宰牛羊被殺的片甲不留。

「將軍！晉軍從後方堵住了出路！我們中計了！」有樑軍將領急速飛奔至曹仁義面前，高聲請命，「將軍！該如何是好?!」

那將領話音剛落，不知從哪裡射出一箭，直中那將領胸膛，力道之大竟將那樑國將領掀落馬背，那樑將還未來得及站起身，便被不知從哪兒冒出來的晉軍一刀砍下頭顱。

曹仁義咬著牙，用長槍將砍下樑將領頭顱的晉軍刺了一個對穿，再次高聲呼喊：「撤！快撤！」他以為他此次能打一場以少勝多……讓他曹仁義的名聲威震列國的仗！

可誰知道哪裡出了差錯，竟然中計了！

曹仁義懷疑自己軍中出了叛徒，否則晉軍怎麼知道他今夜會來偷襲，做了如此萬全的準備！

「撤！撤！撤！」曹仁義心中惶恐不已，高聲喊著，可他四面全都是奮力廝殺的晉軍和倉皇招架的樑軍，根本沒有餘地讓駿馬揚蹄馳騁……

曹仁義坐騎察覺危險，甩著馬頭，揚蹄將護在曹仁義身邊的樑軍踏倒，瘋了似的往外衝，將一時不穩的曹仁義甩下馬背。

「將軍！」樑軍立時護在曹仁義身邊。

被摔得灰頭土臉的曹仁義用長槍撐起身子，疼得臉色發白，只見自己的戰馬獨自飛衝，可還未出晉營，便被長矛刺穿，嘶鳴一聲倒地不起。

樑軍將士扶起，盾牌兵將曹仁義護在其中，步履艱難往外撤。

曹仁義已冷靜下來，他看向從遠處不斷逼近的晉軍，知道自己這是被晉軍裡應外合給算計了，如此拼殺下去他已經沒有勝算，只會損失慘重之後再慘敗，恐怕現在撤也撤不出去了。

既然鎮國公主有招降之心，楊武策又與他關係非比尋常。

眼下，他只有兩條路，要麼就是殺了鎮國公主，提著鎮國公主的頭顱，讓這些原本就是樑國的將士們重歸樑國。

要麼……就是稱降！能殺鎮國公主讓十五萬之眾重歸樑國，比起稱降……哪個功勞大？哪個會讓他名震列國？哪個能稱得上是為四皇子報仇?!

這不言而喻。曹仁義立功心切，卻也知面對的是鎮國公主不得大意，目光來回在這軍營之中巡視，腦子飛快轉著，試圖找到可以破眼前弱勢局面的辦法。

不過兩息的功夫，曹仁義已想到辦法，他緊緊握住身旁得力下屬的手，鎮定道：「你立刻帶著弓弩手……不論如何都要殺到晉軍帥將大帳之後，一會兒我會高呼將士們取鎮國公主頭顱！晉軍必會護著鎮國公主後退！你不論如何都要拿下鎮國公主的腦袋，否則……我們這一仗之後，在樑國再無翻身的餘地！」

那樑國將領看了眼唯一亮著燈的大帳，在震天殺聲之中，抱拳同曹仁義喊道：「我殺入大帳！必取鎮國公主項上人頭！」

「不可！」曹仁義一把扯住自己下屬，急急開口，「晉軍燈火皆滅，只有一個大帳燈亮著，鎮國公主難道是個傻子嗎……給你指路等著你去殺，那帳中必定有詐！去……悄悄繞到後方去！快！」曹仁義不是沒有懷疑過白卿言可能根本不在大營之中，可他剛注意到有傳令兵從那帳中進進出出，所以即便是那大帳之中不是白卿言，也會是晉國旁的大將，甚至是趙勝或是楊武策。可不管是誰，只要能取下主將頭顱……晉軍也就亂了！

曹仁義屬下領命，帶著弓箭手和盾牌兵殺出一條血路，按照曹仁義的吩咐帶兵沿晉軍軍營邊緣朝後方繞去。

曹仁義見屬下帶兵趁亂衝向後方，拔劍振臂高呼：「大樑的將士們！我樑軍中出了叛徒，如今我等背水一戰，只要能斬下鎮國公主的頭顱，便是大勝！樑軍將士們！晉軍不給我們留活路，想將我們全部斬殺於此！我們……便不計代價斬殺鎮國公主，叛賊無首必定大亂！」

曹仁義部下高聲喊道：「樑軍將士們聽令！能斬鎮國公主首級者，必能得爵！殺啊！」

剛因主帥喊撤而成一盤散沙的樑軍，陡然便有了方向，紛紛捨命衝向亮著燈的帥帳方向，目標明確，要白卿言的人頭。

本已成困獸的樑軍將領們，因曹仁義的話，重新燃起鬥志，目光鎖定晉軍帥帳，朝那個方向直撲過去，振奮異常，呼喊著誓要取白卿言頭顱。

大帳之中，沈青竹握緊了手中長刀，帶著護衛們和月拾全身心戒備，高聲傳令：「點燈！」

沈青竹傳令之後，軍營之中營帳燭火逐一亮了起來，剛剛尋著燭光衝向營帳的樑軍頓時失去了方向……幾個將軍的營帳幾乎都在同一個方向且相隔不遠，樑軍處於亂戰之中晃神之後……便再也分不清到底哪個是白卿言的營帳。

曹仁義手中長刀手起刀落，斬下一個晉軍頭顱，咬緊了牙關，急中生智，對護在他身旁的大樑小將耳邊低語：「你帶人衝出去，隨便砍一個人的腦袋，靠近亮燈的大帳，高喊已經斬了鎮國公主的人頭！如此晉軍大亂……我們便有勝的機會！」

若是鎮國公主不在軍營之中，此舉必定讓晉軍大亂。

若是鎮國公主在，就會逼得鎮國公主不得不自己站出來，那麼……他要親自斬下鎮國公主的人頭，就會容易許多。

「是！」樑軍將士領命衝了出去。

蕭容衍聽到樑軍此起彼伏，誓要白卿言人頭的高亢喊聲，抬眸朝月拾看去……

月拾聽到那曹仁義要取白卿言首級之語，心中正不痛快，明白主子這是讓他去取曹仁義頭顱，頷首正要走，卻被沈青竹攔住。

沈青竹轉頭看向白卿言，目光平靜又鎮定：「大姑娘，樑軍都往帥帳衝來，讓這個月拾護著大姑娘和蕭先生先後撤，我去割了那曹仁義的狗頭。」

月拾上前一步，抱拳道：「主子，大姑娘，屬下同青竹姑娘同去，必定會取那曹仁義的狗頭！」

「撤？晉軍將士士氣正盛，我一旦後撤，被發覺便會壞我軍士氣，給曹仁義可乘之機！」白卿言聲音沉著自若，起身將擱在几案一旁的箭筒扣在腰上：「將大帳點燃！讓所有將士看到……白卿言在此！」

帳中白家護衛領命，用燭火將大帳……和大帳內的垂帷點燃。

她從未忘記過祖父和父親的教誨……

為將者，若敢身先士卒，則能激發將士方剛血性，戰必勝！攻必克！

大帳剛被點燃，就聽外面有人高呼：「鎮國公主已死，頭顱在此！晉軍速降！繳械不殺！」

大帳之中眾人震驚朝帳外看了眼，再回頭，見白卿言正俯身去拿桌几上的射日弓：「看來……曹仁義這是想方設法要逼我出去露面！」

「大姑娘！」沈青竹推開擋路的月拾，上前先白卿言一步拿過几案上的射日弓，「大姑娘！這個曹仁義聽說箭法也是一絕！還是屬下裝成大姑娘出去！」

「沈姑娘放心，有我在……絕不會讓大姑娘受傷！」蕭容衍起身理了理自己的衣裳下擺，一派風淡雲輕的姿態。

沈青竹眉頭緊皺，終還是頷首，雙手將射日弓遞還給白卿言。

「月拾！」白卿言接過射日弓看向月拾，「你家主子身上有傷，護好你家主子！」

月拾稍有錯愕，還是抱拳應聲：「是！」

大帳之外殺聲震天，白卿言腳下步伐鏗鏘，幽邃目光望著帳外的刀戈寒芒。

月拾也將白卿言大帳之中掛著的長劍丟給蕭容衍：「主子！」

蕭容衍接劍，同手握射日弓的白卿言疾步走出大帳，吹了一個口哨。

哨聲一落，只見亂戰之中，一匹通體雪白的駿馬長嘶，身後帶著被安置在馬廄裡的十幾匹駿馬飛馳朝著大帳方向而來。

白卿言看清領頭的那匹便是太平，頗為意外，回頭看向吹哨的蕭容衍。

白卿言未曾問蕭容衍太平為何會聽從他的哨聲，她疾步上前，順著太平飛馳的方向，一把拽住太平身上的馬鞍，一躍上馬，急速抽出羽箭，瞄準那提著顆頭顱……高呼鎮國公主已死的樑軍射去。

箭矢呼嘯，只一眨眼的速度，那剛剛還在高聲呼喊已斬下鎮國公主頭顱的梁軍將軍，便立時無聲，血霧噴濺。洞穿梁軍小將的羽箭，直直插入撐起軍帳的木柱之中，帶血箭尾顫動不止。

白卿言一把扯住韁繩，強行勒馬。怒馬揚蹄長嘶，聲裂長空。

還在拼殺的曹仁義轉頭……

主帥大帳已經被點燃，熊熊烈火隨風高低亂竄，將這晉營周遭映得通紅發亮。

馬背上，白卿言手握射日弓，一身甲冑被橙黃火光映得如同身帶烈火。

一人一馬，猶如天降戰神，殺氣凜然，風骨傲岸。

她將自身暴露在這沖天火光之前，穩定軍心，高聲喊道：「白卿言在此，有尋死者盡可來戰！」

拼殺中的晉軍將士們，看到自家主帥手握射日弓騎於高馬之上，現身熊熊烈火之前，紅色披風隨寒風獵獵翻飛，如雄鷹展翅，高聲喊戰，頓時熱血激昂，奮力拼殺，斬首敵軍。

曹仁義從身邊將士手中奪過弓箭，抽出羽箭，沉住氣瞄準騎於高馬之上正不斷抽出羽箭射殺梁軍的白卿言，放箭！

泛著寒芒的箭矢帶風，射向白卿言，曹仁義屏住呼吸……死死凝視剛剛射出的這一箭，祈求上蒼一定不能讓他失了準頭，否則……同為用弓箭之人，鎮國公主必會發現他的位置！

就在曹仁義以為，那箭矢必定會穿透白卿言的戰甲，穿透白卿言胸膛之時，一道寒光從天而降，將那羽箭斬斷。

只見一未帶盔帽，騎著黑色戰馬的男子，手持滴血長劍護在白卿言身前，幽沉又深邃的寒眸望向曹仁義的方向，目光鋒利如刀，殺氣凌厲又內斂。

四目相接，曹仁義被男子眸中迫人的寒煞逼得脊背生寒。

找到曹仁義的位置了，蕭容衍唇角微微勾起，舉劍指向曹仁義，騎於駿馬之上的月拾接到主子命令，不再與樑卒糾纏，身形如同飛燕一般急速竄了出去，目光鎖定曹仁義，卻不料沈青竹已經先月拾一步發現了蕭容衍所指向的位置，比月拾快了半步衝出去，從身後抽出雙刀，寒光畢現。

曹仁義看到兩道速度極快的黑影從沙塵飛揚之中而來，似有雷霆之勢，金鐵寒光所到之處，護著他的盾牌兵紛紛慘叫倒地，即將要攻到曹仁義面前。

而此時，楊武策所率兵馬已衝入軍營之中，樑軍大勢已去。

不等曹仁義反應過來，沈青竹長劍寒光已臨空朝曹仁義砍來。

寒光撲朔的那一刻，曹仁義幾乎是本能反應舉劍去擋，刀鋒相碰一時濺出火花，聲音刺耳。

月拾配合沈青竹，舉劍攻向曹仁義胸膛，長劍穿甲而入，沒入曹仁義胸膛半寸，逼得曹仁義身旁樑國戰將無法防禦沈青竹。

護著曹仁義的一行人，連連向後退。

然，曹仁義沒有料到那面色冷沉的女子，左手短刀朝他頸脖襲來，那架勢是要取他項上人頭，若非身旁同袍扯了他一把，此刻……曹仁義必定是人頭落地。

這兩人武功高強，步步都是殺招，若非護著他的人多，此刻他命休矣！

曹仁義緊捂著胸膛，心中震盪還未平復，看著不斷上前拼死護他的樑卒，看著目光沉著朝他殺來的沈青竹和月拾。

「舉降旗！稱降！」曹仁義咬牙高呼，「大樑大名府守將曹仁義投降！」

「將軍！」扶住曹仁義的樑軍不可思議望著曹仁義。

「我們樑營之中必然出了叛徒！晉軍早有防備，兩面夾擊，不能再讓將士們做無謂犧牲了！」

舉降旗！」曹仁義明知敗局已定，便不會再做無謂掙扎，他緊捂心口，再次高聲下令道，「舉降旗！」

原本曹仁義或許會擔心白卿言殺了他們這些降俘，可如今白卿言似乎有意想要洗脫殘殺降俘之名，將原本的樑軍都收入麾下，且還醫治了樑軍和樑國百姓的疫病，曹仁義便不再擔心這個。

將曹仁義護在中央的將領，咬牙之後用長矛挑起白旗。

敵軍白旗已立，沈青竹和月拾便不能再追殺曹仁義，兩軍如同沸水遇熱油的嘶吼拼殺聲，以曹仁義為中心，逐漸平息下來。

沈青竹深深看了眼曹仁義，收劍，轉身朝白卿言的方向走去。

宣嘉十七年臘月三十除夕，大名府守城將軍曹仁義率六萬之眾夜襲晉營，反中計，狼狽稱降。

楊武策帶兵將樑軍團團圍住，還沒來得及交戰，曹仁義便已經稱降。

被樑軍護在中間的曹仁義隔著兵荒馬亂，朝晉軍大營被熊熊大火點燃的大帳方向望去，隱約能看到一身銀甲的女子已經下馬，立在帥帳門外，從容又鎮定對楊武策下令。

楊武策領命之後，一躍上馬，高聲吩咐晉軍繳了樑軍的械，將樑軍全部關押起來。

曹仁義此時心中竟有種說不出的滋味，他今日率兵前來，本意是要斬下鎮國公主頭顱，或者是活捉鎮國公主。

可是，仗才剛開始打，他就已經敗了！甚至連鎮國公主的皮毛都沒有碰到，就敗了……

曹仁義咬牙看向正朝他看過來的楊武策，等著楊武策下令帶他這個降將去見晉國的鎮國公主，等他問出到底是誰背叛了他，他定會讓那人好看！等到鎮國公主真以為他歸降之後，他也可找機會反水。

可楊武策的視線只是掃過曹仁義，只高聲吩咐道：「將大名府守軍將領，全部單獨關押起來。」

曹仁義見楊武策沒有帶他去見鎮國公主的意思，高聲問：「楊武策！鎮國公主不見我嗎？」

楊武策朝著曹仁義的方向拱了拱手：「曹將軍見諒，鎮國公主眼下還不得空！還是先讓軍醫給曹將軍包紮傷口吧！」

曹仁義頗為意外，難不成鎮國公主不想趕緊見他問問大名府的情況，問他是否能助她拿下大名府嗎？

曹仁義不顧自己胸口的傷，直起身來，對楊武策道：「楊武策，你問問鎮國公主是想要強攻損兵折將拿下大名府，還是聽我一言可以順利進入大名府！」

楊武策騎在馬上未曾下來，望著曹仁義低笑一聲，只覺這曹仁義竟和鎮國公主預料的一樣，要以大名府和鎮國公主談條件。

不過，鎮國公主已經交代了，曹仁義心高氣傲，先晾著他，等拿下大名府之後再見不遲。

楊武策道：「鎮國公主已經派趙勝將軍率部前往大名府，大名府傾巢而出，想來……很快便會被趙勝將軍拿下。」

曹仁義睜大了眼，被震得半晌緩不過神來，高聲問：「趙勝帶了多少人？」

「不到六萬！曹將軍放心……鎮國公主有令，故而……趙將軍入城之後，必不會傷及百姓！」

楊武策朝著曹仁義拱手道，「鎮國公主還有旁的吩咐，曹將軍我們回頭再敘！」

曹仁義心頭憋了一口老血，敘?!敘什麼？敘我投降被你活捉的情義?!

已被繳械的樑軍陸陸續續隨晉軍離開，分批關押。

曹仁義因和楊武策是舊相識，晉軍到底還是照顧了一二，派了軍醫去給曹仁義包紮。

天快亮之前，大名府方向送來消息，趙勝與趙冉奪下大名府，恭迎鎮國公主入城。

宣嘉十八年正月初一，晉軍奪下大名府，鎮國公主白卿言率部入城。

趙勝一入城，當地父母官十分乖順……已經舉家搬出宅子，將宅子讓出來，供鎮國公主居住。

趙勝讓將士們細細搜查過一遍之後，才請白卿言住了進去。

洪大夫等軍醫也跟隨入城，先行去了救治所，救治患了疫病的百姓。

將士們激戰一夜早已經乏了，但能一夜間拿下大名府，將士們還是忍不住內心的激動和澎湃，尤其是入城之後，百姓紛紛相迎，跪求晉軍幫自家家人治療疫病之時，將士們忍著疲乏，按照之前鎮國公主下令處置患疫者的方式管理處置，直至洪大夫等軍醫接手，這才離去。

白卿言一夜未睡，進城之後依照慣例巡營，蕭容衍也沒有勸白卿言去歇著，他跟在白卿言身邊，一個傷兵營一個傷兵營的巡視。

傷兵已經入了傷兵營，正清理傷口，有傷兵看到昨夜帶著他們大勝偷襲樑軍的白卿言，忙站起身來恭迎白卿言。白卿言擺了擺手，示意他們坐下清理傷口，不必在意。

這些將士，大多數都是建鄴城和永安城歸順於白卿言的樑軍，以前也只是聽說過白卿言戰無不勝。此次白卿言能預測到曹仁義要偷襲，且提前帶他們做好防備，命趙勝帶兵奪下大名府，這在將士們看來，白卿言對戰局把控堪稱神鬼，跟著這樣的將領打仗心裡有底氣。

攻城之戰中被削了耳朵已經包紮好的老兵，靠牆坐著與同樣包紮好傷口的新兵說著自己幾次戰役活下來的技巧，全然沒有注意到白卿言人已經進了傷兵營，說得眉飛色舞。

「要說起來，俺幹啥啥不行吃飯第一名！可架不住俺會躲，可這躲……也是有經驗滴！不然你說躲到了敵軍懷裡那就是哢嚓一刀，腦袋分家！那不是白瞎嘛！」

老兵見幾個伸長了脖子想聽他講經驗的新兵，故弄玄虛拖著話腔，將進了砂石的鞋脱下來在地上磕了磕穿好，才道：「我跟你們講，這戰場保命的絕活兒我一般人可不說的！和你們有緣就說於你們聽聽，這技巧啊……便是那兩軍開始打的時候，別人都直愣愣往前衝……哎，我偏不！我就斜著往邊邊角角跑，這樣即能躲過監軍的視線，又能保命！你們可要記住啊……那殺人最凶的敵軍一般都是直愣愣衝來的，往邊邊角角跑的，那都是惜命的同道中人！沒有幾個敢真正對人掄大刀的！又不是人人都是不怕死的鎮國公主！」

「再說了……你說咱們，原本都是樑國的普通老百姓，被徵到軍中來那都是迫不得已，現在好了……還要替晉國打咱們樑人，沒必要真的拼命！我準備等領了這一次丟耳朵受傷給的撫恤金，找機會能跑就趕緊跑了！否則回頭丟的就不僅是耳朵，恐怕是腦袋嘍！」老兵繼續笑著說，「咱們同是樑人又一同受傷，瞧在這緣分上，我就把我參加這麼多次大戰活下來的技巧告訴你們！以後上戰場可都要聰明著點兒，別枉費我一番苦心！」

幾個新兵聽著直點頭，正要討教老兵如何逃走，就看到了立在那老兵身後的白卿言，驚得忙站起身來：「鎮國公主！」即便是沒有見過白卿言，可這軍營中，身披銀甲紅披風的女子，除了鎮國公主白卿言還能有誰？

那老兵先是以為這幾個新兵騙他，笑著一轉頭看到白卿言頓時臉色一白，嚇得雙腿直抖，怕剛才欲當逃兵之語被白卿言聽到，小命休矣，他忙扶著牆要起身，卻被白卿言按著肩膀坐了回去。

蕭容衍負手跟在白卿言身旁，瞧著這四周已經被這老兵鼓動……將欲當逃兵幾字寫在臉上新兵，視線又落在白卿言的身上。

按常理，此時為將帥者應當殺雞儆猴，殺退這些新兵的逃跑之意，讓他們再不敢心生退意。可蕭容衍觀白卿言並未惱火，反倒唇角帶笑，他有些期待……白卿言是否有更好的解決方式。

「鎮……鎮國公主！」那老兵忙跪下，朝著白卿言叩首請罪，「小……小人都是胡言亂語的！求鎮國公主寬恕！」

白卿言笑著對一旁的新兵道：「把人扶起來！」

眉目含笑的白卿言，雖然盔甲上沾染了鮮血，可絲毫沒有昨夜的殺伐戾氣，隨和的讓人意外。

輕傷的新兵連忙上前將那雙腿哆嗦的老兵扶起來，立在一旁，若非兩個新兵將沒了右耳的老兵架著，那老兵必定會跌坐在地上。

「怕死是人之常情，戰場之上沒有能力舉刀殺敵，設法保命也是情理之中。」白卿言語聲含笑輕鬆，姿態輕鬆，倒讓不少將士都放鬆了下來。

「死誰不怕啊？」白卿言笑著說，「就連秦始皇也怕……否則為何要讓徐福去求什麼長生不老藥？」

有將士點頭，表示贊同，更有膽子大的同白卿言說：「可我們聽說鎮國公主不怕死，早些年出戰……都是同陣線一同出生入死，做急先鋒的！」

身著銀甲的白卿言笑著在一旁坐下，擺手示意將士們都坐，這才緩緩開口：「我也是人怎麼能不怕死？記得十三歲那年頭一次隨祖父上戰場，那是我頭一次真的看到人頭落地，看到或敵軍或同袍的殘肢斷骸，吐的一塌糊塗，當天夜裡就發起了高燒，心生退意，想要回大都城，不願再留在戰場之上……」

傷兵營的將士們紛紛聚攏過來，想聽白卿言細說。

月拾十分有眼色給蕭容衍端來木墩，蕭容衍從容落坐，幽邃的視線始終沒有離開眉目含笑的白卿言。

她看向那沒了一隻耳朵想要找機會逃走的老兵，道：「當時，我便如同你一樣，想做逃兵！我同祖父說……同樣都是人，同樣都是人生父母養的，雖然如今不是一國，可我們書同文，車同軌，度同制，行同倫，這和一國人又有和區別？幾百年前始皇一統天下之時，我們就是一國人啊！為什麼非要流血犧牲，為什麼非要今日你打我……明日我打你！為什麼不能讓佃戶專心侍農耕？為什麼不能讓年華正好的士子讀書學識，考取功名用自己的學識富國強民！」

「這天下誰的命不是命啊？誰不是呱呱墜地後，被父母疼愛長大的？父母生我們養我們十幾年長大成人……難不成就是為了讓我們舉金戈對旁人家的好兒郎揮刀，再將自己葬送沙場的？」

白卿言同這些將士說話時，語速並不快也不大，徐徐而言，引起了將士們的共鳴。

誰不惜命啊，誰想要來這戰場流血犧牲啊！

蕭容衍見周遭將士們的神色肅穆，靜靜凝視白卿言。

「我問祖父，到底……我們是為什麼打仗？真的是為了保家為民，還是為了所在母國皇權者的利益，讓普通百姓流血犧牲！今日是一國君王看上他國沃土之地，便派兵出征，死傷多少將士對他們來說無關痛癢，朝堂國君關心的只有能不能拿下他想要的土地，而死去的將士對他們來說僅僅只是一個簡單的數字，有哪一個君王知道那些為他們私心私慾而死去將士姓名?!」

「明日是這一國國君受到他國輕視，便命將士出征，好似只有如此才能證明他們脊梁剛硬！可為何君王自己的榮辱要用無數將士的鮮血洗刷……為何這一國國君不親自上戰場去洗刷恥辱?!或者是如同今日的樑帝一般，為了兒子的私仇，不顧百姓死活……不顧將士流血犧牲，非要拼死復仇！可他若真的想要復仇，為何不自己提刀前來?!他兒子的命是命！難道流血犧牲的將士都沒有父母，都是石頭裡蹦出來的嗎？」

蕭容衍手心一緊，白卿言這話說得可謂十分大膽，這……可以算得上是挑釁皇權了。

將士們亦是被白卿言這番話驚到，交頭接耳議論紛紛。

白卿言不緊不慢站起身，似乎並未覺得自己語出驚人：「我又問祖父……這個世上什麼時候才能真正太平，才能不再有征戰！」

她環視環繞自己一周的將士們，高聲道：「祖父同我說，我們所有的征伐是為保家護民！更是為了天下一統！唯有天下一統，四海一家，百姓方得萬世太平！白家和白家軍護民安民……可護的不僅僅只是晉國之民，更是天下之民！安的……也不僅僅只是晉國之民，而是天下萬民！這是白家世代相傳的志向，這是白家祖上建立白家軍的初衷！能為子孫後代留下金山銀山是本事，可能為子孫後代打下無憂無懼的太平山河……才是為天地立心，為生民立命的真英雄！真豪傑！」

「我今日同你們說這些，並非要告訴你們白家先祖志向何其遠大，胸襟包容四海！我是要告訴列位……白家先祖也是人，也是怕死的！可即便是怕，也要將這仗打下去的因由，是為了讓我們的子孫後代不必苟活於我們所處的這樣一個亂世！是為了讓我們的子孫後代不必為一國君王皇權利益之得失，在這沙場拋頭顱灑熱血！」

「我之所以怕死也甘願做急先鋒的因由，就只是為了四個字……天下太平！」

白卿言比了四個指頭，一字一頓，收回一指，話音落……高舉的手已經緊緊成拳。

「是樑人也好晉人也好，都是天下人！我們如今在這裡興兵征伐，同往日任何一次征戰都不同！我們今日聚在這裡……不是為各國當權者的利益而戰！而是為了我們的子孫後代而戰！為了天下太平而戰！」白卿言抱拳環視四周已然熱血澎湃的將士們，「故而，白卿言懇請諸位，能夠與白卿言並肩為戰，讓這世間……再無征戰殺伐！再無流血犧牲！白卿言必竭盡此生所能，讓諸位看到天下一統，天下太平，百姓安居樂業……得享太平盛世的盛況！」

白卿言語聲鏗鏘激昂，將士們心中熱血奔騰。

立在最前失了一隻眼睛的年輕將士，紅著眼，單膝跪下抱拳高呼：「誓死追隨鎮國公主！」

如今在這傷兵營裡的將士們並不是被白卿言的空口白話就說動了，而是白卿言所作所為與她今日所言一致。都說白卿言是殺神，可是白卿言攻破樑國城池，勒令全軍上下不允許搶掠百姓，甚至幫助百姓治療疫病！

尤其是在柳州城外，白卿言派了晉兵和軍醫救治道觀裡的百姓，甚至不怕樑國大夫竊得藥方，將藥方送回樑國國都……而丟失將來與樑國和談時，晉國最能拿捏樑國的東西。不僅如此，白卿言還讓趙將軍將藥方送給楊武策大人，讓楊武策將藥方送去都城，救治更多的大樑百姓。

後來，大樑皇帝不顧百姓死活……從百姓手中強搶藥材，不顧將士流血犧牲，因私仇非要同晉國死戰，也是鎮國公主救了瀕死的百姓，數月駐紮城外不攻城……耐心勸降。

整個傷兵營，猶如沸水遇熱油，頓時炸開了鍋，將士們紛紛跪地……

誓死追隨鎮國公主之語，不絕於耳。

蕭容衍心中激盪難抑，緩緩站起身來，望著面色肅穆眸子幽沉的白卿言，只覺白卿言身上有一種蠱惑人心的能力，這是一種為將者極為難得的天賦。

他猜測……之所以鎮國王白威霆稱白卿言是天生將帥之才，怕就是因此天賦。

可在蕭容衍看來，白卿言不僅僅只是天生的將帥之才，她的胸襟和見識……若來日真的稱帝，亦會是一位好帝王。

且，白卿言這番話裡隻字未提晉國和晉帝，欲將晉國取而代之的心思已經顯而易見。

被白卿言一席話説得心潮澎湃的月拾，差點兒忍不住跟著這滿營的將士高呼「誓死追隨鎮國公主」，他悄悄看了眼眉目含笑的主子，心裡隱隱替自家主子捏了一把冷汗。

原本，月拾還想著等白大姑娘嫁給自家主子，便會成為他們燕國的一員猛將，可看白家大姑娘這架勢……想來是不會入燕的，這可如何是好？

月拾覺著他們家主子有點兒沒心沒肺，連他都能看出來這白大姑娘來日或許不會那麼容易入燕，他家主子還能笑得出來。

當日，不到晌午，白卿言這番話便傳遍了軍營上下。十幾萬將士擯棄曾經的國籍不同的成見，接受了白卿言天下一家的言論，直到此時才真正的將彼此視為家人。

之前降晉的將士們更是將攻打母國那點子愧疚拋開，願意為天下一統而戰！為天下萬民而戰！晉軍軍營中的氣氛，前所未有的好。

第四章 兩手準備

疲累的白卿言一覺睡醒，已經申時。

隔著低垂的床幔，白卿言看到蕭容衍坐在案桌搖曳的燭火前看竹簡，抬手按了按酸脹的太陽穴。

聽到白卿言掀被起身的動靜，蕭容衍放下手中的竹簡：「醒了……」

「嗯！」白卿言這一覺睡得極為踏實，她又揉了揉脖子問，「什麼時辰了？」

「申時三刻。」蕭容衍慢條斯理倒了一杯熱茶，端著朝床榻方向走來。

他撩開床帳掛在纏枝鎏金銅鉤上，在床邊坐下，將茶遞給白卿言道：「先喝口熱水。」

喝了兩口她才望著蕭容衍問：「你不是去接魏國西懷王了嗎？」

「我讓月拾去了……」蕭容衍拿過白卿言手中的茶杯擱在一旁小杌子上，靜靜凝視著她，「你一回來便倒下了，我不放心。」雖然洪大夫已經過來診治過，說白卿言這是累得睡著了，但蕭容衍還是沒有離開，在這裡守著白卿言。

「阿寶……」蕭容衍拉住白卿言的手，問，「你有稱帝之心？」

白卿言沒有回避蕭容衍的視線：「你覺得不妥當嗎？」

「並非覺得不妥當，若是阿寶有稱帝之心，只看商君的書是不夠的，商君書……講的是馭民之術但其法太過嚴苛，秦當初尊之……才會被稱為暴政！我母親曾寫過一套書籍，聽我母親說那書籍並非她所著，但內容我看過，當比商君所著書籍更為適用，全書所講總結四字……外儒內法！是我燕國密不外傳的奇書。」蕭容衍並未藏私，他同白卿言說：「若是阿寶感興趣，來日我回燕後，讓人將此書謄抄，送一份來阿寶這裡。」

她一直都知道蕭容衍從未輕看過她，卻沒有想到蕭容衍竟能與將來或許站在對立面的她，探討交流。「你不怕我看了燕國的奇書，來日會與大燕為敵？」她笑著問。

蕭容衍攥住白卿言的手，摩挲著她的手背：「我視阿寶為心頭寶，視阿寶為友，也視阿寶為知己，更視阿寶為可以一較高下的勁敵，阿寶將所著兵書擱在几案上任我翻閱……我如何能對阿寶藏私？」

其實白卿言所看的並非只有商君所著的《商子》，古聖先所遺的文章中，皆是學問，白卿言只是不想錯過，所以都會詳讀。

她也並不認為單靠哪一家的學說，便能治理一國，使一國強盛。

諸子百家之中，因只有儒家是唯一尚義的，所以……儒家在百家之中才極受推崇。

而法家、墨家又都太過功利，只謀眼前發展，不顧長遠，可真正能使一個國家長治久安，需要利、義平衡。講到平衡便又不得不提道家，道家古時遺留下的許多殘章斷簡和孤本，並非全然是現在讀書人以為的無為而治……

道家的《經法》、《十六經》、《稱》、《道原》四篇世人難見的孤本，白家都有。其中，《經法》講的便是治國必須依靠法制，而《十六經》所述是政治軍事的策略，《稱》則說得是施政行法所需權衡度量，《道原》便是說宇宙觀。

白卿言以為，這四部書中，前三部更講求實際運用，將文字和治國理政具象化，雖然依照這個時代不能完全運用，卻也可以取其精華而自用。

這些書冊她以前都看過，卻從未用心研究過，如今重新將這些書籍撿起來細細研讀，是要在各學派中取其精華、剔其糟粕，取諸子百家之長，造就來日天下歸一……於國於民有益，且能君權民利平衡長遠的為政之道，這是一項極其耗時耗力之事，她只覺日短心長。

沈青竹跨入房內，朝著內室方向長揖一禮：「大姑娘，蕭先生，月拾回來了，說安置在客棧的貴客聽說大姑娘與蕭先生是未婚夫妻，想要求見大姑娘。」

蕭容衍站起身理了理衣裳，心知西懷王為何想要見白卿言，便同白卿言道：「大約是為了魏國的事情，你若是不想見，我去同他說。」

「你是打算帶著這位貴客，同晉軍一同走，還是先行離開去安頓這位貴客？」白卿言起身，坐在床邊穿好軟底鞋。

白卿言身邊帶著十幾萬人馬，生病受傷者需安頓，要攻城掠地不說，出發前往下一個城池之前更是要做詳盡的謀劃，自是不如蕭容衍那麼來去自如，若蕭容衍跟隨晉軍走，怕是會耽誤時間。

「在大名府休整一日，明日一早出發前往韓城，西懷王派人來喚我之時，說……那位戎狄的鬼面將軍約莫會在三月底四月初到韓城，他想提前趕過去，能有足夠的時間打點上下，好讓他同那位鬼面王爺見一面。」

白卿言點了點頭，蕭容衍也需要趕去韓城對諸事安排一二的。

若是阿瑜大概三月底四月初趕到韓城，那留給白卿言的時間的確是不多了，她原本是想遷就白錦稚的時間，在今年六月拿下韓城，可如此看來……怕是不行了。

「你請西懷王過來吧。」白卿言理了理衣袖，站起身來，卻被蕭容衍按著肩膀坐回床邊。

他俯身看著白卿言盡是紅血絲的雙眼，捏了捏白卿言的肩膀，道：「你多休息一會，西懷王那邊我去說，他所求本就是沒有希望之事，你不必為此耗費時間，多睡一會兒。」

蕭容衍語聲溫柔，屈尊蹲下替白卿言脫了鞋子，又吩咐沈青竹將小廚房給白卿言燉的雞湯端來，這才起身去應付西懷王。

沈青竹已經知道蕭容衍身分，瞧著蕭容衍在自家大姑娘面前絲毫不拿架子……雖說還未正式成親難免有些逾矩，但對自家大姑娘是真的關心，心裡很為白卿言高興，也為白卿言擔憂。

白卿言志在天下……那將來，若是與大燕對立，豈不讓大姑娘為難。

蕭容衍走後白卿言並未休息，她起身問沈青竹：「小四可有來信？」

「未曾……」沈青竹跟在白卿言身後搖頭，見白卿言在几案前坐下，拿起毛筆，沈青竹跪坐在一旁磨墨，「可是出了什麼變化？」

小四衝動善戰……蔡子源能謀全域，若是真的讓小四和阿瑜碰上，小四和蔡子源不知阿瑜身分，若阿瑜此行帶兵，他們必定會先設法阻斷戎狄助樑的援兵，想著即便是拼盡全力全軍覆沒……還有劉宏或是白卿言可以拿下大樑。

若是阿瑜未曾帶兵，以蔡子源的眼界……定會將戎狄的鬼面將軍視作來日勁敵，除之後快。可已經提筆，白卿言卻還是不敢以用送信這樣冒險的方式，將鬼面將軍便是阿瑜之事告訴白錦稚，以免給阿瑜帶來麻煩。

白卿言在心中將白錦稚率部所走路線算了一遍，又算了算若是阿瑜三月底到達大樑此時應當行至哪裡，將筆放下，同沈青竹道：「算時間小四應當已經走到福域，你即刻出發快馬加鞭前往大泉，在大泉候著小四……告訴小四，戎狄鬼面將軍是自家人，切不可動手！」

沈青竹一臉意外，戎狄這位鬼面將軍自從平復戎狄後，聲名大噪，沒想到竟是自己人！

白卿言沒有同沈青竹細說，只道：「此事寫信太過冒險，只有你親自走一趟，我才能放心！」

沈青竹抱拳，鄭重應聲：「大姑娘放心，青竹這就出發！請大姑娘務必照顧好自己！」

沈青竹正要起身卻被白卿言攥住了手腕：「信傳到之後，你便留在小四身邊，她莽撞衝動……有你在我更放心。」

「是！大姑娘勿憂！」沈青竹起身朝著白卿言長揖一拜，轉身離開。

時間上沈青竹定然是來得及趕在阿瑜和小四碰上之前，將此事告知小四。

只是，西懷王又是如何得知阿瑜的具體行程？

戎狄有魏國的密探細作，這白卿言並不覺得奇怪，哪一國沒有往別國安插過細作？可魏國的消息竟能具體到阿瑜到大樑的時間？那便說明……阿瑜身邊就有魏國的細作。

白卿言手心收緊，蕭容衍與西懷王關係親近，且心智超群，定然是知道的。

上一次蕭容衍便告訴白卿言他也要見鬼面王爺，談一談關於被俘燕軍之事。

若是白卿言猜的沒有錯，蕭容衍或許是想拿細作當做條件與鬼面王爺做交易。

並非白卿言小人之心，或許必要的時候，蕭容衍甚至會拿阿瑜白家子嗣的身分做籌碼。

蕭容衍如今需要阿瑜身邊的魏國細作傳遞消息給西懷王，可她卻不能容忍阿瑜身邊有任何威脅。白卿言拳頭收緊，下了決心高聲道：「來人！備馬！」

「是！」

蕭容衍知道戎狄的鬼面王爺是她的弟弟，卻還是如此隱瞞她，甚至想要脅她的弟弟，她生氣嗎？是有的。當初她辛苦洪大夫救治燕帝，可以說是為蕭容衍。

而這位與自己情投意合的戀人剛剛還同自己親密無間，轉頭便要去難為她的弟弟，甚至是拿捏她的弟弟，她無法做到無動於衷。可她也明白，蕭容衍作為燕國九王爺，為燕國考慮一點錯都沒有。更何況，他們兩人曾經有言在先。

從前白卿言就知道，這世上萬事都有道理可講，唯獨情感講不得道理。

理智上，她理解甚至贊同蕭容衍的做法，換是她……她也會如此去做。

但情感上，她還是有些許不舒坦。

在大名府客棧小院子內焦急等待的西懷王，全然沒有往日在魏國時的烜赫排場，他坐立不安，不知此次能否藉著蕭容衍的關係順利見到鎮國公主。

上次魏國遣使入晉，想求晉國援手，可晉國太子卻稱如今晉國主力皆在樑國征伐，騰不出手。

但，魏國密使曾送回魏國的奏報之中稱，晉國太子對鎮國公主幾乎到了言聽計從的地步，若是此次他能勸得動鎮國公主答應助魏，也不用真的大舉進攻燕國，只要調兵遣將在燕國邊界騷擾騷擾，做做樣子讓燕國忌憚也就是了。

西懷王相信只要魏國送上豐厚的財寶金銀，陪著笑臉兒，把話說的好聽些，再加上鎮國公主和蕭容衍的情義，應當是能成的！

畢竟這鎮國公主和蕭容衍有婚約，女人嘛……又多喜歡聽些好聽的。

西懷王私以為，只要蕭容衍肯為母國出力，對鎮國公主動之以情，這事就一定能成。

聽到門外疊聲呼喚蕭先生，西懷王沉不住氣起身拉開二樓的雕花隔扇，朝樓下院門處張望，瞧見蕭容衍正拎著長衫下擺從院子外進來，忙喚了一聲：「容衍！」

雖說這家客棧後面都是給出得起銀錢的貴客居住的，可蕭容衍還是命月拾將整個客棧全都包了下來，閒雜人等一律驅逐，以免混入來暗殺西懷王的殺手。

這客棧外三層是蕭容衍的護衛，內三層也有護送西懷王的死士，防守十分嚴密。

儘管如此，守在西懷王門口的護衛還是擔心不已，將要衝出門的西懷王護住：「王爺……還是謹慎些吧！上次也是在客棧，若非蕭先生……」

西懷王聽到這話，煩躁立在房門口，眼巴巴望著正在上樓的蕭容衍，道：「你快些！」

見眉目含笑溫潤如玉的蕭容衍走至客房門外，正要對他長揖行禮，他一把抓住蕭容衍的手腕：「你我之間哪裡來的這麼多虛禮！」

將人拽進了客房裡，西懷王便急不可耐地問：「你和鎮國公主什麼時候定親了？這麼大的事情你可從未告訴過本王！」

西懷王在黃花梨木的圓桌前坐下，望著對面的蕭容衍，眉目間有喜意：「本王若是早知道你同晉國的鎮國公主是未婚夫妻，做什麼還要捨近求遠去求戎狄的什麼鬼面王爺，本王找自家弟妹請晉國太子向燕國施壓便能救國了啊！」

西懷王說得面色發紅，彷彿他已經找到了救國良策，雙眸放光看向鎮定自若坐在圓桌旁的蕭容衍，只待蕭容衍點頭。

蕭容衍對西懷王還是那副含笑溫潤的模樣，拎起茶壺為西懷王倒了一杯茶水，推至西懷王的面前開口：「王爺當真以為，鎮國公主那樣連十萬降俘都能輕易焚殺之人會講情義？」

西懷王被蕭容衍說得一愣：「可你不是……」

蕭容衍亦是為自己斟了一杯茶，將茶壺擱回去正襟危坐同西懷王說：「衍是魏人，王爺當真以為……衍未曾向鎮國公主求過情嗎？可此次晉國就是要趁著大燕攻魏之時滅樑的！」

西懷王表情茫然看向蕭容衍：「容衍，你知道我是個只會吃喝玩樂的，你說些我聽的懂的！」

蕭容衍用手指蘸了茶杯裡的水，在黃花梨木的圓桌上畫出了列國地圖，點了點居於正中央的晉國：「王爺你看……晉國所處的位置，四面都是他國，晉國若是想要一統天下，那麼要麼是滅樑、要麼滅了戎狄、要麼就是滅了燕國，如此才不會陷入腹背受敵的困頓局面之中。」

「那晉國打燕國也行啊！」西懷王抬頭看著蕭容衍。

蕭容衍搖了搖頭：「晉國起初攻樑，是因為樑國拒不交出上次和談之時承諾交出的土地城池，晉國打樑國……這叫師出有名！而後……晉國奉上治療疫病的藥方給樑國，可樑帝為子復仇心切不肯投降，非要死戰！故而晉國滅樑，更是師出有名！連列國也說不出晉國錯處，可晉國不論是滅燕也好，或是滅戎狄也罷！都是師出無名，弄不好便會陷入眾矢之的，晉國不會為了魏國捨棄此次滅樑國最佳之機。」

西懷王腦子亂成一團，又覺蕭容衍的話有道理，他起身急得在房間內團團轉：「那怎麼辦？只有去求那個戎狄鬼面王爺了嗎？也不知道太后能不能堅持到那個時候，不然我們給晉國送禮……舉全國之力送厚禮?!」

西懷王話音剛落，就聽到月拾在房門外低聲道：「主子，大姑娘來了，已經快到院子了，帶著兵！」

正焦躁不安的西懷王聽到「兵」字，一臉驚懼地看向蕭容衍，見蕭容衍不緊不慢站起身來，他忙問：「誰？誰帶兵來了？」

「鎮國公主……」蕭容衍解釋道。

還不等蕭容衍起身相迎，西懷王先一步拉開雕花隔扇，不顧門口護衛阻攔欲下樓相迎，誰知剛走到樓梯口處，便看到長髮束於頭頂，一身銀甲，英姿颯颯的女子，手握腰間佩劍，跨入這院落大門，西懷王扶著紅木雕鏤的手驟然收緊，心蕩神搖。

夕陽橫斜，橘紅色的光芒映著一身甲冑的白卿言……

入目的，分明是一個冰肌玉骨，極清極豔的絕色女子。若非那女子眸色幽沉，滿身殺伐凌厲的威嚴氣魄，西懷王當真無法將眼前如同仙女一般的女子，同晉國殺神聯繫在一起。

西懷王從未見過白卿言，只是聽說過白卿言美貌非常，曾經在晉國宴會上，被大樑四皇子魏啟恒誤認做晉國第一美人兒柳若芙，當時擁有柳若芙畫像的西懷王還在懷疑，這白卿言到底是一個什麼樣的美人兒，竟然能比那美若出水芙蓉的柳若芙還要美。

今日一見，果真是傾國傾城，驚豔的攝人心魄。若非她那通身比他兄長還要肅穆的……居高位者氣魄，和身上內斂又倨傲的氣勢，西懷王必會生輕瀆之心。

蕭容衍跨出客棧房門，見白卿言仰頭朝他看來，眉心微微收緊，明明囑咐讓她好生歇著，怎麼還是來了，也太不愛惜自己的身子了。

可轉念一想，蕭容衍便明白，或許白卿言這是為了鬼面王爺那位白家子。

「鎮國公主這邊請！」西懷王身邊的護衛知道自家主子一心要見鎮國公主，忙疾步上前對白卿言做了一個請的姿勢。

白卿言視線從蕭容衍身上挪開，看向身著霜白色金線祥雲滾邊，腰繫暖玉玉帶，身姿頎長卻過於削瘦蒼白的男子。

她猜那應當便是西懷王了。白卿言按規矩解下腰間佩劍遞給西懷王的護衛，抬手示意隨行將士在外等候，這才抬腳朝樓上走去。
西懷王唇瓣微動，有事相求又處在弱勢，他將姿態放得極低，朝著白卿言行禮：「見過鎮國公主。」
白卿言低頭走上臺階：「西懷王不必多禮。」
再抬頭，她見西懷王還擋在樓梯口，喚了一聲：「西懷王？」
「哦……」西懷王回神，忙讓開樓梯口的位置，笑著同白卿言做了一個請的姿勢，「鎮國公主請！」
她未曾同西懷王客氣，略略對西懷王頷首，看向立在客房門前朝她行禮的蕭容衍，只聽他吩咐月拾去準備茶點，便抬腳朝她走來，在外人看來倒是恭敬有禮。
「鎮國公主請……」西懷王上前再次請白卿言。
她抬腳跨入敞亮的二樓屋內。
「鎮國公主請上座……」蕭容衍含笑開口。
倒是西懷王瞧了眼蕭容衍，又看向鎮國公主：「容衍和鎮國公主是未婚夫妻，何須如此客套，畢竟本王也不是外人。」
白卿言繞過黃花梨木的圓桌，在楠木山水畫屏風前的正堂主位上坐下，同西懷王開口：「我聽月拾說，西懷王要見我，正好……我也有事請教西懷王，便未曾提前派人通報冒然前來，還望西懷王海涵。」
「哪裡哪裡……本王這一路都是容衍安排打點，鎮國公主與容衍有婚約在身，本王與容衍也是至交好友，托大……將鎮國公主視作自家弟妹。」西懷王掏空心思的想要同白卿言拉近關係，好開口請白卿言幫忙。

她含笑望著西懷王，也沒有客氣，先行發問：「即是如此，還望西懷王直言相告，西懷王是如何得知鬼面王爺的具體消息？何以如此肯定戎狄的鬼面王爺必在三月底四月初到達大樑都城韓城？魏國……在戎狄可有暗探，或是在鬼面王爺身邊安排了細作？」

西懷王沒想到鎮國公主一來，便問的是這樣凌厲的問題，但他既然是有求於鎮國公主，自然以誠相待，不能同鎮國公主有所隱瞞，魏國的確是在這位鬼面王爺身邊有細作，而且掌握了這位鬼面王爺的一些秘密，然這些……都是此次西懷王來找這位鬼面王爺，請戎狄相助魏國的籌碼。

他朝蕭容衍看了眼，見蕭容衍正接過侍從送上來的茶遞給白卿言，這才鄭重同白卿言說：「本王拿鎮國公主當做自己人，便也不轉彎抹角了，魏國的確是在戎狄和戎狄這位鬼面王爺身邊有細作，倒也不是故意安排，說來也算是巧合……是戎狄王無意將人安排到了鬼面王爺身邊伺候的！此次大燕攻魏，我皇兄慘死……太后不得已扶持幼帝登基，如今魏國內憂外患，幾次遣使前往大燕求和……可大燕拒不接受，還請鎮國公主在晉國太子面前幫忙說說情，能援手魏國，魏國上下感激不盡！」

白卿言略略調整坐姿，單手搭在座椅扶手上：「聽說此次西懷王不惜長途跋涉要前往韓城，就是為求鬼面王爺出手相助魏國，但……我想西懷王千里迢迢而來，對鬼面王爺不會只是用一個求字這麼簡單的手段吧？或許……這位被安插在鬼面王爺身邊的細作，手中還有鬼面王爺的把柄？」

西懷王心頭一驚，對待白卿言越發鄭重起來，他沒有想到這位鎮國公主竟如此厲害，窺一角便可知全貌。

他沒有立時應聲，怕的是鎮國公主萬一讓他將細作握了戎狄鬼面王爺什麼把柄告知於她，他該如何是好。以前西懷王有一個好皇兄，國家大事輪不到他操心，他吃喝玩樂了半輩子……從不知謹慎是何物，可這一次面對白卿言，他難得謹慎了起來。

「西懷王與鎮國公主有要事詳談，衍……先退下。」蕭容衍站起身來，起身同白卿言與西懷王淺淺一拜。

「容衍你留下！」西懷王擺了擺手，示意蕭容衍坐下，「你是本王的摯友，是鎮國公主的未婚夫婿，今日所言……沒有你不能聽的。」

蕭容衍看向白卿言，見白卿言頷首，這才點了點頭重新坐下，擺手讓立在屋內的僕從退下。

略作思索，西懷王朝著白卿言拱了拱手，不敢再因白卿言是女子而掉以輕心，打起十二萬分精神開口：「鎮國公主若是想知道這位鬼面王爺的把柄，倒也不是不能說！只是……此乃魏國請鬼面王爺發兵助魏籌碼！自然了若是鎮國公主有信心勸服晉國太子襄助魏國，這個秘密就算是告訴鎮國公主也無傷大雅，可若是鎮國公主目下還不敢肯定，這個秘密……於公本王不能告訴鎮國公主，於私……」

西懷王聲音頓了頓，才望著白卿言開口：「容衍知道的，本王只是一個善於吃喝玩樂的閒散人，但是……閒散人也有閒散人的道義！既然是要同鬼面王爺做交易，那麼出於道義……我便不能將這個秘密告知鎮國公主！還望鎮國公主海涵！」

雖然吃喝玩樂了半輩子，當初在皇兄庇護下做事也難分輕重緩急，可西懷王自認紈褲……卻不願做個小人，既然要去交易，就要尊重誠信二字，斷沒有一個把柄做兩家生意的道理。

白卿言並不瞭解西懷王為人，曾也只是聽說過這魏國的西懷王是個遊手好閒的閒散王爺，此次與西懷王相見更是意料之外的事，還來不及派人去詳查這位西懷王。

但……這位西懷王如此重道義，倒是讓白卿言刮目相看。

剛才西懷王如此說，也讓白卿言放下心來，想來西懷王並不知道阿瑜和晉國的關係，自然也就不知道阿瑜和白家的關係，否則西懷王何以要將這個秘密對身為晉國戰將的她守口如瓶。

西懷王應當用這事來反要脅晉國，要脅她才是。

即便西懷王是個同梁王一般善於扮豬吃老虎的，可眼下魏國已經是迫在眉睫，西懷王沒這個餘地揣著明白和她裝糊塗，他應在見面之時……當及時亮刀，逼她就範。

她朝西懷王頷首：「西懷王所言有理，不過……白卿言雖然目下無法肯定能勸動我晉國太子襄助魏國，但……卻有一計能夠助魏國存國。」

蕭容衍手收緊，不動聲色，眉目含笑朝白卿言的方向望去。

「不知鎮國公主有何妙計，不妨說來聽聽。」

蕭容衍話音一落，西懷王便跟著連連點頭：「是啊，鎮國公主若有妙計不妨直言，本王感激不盡！」

「既然是魏國同大燕在打仗，魏國還需在燕國方面下功夫！比如之前西懷王所言的求和……魏國是打算付出什麼樣的代價求和？」她問。

「魏國求和時，曾對大燕明言，將如今燕國已經打下來的土地城池盡數割讓給燕國，並且將昌城以北的城池悉數割讓，只求燕國休兵停戰，讓百姓休養生息避免生靈塗炭！可是……燕國還是不願停戰，滅魏之心堅定！我……」

「兩國邦交上，魏國還可退讓嗎？」她問。

「只要能夠停戰，兩國邦交……魏國也願私下為燕國馬首是瞻，可燕國還是不願意。」

「那就再退一步，稱臣納貢。」她轉眸看向西懷王，「可昭告天下，魏國願臣服燕國，每年納貢……只求休戰，以令百姓得以休養生息！」

「稱……稱臣納貢?!」西懷王臉色一白，似覺受到了奇恥大辱，「對燕國?!」

蕭容衍緊緊攥著衣擺的手鬆開，順著西懷王的話說下去：「兩年前……燕國還是臣服於列國腳下的卑微小國，如今鎮國公主卻讓我魏國臣服於此等小國？西懷王所言私下為燕國馬首是瞻，我魏國已覺蒙受奇恥大辱……更遑論稱臣納貢。」

「但偏偏，魏國就是被你們所瞧不起的此等小國打得毫無招架之力，甚至亡國之危近在眼前！」她望著蕭容衍，「固然魏國曾經依靠地理優勢，雄立一方！可世道變幻何其迅速，魏國若是仍然沉浸在舊時……以強國大國自詡，被滅國也是早晚的事情。」

她收回視線，又看向西懷王：「想想曾經的燕國，被晉國打得無法招架之時，對晉國稱臣納貢，難道燕國不覺得蒙受奇恥大辱？先得存國，才能圖強！如今燕國緩過來，不照樣將魏國打得招架不住？」

西懷王表情遲疑。

蕭容衍見西懷王似乎被勸動，故作風淡雲輕淺笑：「鎮國公主所言固然有理，可身為魏人，卻不能看母國受此等大辱，明明可以求援他國，為何要做出此等卑躬屈膝之態？且衍知鎮國公主有吞併天下列國的志向，難免會懷疑……鎮國公主如此勸說西懷王，是有旁的目的。」

西懷王看向蕭容衍，只覺蕭容衍到底是魏人，處處為母國著想，甚至不惜與未婚妻針鋒相對，心安了不少。

聞言，白卿言轉頭看向蕭容衍，不急不躁道：「沒有臥薪嘗膽含垢忍辱的氣魄，談何勵精圖治發奮圖強？又何談明日？我勸說魏國昭告天下願向燕國納貢稱臣，如此燕國若執意滅魏，便會成為眾矢之的，燕國難道不會掂量掂量？」

她輕輕歎了一口氣，端起茶杯，用杯蓋壓著浮於清亮茶湯之上的茶葉，輕抿了一口茶水，接著道：「我有吞併天下列國的志向不假，也從未隱瞞過！的確……讓燕國暫時無法滅魏，燕國無法掃清難免阻礙，便不能放心大膽的逐鹿中原，於我晉國一統天下有好處！可如此魏國也能暫時存國，此乃一舉兩得，不好嗎？」

她看向蕭容衍：「容衍你身為魏人，難道非要為了尊嚴，母國被滅才能甘心？或許魏國得一時喘息之機，便能崛起，這誰也說不準！畢竟這天下人人皆可逐鹿……鹿死誰手，且還要看最後。」

「鎮國公主的計策衍不敢說不好，可若是能求得戎狄鬼面王爺出兵相助，或是晉國願意出手襄助，逼迫燕國不得不與魏國停戰豈不更好？為何非要選稱臣納貢這屈膝折節的一條路？」蕭容衍看向西懷王，笑著問，「退一萬步說……就算是晉國和戎狄都不願意相幫，這個時候魏國再走這一步也不晚！王爺覺得呢？」

「容衍所言有理！」西懷王朝白卿言拱手，「本王知道鎮國公主的確是好意，既然鎮國公主無法作保……晉國能助魏，為母國不必折節，本王願意前往韓城面見鬼面王爺一試，實在不成……再談稱臣納貢之事也不晚。」

今日前來，白卿言的主要目的便是證實阿瑜身邊是否有細作，對於西懷王是否要去見阿瑜，是否要向燕國稱臣納貢，白卿言並不介意。

「如此，倒是我多事了……」白卿言將手中的茶杯擱在手旁桌几上。

「鎮國公主切勿責怪，原本……本王以為可以求得鎮國公主與晉國太子說情，可剛才容衍同本王分析過了，此次晉國滅樑勢在必行，是為來日晉國一統大業打基礎，故而絕對不會為魏國分心，魏國雖然無稱霸天下或者一統天下的宏願，可不管魏國太后和陛下也好，還是本王，都不願意魏國就此在我們這一代人手中成為他國屬國，若是如此……死後無顏面對列祖列宗。」

西懷王話說得極為誠懇，眼仁發紅。

「西懷王所言，白卿言明白，那西懷王便先去試試吧，不過……依白卿言來看，戎狄出兵助魏的可能性不大，戎狄與魏國土地並未接壤，要麼要借道西涼，要麼借道晉國，戎狄一族……可不擅長遠線作戰。」

「所以，屆時還希望晉國能協助一二！」西懷王話接的極快，直徑起身朝白卿言長揖一拜，「原本是打算同鬼面王爺談妥之後，再讓容衍牽線搭橋，求鎮國公主說情，既然鎮國公主先提起，本王便替魏國先在這裡求鎮國公主了。」

「這不是難事，就怕……魏國堅持不到那個時候了！我算過燕軍的行程，估摸著此時……燕國戰將謝荀與燕國二皇子慕容平所率兩路大軍或許已經匯合，過不了多久……甚至是現在已經打到昌城城下了！」她垂著眸子，手指摩挲著座椅扶手，「魏國即便是派出名將……魏國大將軍宋冠旭率兵死守，又能守多久呢？」

她抬眸望著西懷王：「能守到三月底四月初……西懷王見到戎狄鬼面王爺的時候嗎？能守到戎狄鬼面王爺率兵越晉國……攻打燕國嗎？三個月將近四個月，西懷王敢用魏國安危賭？」

在顧著自己征戰的同時，白卿言從未停止過關注大燕和魏國的戰場情況，消息不斷送來……善於征戰的白卿言，早已經看破了燕國的征戰計畫，甚至是路線都與白卿言所料無差。

按照上一次到手的軍情情報，和白卿言對燕軍行軍速度的計算，再算上急行軍的時間，此時的謝荀與二皇子慕容平必定快要匯合，甚至已經匯合，兵臨昌城城下。

而魏國，可用的大將……已經不多了！

昌城，那可是魏國的國都！

即便是魏國已經迫不得已遷都衛暑城，可昌城在魏國百姓的心中還是國都！

燕國若是得到昌城，就等於已經將魏國完完全全踩在腳下，魏國不允許這樣的事情發生，就只能派出多年未曾披掛上陣的大將軍大司馬宋冠旭率兵護衛昌城。

蕭容衍早已經知道白卿言對戰局判斷，堪稱料事如神，倒也沒有被說中的慌亂。

白卿言所言不錯，若是按照他臨走之前訂下的計畫，此時二皇子慕容平與謝荀應該已經合兵，甚至兵臨昌城城下。

燕國拿下昌城勢在必行，但不是要即刻拿下昌城，畢竟……燕國就算是拿下了昌城，只要魏國皇室還在，魏國大可繼續遷都往後撤，魏國還在。拔本塞源，燕國是要將魏國的主力盡數吸引到昌城來，而後繞襲魏國新都衛暑城，將魏國皇室斬草除根。

西懷王被白卿言那雙沉靜又幽深的眸子看得心頭發慌，自從被追殺隨著蕭容衍東躲西藏以來，他已經太久沒有收到戰報了，可……燕軍真的會打的這麼快，快要逼到昌城？甚至已經到了昌城了嗎？

魏國的大將軍大司馬宋冠旭率兵？可是魏國吃了這麼多敗仗都沒有派出大將軍宋冠旭出戰，除了因為宋冠旭的年紀太大之外，更是因為宋冠旭纏綿病榻如今是靠藥物續命，此事魏廷上下瞞得密不透風，是因宋冠旭乃是魏國的定海神針，魏國當時正與燕國關係吃緊，便不敢外傳。

若真如鎮國公主所言，那麼……宋將軍又能堅持多久？

「自從被追殺之後，本王已經太久沒有收到魏國傳來的消息！」西懷王慌了神，看向蕭容衍，

「若是如此，便不能耽擱了，容衍我們恐怕得即刻啟程去尋戎狄的鬼面王爺！」

蕭容衍對西懷王頷首。

「西懷王也不必太過著急，依我看……燕國一時半會兒是不會攻昌城的！」白卿言唇角噙著笑意，「我若是燕國主帥，便會陳兵在昌城最前來吸引魏國將主力盡數放在昌城，而後派猛將……繞過昌城，奔襲魏國新都衛暑城！」

西懷王心裡咯噔了一聲，睜大眼瞧著白卿言。

蕭容衍藏在袖中的手也微微收緊，如芒在背，眼底的笑意卻愈發濃烈，想到來日……與白卿言做較量時，那仗想來會打得非常艱難。可那種不舒坦的感覺轉瞬即逝，蕭容衍內心也因有這樣一個愛侶而欣慰，因有這樣一個對手，而熱血沸騰。

「魏國皇室只要還在，只要不稱降，國都換一個便是！魏國還算在！即便是燕國拿下無數個魏國國都……也只是揚湯止沸，只有屠盡魏國皇室，才是釜底抽薪，徹底平定魏國。」

白卿言這一席話，讓西懷王膽戰心驚，險些從椅子上滑下來。

這話哪怕是換作旁的任何一個人同西懷王說，西懷王都不一定能聽得進去，可這是晉國戰神……白卿言所言，西懷王怎能不毛骨悚然。

若真如白卿言所言，魏國危矣！要救魏國，怕只有昭告天下稱臣納貢，方能保國啊！

見西懷王嚇得臉色煞白，她低聲道：「自然了，這或許……也是我杞人憂天，但願燕國制定滅魏大計之人，並非這樣想的，那西懷王還是有足夠時間求得戎狄援手！」

西懷王再次站起身，真心實意朝白卿言長揖一拜：「多謝鎮國公主指點，令本王醍醐灌頂！」

「該說的，白卿言已經都說了，西懷王……就此別過！」她起身對西懷王拱手。

西懷王對白卿言態度恭謹非常，拿出他曾經對他皇兄的那副恭敬模樣將白卿言送至樓下，又吩咐蕭容衍好生將白卿言送出客棧。

蕭容衍同白卿言並肩而行，穿過客棧雕梁畫棟的長廊，見身後護衛離得極遠，他這才開口：「阿寶對戰局，果然是洞若觀火，若是來日你我為敵，我得打起十二萬分精神才是。」

「這麼說，燕國果然是要將魏國主力引至昌城，而後派兵直攻衛暑城……滅魏國皇室了？」她側頭看向蕭容衍。

「燕國不似晉國麾下強兵如雲，只能取巧……」蕭容衍腳下鹿皮靴子踩著青石地板上的夕陽橘光，影子被拉得老長。

她點了點頭，又問：「我聽青竹說，月拾手中的那把寶劍十分了得，穿透了曹仁義的護胸甲，後來軍醫去給曹仁義包紮，說是傷得不輕。」

她望著蕭容衍：「這寶劍可有來歷？」

她是想問，那把寶劍是不是就是用墨粉煉製的。之前曾善如說，他曾翻閱一些雜集古籍，覺得墨粉就是精鋼粉，這粉末出自姬后之手……以此粉煉製的寶劍無堅不摧，可以真正做到削鐵如泥，吹毛斷髮。

「月拾手中的寶劍叫問月，因問月和月拾的名字裡都有一個月字，皇兄便將這寶劍賜給了月拾，若說其來歷……這寶劍是當初我母親命人為我父親打造的，可惜……後來寶劍還沒有鑄成，我母親就已經不在了。」

橘紅的光芒映著他眉目輪廓，他黝黑深邃的眸底盡是平靜，喜怒難測，冷寂的半寸暖光都無法照射進去。

白卿言沒想到追問這把劍的來歷，竟然會觸及蕭容衍的傷心事，停下腳步，轉身面向蕭容衍望著他。

「嗯？」蕭容衍望著停住腳步的白卿言。

跟在兩人身後十步之遙的月拾見狀，忙讓自家護衛和白卿言帶來的將士轉身，壓低聲音道：

「非禮勿視！非禮勿視！」

她垂眸，伸手攥住蕭容衍骨節分明有力大手，仰頭望著他，低聲道：「姬后若是知道，這把寶劍如今在護衛你的月拾手中，知道這把寶劍曾護衛過你無數次，一定會覺得欣慰。」

蕭容衍垂眸雙手握住白卿言的手，眸中的沉寂逐漸被暖意驅散，低頭輕輕親吻白卿言的手背，抬眸凝視著她：「阿寶是我母親的知音，阿寶如此說……母親定然是如此想的！」

白卿言點頭：「嗯！」

想到自己的父親，蕭容衍難免想到母親的結局，鄭重同白卿言道：「我此生定不負阿寶！」

四目相對，白卿言被蕭容衍攥在手心中的手微微收緊，耳根也忍不住發燙，低聲道：「君不負我，我不負君。」

他克制著將白卿言擁入懷中深吻的衝動，用力捏了捏白卿言的手，牽著她未曾鬆手：「走吧，送你出去……」

她點頭，未曾掙脫。

將白卿言送到客棧門前，蕭容衍親自為她牽馬，在白卿言上馬前，他突然輕輕攥住她的手腕，低聲問：「阿寶，戎狄鬼面王爺的事情，你可怨我？」

聞言，她靜靜凝視蕭容衍的雙眸，唇角淺淺勾著，扶著鞍馬一躍上馬，從蕭容衍手中扯過韁繩。

蕭容衍毫無防備，手中一空，指尖被韁繩刮的有些疼。

駿馬之上的白卿言瞧著蕭容衍錯愕的模樣，好似出了一口氣心裡舒坦不少，眸底顯出極淺的笑意來，問他：「西懷王的事情，你可曾怪我？」

白卿言釋懷，是因她知道蕭容衍無錯，也相信以自己弟弟能耐，蕭容衍不會那麼輕易達到目的。

蕭容衍誠實道：「有，但轉瞬而逝，畢竟你我曾有言在先，遇大事不論私情。」

話音一落，他已經明白，白卿言的心情同他一般。

他也終明白白卿言曾經那句，萬事都有道理可講，唯獨感情不可以道理衡量。

人心皆是如此，沒有人能例外。可……他和白卿言都非尋常人。

他心中釋懷，笑著後退一步，朝白卿言長揖行禮。

「告辭！」白卿言抬手朝蕭容衍一拱手，扯住韁繩調轉馬頭，帶兵疾馳而去。

蕭容衍頭一次這樣小心翼翼揣測一個人的心思，他看了眼自己泛紅的指尖，唇角勾起笑意，手指微微收緊，見慣了白卿言鎮定自若的模樣，他很是貪戀白卿言這樣毫無顧忌在他面前使小性子的模樣，盡是女兒態……

「主子……」月拾上前，低聲同蕭容衍道，「西懷王將董貴安喚了過去。」

董貴安是西懷王身邊最得力的暗衛，看來……西懷王因為白卿言的一番話，行程要有變動了。

可蕭容衍的目的，是讓西懷王遠離魏國，在樑國找一處山明水秀之地，讓西懷王度過餘生，或者繼續過他以前喜歡的……富貴閒散人的日子。若西懷王因為白卿言一席話，打算折返魏國，那就只能讓董貴安回去傳信，他也就只能用非常手段了。

「你去命我們的人盯住董貴安，若是董貴安要回魏國，中途找個機會了結了，做乾淨一點。」

蕭容衍語聲淡漠。

「是！」月拾頷首。

直到白卿言的身影消失在視線之中，蕭容衍這才轉身回去，打算再勸一勸西懷王。

蕭容衍進門之時，只聽見西懷王叮囑董貴安說：「將消息儘快送到公孫丞相手中，告訴公孫丞相本王有負公孫丞相所托，怕是請不動戎狄相助，魏國已經到了存亡之際之時，請公孫丞相務必答應西涼的條件！一定要快！路上千萬不要耽擱，魏國安危就繫於你一人之身了。」

話音一落，西懷王便看到了蕭容衍，抬手拍了拍董貴安的肩膀。

「王爺這是要讓董大人回衛暑城傳信嗎？」蕭容衍跨進門檻，「太后和公孫丞相除了讓王爺前來尋戎狄鬼面王爺之外，和西涼也還有後手？」

經過蕭容衍拼死救西懷王一事，西懷王包括西懷王身邊之人早已經將蕭容衍視作可以信任之人，但還是未曾交代公孫丞相到底做了何種安排。

董貴安只抱拳同蕭容衍道：「貴安走後，還望蕭先生多加照顧王爺！」

蕭容衍對董貴安頷首，目送董貴安離開之後，才望著西懷王問：「王爺這是打算兵分兩路，讓董貴安回去報信，王爺繼續去求戎狄的鬼面王爺？」

西懷王點了點頭：「鎮國公主一番話讓本王如夢初醒，雖然說本王不太懂行軍打仗上的事情，可鎮國公主名聲在外，不管是不是都要派人回去告知衛暑城知會一聲，好讓太后和陛下有所防備！本王還是要繼續去求戎狄的鬼面王爺，若是那戎狄的鬼面王爺不應承……」

西懷王聲音頓住，唇瓣囁嚅著半晌都沒有發出聲音。

「若是不應承？」蕭容衍反問，「王爺難不成要抖出鬼面王爺的秘密，魚死網破嗎？」

不見西懷王回答，他又追問：「衍……剛才聽王爺的意思公孫丞相有後手？」

西懷王點了點頭：「公孫丞相乃我魏國肱骨之臣，不到萬不得已公孫丞相不願意用此法，事關重大，本王便不同容衍細說了！」

「若是公孫丞相的辦法也不管用呢？」蕭容衍又問。

「不會不管用的！」西懷王說到這裡，語聲難見的堅定，「就算是最後真的不成，本王趕回衛暑城與陛下和太后同生死就是了。」

蕭容衍頗為意外看向目光堅韌的西懷王，他沒想到一向貪圖享樂的西懷王會說出這樣的話，著實讓蕭容衍刮目相看。蕭容衍抿了抿唇：「王爺，若是董貴安趕回去可能已經來不及，魏國……滅國了，王爺要給自己想好後路，衍願意助王爺一臂之力。」

「就是滅國了本王也要回魏國去！」西懷王身子綿軟無力坐在椅子上，彷彿已經看到了魏國的滅亡。西懷王雙眼泛紅，話音有氣無力：「回去……為陛下和太后收屍也好，或是守墓也罷！總得回去的！」

「王爺難道就沒有想過，若是真的來不及了……便不回去了，繼續往南而行，就在那山清水秀，四季和暖之地，安定下來，做一個富家翁？」蕭容衍認真望著西懷王，趁機將自己的想法告知於他，「在魏國，王爺助容衍之事良多，容衍真心願意為王爺置產……定能滿足王爺曾經只願一輩子當個閒散富貴人的心願。」

西懷王看向蕭容衍，眸子更紅了，已經染上了一層霧氣的眸子帶著笑意：「容衍，本王這輩子交過的朋友雖多，可真正能在本王危難之際拉本王一把的，就只有你！本王這輩子……交你這個朋友，真的不虧！」說著，西懷王的眼淚就掉了下來，他連忙用衣袖去擦，長長出一口氣，悲涼的低笑一聲，才調整好情緒，抬頭認真望著蕭容衍。

「容衍，你就不要再回魏國了！你雖然是魏國人，可你商鋪遍布列國，對……你還是晉國鎮國公主的未婚夫婿，雖說這鎮國公主子嗣上艱難，可的確是一個難得的美人兒，你日後入贅白家，也算是晉國的皇親國戚，定然沒有人敢輕看你！」

「你若是太過在意子嗣，也千萬別納妾，更別在晉國境內拈花惹草……」西懷王話說到這裡又笑了一聲，「我忘了，你不好這個！也好……也好！你若是真心喜歡這鎮國公主，將來子嗣上過繼一個！」

西懷王絮絮叨叨的說著，話有些語無倫次，卻都是發自內心，想要最後交代蕭容衍這個朋友的。

蕭容衍拳頭收緊，道：「王爺不是非回魏國不可，太后和公孫丞相此次命王爺出來為魏國求生路，何嘗不是希望王爺能為魏國皇室保住一支血脈，以圖來日！」

西懷王聽了蕭容衍的話，跟個孩子一樣，目光中露出茫然之色，片刻又恢復清明。

他搖了搖頭，自嘲似的笑著：「我是個什麼材料我心裡明白，太后和公孫丞相更明白！就我這肩不能挑手不能提的……指望我圖來日，這是個笑話！說來我對不起公孫丞相，公孫丞相那麼忙，還要奉皇兄之命來教導我，可我每一次都將公孫丞相氣得吹鬍子瞪眼，從沒有讓公孫丞相滿意過！」

西懷王哽咽歎氣：「我是魏國的皇子皇孫，魏國有難，我無能……不能舉劍殺敵護衛國土，我也沒有殉國的那個勇氣，回魏國去聽天由命，便是我力所能及對魏國最大的忠誠！」

「王爺……」

「容衍，我知道你是我的好兄弟，不必再勸了，我心意已決，我吃喝玩樂了小半輩子，頭一次覺得我做了一個像樣的決定，下了一個像男人的決心！就是……不能再和你對酒當歌有些可惜！」西懷王吸了吸鼻子，跟個傻子一樣對蕭容衍笑著，「可這也是沒辦法的事情，我是魏國的皇子皇孫，就算平日裡不像個樣子，這國難當頭之時，總不能給祖宗丟人，否則來日見了我父皇手掌心是要挨板子的，我小時候挨過父皇不少板子，要不是皇兄……我可能手都沒了！」

「說到皇兄，我皇兄是個好皇帝……更是個好哥哥，可恨燕國……殺了我皇兄！其實死的應該是我！我是魏國皇族裡最沒用的一個人，總給皇兄惹事兒，每一次都是皇兄給我收拾爛攤子……」

西懷王一邊絮叨一邊掉眼淚，衣袖已經濕透了。

說這麼多話，無非是西懷王預感到亡國之期已到，心裡又慌又怕罷了。

「等將來見到父皇和皇兄，本王唯一能拿出來說的，恐怕就是沒有在母國逢難的時候，自己躲開，本王可以告訴皇兄我回去了，雖然沒能力救國……但本王也沒軟骨頭的只顧自己逃命，這樣或許會讓一直對我失望的皇兄有那麼一絲絲欣慰，覺得我也是有可取之處的。」

西懷王不知道說了多久，外面的天都已經黑了下來，坐在黑暗之中的西懷王這才啞著嗓音同蕭容衍開口：「容衍，接下來的路，你便不要再同本王涉險了！你為本王做的已經夠多了，盡到了一個魏國國民對母國之心，也盡到了你我兄弟之間的義氣，從此刻開始……本王的路本王自己走，本王不想再連累你這個兄弟了。」

這話，西懷王只有在黑暗之中才敢同蕭容衍說，否則他怕自己沒有那個勇氣說出口。畢竟這一路以來，蕭容衍是他最大的依靠，幾次死裡逃生都是蕭容衍相助，否則他不知道已經死了幾百次。

今日的西懷王，讓蕭容衍意外了一次又一次。

「你我今生兄弟緣分已經盡了，容衍……本王欠你的，來世必定加倍奉還！你信我！」西懷王的語氣堅定。

「我信王爺。」蕭容衍說。

「那就好……那就好！本王就怕你不信我了，以前在魏國，本王仗著權勢從你手裡誆騙過許多寶貝，可都沒有能給你把事辦成，現在想起來愧疚的很！本王騙了不少人的奇珍異寶……本王有時候自己都不信自己！別人不說無非是因為本王是皇兄最寵愛的弟弟！如今魏國式微本王落魄如喪家之犬，難得你還肯信我！你才是我真的好兄弟！」

這天，在這大名府客棧小院落的二樓，西懷王像是在悔罪過去一般，將往事回憶了一個遍。

第二日天還未亮，西懷王吩咐下屬不要驚動蕭容衍，收拾行裝離開。

月拾陪著蕭容衍立在客棧最高的觀景樓的屋脊之上，看著西懷王的人將馬車裝好，緩緩離開客棧……

月拾問蕭容衍：「主子，要阻止西懷王嗎？昨夜西懷王得到戎狄鬼面將軍的最新消息，此刻出發應該是想在正月十三前趕到襄涼，在襄涼攔截戎狄的鬼面王爺！西懷王有鬼面王爺的具體消息，萬一要是真讓西懷王攔住了戎狄的鬼面王爺……」

「派人跟著西懷王，隨時送消息回來！必要的時候帶著西懷王繞一繞，吩咐我們的人出發，務必要趕在西懷王到襄涼之前，見到戎狄鬼面王爺，再……讓我們的人護好西懷王！」

蕭容衍聲音頓了頓又道：「另外傳信回魏國，時機已經到了，讓設在魏國朝堂的暗樁親自面見大魏丞相公孫遲重，轉告公孫丞相……若公孫丞相願意勸魏帝和魏太后降燕，可留存性命，如若不然，公孫丞相既然此次又如此巧合與西涼聯繫緊密，那便成全公孫丞相，給他按個勾結西涼的罪名。」

蕭容衍還未從西懷王處問出，公孫遲重和西涼達成了什麼交易，若是公孫遲重不肯降燕，那便太礙事，不能留了！

燕國早早布局，在魏國準備了這麼多年，卯足了勁兒設局布套便是為了這位公孫丞相。

魏國公孫家……就如同晉國白家一般，都是世代忠心不二的剛直之臣，一國脊梁，蕭容衍敬佩……可敬佩歸敬佩，燕國篳路藍縷走到今天這一步，容不得半點差錯，不論誰成為絆腳石……蕭容衍都要搬開。

「是！」月拾應聲，踩著瓦片迅速從屋頂躍下，去安排人跟在西懷王後面。

既然西懷王有要同母國同生共死的心，若是他真的設法讓西懷王留在大樑，或許……會讓西懷王終身悔恨。每個人都有選擇自己來路的權力，蕭容衍視西懷王為友，便尊重他的選擇。

就同西懷王所言，此次面見戎狄鬼面王爺不論成敗，他回了魏國，便會覺得自己這平庸的一生還是有可取之處，並非全然是個只會吃喝玩樂的紈褲王爺。

在蕭容衍看來，西懷王要比晉國的那個太子，在自知之明方面……可好太多了。

若是易地而處，晉國的太子想必會掂量不清楚自己的能力，求著蕭容衍助他隱姓埋名，為皇室保留一絲血脈以圖來日復國。

蕭容衍垂眸，摩挲著昨日被白卿言弄疼的手指，唇角勾起淺淺的笑意，心底隱隱期待起與白卿言共同逐鹿的那日。只是今日，他怕是來不及向白卿言辭行了。

白卿言昨日見過西懷王回來後，便命白家護衛去追沈青竹，轉告沈青竹自己人身邊有細作，務必轉告自己人，讓自己人小心應對……

白家護衛只要將話帶到沈青竹跟前，沈青竹便明白白卿言說的是什麼意思。

沈青竹定會設法將這個消息送到阿瑜那裡去。

白卿言並非不相信以阿瑜的心智無法發現身邊細作，可她不能冒這個險，畢竟阿瑜身邊無可用之人，又身在敵營，萬一精力不濟有所疏忽，怕給阿瑜招來災禍。

而下一步，白卿言必須加快拿下韓城的速度。

宣嘉十八年正月初七，鎮國公主白卿言率部從大名府出發，前往郢都。

宣嘉十八年正月十二，鎮國公主率部，以雷電之勢拿下郢都。

蕭容衍一行人，於正月十五在襄涼，以燕國九王爺慕容衍的身分，在襄涼快活樓，約見了脫離戎狄部隊假作商隊而行的鬼面王爺。

一輛奢華的馬車，在燈火璀璨又熱鬧非凡的快活樓門前停下。月拾替自家主子撩開馬車車簾。

蕭容衍入鄉隨俗，鹿皮短靴踩著小廝的脊背下了馬車，唇角含笑踏上快活樓的高階。

半張臉帶著面具的白卿瑜負手立在三樓雕花窗櫺處，垂眸望著正踏上快活樓高階的蕭容衍，眉目清冷，飛簷翹角掛著搖曳紅燈，將他冰冷的黑鐵面具映得幽光森森。

藏在白卿瑜身邊的魏國細作他早已知曉，之所以將人留在身邊讓他為西懷王傳遞消息，為的便是引西懷王前來會面，可誰能想到……沒有引來西懷王，卻將大燕的九王爺給引來。

一直跟隨在白卿瑜身邊，扮作白卿瑜護衛的白家軍王棟，瘸著腿進門，抱拳道：「主子，大燕的九王爺來了。」

「嗯……」白卿瑜手指摩挲著右手拇指上的扳指轉身。

他走至軟榻旁，撩開長衫下擺落坐，散漫道：「拷問出來了嗎？」

「回主子，那人稱……他只給西懷王傳信報告主子的行蹤，並未同燕國人有來往！且那人說西懷王正趕往襄涼，在陰山被魏國殺手追殺，繞了些路，西懷王曾與他聯絡之人昨日還來叮囑他……不論如何要設法讓主子在襄涼多留幾日，想來西懷王就這一兩日便要到了。」王棟低聲開口，「屬下看，那人不像說假話，且燕國如今算是魏國的死敵……」

「人心難測，劉煥章也是晉人，卻還是害了晉國，害了鎮國公滿門。」白卿瑜語聲冷寂，徑自倒了一杯茶道，「派人去那個西懷王身邊查一查！另外……當年趙家軍趙老將軍審問的手段也可以用一用，總會審出一些有意思的東西！」

白卿瑜自小所受的教導，便是護國安民，這樣的教導……讓白卿瑜錯誤的以為，所有晉人都如同白家諸人一般，是絕不會背叛自己母國的。是劉煥章給白卿瑜上了一課，不過……這一課的代價太大，險些讓白氏滿門皆滅。

「是！」王棟抱拳稱是，正要出門白卿瑜卻喚住了他。

「等等……」

「主子還有什麼吩咐？」王棟問。

只見白卿瑜凝視著手中茶杯裡清亮的茶湯，慢條斯理開口：「一會兒問問這位大燕九王爺，和蕭容衍……是什麼關係。」

王棟一怔，頷首稱是，出門將房門緊緊閉上。

此次，白卿瑜並不打算親自見大燕的九王爺，而是派了自己的人帶著面具在隔壁與大燕九王爺相會。從大燕九王爺慕容衍約見他開始，他就在想這大燕的九王爺是如何得知他的行蹤……

最開始，他懷疑身邊那個魏國的細作轉投了燕國。

可那人若真的並非是燕國細作，那就是西懷王身邊出了燕國的細作。

他聽說西懷王被大魏富商蕭容衍所救，後來行程皆是蕭容衍安排，且西懷王對蕭容衍深信不疑。按照時間算，原本西懷王此刻應當已經是到了襄涼的，可西懷王卻至今未到，反倒燕人先到了。

什麼魏國殺手追殺，白卿瑜一個字都不信。

殺手若真的這麼神通廣大知道西懷王所在，早就刺殺西懷王了，何須等到陰山動手？

如此……能控制西懷王的行程，安排大燕九王爺搶先西懷王一步約見他的，便只能是……這位魏國富商蕭容衍。

然，這蕭容衍同燕國是利益交換，還是……這蕭容衍的魏國戶籍乃是假的，暫時就不得而知了。

白卿瑜手指有一下沒一下在軟榻小几上敲著，聽到門外傳來三聲極短的敲門聲，他才起身走至一副美人戲水圖前，將那畫卷摘下來，牆壁上有一極小的洞，正好讓他能看到隔壁廂房的動靜。

隔壁燈火通明布置奢華廂房內，一位與白卿瑜身形相似之人帶著半幅面具，坐在黃花梨木的圓桌前，抬手示意蕭容衍坐。

蕭容衍打量著眼前帶著半副面具的男子，似笑非笑抬手解開披風，開口道：「讓王爺久候了……」

「倒也未曾，不知九王爺約見，是否為了被俘燕軍之事？」帶著面具的男子問。

蕭容衍頷首，將披風遞給月拾，示意月拾出去，亦在圓桌前坐下，笑著道：「不知道王爺要燕國付出何等代價，才願意將燕國的將士們放回燕國？」

帶著面具的男子手指有一下沒一下在黃花梨木圓桌上敲著，盡可能模仿白卿瑜不怒自威的姿態，平靜淡漠的眼神望著滿身溫潤儒雅的蕭容衍開口：「燕國停止攻魏，許魏國割地求和，稱臣納貢……以存魏國。」

白卿瑜透過那小小的洞口，觀察著蕭容衍的反應。

之所以他會如此要求，並非真的以為燕國會答應，只是想試試燕國滅魏的決心……

燕國若決意滅魏不留一絲餘地，便是有逐鹿中原之心。若真是如此，白卿瑜便需設法給燕國使絆子，給阿姐留下餘地滅櫟之後，掉頭滅西涼，或是攻燕……

白卿瑜更傾向於遏制燕國，先平西涼，只有遏制住燕國，阿姐才可騰出手腳，平西涼，屆時燕國若在想同晉國爭雄，便不會是阿姐的對手了。

「如此，本王倒要問一句，於戎狄又有何好處？」蕭容衍笑著說，「王爺可還未曾同西懷王見過面，便如此為魏國，本王心中很是疑惑。」

裝作鬼面王爺的男子低笑，不懼蕭容衍目光，直直迎上，慢條斯理開口：「和西懷王如何談，那是我們戎狄自己的事情，燕國想要要回降俘……也總得付出點兒代價，還是九王爺一心滅魏，連留於戎狄的燕兵都不顧了。」

「王爺若想知燕國是否決心滅魏，問便是了，何需繞如此大一個圈子？」蕭容衍垂眸一笑，再抬眼，眸色幽深肅穆，「不錯……燕國此次決心滅魏，絕不容情！燕國被戎狄扣押的降俘，燕國也要，條件王爺盡可說來。」
白卿瑜負於背後的手微微收緊握成拳，即是如此……他還是先設法遏制住燕國吧。
「如此，那便讓本王思量思量，等不日見過西懷王之後，再同九王爺詳談。」裝作鬼面王爺的男子端茶送客。
蕭容衍頷首：「慕容衍便靜候王爺佳音。」
瞅著慕容衍起身，那裝作鬼面王爺的男子陡然蓋上茶杯蓋子，又問：「不知……九王爺與魏國富商蕭容衍，有何關係？」
蕭容衍瞳仁一縮，不過一瞬便勾唇笑了笑，滿身風淡雲輕的架勢。
他抬起視線在這屋內環視一周：「這問題……本王還是留著同真正的鬼面王爺說如何？」
說完，蕭容衍同那面露驚愕的鬼面王爺頷首告辭，拉開廂房雕花隔扇……
花樓裡熱鬧吵雜的嬉鬧聲和絲竹聲立時便灌了進來，那鬼面王爺這才回神，臉色煞白下意識朝著隔壁的那堵牆望去。
正盯著花樓內動靜的月拾聽到開門聲，忙迎了上去：「主子，要走了嗎？」
「剛才隔壁可有人出去？」蕭容衍問。
「未曾！」月拾搖頭。
可剛才蕭容衍拉開廂房隔扇那一瞬，分明聽到隔壁房內的人離開了。
「主子可是存疑？」月拾立時謹慎了起來。
蕭容衍想到這快活樓的格局，立刻察覺那位鬼面王爺應當是從窗戶離開，二話沒說推開隔壁隔扇，果然……窗戶大開。

月拾見自家主子三步並作兩步衝上前，從窗口一躍而下，他立刻追了上去……只見自家主子動作輕巧落在一輛馬車車頂之上，月拾也單手撐著窗戶追了下去。

坐在馬車內的白卿瑜眸色沉著，抽劍刺向馬車車頂，蕭容衍翻身一躍，攔在馬車之前，車夫連忙勒馬。

蕭容衍輕笑抖了抖自己腰間禁步，對著馬車開口：「還請鬼面王爺能以誠相待，否則……鬼面王爺乃是晉人，還是晉國鎮國王府白家人的消息傳回戎狄，想來戎狄王便要重新考量，能否給鬼面王爺如此大的信任和權力，能否向鬼面王爺託付朝政。」

既然手握把柄，要想談……便要先行亮刀，讓鬼面王爺不能輕視，好放下架子和他好好的談。懸掛在馬車四角的羊皮燈籠因馬車猛然停下，搖晃不止，馬車內白卿瑜抬眼，眸色被映得越發幽沉深冷。

剛才還在駕車的馬夫立在一旁，手緊緊握著腰間佩刀，戒備立在蕭容衍身側手握長劍的月拾，只等自家主子一聲令下，便要拔刀朝蕭容衍衝去。

「阿普魯，退下。」

白卿瑜的聲音從馬車內傳來，阿普魯這才握著刀柄向後退了兩步，神色依舊戒備。

「王爺不妨下車一敘……」蕭容衍溫聲開口。

白卿瑜用手中長劍挑起馬車車簾，望著立在馬車前的蕭容衍。

月色皎皎，清輝遍地，將蕭容衍的五官映襯得越發輪廓分明。

「九王爺以為胡亂捏造一個消息，我王便會信嗎？」白卿瑜語聲嘶啞難聽，音調平淡的像是一位飽經滄桑的老者，「尤其……還是扮作魏國富商蕭容衍在列國安插暗探細作的燕國九王爺。」

這話倒並非是白卿瑜詐蕭容衍。

蕭容衍是以燕國九王爺的身分來求見他的，可這位燕國九王爺的言行舉止不經意間倒是透出幾分魏人慵懶之風……燕國是個尚武之國，可養不出這樣的王爺。

白卿瑜再想到西懷王身邊那位，能夠把控西懷王行程的大魏富商蕭先生，將兩個人聯繫到一起，並不難。要麼這位九王爺是魏國富商蕭容衍假冒，要麼……就是九王爺假冒大魏富商蕭容衍在各國行商。而白卿瑜倒更偏向後者。

蕭容衍負在背後的手微微收緊，望著周身隱藏於黑暗之中的白卿瑜：「眼下燕國正在滅魏，王爺將本王同魏人混為一談……可信嗎？」

「那麼九王爺，將本王……同晉人混為一談又可信嗎？晉人、戎狄人……難不成我王竟分不出？」白卿瑜嘶啞的聲音裡帶著嘲諷的笑意。

「若是如此，本王將曾於蒙城市集上救下的白家子嗣，和燕國這兩年尋得的白家軍送至戎狄王的身邊，不知王爺可能對白家軍狠得下心啊？」蕭容衍聲音徐徐。

白卿瑜淡漠道：「本王從不做假設，本王只敢同你保證……從即日起，燕國使者必定無法再見我王。並明言相告……燕國一日不停止攻魏，燕國俘軍，戎狄便一日不給，若是燕國能捨得下昔日同袍，且請自便。」

「若燕國非要呢？」蕭容衍視線落在那個被稱作阿普魯的護衛身上，「不如，王爺屏退左右，我們好細談？月拾……」

月拾頷首朝著阿普魯喊道：「你，我們到巷口候著。」

阿普魯立在馬車旁紋絲不動，直到馬車內的白卿瑜讓他去候著，阿普魯這才恭敬對著馬車頷首，冷睨了月拾一眼，沒有搭理月拾逕自朝巷口走去。

「不管鬼面王爺承不承認自己是白家子都好，被扣在戎狄的燕軍，我必是要要回來的。」蕭容衍靜靜凝視馬車內的方向，決定與白卿瑜坦誠相談，「我們打開天窗說亮話，我千般手段不願用在你身上，不是因為我怕你！」

「是因你是白家子，是阿寶的弟弟！然而……我與阿寶有言在先，若遇大事不論私情！放了燕軍的條件你盡可提，我們也算互相成全，你真若不鬆口，我也沒法子，只能讓阿寶傷心了。」

在護送西懷王來見這位鬼面王爺的路上，蕭容衍腦子裡都是在登州時，白卿言從他口中探知這位鬼面王爺，克制不住情緒的模樣。

所以，蕭容衍克制住自己欲對這位鬼面王爺用那些陰詭手段的念頭，選擇了談判的方式。

甚至，若是以前，蕭容衍會放棄被扣在戎狄的燕卒，絕不會為了任何人而壞大局！

更不會為那不到一萬燕卒，浪費時間長途跋涉來尋這位鬼面王爺談條件。

可自從蕭容衍收服南燕之時，他用白卿言的法子，又減少了多少將士傷亡，省了多少周折。

自從看過白卿言在大都城如何收攬人心，看過白卿言的帶兵方式，知道將士們口口相傳的白家軍道義，說白家軍不會捨棄任何浴血同戰的將士之後，白卿言所能凝聚起來的心之所向。

蕭容衍這才願意放棄他自認為是捷徑的辦法，以一種……相對平和且有道義的方式來解決問題。

或許白卿言與蕭容衍兩人處事方式的不同，是因生長環境，和自小所受教導全然不同。

以前的蕭容衍，是順他者昌逆他者亡，誰若敢阻礙蕭容衍……他威逼利誘若是不成，便將其連根拔起。

什麼世俗人心，什麼神靈在上……禮儀道義，對蕭容衍來說是虛無之物，他不允許任何事任何物……成為天下一統路上的絆腳石。哪怕手段陰毒骯髒，只要能平定天下，便能儘快還這天下海晏河清，屆時誰還會指責他手段激進？

是白卿言教會了蕭容衍，打從心底裡尊重「道義」這兩個字。

但，骨子裡蕭容衍是匹桀驁不馴的狼！他用了如此大費周折的方式還是無法達成所期，那麼他也不介意用非常手段，這鬼面王爺會落得什麼下場他也顧不得了。

國之興衰當前，私情……他也只能往後放，想來阿寶也是能夠理解的。

聽到阿姐的乳名，白卿瑜眸底陡增殺意，不過瞬息他便又平穩了情緒，對自身情緒起伏把控的能力已如火純青。

雖然白卿瑜莫名厭惡此人，可此人知道阿姐乳名，或許……真的是阿姐心儀之人？可阿姐怎麼會心儀這樣一個，一看便是花樓柳巷常客的紈褲之徒？

白卿瑜心中憋著氣。

他倒不擔心以阿姐心智是被此人騙了，只能猜測……紈褲只是他不得已的表象。

他瞇著眼想，若是殺了他，阿姐會不會傷心？片刻，白卿瑜拳頭收緊，阿姐那顆心已經傷的夠多了，他不能再讓阿姐傷懷，即便是有萬分之一的可能。再者……這所謂大燕九王爺指控他是白家子，與他懷疑這燕國九王爺就是蕭容衍一般，都無真憑實據，殺了他反倒顯得欲蓋彌彰。

白卿瑜身體前傾，將自己暴露在照進馬車車廂的月色清輝之下，單手手肘撐在膝蓋上，散漫歪著頭，唇角勾起淺笑，無懼無謂，慢條斯理道：「自入我王麾下，我還從未逢敵手，九王爺有什麼手段儘管使來……必當奉陪。」

見白卿瑜軟硬不吃，蕭容衍反倒是笑了一聲：「百年將門鎮國公府，從不出廢物，果然是……

嚇不到你的。你我既已將話挑明……那我便退一步，戎狄放了燕兵，他日……你滅西涼之時，燕國絕不阻撓。」

白卿瑜手指微動，很快便察覺了蕭容衍以西涼為餌，在話裡同他設的陷阱，他勾唇：「燕國也絕不能來分羹！」

換而言之，便是來日晉國滅西涼之時，燕國不可插手，也不能趁機侵占西涼。

「好大的野心啊！你以為……憑藉晉國之力便能輕易滅了西涼，西涼女帝頗具手腕，如今已大權在握，且西涼各大姓氏漸有效忠之勢！西涼崛起只需時日……」

蕭容衍這話並非唬人，那位西涼女帝……絕對稱得上是一代明君。

「能滅與否，是我的事，燕卒的命，是你的事。」

「兩年之內，你若滅西涼……燕國絕不插手，亦不分羹！戎狄交還燕卒，兩國盟好，互不侵犯。」蕭容衍道。

白卿瑜算過白卿言滅檪近在眼前，兩年為期……倒也不算過分。

更何況，白卿瑜已經在燕卒之中買通了細作暗線，將燕卒全都放回去才能起到更大的作用。

「三年之內，九王爺若應允，自此……兩國盟好，互不侵犯。」白卿瑜慢條斯理開口。

事情敲定，蕭容衍道：「如此，這條件寫在盟書之上兩國蓋章，只是這盟書之上……是寫晉國滅西涼時燕國不插手，還是戎狄滅西涼之時，燕國不插手？」

「我乃戎狄人，自是為戎狄簽盟書，不過……還請九王爺記住了，三年之內但凡戎狄攻打西涼……不管是與他國合兵還是單獨行事，燕國都不能插手，不能分羹，亦不能助西涼，否則……戎狄就只能任由西涼壯大，再以燕不守盟約為由……名正言順轉而攻燕了。」

說完，白卿瑜從袖中拿出早已經簽好蓋章竹簡揚手朝蕭容衍丟去。

立在巷子口抱劍而立的月拾見從馬車內飛出了什麼，當即就要衝過去護住，誰料阿普魯竟快速拔刀，月拾反應極快，當即連退三步抽劍擋住。

巷口，兩個護衛，刀劍相碰，劍拔弩張，一觸即發。

巷內，兩個主子，一團和氣，翻閱竹簡，準備定盟。

蕭容衍接住竹簡，展開看了眼，那盟約之上條條框框寫的詳細，並且已經蓋好了章。

他低笑：「看來……王爺見我之前，便已有兩手準備，即便是我不提出日後燕國不插手戎狄滅西涼之事，王爺也會提出來吧！一手欲擒故縱王爺用的極好！」

蕭容衍的稱讚是真心，剛才白卿瑜欲走的架勢，連他都信了。

還是他小瞧了白家子嗣的心智，這位白家子……心智上並未太過遜色阿寶。

白卿瑜淡漠道：「並非欲擒故縱，而是原以為用不上的，沒想到燕國九王爺能為那些燕軍將士做到這一步，本王很是敬佩，這才願意讓步。」

白卿瑜出身白家軍，對蕭容衍這種寧願簽訂這樣條約也不捨棄將士之人……心中十分有好感。

蕭容衍解下印章，走到馬車旁，蓋印之後，遞給白卿瑜。

白卿瑜也將另一份盟約蓋好章遞給蕭容衍……

兩國盟約，一式兩份。

誰能想到，這樣關乎兩國邦交，關乎西涼的盟約，竟然是在這花樓後，幽窄的巷道裡簽訂的。

第五章　瞬息萬變

宣嘉十八年二月二十，晉軍主帥劉宏率軍拿下三山城，與此同時鎮國公主再奪大同，此時劉宏所率大軍距大樑國都韓城只剩兩城，鎮國公主所率大軍距大樑國都只隔三城。

宣嘉十八年二月二十七，魏國丞相公孫遲重私通西涼叛國，滿門抄斬，首級懸掛刑台示眾，百姓惶惶。

宣嘉十八年三月十九，晉軍主帥劉宏率部攻打越州城，同日鎮國公主白卿言拿下大樑江都，迫近韓城。

宣嘉十八年三月二十一，燕軍奪下魏軍舊都昌城。

燕軍入昌城才知，魏國大將軍宋冠旭已身死九日，宋冠旭之孫宋文忠怕亂軍心秘不發喪，死守昌城，終究不敵。

燕軍入城後，二皇子慕容平按照慕容衍叮囑，號令燕軍不許燒殺劫掠百姓，在昌城頒布燕國新政。

百姓叩謝皇恩，而留於昌城……不捨離去魏國舊都的魏國皇親，滿心不忿，欲同慕容平理論，打算用他們魏國老世族的支持來要脅慕容平，但卻連慕容平的面都沒有見到。

所有新政的推行，都會損害舊士族的利益，當初……正是因為如此，姬后推行新政後的燕國，為列國勳貴不恥。而列國國君在瞧著燕國因為姬后新政逐漸強大……甚至雄踞一方睥睨列國，也無法仿效燕國的原因，便是各國當權者沒有如姬后那般魄力，也不敢破釜沉舟同世族較量。

世族勢力在朝中盤根錯節，稍有不慎皇權便會被顛覆，各國並非沒有過這樣的先例，所以列國自古變法圖強，都是徐徐圖之，顯得綿軟無力後勁不足，更多的往往是迫於世族壓力無疾而終，且各國鼓動變法的強臣先驅，大多都結局慘澹。

姬后變法之所以能成功，是因所處環境天時地利人和。但他國若想要仿效，當朝君王沒有孤注一擲的決心，沒有對被推翻皇權也無畏無懼的氣魄，也難以撼動舊治分毫。

同月二十四，二皇子慕容平將魏國皇宮整理完畢，率部於昌城門外恭迎燕帝慕容彧入城。

燕帝踏入魏國都城昌城，這代表了曾經那個列國鄙視的燕國已經躋身強國之列，向列國宣告燕國將曾經的強國魏國踩在腳下。這也讓晉國、西涼重新忌憚起燕國來。

此消彼長，燕國強大，就必有一國衰退。曾經吞併小國漸有強國之勢的西涼，因為與晉國南疆一戰被斬殺十萬精銳，而後又出雲京之亂，國力衰退，兵力匱乏，哪怕如今登基的西涼女帝是明君聖主，哪怕西涼女帝有乾坤手段，也需時間來重振西涼。

先有大燕即將滅魏，後有晉國正吞大樑，這讓西涼一國如芒刺在背，意欲與戎狄、晉國結盟共抗燕國。

蕭容衍在踏入昌城前半個時辰，接到西涼女帝遣使入戎狄，欲與戎狄結盟之事。

不過西涼女帝怕是想不到，燕國已經與戎狄簽訂盟約三年內不會攻打西涼，反倒是戎狄和晉國……蠢蠢欲動，意圖滅西涼。

今日盛裝的燕帝慕容彧被馮耀攙扶著從大帳之中緩緩走出來，看到立在玄鳥青雀旗下，將密報點燃隨手丟入水池之中的蕭容衍，他負手而立……盡顯王者之姿。

慕容彧蒼白毫無血色的唇瓣淺淺勾起，眉目間盡是溫潤的淺笑。

其實慕容彧已經臥床不起半月有餘了，可此次……慕容彧作為燕帝，需在百姓見證下進入魏國皇都，踏進皇城，這有著不一樣的意義。

他得告訴列國，魏國……已是他燕國腳下之土。得告訴魏國的臣民，天地換主，如今他慕容彧才是他們的主，他們的天！告訴魏國百姓和那些世族，從此魏國國都昌城皇宮成為他的行宮，他要以燕國治國的策略，來治理這燕國新土。

所以，慕容彧哪怕已經撐不住了，還是扶著馮耀的手站了起來，頭戴極重的玉質十二旒冕冠，穿著極為隆重做工繁複精緻的帝王服飾，腰配帝王劍。

每走一步，慕容彧都會忍不住喘息，僅僅從床榻之上挪下來走到門口這個位置，慕容彧額頭已經細汗淋漓。他強作鎮定無事，開口喚了一聲：「阿衍……」

蕭容衍轉身，見平日裡靠坐起身都費勁的兄長，竟然身著極重的禮服冕冠出來……璀璨耀目的金色朝陽，映著慕容彧傾城絕顏的精美五官，好似為慕容彧蒼白到透明的膚色染上了一層暖，讓慕容彧氣色和精神狀態看起來，要比昨日好太多。

「兄長……」蕭容衍抬腳朝著慕容彧走去，忙扶住慕容彧另一側，仔細打量著慕容彧，眉目帶笑，「兄長今日看起來比昨日好些了。」

慕容彧不想讓弟弟擔心，垂眸攥了攥弟弟扶著他的手，笑道：「是啊，今日就要入魏都，心情好……人也爽利了些。」

蕭容衍唇角終於有了笑意，他亦是用力握住兄長的手，道：「兄長會一日更比一日好的！燕國也會一日比一日更好！」

慕容彧道：「走吧！準備進城……」

馮耀招來四駕戰車，先上車伸手扶慕容彧上去。

原本蕭容衍的意思，是讓慕容彧坐著馬車入城便可，可慕容彧卻覺得既然是要揚燕國國威，讓曾經魏國的百姓和世族都知道，如今他們換新主了，就該乘戰車入城，讓他們都清楚的看到，誰才是他們的主。

蕭容衍也明白慕容彧這是為了震懾那些意圖來談條件的老世族，只得鬆口。

慕容彧被前拽後扶著上了戰車，氣喘不止，雙手撐在裹著青銅的扶手上，馮耀忙抽出帕子給慕容彧擦拭臉上汗珠，喉頭哽咽：「主子，不如還是坐馬車吧！」

蕭容衍立在戰車一旁，仰頭看著強撐的兄長，心裡說不出的滋味。

慕容彧擺手示意馮耀不必擦汗，視線看向滿目擔憂的蕭容衍對他露出笑容：「阿衍……你上來！」

馮耀聞言連忙走下戰車，恭請蕭容衍上車，他頷首，拎著長衫下擺上了戰車，扶住慕容彧，低聲問：「兄長可是有什麼事情要交代？」

慕容彧笑了笑，抬手攥住蕭容衍的手，用力握了握，金光之下眼底盡是細碎柔光，堅定開口道：「你我兄弟二人，一同乘車入城。」

蕭容衍眉頭微緊：「兄長，蕭容衍……魏國勳貴都見過！」

「昨日我收到消息，謝荀已經到了衛暑城，滅魏近在眼前，也是時候該將你的名字還給你了。」慕容彧想要將這還在奮力向前奔赴的燕國，交給弟弟慕容衍，「這個時候，兄長需要你站在身邊！」因為他知道自己弟弟的志向，更知道自己弟弟的能耐，有他在……才能帶領燕國一統，有他在……才能開創盛世山河。

慕容彧「需要」二字，讓蕭容衍抿住唇，將餘下的話咽了回去。

當初慕容彧需要一個能在列國打探消息而不被發現身分的細作，蕭容衍毅然離開燕國，奔赴魏國歷盡艱險成為大魏富商。

如今慕容彧需要他站在身邊，蕭容衍更是不會遲疑。

他轉頭望著立在戰車下的馮耀，道：「馮叔，將我馬背上的面具拿來！」

「是！」馮耀忙頷首。

慕容彧眉目間的笑意越發深，看著越來越穩重，越來越有王者氣度的弟弟，他滿心欣慰，若是母親知道不知道該多高興。

他忍不住抬手想要摸一摸弟弟的髮頂，卻力有未逮，雙手扶住扶手喘息不止。

「兄長？」蕭容衍扶住慕容彧。

慕容彧低聲笑了笑：「很久沒有摸過阿衍髮頂了，沒想到……我們阿衍已經這麼高了！」

他轉頭望著蕭容衍，語聲很慢，因為虛弱亦是很輕，垂眸將手比在自己腰的高度：「當初，你離開燕國之時，才這麼高……」

「如今比哥哥還要高了，哥哥要摸我們阿衍的腦袋，都搆不到了。」慕容彧笑道。

蕭容衍幼時最不耐煩旁人摸他的腦袋，成日裡和姬后抱怨哥哥們總是摸他腦袋，想要長的高一些。

如今……兄弟姐妹只剩下他們兩人。

若是知道後來會天人永別，蕭容衍一定不那麼在意被兄長姐姐摸腦袋。

他雙眸微紅，彎腰執起燕帝的手，俯下身將燕帝的手放在自己頭頂，忍住心中的難受，低聲道：「哥哥想摸阿衍的髮頂，阿衍俯身就是。」

只要兄長還在，只要兄長想摸，蕭容衍願意隨時對兄長低下頭。

燕帝眼眶頓時酸脹難忍，他輕輕摸了摸蕭容衍的髮頂：「我們阿衍，是真的長大了啊……」

昌城東門大開，初升耀目的金光直射入城。

大燕二皇子慕容平率燕國眾將士在東門相迎燕帝，熙熙攘攘的百姓分列長街兩側，被重兵擋在長街兩側，那條被金光鋪就的道路直通皇宮東門。

二皇子慕容平一身戎裝鎧甲，手握佩劍帶輕騎兵立在城門外。遠遠看到猶如巨龍一般，高舉代表著燕國皇室的玄鳥青雀旗的軍隊，從晨光蜿蜒而來……浩浩蕩蕩，氣勢如虹。

二皇子慕容平心潮澎湃，耐不住一夾馬肚衝了出去。他老遠看到帶頭走在最前的重騎兵，馬匹穿著黑色的鎖子甲只露出一雙眼來，馬背之上黑色戰甲的將士手握矛戈，步調整齊，看到遠遠飛奔而來的二皇子慕容平，為首的將軍將手高高舉起：「停……」

鐵騎令行禁止，動作如出一轍。

慕容平朝那燕國大將頜首之後，快馬直奔後方，看到自己的父皇和九叔都立在戰車之上，慕容平一躍下馬，抱拳單膝跪地：「慕容平恭迎父皇，恭迎九叔！」

「我兒辛苦了！」慕容彧抬手示意慕容平起身。

慕容平起身，笑開來，約莫是因為曬黑了的緣故，顯得牙特別白，全身透著股子生機勃勃的勁頭。

「前面開路，恭迎你父皇入城！」蕭容衍望著慕容平道。

「是！」慕容平抱拳稱是，一躍上馬，調轉馬頭在前帶路。

昌城內，百姓們聽到號角聲，都伸長了脖子往外看……

先是聽到重甲騎兵馬蹄鏗鏘之聲傳來，而後……二皇子慕容平率先騎馬帶輕騎兵入城。

輕騎兵之後緊跟著重騎兵，漆黑的鎖子甲和手持矛戈的重甲戰士一入城，便帶給百姓們極為強大的壓迫感。重騎兵馬蹄聲音一致，步伐整齊，每一步都讓人感覺大地在顫抖。

這國都昌城的百姓，也算是見過世面的，可看到這個陣仗，還是忍不住腿軟。

燕國有這樣軍隊，何愁攻不克？戰不勝？隨後燕帝所乘戰車入城，盛裝莊重的燕帝立在戰車之上，挺直脊梁目視前方，盡是帝王氣吞山河的氣魄。

帶著銀色面具的蕭容衍與燕帝慕容彧並肩而立，手悄悄扶住燕帝的手肘，撐著燕帝，居高臨下望著將士們和百姓。

「跪……」聽到城牆之上傳來將軍的高呼聲。百姓們紛紛下跪，只有好奇心極重的百姓，才敢偷偷抬頭朝著那有著天下第一美男子之稱的燕帝望去。

將士們齊整單膝跪地，以拳擊胸高呼：「陛下萬歲！燕國萬歲！」

燕軍將士動作如出一轍，洪亮之聲，似要撕裂天際，帶著血性的殺伐氣魄，鄭重宣告……昌城已是燕國國土。

燕帝所到之處，將士們紛紛高呼……

「陛下萬歲！燕國萬歲！」聲震四野，讓人聞之情緒激盪。

倒下去。

慕容彧視線有些模糊，他用力睜大眼，看向遠方被朝陽映得金碧輝煌的皇宮，身子險些一軟

「兄長！」蕭容衍用力扶住慕容彧。

「放心，哥哥撐得住！」慕容彧雙手扶住戰車扶手，強撐挺直脊梁。

慕容彧知道，他已經是強弩之末了，來日的天下……是阿衍的天下，是後世子孫的天下了。

「阿衍，哥哥唯一的遺憾，便是沒有能……看到你和鎮國公主成親！」慕容彧聲音極輕，「不過，那日在朔陽，哥哥已經喝了鎮國公主敬的茶，也將母親準備給兒媳婦兒的寶盒給了她。」

蕭容衍咬緊了牙關，忍住心中酸脹，道：「我和她有言在先，滅魏之日便是我上門提親之時。阿娘走得早，長兄如父，兄長……還要替我登門求親才是啊！」

聽到蕭容衍如此說，慕容彧轉頭看向蕭容衍，極為精緻漂亮的鳳眸之中帶著驚喜的笑意，點頭：「好，等……昌城事畢，為兄便親赴朔陽，為阿衍提親。」

蕭容衍頷首：「阿衍的終身，便託付兄長了。」

慕容彧笑著點頭，打起精神來，想多撐幾日……撐到為阿衍提親之後再去給母親請安。

畢竟，若是他這個做哥哥的不到，難免會讓鎮國公主家中長輩，覺著阿衍不重視鎮國公主。

此時，留在昌城未曾隨魏帝與魏太后遷都的老世族勳貴，正在殿前的廣場上等候燕帝。

看到重騎兵先進入皇城，魏國的勳貴都在竊竊私語。

直到燕帝所乘坐的戰車碾著金光而來，他們這才紛紛停住話音，整理著裝準備拿起氣勢，一會兒同燕帝談條件，他們魏國的老世族可不會接受燕國新政那一套。

燕帝戰車在白玉砌成的高臺之下停了下來，馮耀連忙上前打開車門從蕭容衍手中接過慕容彧

的手，扶著慕容彧下了戰車。

慕容彧呼吸急促，立在那高階之下，望高階之上威嚴的大殿，和這數不清的臺階，視線又開始模糊。他是燕帝，代表著燕國，這臺階若是上不去，難免會讓這些降臣懷疑燕國是否能真的統領魏國。慕容彧脊背已經被汗水濕透，若非今日重裝重服，旁人定會看出此刻的狼狽。

他鬆開馮耀的手……

「主子！」

「父皇！」

馮耀和慕容平憂心不已。

慕容彧抬頭望著大殿瞇了瞇眼，單手握住腰間佩劍，屏住呼吸，抬腳朝著高階之上走去。

蕭容衍跟在慕容彧身後，身側拳頭緊緊攥著，他就立在兄長背後，知道兄長這每一步走得多艱難。

豔陽讓人眩暈，慕容彧眼前一黑，腳下步子略有停頓……

蕭容衍立刻上前，從背後一把托住慕容彧，看似從容跨上兩節臺階前扶住慕容彧的手臂，拼盡全力支撐住慕容彧。

即便眼前已經眩暈不止，彷彿天地都在轉，可慕容彧也知道他不能停下歇息。

一旦停下來，他就再也走不動了！

他抬起顫抖的腿，虛踩住玉階卻沒有力氣上去，全然是蕭容衍咬牙將他扶了上來。

慕容彧全身的重量都在蕭容衍的身上，他的力氣只夠抬腿，不是蕭容衍相助怕一個臺階也登不上。

馮耀和慕容平快步跟在蕭容衍身旁，他雖然知道慕容彧已經撐不住，也不敢與慕容衍左右扶住慕容彧，以免被這些剛剛降服的魏人看出破綻。

「直徑扶陛下入大殿，陛下一入殿立刻關閉殿門！派人去喚太醫從偏門入殿！」蕭容衍沉聲吩咐。

「是！」馮耀忍著心痛應聲。

「派重兵將這些老世族的家宅全部圍起來，但凡有強行欲進出者，格殺勿論，一隻鳥都不能放出去！」蕭容衍又囑咐慕容平。

「領命！」慕容平應聲。

馮耀這位燕帝的貼身大太監先行上前，高呼：「跪！」

燕帝登上最後一節高階，蕭容衍也已滿頭細汗……

「陛下萬歲！燕國萬歲！」將士們高呼。

老世族左右相看，不知道應不應該跟著一同高呼。

慕容平趁著老世族們沒有注意到，扶住慕容彧的左側，同蕭容衍一同扶著燕帝慕容彧疾步朝大殿走去。

燕帝剛一入殿，殿門紛紛關閉，慕容彧終於撐不住噴出一口鮮血，直愣愣朝前栽倒，抱著慕容彧的蕭容衍跟著一起摔倒在地。

「父……」慕容平嚇得跪地，還未驚呼出聲便被蕭容衍一把推開：「閉嘴！御醫呢?!」

慕容平知道九皇叔意思，緊緊咬著牙膝行到燕帝身旁，忍著哭腔，壓抑著自己的聲音，哽咽低喚：「父皇！」

背著藥箱的兩位御醫匆匆而來，忙跪在慕容彧身邊，一個為慕容彧診脈，一個為慕容彧施針。

「怎麼樣？」慕容平紅著眼問替慕容彧診脈的太醫。

那太醫在蕭容衍凌厲的目光注視下，忙叩首，低聲哭出來：「王爺，二殿下……陛下他，已……油盡燈枯了！」

蕭容衍抱著慕容彧的手一緊，冰冷肅殺之氣陡然而出。

施針之後，慕容彧轉醒，他抬手握住蕭容衍的手腕：「阿衍……哥哥要食言了，沒法替你去提親了！」

蕭容衍死死咬著牙不吭聲，眼眶脹痛難忍，心口中如有罡風將他五臟六腑全部攪碎。

「阿平……」慕容彧看向自己的二兒子。

「父皇！」慕容平膝行上前握住慕容彧顫抖伸向他的手，不知所措，只一個勁兒的喚著慕容彧，「父皇！父皇！」

「你大哥平庸，而你驍勇無敵，卻並非治國大才！你三弟才氣在詩書之上，阿瀝早慧，可年歲太小！你九叔志在一統，眼界格局和心智謀略遠勝你等不知幾籌，燕國只有交到你九叔手裡……為父才能放心！不論你大哥也好，你也好，你三弟還是阿瀝……都要盡心輔佐你九叔！助我大燕……一統天下！」慕容彧視線已經全然黑了下去，他還是拼盡全力握緊兒子的手。

慕容平看了眼帶著銀色面具，薄唇緊抿，瞧不出喜怒的慕容衍，哽咽頷首：「兒子知道的！兒子……一定會輔佐九叔！」

「馮叔！」

「老奴在！老奴在！主子……老奴在！」馮耀跪在慕容彧身旁，含淚應聲。

「拿筆墨擬召，皇位……傳於九王爺慕容衍！」慕容彧艱難吞咽著要出口的鮮血，聲音極為虛弱，話音裡全是鮮血堵在喉頭的嗚響聲，「朕去後，秘不發喪，待……滅魏，大局穩定之後，再行昭告天下。」

蕭容衍只覺全身發冷，他知……兄長大限到了。

馮耀親自擬旨，又取出燕國玉璽落印，慕容彧讓慕容平從他被鮮血浸濕的懷裡拿出他的私章，在玉璽旁蓋了印。

「阿衍……哥哥要去見母親了。」慕容彧眸色已經渙散，他用力攥著弟弟摟著他的手臂，唇角淺淺提起似解脫一般，「燕國……一統，指望你了……」

話音一落，慕容彧終是緩緩閉上了眼，攥著蕭容衍手臂的手也順勢滑落。

大殿內，是眾人克制低沉的哭聲，誰都不敢放聲。

燕帝剛剛踏入魏國國都就駕崩，這對魏國那些本就心存不甘，意圖反燕之人來說，便給了他們口實……稱什麼天意，或者稱什麼意欲順天命反燕，屆時燕國才是真的麻煩不斷。

馮耀哭得脊背顫抖都不敢發出聲，只將聖旨和玉璽高高捧起，恭敬朝向慕容衍的方向叩拜：「小主子……」

慕容平長長吸了一口氣，忍著心痛看向帶著銀色面具，將情緒全部遮掩於面具之下的蕭容衍。

「九叔！現在該怎麼辦？」慕容平抬手擦去淚水，哽咽道，「魏國那些世族還在外面候著！」

大殿內，死一般的寂靜，只剩下眾人長短不一的呼吸聲。

半晌之後，蕭容衍才啞著嗓音道：「馮叔你派人將皇兄妥善安置，明日一早送回燕國。」

「是！」馮耀叩首。

「阿平擦乾眼淚，隨我一同，去見那些老世族！」蕭容衍緩緩將懷中的慕容彧放平。

「可是九叔，你身上……」慕容平見蕭容衍臂彎和胸前的衣裳上有慕容彧的血，「都是血……」

「派人去給本王取一套，一樣的衣裳來。」慕容衍的聲線極為冷寂蒼涼，「要快！」

明明痛不欲生，卻還得在哥哥剛剛離去之時，撐起精神裝作無事的模樣去應付那些魏國老世族。蕭容衍垂眸凝視著面色蒼白，容顏安詳的兄長，想起自己母親去世時的容顏，疼得肝膽俱裂，緊緊閉上雙眼。從今日起，他再也……沒有哥哥了。

魏國老世族立在大殿前議論紛紛，不知為何燕帝一進大殿，護衛就將殿門緊閉，也不召他們進去覲見。不多時，大殿門再次打開，那位同燕帝慕容彧同乘一車而來的大燕九王爺慕容衍，身後跟著二皇子慕容平，從大殿之中出來。魏國老世族伸長了脖子也沒有看到大殿內燕帝的蹤影。

慕容衍負手而立，面頰上的銀色面具，在晨光之中熠熠生輝，他冷聲道：「皇兄知道，諸位今日聚集於此，名為覲見，實則是要來談條件，不願接受新政！皇兄實在不想同諸位浪費時間，便讓本王來轉告諸位，也請諸位今日聽清楚了，如今昌城已是燕國的昌城，凡我燕國國土，必遵循新政，誰若不從，燕法處置！」

慕容衍話音一落，便有老世族不服氣站出來道：「我們魏國世代都是遵循舊治，曾經也是一方霸主！如今燕國剛剛打下昌城，應當安撫我等老世族，來穩定朝局才是，甚至應當在兩國治理之法取長補短，以圖讓魏燕兩國真正成為一家，相互融合不可分割！何以竟將燕國蠻橫無理……列國勳貴鄙夷的治國方略，直接套用在魏國！」

「忘了同你們說，此時……燕國大將軍謝荀，已經攻破衛暑城，魏國……已滅！」慕容衍醇厚的語音帶著幾分散漫，故意嚇唬這些老世族，並不將這一群所謂魏國世族放在眼裡，「魏國遵循舊治，所以才被我燕國滅了！如今你腳下所站的土地……乃是燕國國土，站在我燕國國土之上，便要遵我燕國國法！誰若不服，大可殉國，誰敢……本王必定厚葬！來人，給這位大人劍！」

燕卒聽到蕭容衍的吩咐，立刻抽出腰間佩劍遞於那位氣得臉紅脖子粗的魏國世族。

「還有想死者殉國者，皆可隨意……」慕容衍垂眸理了理衣袖，再抬眼眸色冷沉，道，「爾等盡是燕國降俘，竟還敢來同燕帝談條件，未免太過高看自己。」說完，他視線落在剛才那位振振有詞的魏國世族老者身上：「這位大人……還不請便？莫不是不敢死？不敢殉國？」

世族之中識時務者領悟這燕國國君同原先的魏國國君不同，連忙上前行禮道：「九王爺恕罪！我等仰賴世族身分……才在這世間得以立足，燕國新法……於我等老世族有害無益，我等心中自然憋悶！還指望燕帝能夠將這新政調整一二，好讓我等子孫能夠活下去才是！」

「老世族也是魏國的，不是我燕國的，即便是我燕國的老世族，也從不敢違抗皇命國法！」慕容衍冷笑，燕國老世族除了懂得急流勇退的，幾乎沒有一個能善終的，「燕國以民為本，誰都不能例外，本王還是這句話……要麼你們殉魏國自行了結，要麼遵循燕法，當好燕民。」

「慕容衍！我等雖然降燕！但家族底蘊深厚，我們今天要是死在這裡，你以為……你們燕國能四平八穩占據魏國這些城池？」有老世族又高聲道。

慕容衍點了點頭，抽出慕容平腰間佩劍，朝那老世族走去。

那老世族向後退了兩步，還未來得及吭聲，寒光撲朔的一瞬，血霧在金色豔陽之下散開。

其餘老世族們驚呼後退，又被他們身後拔劍的燕軍逼得不停在原地。

慕容衍隨手將劍丟回去給慕容平，慕容平瞅著自己的九叔都看傻眼兒了，只見九叔從袖口掏出帕子，慢條斯理擦乾淨了手上的血，將帕子丟在那老世族屍體旁，道：「這裡……有一個算一個，誰也想死？」

魏國老世族們屏息凝神，大氣不敢喘。

「倒是提醒我了，你們各個家族底蘊深厚，即是如此……」慕容衍冷漠開口，「傳令圍困這些老世族府邸的將士，即刻抄家……凡豢養的死士一律格殺勿論，其家眷若敢反抗不必留著性命，昭告昌城百姓勿懼，老世族抄家之後，便會為百姓分發農具，每戶按人頭劃分良田，使百姓安居樂業，如此……我看還有哪個百姓會反燕。」

壓制權貴，惠利百姓。百姓數目龐大，而權貴……到底是少數。且那些百姓難道對這些仗勢欺人的權貴心裡沒有怨憤嗎？以雷霆手段處置權貴，才能真正起到殺雞儆猴的作用，再施恩百姓，使其得利，恩威並施，方能平魏國亂世，使魏國百姓心甘情願成為燕民，不敢反燕。

「是！」慕容平抱拳稱是，腳下帶風，氣勢十足離開。

「九王爺饒命啊！」老世族們忙跪了下來求饒。

「九王爺饒命啊！」魏國老世族哭喊之聲，響徹皇宮。

慕容衍冷肅的目光掃視這些魏國勳貴，看著這些曾經高高在上的熟悉面孔，聲音越發冷寒：

「亡國之奴，喪家之犬，不謹小慎微夾尾做人，何敢妄自尊大，也配談條件?!」

說完，他淡漠道：「全部收監！誰若不老實，全家共赴黃泉路！」

「是！」燕兵高聲領命。

燕國皇帝踏入昌城的同時，遠在大樑的鎮國公主白卿言率部殺入陽江，距樑國國都韓城僅隔月古城，樑軍倉皇退守月古城。

白卿言入城之後，照例先巡營，讓將士們照顧染疫的百姓和將士。

約莫是因為陽江城靠近大樑都城的緣故，這裡的疫症得到了較好的控制，染病的百姓與將士並不多，但也因這個緣故，陽江也比那些染疫嚴重的城池更難打一些。

白卿言巡視傷兵營之前接到密報，樑廷朝臣紛紛勸說樑帝遷都保國，她思索片刻……派人去喚趙勝同趙冉至大帳稍候等她。等白卿言回大帳時，趙勝與趙冉已經等候多時了。

「大姑娘！」

「鎮國公主！」

兩人見白卿言回來，連忙起身行禮。

「讓兩位久等了……」她將腰間佩劍解下擱在桌几上，動作俐落在桌几後跪坐下來，道，「請兩位過來，是因接到消息樑廷重臣正勸說樑帝遷都，我打算派遣你二人繞過月古，直奔韓城！圍困韓城東西北三門，但不要著急攻城！你們前往韓城的動作要快，必須趕在樑帝遷都之前。」

趙冉挺直脊梁：「可如今大樑陳兵月古，我同趙將軍要是將重兵帶走了……」

趙冉話音突然一頓，垂眸思索了片刻，又看向白卿言：「大姑娘的意思是擒賊擒王？」

雖說趙冉兵書讀的少，可到底是有悟性。他明白與其一城一城打下來，不如直接奔赴韓城將大樑皇室一鍋端了，大樑皇室都沒有了，樑國這些將軍還抵抗個屁。

「鎮國公主讓我二人帶兵攻打東西北三門，難不成是為了逼得韓城內的樑帝……從南門出？」趙勝眉頭緊皺，「如今劉宏將軍已經拿下越州，等於同韓城只隔了一個中興，樑帝不見得會從南門出，往中興城走……」

「不跑，難不成要在城內等著被滅國？」趙冉問。

「樑國並非沒有能臣，很可能會選……」趙勝一怔，抬頭看向白卿言頓時明白了白卿言的意思。樑帝可能會選擇走東側，而從東路前往韓城的高義郡主一直都沒有消息，鎮國公主這是想要將樑帝逼向東行。

趙勝立時來了精神：「樑帝可能會覺得唯一沒有被圍的南門，有可能劉宏將軍埋伏在此，因大樑東部和北部都沒有戰事，所以樑帝會從東門或者北門殺出一條血路，可是……樑國若重新選都城，應當往富庶之地去，如此樑帝就只能往大泉、襄涼方向走，也就是高義郡主走的這一條路，不知道高義郡主現在到了哪兒。」

「高義郡主現在應當已經到了大泉的位置……」白卿言望著趙勝，「明日一早傷兵留下之後，我便率軍攻打月古，將主力全部吸引過來！你二人稍作休整，晌午出發，趙冉……你一切聽從趙勝將軍吩咐！」

趙勝十分詫異看了眼趙冉，按照道理說……趙冉才是白卿言的心腹才是。

「是！」趙冉沒有任何猶疑，抱拳稱是。

目送趙勝、趙冉離開白卿言疲累揉了揉後頸，拿出書卷竹簡，單手撐著額頭認真翻閱。

不多時，白卿言便覺眼皮發沉，迷迷糊糊便趴在几案上睡了過去。迷迷糊糊之中，白卿言好似又回到了瀛湖那日與慕容彧相見之日。

慕容彧手握摺扇，立在柳枝隨風飄拂的瀛湖湖畔，一身霜色繡祥雲的直裰，腰繫暖玉寬腰帶……上面綴著與腰帶暖玉同色的禁步，耀目的暖陽映照在他周身，宛若為他鍍上了一層極為純潔的聖光。慕容彧還是那般的傾城傾國，風華絕代。

似是遠遠瞧見了她，慕容彧對著白卿言的方向長揖一禮，並未拿架子，直起身後笑道：「阿言，日後阿衍……為兄便託付於你，萬望阿言匡正阿衍於陽謀正途，名留千秋，不使他遺臭萬年。」

聞言，她手心一緊，心裡明明已經有了預感，卻還是問了一句：「兄長，你要去哪兒？」

「去見阿娘。」慕容彧笑容溫潤又從容。

「慕容衍……會傷心的！」她道。

「親兄弟無法相伴一生，但夫妻卻是能走一輩子的。」慕容彧就像是一位慈祥的長者，語速不緊不慢的同她說著，「阿言，這世上一直都是有人走，有人來，我雖然走了……可阿衍身邊有了你，所以我放心的很。」

「你派人送與阿衍的兵書，還有你讀聖賢之書總結新的治國理念，我都看過了！」慕容彧眼底笑意更深，「阿言武能安邦，文能治國，將來這天下……不論是你的，還是阿衍的，我都十分放心，你們都會是明主，會讓百姓過上好日子！」

她心生酸澀之感，親人離去，最是讓人肝腸寸斷。此時的蕭容衍，不知道該是如何的傷心。而慕容彧，在她看來……的確是一個好君主，好帝王，只可惜……遇到了那樣的生父，只能得到這樣的壽數。

「只可惜不能同阿言這樣的人物，並世爭雄了……」說著慕容彧含笑朝白卿言長揖，那身影如風消散在瀛湖邊。

趴在几案上的白卿言陡然睜開眼，坐起身來……

涼風從營房外灌了進來，屏風後的垂帷吹得輕晃搖曳。她想起剛才的夢，猜測燕帝慕容彧是否已經離世了。若是燕帝真的離世，也不知蕭容衍目前如何了？

白卿言正垂眸靜思，應當如何安慰蕭容衍，趙冉便在外面求見。

「大姑娘，朔陽方向派人送來了兵器，還未到陽江，請示大姑娘這批兵器如何分配？」趙冉進門後壓低了聲音問。

「這批兵器先緊著趙勝將軍和你用，你派個人過去接收兵器，預先放在你們一會兒要走的路線上，帶走便是……」白卿言道。

「是！」趙冉轉身要走。

「等等……」她將人喚住。

「大姑娘還有吩咐？」趙冉問。

「你稍微等一下，我寫一封信，你讓來送兵器的人將信帶回去交給曾善如，讓曾善如轉交蕭先生的人。」說著，她翻找出一張羊皮，提筆蘸墨，垂眸想了想落筆給蕭容衍寫了一封信。

寫完，白卿言將信放入信筒，蠟封後交於趙冉。

趙冉雙手接過信筒，匆匆離去，生怕白卿言手中的信裡有什麼緊要之事被耽擱。

白卿言見趙冉離開，將毛筆掛回筆架之上，心中隱隱有不安，靜坐半晌才寫了此次的軍情奏報，派人送往大都。

同日，白卿言上月二十拿下江都的奏報，終於送到了太子的案桌前。

得知鎮國公主已奪下大同的消息，太子喜不自勝：「鎮國公主正月十二拿下郢都，二月二十拿下大同，算日子……可能已經拿下江都了。」

太子所料不錯，白卿言三月十九拿下江都的消息正在送往大都城的路上，而今日拿下陽江的消息剛剛從白卿言的帥帳之中送出來。

方老聞言，難免心生警惕。

「殿下，這鎮國公主不是身體已經不成了嗎？怎麼如此凶悍……竟然以一月奪一城的速度行進，大樑派出的可都是名將啊……」方老脫口而出的話說完，見太子臉色不好看，忙違心道，「老朽只是擔心鎮國公主強撐。」

太子點了點頭，想起張端寧回來稟報太醫所言，欣喜之餘又難免有些許愧疚：「孤……倒是有些後悔當初同鎮國公主說，孤意在天下，若非如此，鎮國公主也不必如此拼命，定然好生在朔陽養著。」

全漁斜了方老一眼，聽到太子如此說，便沒有吭聲。

秦尚志去修渠了，如今太子幕僚便只剩下任世傑和方老，兩人一同從太子書房出來，只見方老雙手抄在袖中，踩著映著長廊的刺目陽光一邊往前走，一邊沉思，半晌之後道：「我總覺得鎮國公主的身體狀況，透著古怪！」

任世傑跟在方老一側，負手而行，附和道：「是啊，這奪城的勇猛程度可要比劉宏將軍多多了！可鎮國公主那個身體……太醫是診治過的，太醫總不會出錯吧？」

「你可不要忘了，鎮國公主身邊可是有一個醫術精湛超群的洪大夫，就連太醫院院判黃太醫也不能及！」方老瞇著眼道，「若是這位洪大夫對鎮國公主的脈象做了什麼手腳，也猶未可知啊！」

「雖然方老懷疑有理，可……畢竟鎮國公主捨命救過太子殿下！」任世傑笑著道，「也說不準是鎮國公主身體真的不成了，但是因對太子殿下的一片忠心強撐也說不定啊！」

「說到鎮國公主捨命救過太子殿下，我如今越發懷疑那只是一個局！忠心也不能助鎮國公主如此勇猛，以如此快的速度連奪大樑那麼多城池，要知道……鎮國公主帶的是原先兩國的降卒不說，樑國可是派了重兵對付鎮國公主的！」方老腳步緩慢，垂眸凝視著地上長廊簷影，突然腳下步子一頓：「鎮國公主身邊的晉卒，只有她從朔陽帶去大樑的那朔陽的烏合之兵！」

「方老可是想到了什麼？」任世傑瞧著方老臉色凝重的模樣，從善如流問。

「鎮國公主只帶朔陽那群烏合之眾，就敢直接用大樑的十幾萬降卒，想來這朔陽剿匪的兵……必有蹊蹺！否則……鎮國公主難道不怕被這十幾萬大樑降卒反噬？她又怎能帶著降卒所向披靡？那必定是……這些降卒懼怕鎮國公主！不……不是懼怕鎮國公主，而是懼怕鎮國公主身邊的兵！才不敢輕易反！不然樑國降卒怎會如此聽話！」方老說到最後，越發肯定了自己的想法，他想要掉頭回書房去找太子，將此事告知太子，可又怕太子以為他還是在挑撥。

「即便是如此，我們也沒有實證，太子那邊兒怕也不會信吶！」任世傑說。

「是啊！」方老咬緊了牙關，一個救命之恩，讓太子徹底倒向白卿言，可恨啊！

半晌之後，方老下定決心，轉頭看向任世傑道：「我打算今日出發去一趟朔陽，來回大約需要十天的時間，這段日子辛苦你陪著太子殿下！」

「方老?!」任世傑頗為意外，「您這是要去朔陽查朔陽剿匪聚集起來的那些兵？」

方老頷首：「原本想要你走一趟，可又怕你注意不到應該留心之事，還是我親自走一趟吧！你替我在太子殿下面前多多遮掩，千萬不要讓殿下知道，我去了朔陽！」

任世傑點了點頭，朝方老拱手：「方老放心，我一定會設法瞞到方老回來。」

鎮國公主已經奪下大樑大同逼近樑國國都的軍情傳回大都，百姓紛紛拍手稱快，曾經晉國只是讓大樑將承諾割讓的城池交出來，結果大樑不交，現在好了……被打的這麼慘，何苦來的！

百姓是高興了，可大都城中有人卻坐不住了，在消息傳回來當晚，李明瑞趁著夜色披上黑色披風，不顧風險單人匹馬來到梁王府門前。

李明瑞左右看了看見無人，正要敲梁王府角門，舉起的手腕卻被人一把攥住。

李明瑞轉過頭，看到了滿頭銀絲一身黑衣的沈柏仲，他眼露驚喜，忙又左右看了看，壓低了聲音：「老翁?!你不是已經離開大都城了嗎？怎麼又回來了？」

沈柏仲沒有吭聲，戒備向四周看了看，拉著李明瑞隱到一旁的樹後，道：「公子，梁王此人……公子還是少來往的好。」

「老翁……我的事日後就不要管了，你快些離開大都城，大都城要亂了！」李明瑞取下頭上兜帽，壓低聲音同沈柏仲，「是不是上次我給老翁的銀錢不夠？」

李明瑞忙從袖口掏出銀票，塞到沈柏仲的手心之中：「我身上就帶了這麼多，應當是夠老翁生活一段時間，等大都局勢穩定之後，我一定設法接你回來！」

若說李明瑞這樣的人心中還存有一絲良善，那他最後的善都給了老翁，這或許和老翁是他的救命恩人有關，又或許……是因為老翁彌補了他曾經缺失的父輩關愛。

沈柏仲並未完全恢復記憶。他同沈青竹去了沈家老宅看過，也去過愛妻的墓前祭拜，記憶慢慢回來，對愛妻的愧疚就越來越深，對記憶中那個徒弟的感情也就越深，或許是因目前還見不到徒弟的緣故，所以沈柏仲多年將李明瑞視為徒弟般的感情，也未曾消失。

他此次……原本是要回來同李明瑞告別，再去為愛妻守墓了此殘生的，卻見李明瑞還要同梁王攪和在一起，迫不得已現身阻止。「梁王此人毒如蛇蠍，又擅長偽裝，讓人難辨他話中真假，公子與此人來往，無異於與虎謀皮，萬望慎重！」沈柏仲道。

李明瑞驚訝的發現，老翁竟然還會成語……「看來，老翁的記憶真的是要恢復了！」李明瑞心中替老翁高興之餘，又陡生落寞，以前老翁沒有記憶……老翁的生活裡就只有他李明瑞一個人，可老翁要是恢復了記憶，找回了以前的生活親友，那就不會是他一個人的老翁了。

李明瑞的心情，就像是要被旁人分走自己父親的孩子，心中多少還是有些難過的。

「公子！」沈柏仲語聲加重。

「老翁，我是李家的嫡長子，得為李家的滿門榮耀……和李氏一族的生路謀劃！」李明瑞對沈柏仲笑了笑，「老翁，每個人都有自己肩上的擔子，我知道與梁王合作是與虎謀皮，可如今我已經沒有選擇的餘地！且我也相信……我一定會成功！老翁應當信我！」

李明瑞說著從衣襟之中摸出一塊權杖遞給沈柏仲：「亥時三刻城門將會換防，若是老翁屆時來不及出去，可用此權杖！」

沈柏仲知道李明瑞一向心智堅定，怕是再勸無意，便接過權杖，頷首抱拳同李明瑞道：「公子小心！」

「老翁保重！」李明瑞對沈柏仲長揖到地，將黑色披風的兜帽帶上，轉身從樹後走出來，敲響了梁王府後角門。

沈柏仲立在樹後，眼看著後角門被拉開一條縫隙，李明瑞側身進去後，後角門又被迅速關上。

沈柏仲反覆想李明瑞剛才那句大都城要亂的話，沉吟片刻，順牆壁而行避開在梁王府周圍監視的暗衛，悄然離開，直奔秦府。

之前白卿言送信回來，讓白錦繡帶著望哥兒……同秦朗一同去上任，然白錦繡何其聰明，又怎會看不出長姐的用意？她走了倒是安全了，可長姐那該如何接收大都城的消息？將一眾人手交給符若兮……白錦繡覺得有些冒險，且符若兮是個武將，心思不如她細膩，往往不能抓住消息裡的關鍵及時反應，錯失良機。

所以，秦朗離開大都城去赴任，白錦繡並未一同前往，而是留了下來。

沈柏仲並未全然記起過往之事，但也知曾經與白家關係匪淺，而自己的徒弟一個是白家大姑娘的乳兄，一個是白家大姑娘的護衛隊隊長，他必定是和白家關係深厚之人。

既然知道大都城要亂，沈柏仲便不能不去通知白錦繡，讓白錦繡有個防備。

而在沈柏仲前往秦府求見白錦繡之前不到一盞茶的時間，白錦繡派去盯著范府的暗衛便回來稟報，說李府有下人騎馬直奔范府，隨後范餘淮喬裝出門去了梁王府，而且……太子府派去監視梁王府的暗衛，都被人解決了。

而白錦繡派去的人當初為了不讓太子的人察覺，引得太子懷疑白家，監視梁王府的距離離得非常遠，故而此次沒有被牽連。來同白錦繡報信的暗衛稱，解決那些太子府暗衛之人手段極高……不像是普通暗衛，倒像是頂級殺手。

白錦繡聽完，心中存著的那些疑惑，陡然全部串聯起來。

所以，范餘淮之前聯繫巡防營舊部那些不安分的小動作，不是因為覺得禁軍統領就是他能做到的最高位置，而是因為投身梁王門下，為的……是準備另外一場武德門之亂！

秦府正廳內，坐在燈下的白錦繡面沉如水，手指緊緊扣著座椅扶手，將近幾個月的消息全部整合梳理了一遍。

李明瑞投身梁王，白錦繡能理解，梁王對白家恨之深……便來源於曾經謀逆的二皇子！

梁王若能逼宮成功，登基成為晉國的皇帝，必會為當初謀反的二皇子平反，如此……二皇子都已經乾淨了，白家手中握著的關於李家當初鼓動二皇子謀逆的罪證也就變成了偽證，且李家還能博得一個從龍之功。

而他們選在此時動手，和征戰大樑的晉軍不斷傳來捷報有關。長姐攻占大樑數城……眼看著逼近大樑國都，等征戰樑國的大軍平定了大樑，或是樑國稱降，大軍可就要折返回大都城了。

而現今晉國大部分兵力都在樑國，上一次平定武德門之亂的長姐也在樑國鞭長莫及，梁王有了禁軍統領范餘淮的效忠，再加上范餘淮已經同巡防營舊部聯絡的差不多，梁王和李明瑞便會覺得準備已經充分。

否則大軍一旦平定大樑回都，那個時候指望范餘淮手中的晉軍和少部分巡防營，必不能成事。

所以，對梁王來說逼宮舉事已經刻不容緩。

屆時，大都城大事已定，他必會按照曾經武德門之亂的說法，對外稱太子囚禁皇帝，把控朝局，如今更是膽大妄為狗急跳牆提前殺了陛下意圖早日登基，而他梁王是平亂的功臣又是皇子，自然順理成章登上皇位。一旦梁王登基，大局便定，任何人也說不出個什麼來。

長姐的擔憂果然是對的，大都城是要生亂……

但，白錦繡不論如何都不能讓梁王堂而皇之登上皇位，否則……白家滿門危矣。

外面陡然風聲鶴唳，將掛在正廳門前兩盞燈籠吹得胡亂搖晃，火光明滅。白錦繡起身對沈柏仲行禮：「多謝沈先生前來告知我此事，錦繡還有一請……請沈先生勉為其難助我一臂之力！」

沈柏仲起身：「秦夫人請講。」

「我若此時派人送我兒去白沃城尋我夫君，怕是會驚動梁王。」

「既然先生手中握有李明瑞給予的權杖，出城之時必然不會有人阻攔！請先生護送我兒還有我母親去白沃城尋我夫君！」白錦繡抬頭，眸色堅韌，「錦繡曾聽沈青竹言，先生是我大伯白岐山的至交好友，白錦繡信得過先生，只能求先生辛苦一趟！」

沈柏仲一怔，他來將這個消息告訴白錦繡，就是為了讓白錦繡帶著孩子避開，可白錦繡這意思……好似要留在大都城。「秦夫人不走？」沈柏仲皺眉。

白錦繡搖了搖頭：「我若一走，無人阻梁王，梁王若登大寶……必會將白家滿門斬盡殺絕！」

沈柏仲眉頭緊皺，想起剛才李明瑞所言……每個人都有自己肩上擔子所言，頷首對白錦繡抱拳：「我便……護送小公子，前往白沃城尋父！」

白錦繡轉頭喚道：「翠碧，去給望哥兒收拾東西，你隨望哥兒還有母親，同先生一同去白沃城！翠玉你去告訴府上兩位姑娘和小少爺，讓他們準備準備明日一早去他們外祖家探親！」

今夜走得人不能太多，就算是沈柏仲手中有權杖，走得人太多了也會引人注目，所以……只能是母親、望哥兒、翠碧三人隨同沈柏仲一起走穩妥。

而秦朗那同父異母的兩個妹妹和弟弟，明日一早出城探親想來也是能走的了，畢竟白錦繡與蔣氏所生的兩女不睦大都城人盡皆知，不為了那兩個秦家姑娘，為了秦朗悉心教導的弟弟，能將人送出去……便送出去吧！

「姑娘！」翠碧睜大了眼，「姑娘不要趕翠碧走！翠碧必定同姑娘同進退的！」

翠碧跟隨白錦繡多年，明知道大都城就要生亂了，難不成還不清楚二姑娘要做什麼？

「翠碧！望哥兒就是我的命！我將我的命交給你了！你一定要給我護住了！」白錦繡語聲鄭重。

翠碧無法再辯，只能含淚應聲，出門去收拾細軟。

「先生在此稍後，我換身衣裳，隨先生一同去白府！」白錦繡同沈柏仲道。

沈柏仲頷首：「秦夫人一定要快！」

白錦繡點頭跨出正廳，臉色沉了下來，吩咐翠玉道：「你去，讓暗衛速速來見我！」

白錦繡到上房準備換衣裳時，暗衛便已經隨翠玉進了白錦繡的院門，立在廊下聽候白錦繡差遣。

「你即刻派人前往巡防營，告訴符將軍……李明瑞、范餘淮此刻齊聚梁王府，讓符將軍小心防備，以免再生武德門之亂！然後親自帶人以最快的速度奔赴大樑，將梁王夥同范餘淮左相李茂要反的消息送到長姐手上！一定要快！片刻不許耽擱！」

「是！」暗衛領命離開。

白錦繡換了衣裳出來，翠碧已經抱好了被包裹在錦被之中熟睡的望哥兒，臂彎裡挎著一個小包袱，誰都沒有驚動。

白錦繡小心從翠碧手中接過望哥兒，貼了貼望哥兒的小臉，又親了親，這才抱著望哥兒往外走，壓低了聲音吩咐翠碧：「翠碧你一直都很機靈，出城之後……務必想方設法將梁王與左相李茂、禁軍統領范餘淮謀反，欲殺太子和陛下篡位之事宣揚出去！我一會兒會求那位沈先生，出城之後……帶你去清庵將此事稟報祖母接小七一同離開，你讓小七派個人往朔陽送信，讓大伯母防備著！明白嗎？」

翠碧緊張吞咽口水，點頭：「二姑娘放心！」

白錦繡同沈柏仲先坐馬車到鎮國公主府偏門時，劉氏都已經睡下了，聽說白錦繡帶著望哥兒來了，驚得連忙起身，顧不上梳妝，轉頭盯著窗外廊下搖晃不止的燈籠，催促羅嬤嬤先出去迎一迎。

她剛打簾跨出上房門檻，一陣冷風便朝她撲來，吹得她眼睛都要張不開了。

緩過神見院門敞開著，羅嬤嬤正在門口等候相迎。

劉氏眉頭一緊，生怕女兒或者外孫出了什麼事，急急扶著丫鬟的手朝門口走。

遠遠望去，挑燈的嬤嬤彎著腰在前引路，白錦繡疾步快行朝著這個方向走來。

白錦繡看到劉氏出了院門，擺手示意挑燈嬤嬤退下，疾步朝劉氏走來：「娘……」

「錦繡！羅嬤嬤說你帶著望哥兒來了？望哥兒呢？」劉氏一顆心提到了嗓子眼兒，忙握住白錦繡冰涼的手，來回搓著，回頭張望望哥兒的身影，「這個時辰，又這麼大的風，出了什麼急事這樣著急？」

「娘，得罪了！」白錦繡說完也沒有詳細解釋，抬手將劉氏打暈，嚇得羅嬤嬤驚恐張大眼，忙扶住劉氏。白錦繡知道自己母親那個性子，母親若知道大都城生亂，必然會拉著她一同走，她若不走……母親是絕對不會離開的，白白耽誤時間罷了。

「羅嬤嬤，大都城要亂了！我怕母親不肯走，只能將母親打暈了！你放心……翠碧會照顧母親和望哥兒的！走的人不能太多，否則誰都走不了，嬤嬤便隨我去秦府！」

羅嬤嬤一驚，想起武德門之亂來，脊背冷汗直冒連連點頭：「老奴遵命！」

將劉氏安置在後角門等候的馬車內，白錦繡又親了親熟睡的望哥兒，下了馬車對沈柏仲道：「先生若是能夠平安出城，還望先生能為我祖母報個信，將我七妹也帶走！也讓我祖母心中有準備。」出城之後再帶人離開，那便不難了。

「沈柏仲必不負所托！」沈柏仲朝白錦繡拱手脫口說完，腦海中似有一個聲音與他此時的聲音相互重合。沈柏仲腦海裡回憶起白岐山儒雅英俊的五官，瞳仁顫了顫，心中有種極為深重的情義翻湧，他又看向白錦繡，朝她鄭重道：「秦夫人放心！」

目送沈柏仲駕著馬車離開，白錦繡立在鎮國公主府小偏門搖曳的燈籠下拳頭收緊，久久未動。只希望母親和望哥兒他們，能夠順利出城。

她還得去一趟太子府，她只派暗衛去給長姐送信還是不夠的，還得請太子也即刻派人設法出城，最好帶著太子印信，方能更加名正言順。

還有原本的禁軍統領謝羽長，他被武德門之亂連累，因管束下屬不力，被皇帝下旨奪了官位……賦閒在家。可謝羽長經營禁軍多年，即便是被罷免了，在禁軍之中依舊有極強的號召力。

或許，謝羽長能助太子活命。

范餘淮籠絡之人中，也有當初長姐安排進去之人，但這些人不能讓太子知曉，否則……來日大都城平定，太子必會疑心白家，疑心長姐。

而此時的白錦繡，更是陷入了一個更深的問題之中，她不知道長姐是要扶這個太子登基，還是……要改天換地。

雖然長姐從未明言過，可白錦繡卻隱隱察覺出長姐意圖改天換地的心思，長姐一統天下的決心比白家先輩都要強烈，然太子並非是一個有雄心壯志的君上。

若君上的志向在守土，那麼身為臣者……便不能志向太過遠大，太遠大……便會被君上忌憚，她相信長姐十分明白這點。

故而，白錦繡猜……長姐欲將林氏皇權取而代之。那麼，此次……太子就必須死，但不能死的太早，要將謀逆的罪名死死扣在梁王頭上，而後讓他們在這大都城之中相互爭鬥，消滅殆盡。

梁王府。梁王坐在几案後，全然沒有平日裡懦弱膽小的模樣，手肘擔在座椅扶手一側，被燭光映亮的半張臉冷森幽沉。

「軍報從樑國傳回來也是需要時間，以鎮國公主攻城掠地的速度，說不準現在鎮國公主已經拿下江都、陽江……甚至已經拿下月古、韓城了！」李明瑞語聲深沉，「殿下不能拖了！只有陛下和太子一死，殿下名正言順登基，鎮國公主也好……劉宏也罷！就只能俯首，再也生不出什麼么蛾子了！」

說著，李明瑞看向沒了一隻眼的范餘淮：「來梁王府之前，我已經派人通知范大人將大都城守城將士全部換成自己人，殿下……如今禁軍和半數巡防營都在我們手中，且鎮國公主和劉宏鞭長莫及，正是時候！」

梁王手指摩挲著座椅扶手，上一次武德門之亂，若非白卿言在，此時他必定已經是高高在上的皇帝了。李明瑞說的對，如今晉國大軍主力盡數在樑國，而此時大都城之中……禁軍在范餘淮手中，巡防營范餘淮也籠絡到了一半，可謂是天時地利人和。

他身為皇家血脈，只要此時將大事定下，聖旨下達至劉宏和白卿言的手中，大局便定了。否則一旦還未成事，劉宏和白卿言便帶兵回來，就來不及了。

經過上次武德門之亂，即便是梁王宮內有一個受寵的嬪妃為他說好話，可他在父皇那裡的信任遠不如從前，若不趁著這次機會發動兵變，他再想登上那至尊之位就難了。

下定決心，梁王抬頭看向范餘淮：「那麼，一切就託付范大人了！」

「梁王殿下放心！」范餘淮朝著梁王拱手。

李明瑞眉目間露出笑意來：「范大人乃是上一次武德門之亂救駕的功臣，范大人若對外稱……太子囚禁了陛下，挾天子號令天下，禁軍上下必定深信不疑！等梁王殿下登上大寶……范大人就是我晉國的護國大將軍！」

皇帝沉醉於丹藥久未臨朝，將朝政全都一股腦推給了太子，這是人盡皆知的事情。

范餘淮被李明瑞說得面泛紅潮，頷首，朝著梁王拱手：「微臣這便去安排！」

「明日早朝之前，太子必定會先行入宮同陛下請安，再去主持早朝……」李明瑞望著梁王，「就等太子入宮之後，梁王殿下一聲令下，我們便將太子拿下，扣他一個弒君的罪名！」

「范大人，依計行事！」梁王對范餘淮道。

范餘淮起身，長揖行禮：「殿下放心！」

范餘淮從梁王書房出來，眉目間全都是激動，梁王登基……他便是護國大將軍！

他身側拳頭緊握著，武德門之亂時……大長公主曾經說過，陛下不會忘了范大人拼死救駕之功定有重賞！還說他前途無量。可他拿命拼搏失去了一隻眼睛，才在皇帝這裡得到了一個禁軍統領的位置，范餘淮心中不服，卻也得裝作高高興興的模樣接受。

效忠太子，他估摸著這輩子出頭難，可梁王也是皇帝的子嗣……只要梁王登上大位，他這個護梁王登基之人，必定會被重用！光耀范家門楣指日可待。

白錦繡在鎮國公主府偏門目送沈柏仲帶著母親和望哥兒離開後，讓鎮國公主府護衛送羅嬤嬤去秦府，自己則快馬前往太子府。

在去太子府的途中，白錦繡路過謝府，竟正巧碰到了剛從外面回府的謝羽長……

謝羽長聽白錦繡說起范餘淮與李明瑞跟隨梁王，或許要殺太子逼宮篡位之事，謝羽長卻並未顯露出意外的表情。謝羽長朝白錦繡拱手道：「不瞞秦夫人，禁軍之中與我關係親厚的下屬，曾來謝府同我說過此事。」

「謝統領被武德門之亂牽連，至今還賦閒在家，都說亂世才能出英雄，此次雖然是大都城危機，可也是一次機會……是謝統領戴罪立功的機會，謝統領……只要護住太子平安，謝統領可就是大功臣了！」白錦繡鎮定自若同謝羽長道。

望著白家二姑娘白錦繡，謝羽長想起鎮國公主來，若是旁人家的女眷聽到此事怕都要慌的不成樣子了吧！

對了……這白家二姑娘也是同鎮國王上過戰場的，白家的女子都不一般！

謝羽長遲疑片刻，拳頭收緊，猶豫著開口：「就是不知道……太子還肯不肯用我！」

「此事好說，若謝羽長將軍願意護衛太子，即刻去禁軍之中，召集舊部！此事務必做的隱秘些！」白錦繡手心收緊，「我若是料的沒有錯……梁王和李明瑞還有范餘淮等人，或許夜裡便會有所行動。」

謝羽長頷首：「他們必是聽說了鎮國公主即將要打下韓城的消息，怕再晚鎮國公主、高義郡主和劉將軍率兵歸來，他們便再也沒有機會了！」

「如此，我便與謝將軍分頭行事，我去太子府告知太子殿下，謝將軍去聯絡舊部，符將軍也已知曉必會有所防備！」白錦繡這算是給謝羽長交底，告訴謝羽長他們與符若兮乃是一家人，可切莫打起來。

「明白！」謝羽長站起身，要送白錦繡。

「謝將軍不必送，正事要緊！」

從謝府出來，白錦繡直奔太子府求見太子。

太子正在芙蓉帳裡睡得正安穩，陡然聽全漁帳外低聲說秦夫人求見，沒反應過來是哪個秦夫人，煩躁問道：「哪個秦夫人半夜來擾孤?!」

全漁低垂眉眼立在繡工精美的淺紫色床帳外，低聲說道：「殿下，是鎮國公主嫁於秦朗的那位堂妹，與鎮國公主關係親如一母同胞一般！」

提醒太子，白錦繡與鎮國公主關係親如一母同胞，是為了讓太子千萬要重視一些。

帳內，紅梅細白的手臂纏上太子頸脖，不滿嘟噥：「鎮國公主又怎麼了，求見太子也不看看時辰，太子殿下還要不要休息了？莫不是仗著太子殿下寵信鎮國公主，將太子殿下當做她家可以隨意驅使的奴僕了嗎?!」

「別鬧！」

芙蓉帳裡傳來窸窸窣窣的聲音，緊接著便是太子倒吸一口氣，舒服長歎之聲，明顯就是紅梅纏住了太子，全漁眉頭緊皺，心裡責怪這紅梅不知輕重纏著太子殿下，這秦夫人深夜而來，定然是有極為重要的事情，可全漁是奴才……不能逾矩，只能心裡乾著急。

不多時，聽到帳內傳來女子嬌媚軟嗔的聲音，全漁只得退出去，在外面靜靜等候。

可今夜這紅梅就像是鐵了心要阻撓太子見白錦繡一般，纏著太子一直不放，花樣百出，太子痛快的全然將白錦繡拋在腦後，只顧著在溫香軟玉的暖帳之中肆意快活。

全漁焦心不已，卻只能立在門外聽著裡面讓人面紅耳赤的聲音。

直到寅時末，屋內芙蓉帳裡的雲雨才歇。

聽到太子啞著嗓音喚全漁，他連忙帶著捧著盥洗用具的小太監魚貫而入。

全漁將拂塵放在一個小太監舉過頭頂的黑漆方盤之中，連蹲跪下來，將太子的鞋擺在床邊踏腳上，伺候太子穿鞋。

太子穿上鞋，起身閉著眼走下踏腳，全漁忙同輕紗垂帷外的太監招手，伺候太子盥洗的太監們彎著腰一溜煙兒進來，伺候太子。

只著了鴛鴦戲水茜色肚兜的紅梅挑開床帳，風情萬種倚在床頭，白皙的肌膚泛著被疼愛過後的粉暈，撒嬌：「殿下……您怎麼每一次聽到鎮國公主這四個字，就什麼都遷就啊……奴家要吃味兒了！」

太子回頭朝白皙纖細的美人兒看了眼，笑道：「頭髮長見識短，孤與鎮國公主是君臣，太子妃都未曾說什麼……瞧你那個小肚雞腸的模樣！」

紅梅一聽這話不依了，起身走至太子身後，纖細如白玉的手臂纏住太子的窄腰：「太子妃賢慧大度，可紅梅心眼子小，只容得下太子心中存我一人！」

「你呀！」太子捏了捏紅梅的鼻尖，似乎很是受用，笑著叮囑紅梅多睡一會兒，便離開了紅梅的院子。

穿著清涼的紅梅只披了一層紗，立在廊廡下瞧見太子坐著肩輿走遠，臉上的笑容立時沉了下來，側頭吩咐：「去……傳信主子，鎮國公主的堂妹深夜求見太子！」

「是！」那婢子行禮後匆匆離開。

白錦繡坐在正廳之中，凝視搖曳的三十六頭纏枝燈，神色肅穆。

她已經等了快兩個時辰……分明已經說過了，有要事，可太子卻遲遲未來，派人去三催四請，聽說都被那個紅梅身邊伺候的嬤嬤擋在了院外，那些去稟報的太監連全漁的面都沒有見到。

白錦繡眉頭緊皺，這紅梅可真是有手段啊！

她聽說紅梅當初入太子府，是一頂小轎子抬進來的，身邊就跟了一個伺候的婢女，全身的家當湊在一起也不過是一個小包袱，沒想到如今竟然連太子府的嬤嬤都能為她所用。

白錦繡閉了閉酸脹的眼睛，范餘淮之子范玉甘押送糧草……就是紅梅同太子殿下說的。明面兒上，是范餘淮給紅梅送了禮，可實際上這個紅梅是否和李明瑞或是和梁王有關呢？

原本她還指望著在城門換防之前，請太子派人帶著印信直奔大樑，好讓長姐持太子印信名正言順帶兵回來。

可誰知……看來這太子即便是繼位，也不會是一個明君。

白錦繡剛站起準備再次讓人通稟太子，便聽到太子府正廳門外傳來動靜，白錦繡忙起身，瞧見太子扶著全漁的手下了肩輿，她邁著碎步上前行禮：「見過太子殿下！」

「秦夫人快快請起！」太子示意全漁扶起白錦繡，這才問，「秦夫人深夜便過來求見，可是出了什麼大事？」

白錦繡抬頭望著太子，也沒有遮掩，直言道：「殿下，梁王勾結范餘淮和李明瑞，怕是要反了。」

太子乍一聽，以為自己聽到了什麼笑話，忍不住低笑一聲：「范餘淮……乃是上一次武德門之亂救了孤和陛下的功臣！你說李明瑞要反……孤信，若說范餘淮要反，這個孤就無法苟同了！這其中是否有什麼誤會？」

白錦繡身側拳頭收緊，認真同太子道：「殿下，殿下可曾派人盯著梁王府？可有暗衛回來稟報今夜李明瑞和范餘淮先後入了梁王府？」

「不曾……」太子同白錦繡跨入正廳，眉目含笑，還是覺得白錦繡杞人憂天。

「殿下，我祖母大長公主手中有一支皇家暗衛隊！上一次武德門之亂後，陛下心軟沒有處置梁王，祖母擔心梁王會再次生亂，便讓這支皇家暗衛隊暗中監視梁王！今日暗衛要出城稟報我祖母范餘淮和李明瑞入梁王府之事，發現城門換防，便來告知於我讓我先行稟告太子，讓太子有所防備！」白錦繡語速沉穩。

太子聽到這話，才顯出鄭重來：「可太子府的暗衛並未回稟……」

白錦繡對太子雖然失望，還是道：「或許，太子府的暗衛已經被暗中……了結了！梁王這是要在我長姐和劉將軍拿下大樑國都，折返之前將弒君之罪扣在太子身上，而後順利登基！」

她抬眸望著太子面色難看的模樣，接著道：「屆時……梁王乃是皇家血脈，已經登基為帝，誰又能怎麼樣！」

太子薄唇緊緊抿著唇，手指摩挲未曾吭聲。

白錦繡只得說：「若是太子仍有疑慮，還請派人召回太子府安排在梁王府周遭的暗衛，不過我猜……肯定是召不回來了！」

白錦繡沒有暴露是長姐命人監視梁王府，而且……梁王府的確已經處置了太子的那些暗衛，白錦繡不想鋒芒太露，所以用了「猜」這個字，讓太子自己查。

想起武德門之亂，太子手心收緊，高聲道：「全漁，去派人將守在梁王府的暗衛召回來一個，孤有話要問。」

見太子已經下令，白錦繡又道：「殿下，來太子府之前，錦繡擅自作主，已經通知符若兮將軍，和賦閒在家的謝羽長將軍，請二位護殿下！若殿下信得過錦繡，信得過謝將軍，還請殿下……給謝羽長將軍下一道諭令，好讓謝羽長將軍名正言順接管禁軍，若是忠於陛下和太子的禁軍足夠，謝將軍便可護衛陛下安全。」

「再等等……孤還是不相信范大人會背叛孤！」太子臉色有些難看，他自認對范餘淮不錯，上一次他給紅梅送禮為自家兒子求前程，他還親自見了范餘淮，告訴范餘淮他是自己人，有什麼事找他這個太子來說就是了，他給了范餘淮如此寵信，范餘淮怎麼會背叛他！

「殿下，不是人人都是白家，也不是人人都是長姐……會對殿下忠心不二！」白錦繡越看這個太子越是失望。

她深夜而來，必然是有極為重要的事情，可這太子將她放在這裡近兩個時辰……近兩個時辰啊！可以做多少事！不分輕重緩急，又過分自信，就算是太子順利登基，這樣的人執掌國政……絕對不會比如今更好！之前，白錦繡還猜太子有些政令，是否是因為皇帝的關係不得不這麼做，現在看來……是她高看這位太子了。

太子緊抿著唇，又吩咐全漁道：「去將方老和任先生請來！」

不多時，任世傑一人匆匆而來，無法子只得同太子說方老稱有事出城去了，說是十日之內必定會回來。

白錦繡又將事情同任世傑說了一遍，話音剛落，太子府派去尋梁王府暗衛的人便回來了，說一個都沒有找到。

太子府正廳安靜的只能聽到沙漏的聲音，太子陡然草木皆兵，甚至懷疑方老背叛了他，否則為什麼這麼巧……方老偏偏在這個節骨眼兒上，出城去了。

「殿下！不可再猶豫了……」白錦繡道。

「孤立刻進宮告知父皇此事，向父皇請旨……罷免范餘淮，讓謝羽長重領禁軍統領一職！」太子說著站起身。

「殿下！或許梁王此刻正等著殿下入宮呢！」白錦繡起身攔住太子，「如同武德門之亂一般，禁軍如今還在范餘淮的手上，只要殿下入宮……禁軍逼宮，殺了太子，再扣太子一個弒君之罪，那才是有口難言！」

「秦夫人所言甚是！」任世傑也站起身來道。

任世傑心裡倒是十分高興，這晉國亂起來才好……亂得越久越好，那麼便只有太子活得越久，晉國才能亂得越久。

「請教秦夫人和任先生，目下，孤……當如何？」太子手心一層細汗。

「殿下應當命符若兮率巡防營，與謝羽長一同護送太子殿下出大都城！」任世傑鄭重道，「禁軍人數多，太子府很容易被攻下來，只有太子還活著，晉國的根基才在！梁王抓不到太子殿下，罪名就無法扣在太子殿下身上！自然了……若是此次依舊虛驚一場能夠平安度過，就當太子殿下出城走了一圈再回來就是了！但決計不能將太子殿下放在太子府這麼引人矚目的地方，秦夫人以為呢？」只有出了大都城……梁王才會卯足了勁兒追殺太子，晉國便有熱鬧看了！

白錦繡心中已有成算，道：「最危險的地方，才是最安全的地方！我的意思是讓符若兮帶兵拼殺出城，假作護送太子，實際上讓謝羽長麾下忠誠的禁軍護著太子藏於大都城內，如此讓梁王派人去城外搜尋，太子殿下在大都城才能安穩。」

太子心中不安，又看向任世傑：「任先生以為呢？」

任世傑稍作思考，若是大都城真的生亂，他的目的自然是讓太子活得越久越好，這一點同白錦繡一致，便當即點頭：「秦夫人這法子可行，不過將太子殿下安置在哪裡，又如何安排殺出大都城的路線，我們怕得從長計議。」

「任先生所言甚是！」白錦繡頷首之後又道，「殿下，此事……最好同朝中肱骨忠臣如呂相知會一聲。」

「對！還有幾部尚書，全都得通知一聲！」太子手心收緊。

「殿下！」白錦繡搖頭，「幾部尚書裡有誰是左相李茂的人，我們不清楚，不能冒然行事！如今滿朝上下……白錦繡唯覺呂相可信，唯呂相深信之人可信！」

太子當即頷首，吩咐人將呂相接入太子府，對於呂相太子沒有什麼不能相信的。

「還有一事！」太子突然開口，他像是十分艱難才下了某種決心，開口，「太子妃和小皇孫不能同孤在一起，太過危險，二位是否有辦法將太子妃和小皇孫送出城去?或者……能將小皇孫託付給可靠的人家，等……風平浪靜之後，再接小皇孫回來！」

「殿下慈父心腸，此事我來安排！」白錦繡想了想又道，「不過太子殿下，還需要派人帶著您的印信，最好是陛下的信物，前往大樑告知長姐和劉將軍一聲，有陛下信物或是太子印信在手，長姐便會更名正言順帶兵回來救駕。」

白錦繡話音一轉：「只是此時……城門怕都已經換了范餘淮的人，想要太子妃和小皇孫出城也好，還是殿下派去給長姐與劉將軍報信的人出大都城，都先得讓謝羽長得到舊部支持，悄無聲息帶人將城門守將換下來。」

心慌意亂的太子點頭，只想到了忠於他的白卿言，高聲道：「全漁，去將虎符拿來！派太子府暗衛即刻送到鎮國公主手中！」

「殿下！」任世傑忙上前，「此時將虎符送去給鎮國公主，萬一要是出城門的時候被劫如何是好?!秦夫人說……不論是要送太子妃和小皇孫出城，還是通知鎮國公主，都需要謝羽長率禁軍換防，不如將虎符交給謝羽長！」

太子聞言點了點頭，吩咐：「派人將虎符送到謝羽長手中！」

白錦繡同任世傑和太子商議之後，決定太子的安危由太子府謀士任先生，和太子府的護衛負責，她以為知道太子所在位置的人越多太子就越是危險，便將如何安頓太子托付給太子極為信任的這位謀士任先生，叮囑在不確定謝羽長能收攬多少人手之前，一定不能讓太子進宮。

忙碌了一夜，白錦繡趕在天快要亮之前回到秦府。

翠玉一直在院門口候著白錦繡，一見白錦繡回來，便匆匆上前，同白錦繡道：「夫人，昨夜我們去同府上的兩位姑娘說了，讓她們明日一早帶二爺回外祖家省親，可是……她們非但不願意，還對夫人惡言相向，稱……夫人這是打算趁著他們兄長不在，要霸占整個秦家，欺負她們，嚷嚷著要報官……」

翠玉話說得已經很委婉，沒有將秦家這兩個不知好歹的姑娘說的那些穢語汙言全然告訴白錦繡，怕汙了白錦繡的耳朵。

白錦繡扯開披風系帶，應了一聲之後道：「既然她們不願意走，就讓她們留著吧！」

「是！」翠玉應聲，同白錦繡一同進了燈火通明的上房。

大都城上空黑雲滾滾，全然沒有要放亮的趨勢，狂風呼嘯，滿城風聲鶴唳。

沈柏仲帶著昏過去的劉氏和碧翠懷裡抱著的望哥兒出了大都城，一路策馬前往皇家清庵。

翠碧抱著望哥兒深夜敲響皇家清庵的後門，見到了聞訊率先起身的七姑娘白錦瑟。

白錦瑟年紀雖小，可主意卻大，聽下人來報說翠碧抱著望哥兒來求見，一邊穿衣起身，一邊吩咐下去，不許驚動祖母，她去見。

翠碧將大都城發生的事情同白錦瑟說完，同白錦瑟道：「七姑娘，沈先生還在外面候著，您同大長公主說一聲我們便走吧！」

白錦瑟坐在座上沉默半晌，喚了一聲：「魏忠！」

魏忠聞訊打簾從門外進來：「七姑娘。」

「你認長姐為主子，如今……需要你為長姐做一件事，不知道你可願意？」白錦瑟端著白府七姑娘的架子，望著眼前斷了一指的老太監，語聲鄭重。

魏忠一怔，未敢抬眸子看向白錦瑟，只道：「七姑娘需要奴才瞞著大長公主嗎？」

這話就是答應了。

「我要你即刻出發，以最快的速度，將梁王與左相李茂和禁軍統領范餘淮，勾結謀反……欲栽贓太子弒君罪名的消息，送到正在征戰樑國的長姐手中，且沿途……將此事宣揚出去！知道的人越多越好！」白錦瑟鄭重道。

魏忠心頭一驚，沒想到白家七姑娘小小年紀心思居然如此厲害縝密，她這是在為鎮國公主名正言順帶兵回大都城鋪路。

「魏忠領命！即刻出發！」魏忠行禮後退了出去，未敢耽擱，立刻出發。

白錦瑟看著焦急等待著她的翠碧道：「翠碧，你帶著望哥兒去尋二姐夫！不必管我！朔陽那邊兒我會派人回去通知……有勞你照顧好二嬸兒和望哥兒！」

翠碧大驚：「七姑娘不同我們走?!」

白錦瑟搖了搖頭：「我還有事要做，放心……我在祖母身邊，祖母會護著我的！我也得好生護住祖母！」

翠碧懷裡的望哥兒動了動，翠碧眼淚都要出來了，還想要再勸又怕被發現了會遭到追殺，自己死不要緊，可小主子望哥兒是二姑娘的命，二夫人也是二姑娘的命，她不敢猶疑，只能朝白錦瑟行禮，流著淚叮囑白錦瑟：「七姑娘千萬保重！」

白錦瑟頷首：「好了翠碧姐姐，別哭了！一定照顧好二孃兒和望哥兒！」

「七姑娘放心！翠碧就是死，也一定會護好二夫人和小主子！」翠碧抱著望哥兒跪下對白錦瑟一叩首，起身快步向外跑去，不敢再耽擱。

白錦瑟目送翠碧身影消失在黑夜之中，轉身去了祖母的小院子。

蔣嬤嬤喚醒了大長公主，說七姑娘有要事。

大長公主披著件檀色繡銀色行雲紋的外衫，一頭銀絲披散著，靠坐在拔步床床頭，吩咐人將白錦瑟喚進來。

蔣嬤嬤又給大長公主背後墊了個薑黃色繡合歡花的隱囊，這才邁著碎步將垂帷撩起來掛在銅鎏金的纏枝銅鉤上，請白錦瑟進來。

「祖母……」白錦瑟鴉羽般的青絲亦是披散著，疾步走至大長公主床邊，跪在楠木做的金鏤銀花壽福踏腳上，道，「祖母，大都城傳來消息，梁王夥同李茂還有禁軍統領范餘淮，要栽贓太子弒君篡位！二姐已經派人將二嬸兒和望哥兒送出城來，可二姐還在大都城中，祖母……這可如何是好啊？二姐會不會有危險?!」

大長公主一個激靈睡意醒了一大半，驚得直起身來：「你二嬸兒和望哥兒現在人呢？」

「二姐打量了二嬸兒，讓翠碧帶著二嬸兒和望哥兒去白沃城找二姐夫！剛才翠碧過來給報了個信，人已經走了……」白錦瑟握住大長公主緊緊攥著身上那條老綠色的錦緞薄被，仰頭望著大長公主，「祖母，我們回朔陽吧！」

「小七莫怕！」大長公主強作鎮定，垂眸看著眼前跟個小花苞一半小的孫女，抬手摸了摸白錦瑟的髮頂，問蔣嬤嬤，「魏忠呢？」

「剛才人還在呢！」蔣嬤嬤說著就要出門，「老奴這就去喚魏忠！」

「嬤嬤慢！」白錦瑟喚住蔣嬤嬤，轉頭對大長公主說，「祖母，小七派魏忠去給長姐報信了！如今長姐遠在大樑，正在為晉國征戰滅樑，大都城卻出了這樣的事情，得讓長姐有個準備。」

大長公主垂眸看著年幼的孫女兒，疲憊蒼老之態即便竭力也無法掩飾。

她不知道，是否是因為這林氏皇權已經走到了頭？

自從鎮國公府沒了之後……大都城便動盪不止。一個王朝氣數將盡之時，和如日中天之時，有著天壤之別。武德門之亂，已讓百姓對皇室猜測紛紛，如今要是再次生亂，百姓還不知道要如何惶恐猜測。即便大都城繁榮未改，可像大長公主這種經歷過晉國輝煌鼎盛，又走到如今，她已經能夠察覺曾經輝煌一時的王朝，已經日暮途窮。

大長公主輕撫著白錦瑟的腦袋，低聲道：「大都城生亂，雖說我們在城外，可你長姐得到消息若是率兵勤王，難保梁王不會狗急跳牆用祖母和你……還有朔陽的白家人威脅你長姐，你收拾東西，祖母讓人連夜將你送回朔陽，你回去後轉告你母親，若是朝廷下旨派人接你們，務必不能輕信！還好朔陽有朔陽兵，可以抵擋一陣子！」

白錦瑟用力攥住大長公主的手：「祖母，我們一起走！」

熠熠燭火映著大長公主眼角的皺紋溝壑，越發顯得慈眉善目，她輕撫著白錦瑟的腦袋：「祖母老了，走不動了！你二姐還在大都城內，且……那大都城內的皇城是祖母幼時長大的地方！祖母得留下守著。」

白錦瑟乾淨稚嫩的五官容色未改，心中卻難免擔憂，長姐舉兵反林氏皇權已近在眼前，若是祖母知道會不會同長姐反目？

「小七陪著祖母！讓蔣嬤嬤派人回朔陽提醒母親吧！」白錦瑟下定決心，有她在祖母身邊還能勸說一二。

「傻孩子！」大長公主低笑了一聲，抬頭看向蔣嬤嬤，「將七姑娘送回朔陽，即刻就走！」

「祖母！」白錦瑟大驚。

大長公主俯身將白錦瑟摟在懷裡，輕輕拍著她的脊背：「別怕，更不必擔憂祖母，祖母是晉國的大長公主，生在皇室有自己的責任和擔當，皇室越是危急……祖母越不能走！可你不一樣，你是祖母的孫女兒……祖母必須護住你！去吧……」

白錦瑟緊緊攥著大長公主蓋在腿上錦緞薄被，眼眶紅脹的厲害。

她只希望祖母是真的如此想，會護住自己的孫女兒，不要同長姐反目成仇。

宣嘉十八年三月二十五，晉國前禁軍統領謝羽長手握虎符率部護衛皇宮，先發制人，捉拿意圖謀逆的梁王、李茂、李明瑞、禁軍統領范餘淮等人，卻無力再把控大都城城門。

范餘淮與梁王振臂高呼，太子囚禁皇帝，挾天子而令晉國上下，梁王范餘淮意在勤王。

以左相李茂為首的戶部尚書楚忠興等左相黨，擁護范餘淮，把控大都城四門，圍困大都城。

以呂相為首的朝中忠臣，及時攜家眷入宮，誓死抵抗謀逆犯上的梁王與范餘淮、左相一黨。

呂相擔憂范餘淮梁王一干人等，會在大都城內四處搜查太子的行蹤或圍攻太子府，對外稱太子已經入宮。

李茂的密探也稱，的確見太子府車駕入宮門。

秦朗之妻白錦繡，脫下紅裝換戎裝，身披戰甲與謝羽長攜手並肩，共衛皇城，范餘淮屢攻不下。

梁王心生焦躁之時，鎮國公主三月十九拿下江都的消息送回了大都城，梁王更是擔憂不已，下令范餘淮務必儘快奪取武德門。

第六章　成王敗寇

三月二十七日太陽剛剛落山之際，方老終於趕到了朔陽，他撩開窗簾往外瞧，朔陽夜市燈火通明，遠遠望去黃澄澄一片。滿街嬉鬧聲此起彼伏熱鬧非凡，方老下了馬車，瞧著來往的朔陽百姓面帶笑容，互相熱鬧寒暄，一時間竟被這朔陽的繁華程度迷了眼。

他並非沒有來過朔陽，但那時的朔陽遠遠沒有這麼多的人口，百姓們的穿著也比他之前來時更鮮豔，那時百姓的臉上也未有過這麼多笑容。

他沿著燈火璀璨的街道到處走走停停，只覺以前來朔陽，只有朔陽主街的熱鬧非凡，現在就連稍微偏一點兒的街道，都是攤販星羅棋布，商鋪鱗次櫛比。他已經走了一個多時辰，就沒有見到這朔陽城哪裡有黑暗的巷道，就連那偏僻少有人來往的的小巷子裡都掛滿了燈籠，為路人照亮前路，恍若一座不夜城。

方老坐在朔陽城最奢華的酒樓內，側身望著樓下來往絡繹不絕的喧囂，他想不明白一個小小的朔陽，怎麼會在短短幾年內就發展的如此之快？這朔陽的太守是誰？竟如此大能耐！

遠處巡邏的兩隊朔陽軍由遠及近，百姓紛紛分列兩道，將通道讓出來……

方老站起身朝樓下望去，只見一身穿戎裝鎧甲身子颯爽利落瞧著僅有十四五歲的瘦高小姑娘，正帶著一隊巡邏兵而來。

百姓們並非方老想像的那般，見到兵士……如老鼠見貓分列兩側，神情肅穆謹小慎微，反倒是有不少百姓同那小姑娘打招呼。

那擺茶攤滿頭銀絲的老婦人竟然端著茶候在路邊，一見那小姑娘過來，連忙喊道：「五姑娘巡城辛苦啦！喝口茶吧！」

「不啦阿婆，朔陽軍有規矩，巡城不能吃喝的！」那身姿颯爽的姑娘笑著同老阿婆擺手，握著腰間佩劍，帶兵離開。

所到之處百姓們紛紛笑著喊道……「五姑娘帶兵巡城辛苦啦！」

方老看著那些步態齊整，訓練有素的巡邏兵，就算是比禁軍也不遜色。

突然，不遠處有護衛騎馬而來，高聲喊道：「五姑娘，大夫人喚您回府！」

正在為方老倒茶的店小二瞧見方老伸長脖子往樓下看的模樣，笑著道：「客……是外地來的吧？」

方老回頭，落坐頷首，笑著從袖口掏出碎銀子放在桌上打賞那店小二，低聲打探：「這朔陽軍……可就是鎮國公主練的剿匪之兵？」

那店小二收下打賞，笑得更燦爛了，語氣越發諂媚：「哎喲！多謝客賞！您說那巡邏的朔陽軍……正是鎮國公主為我們朔陽百姓剿匪所練的兵，現在朔陽兵整天在城中巡邏，別說那些土匪……就是城裡作奸犯科的那起子小人，都不敢出來了！」

方老點了點頭又問：「那個五姑娘……可是白家的五姑娘？」

「正是嘞！不是都說那白氏嫡支有祖訓，白家子嗣不論男女那可都是入軍營訓練的，後來啊……白家男兒不都戰死沙場了嘛，這五姑娘和六姑娘入軍營的事情就耽誤了下來，這不……後來我們朔陽軍建立起來，兩位姑娘就同朔陽軍一同訓練，那兩位姑娘可是從最普通的將士做起，現在……已經是百夫長了！說到這白家的子嗣呢，就是厲害！你看咱們鎮國公主和高義郡主……

征戰樑國那可都是所向披靡！」店小二說起鎮國公主和高義郡主……說起白家，那敬仰之情難以掩藏，笑著道：「誰說這女子不如男呢！您說是吧！」

方老的心不斷向下沉，沒想到鎮國公主的威望在朔陽竟然是如此高。

「我在城中轉了許久了，好似沒有看到乞丐……」方老又笑著問，「我記得當初說，華陽城的流民都來了朔陽城，都走了嗎？」

說起這個，店小二的眼睛更加明亮了：「走什麼啊！咱們朔陽先前的確是接收了來自華陽城的大批流民，這鎮國公主就想著將來如何安置這些流民，後來……身強力壯醫治好了就入軍營了，而那些身體弱的，你說……我們朔陽救了你們的命不能白救啊！這些人就被安置在朔陽城內或是朔陽城外，以勞力償還當初救他們所耗費的藥資和糧食損耗！」

「其實啊鎮國公主哪裡是想讓他們償還什麼藥錢，不過就是不想讓那些災民以為來到朔陽可以不勞而獲！他們可以憑自己的勞作來償還藥資糧食，還可以賺取銀錢生活。」

「後來，鎮國公主出了獎勵措施，這些人在朔陽安定下來，不論是在哪一方有傑出表現的都會予以獎賞！比如前年那個改良農田澆灌之法，讓糧食畝產增收的王仁，現在不但被官府錄用，鎮國公主還讓人給安排了住所，一家老小都有了小院子！日子過的別提多滋潤了！」

「我們朔陽原本的乞丐啊，也都被安排妥當，沒有戶籍的……重新給入戶籍，這類人入籍之後，戶籍冊子會被單獨存檔，每隔半月朔陽軍都會去抽查這些人如今在做什麼，即便是這些重新入籍的乞丐想要賣身也好，做買賣也好，地方官和朔陽軍都不插手！唯一的就是朔陽百姓不允許給乞討之人銀錢吃食，不能助長好吃懶做的風氣！自然了……有年紀實在大了，無法勞作又無兒無女的，朔陽軍也會將人做妥善安排。」

店小二看在方老給的賞錢的分兒上說得有些多了，笑著道：「我們朔陽啊，現在人人日子都過的紅紅火火，就如同那主管朔陽軍的白卿平大人所說，只要願意努力，朔陽人人都能過上好日子！客……您慢用，需要什麼您喊我！我先去忙了！」

方老點了點頭，他是越聽心裡越害怕，這些東西朔陽當地的太守……和白卿言可都沒有上報朝廷，這白卿言是要將朔陽變成她白家私有啊！方老正在心裡盤算應當如何將這件事告訴太子，便聽到旁邊那幾桌討論起大都城的事情來。

「聽說梁王夥同左相李茂，還有禁軍統領范餘淮造反！要殺太子和皇帝啊！你剛從大都城回來，此事可是真的？」有人問自己的好友。

那從大都城剛回來的人錯愕之餘，連連點頭：「你們消息竟然如此之快！是要變天了！我那天都已經到大都城門口了，一聽大都城的四個城門都被封了！只許進不許出！我就沒敢進去，就讓夥計把茶葉送進城，我找了個藉口掉頭回來了！我今日還正準備同你們說這件事兒呢！」

「你還說什麼啊！我剛從鄰縣回來，那裡傳遍了……說是太子和皇帝如今被困在皇宮之中，好像是白家二姑娘吧，正率兵頑抗呢！」

「對，我從大都城回來這一路，可真是傳遍了，就那休息的茶棚和酒樓裡都說的是這件事兒！」

「我倒是覺得不可能，這梁王真的要舉事，怎麼能剛有動作就傳的到處都是？」

「聽說是太子察覺到梁王的動作，就派人將消息送出去，指望著有人能夠率兵勤王！也是為了讓百姓們都知道，若是有朝一日……梁王殺了陛下，將罪名扣在太子頭上，希望有人能夠給他正名，太子是怕死後遺臭萬年！」

「其實就算是太子不派人往外傳消息，你說太子弒君我也不信啊！你說太子都是太子了，陛下只要一走……這皇位不就是太子的了！太子幹什麼要做這弑君之事，說不通啊！」

「天家爭權，那可都是要命的，向來成王敗寇……」

方老聽到這裡，再也坐不住了，猛地起身，身後凳子應聲倒地，酒樓內的人紛紛朝方老看來。

方老面色蒼白，氣息不穩……梁王反了？他不敢再留，匆匆轉身，朝樓下跑去。

樓下護送方老來朔陽，坐在樓下吃飯的四個護衛飯還沒吃完，見方老匆匆下樓，抹了把嘴擱下銀子便起身拿劍跟上方老：「先生，這是要去哪兒！」

「回大都城！立刻！馬上！」方老聲音止不住拔高顫抖，他不敢想像……若是范餘淮和李茂都成為梁王一黨，此時梁王趁著劉宏和鎮國公主將晉國主力帶往大樑之時反了，那太子能撐多久？

「是！」其中一護衛忙快跑出去，去牽馬車。

方老幾乎是被護衛扶著上了馬車，他還未落坐又忙掀開馬車簾子，吩咐護衛：「你們……一個人先行，去打探打探，看大都城是不是出事了，得了消息立刻回來稟報！」

「是！」護衛領命離開。

方老見一護衛快馬先行而去，這才放下馬車簾子，靠坐在馬車內。

他脊背已經被汗浸透，只能不斷祈禱這個消息有誤。

馬車出了朔陽城，一路顛簸向前馳騁，方老的心都提到了嗓子眼兒，心裡盤算著若是手握兵權的范餘淮真的要反，要殺皇帝和太子該怎麼辦？

出城之後，馬車狂奔了一個多時辰已到了深夜，儘管是在官道上，可出了城……道路兩側都是密集的高樹，黑影幢幢，風聲呼嘯。方老被顛得整個人臉都是麻的，很快方老派出去打探消息的護衛快馬回來，調轉馬頭跟在方老疾馳的馬車旁，同車內方老道：「先生，屬下回來了！」

在車內閉著眼的方老聞聲，連忙扶著馬車車窗，將車簾一把撩開，問：「怎麼樣？」

「剛才屬下去了官道之上的驛館和歇腳的茶棚老漢處打聽，說是這幾天從大都城方向來的不論是行者，都在談論梁王夥同左相李茂還有禁軍統領范餘淮造反的事！」那護衛說。

方老一顆心不斷向下墜，馬車顛簸得他腦仁兒疼。

「先生，我還問了從大都城方向來的商客，商客說，如今大都城只許進不許出，所以很多人已經不敢入大都城，都折返了！現在應該怎麼辦？」護衛問。

動靜這麼大，肯定是出事了……回大都城可能是死路一條。

怎麼辦？能怎麼辦?!他是太子府的謀士，太子是他的主子！

這麼多年太子給他的信任比任何人都多，雖然是在鎮國公主出現之前，可作為謀士，他既然認了太子為主，那便要終身為太子打算！方老心裡怕的要死，卻還是打算回去。

太子是國之基石，太子才是國之正統，他是晉人……就必須維護晉國正統。

所以方老即便是怕……也要回去救主，這是作為晉人的責任，更是作為謀士的道義，哪怕是為了救太子而死，他也算是死得其所。

沒有片刻遲疑，方老喉頭顫抖著開口：「你……身上有太子府的腰牌，你嘗試四處求援……」

方老想到了朔陽，看朔陽那個架勢，總覺得白家可能要反，連忙叮囑那個護衛：「但不要求助朔陽！」否則朔陽要是藉此機會發兵大都，將皇族一鍋端了，對外稱是梁王做的，他們只是去平亂，那麼……整個皇族都危矣。

「去別的地方，去大樑……去找劉宏將軍，沿途你也可以求那些有兵的將領，我們現在沒有太子手諭更沒有皇帝的手諭，只能將此消息送出去，只求在劉宏將軍得到消息之前，便能有忠勇的將士能來救陛下和太子！」

「那先生呢?!」護衛問。

「我……」方老吞咽了一口唾液，害怕之情溢於言表，「我得回去，回到太子殿下身邊，設法幫太子撐到援兵來！」

護衛看著方老蒼白的臉色，分明害怕的模樣，咬了咬牙道：「先生是太子身邊謀士，是否先生去求援更合適？況且先生手無縛雞之力，去了也於事無補！」

方老搖頭，也不知道是在說服自己，還是在說服護衛：「即便是雙手無法握刀，我也得去護衛太子！我得替太子出謀劃策，撐到援兵來！」

見方老堅持，護衛不再勸，朝方老抱拳：「先生保重！」

說完，那護衛一夾馬肚衝了出去，前往大樑方向去求劉宏立刻回撤救駕。

朔陽，白府。此時朔陽白氏一族的白岐禾帶領著幾個心向白家……新推舉出來的族老，都坐在白府正廳之內，白家的幾位夫人和幾位姑娘都在。

大夫人董氏坐在主位上，手裡端著茶杯，沉著臉望著正單膝跪在正廳中央述說大都城已亂之事的護衛。

白氏族人聞訊，震驚不已。

「大長公主命我等將七姑娘和大都城的消息送回朔陽，可是七姑娘擔憂大長公主和二姑娘的安危不肯走，大長公主便派小人先回來傳消息。」護衛道。

白錦瑟之所以要留在大長公主身邊不走，是怕大都城內若梁王真的篡位成功，祖母為維護林家皇權設法將此事按下去，她只有在祖母身邊才能及時給長姐報信，或許……還有餘地轉圜一二。可若是回了朔陽，真的到了梁王登基那一步，祖母的想法不明，白錦瑟才真的會坐立不安。

「大長公主已經派人送來了消息，所以才將諸位請過來一同聽聽，聽完了……我們也商議商議，接下來應當怎麼應對。」董氏用茶杯蓋子壓著茶杯清亮茶湯裡漂浮的茶葉，輕輕抿了一口，那樣子絲毫不像是心中沒有成算，所以才找宗族之人商議。

眼看著大都城亂了，梁王若真的登基，那必定會來朔陽先拿了白家諸人，來把控她的女兒！畢竟如今白卿言手握重兵，梁王又怎會不懼？

將白氏一族的族老也喚過來，董氏為的……是讓這些人出銀子。

大都城一亂，那麼朔陽就要加緊準備屯糧，以免萬一梁王要來朔陽拿人，朔陽必須撐到女兒從大樑折返。朔陽城百姓眾多，將士眾多，若是被圍城，那糧食便是最重要的。

雖然說，朔陽的存糧至少能夠支持全城吃三個月，可董氏得為長遠考慮，萬一若是白卿言三個月之內趕不回來呢？只有糧食存量達到半年，才算是穩妥。

白岐禾眼明心亮，自然明白董氏這是心中有了打算，需要宗族之人幫忙罷了，他忙拱手朝董氏道：「夫人有事但請吩咐，白氏一榮俱榮一損俱損，大事當前聽憑夫人調遣。」

幾個族老見族長都如此說，紛紛開口附和。

董氏將手中茶杯放下，冷肅的視線環視一圈，開口道：「即是如此，我便也不與諸位客氣了！」

白岐禾餘光瞧著那些宗族族老唇瓣囁喏，心裡對董氏這個「不客氣」沒底，有了退意，他適時加了把火：「大夫人盡請直言，凡我宗族之人力所能及，絕不推諉！」

白氏宗族之人見族長表態，又都紛紛點頭稱是。

董氏頷首：「我們朔陽雖然有朔陽兵，但無法和正規軍比，所以……大都城梁王造反，我們顧不上，只能求自保！」

「天下亂象已生，我們也只能力所能及照顧好朔陽的百姓！如今鎮國公主和高義郡主人在大樑征戰，手握重兵！梁王若奪得皇位，免不了要來朔陽將我們白氏一族控制起來，威脅鎮國公主和高義郡主！」

董氏見宗族之人似乎各有盤算，心中冷笑，猜測這些人想著……等梁王兵臨城下，將她們這些大都白家的孤兒寡母交出去。

她繼而開口：「不瞞諸位，梁王因為當年謀逆二皇子之事，對白氏一族恨之甚深，人也不似平日裡表現出的那般儒弱無能，是個心狠手辣之輩！曾言……要將白氏一族殺盡方能解心頭之恨，你們若是有旁的心思，先盤算盤算，自己脖子有多硬。」

董氏一席話，驚得白氏族人立刻站起身來，朝著董氏長揖：「白氏一族一榮俱榮一損俱損，我們何敢有旁的心思！」

別的不說，就是那鎮國公主和高義郡主手握重兵，回來要是知道他們將白家孤兒寡母交出去，求梁王寬恕，怕是他們九族都活不成了！鎮國公主的心狠手辣，他們可都是見識過的。

「如此便好！好讓你們心中有數，若是此時不能同心協力，一旦梁王入城，大傢伙兒都活不成！」董氏話語裡帶著威脅。

董氏話音一落，五夫人齊氏才道：「我們大都城白家的家產，當初……因為族裡逼迫，悉數變賣給族裡湊了銀子，不過所幸……我們還都有些嫁妝，諸位來之前大嫂已經同我們商議過了，我們的嫁妝銀子只留養孩子的數額，其餘的都捐出來，族裡能出多少力……諸位盡力！」

「自然了……」董氏慢條斯理開口，「此次若是朔陽真的逢難，大傢伙兒出力了，鎮國公主回來必然會回報諸位，至於怎麼回報……那便要看誰出的力多。」

幾位族老聽董氏如此說，手指微動。有聰明人已率先起身道：「夫人放心，我等皆是白氏族人，若朔陽有難必定不會袖手旁觀，即便是傾家蕩產也必會幫助朔陽渡過此次難關！」

族老們見已經有人賣乖，生怕自己落下，也跟著起身道：「幾位夫人都是白家的媳婦兒，嫁妝銀子怎麼能動得?!此事還是交由我們白氏宗族來辦，若是實在力有未逮，屆時再動用幾位夫人的嫁妝也不晚。」

一直沒有吭聲的白岐禾見狀，這才朝幾位夫人拱手：「族老們說的有理！還請夫人將此次出力的機會留給宗族，也好讓宗族諸人表現一二！」

董氏猶豫片刻，頷首：「好吧！那就依族長和諸位族老的意思。」

還未來得及換下一身鎧甲的五姑娘白錦昭上前，行禮後道：「大伯母，如今二姐在大都城，總得設法將二姐救出來！」

四夫人王氏瞧見女兒出頭，怕給董氏添麻煩，忙道：「小五，退下！聽你大伯母吩咐就是了！」

已經出落成大姑娘的白錦昭單膝跪地，朝董氏和四夫人王氏行禮：「大伯母，母親，二姐在大都城之中危險重重，女兒願意率兵前往，在城外接應二姐出城！」

白卿平見狀連忙開口：「五姑娘莫急，卿平倒覺得現在還不能帶兵前往大都城，一來……若是此事是梁王設的局，那麼白家帶兵去了就是謀反！可若梁王是真的反了……他首先最要忌憚的便是手握重兵，又戰無不勝的鎮國公主！」

「所以梁王即便是僥倖真的能抓到二姑娘，那麼至少在鎮國公主回來前……二姑娘都不會有危險！梁王定會用二姑娘來威脅鎮國公主！或者……是來朔陽抓白家人和白氏宗族，將白氏一族攥在手中威脅鎮國公主。」白卿平語速平穩，剛才接到消息他便在靜思此事，考慮讓朔陽軍去大都城救白錦繡的可行性，「五姑娘沒有實戰經驗，若是帶兵前去，萬一不小心不敵大都城內的禁軍，不是多送了一個籌碼給梁王，讓他要脅鎮國公主嗎？」

與白錦昭孿生的白錦華，抬眼朝白卿平望去：「我們白家人，戰場之上……寧死，也不當旁人的籌碼！就像大伯……舉箭射殺我五位哥哥，為的就是不讓白家子成為晉軍被要脅的籌碼！為的就是不讓西涼軍侮辱白家子亂了我軍軍心！」

這才是白錦昭如此著急想去大都城救白錦繡的原因，白家每一個上了戰場的子嗣都知道，若是有朝一日被活捉，必須以大局為重。

白卿平忙朝著白錦昭抱拳：「卿平話中得罪之處還望五姑娘、六姑娘海涵！」

「我曾聽父親說過……」白卿平看向白岐禾，「二姑娘當年也是隨鎮國王上過戰場的，心思敏銳內秀，想來不會那麼容易被梁王抓住！且……二姑娘既然能將二夫人和孩子送出城，就說明當時二姑娘是能走的，只是她或許出於什麼目的，不願意走！所以卿平以為我們如今能做……且應該做的，就是守好朔陽，不讓朔陽白氏滿門成為鎮國公主的拖累。」

「五姐，白卿平說得對！」白錦華走至白錦昭身邊，將人扶了起來，「我知道你擔心二姐，可是我們得各司其職，長姐有長姐的使命，二姐有二姐的……我們的責任便是護好朔陽城，護好伯母嬸嬸和白氏一族！」

白錦昭咬著牙頷首：「錦昭……聽大伯母吩咐！」

宣嘉十八年三月二十七，為國祈福清修的大長公主回大都，官員家眷紛紛求助大長公主庇護，梁王帶重兵圍了鎮國公主府，請大長公主助他勤王。

大長公主明言，年紀老邁力有不支，亦是分不清楚是太子謀逆還是梁王謀反。但太子也好，梁王也罷都是皇家血脈，大長公主此次不插手，全憑皇帝做主。

梁王遭拒，遣范餘淮派人將鎮國公主府團團圍住，下令不許任何人進出。

宣嘉十八年三月二十九，燕國大將謝荀攻破衛暑城，魏國太后葬身火海，魏國皇帝生死不明。

宣嘉十八年四月初一，樑廷老丞相的極力勸諫之下，樑帝終於下令遷都襄涼。

一時間，達官貴族紛紛收拾行囊，韓城百姓人心惶惶，紛紛仿效，晉國大軍還未到便已經顯露出兵荒馬亂的景象。就連皇宮之內，也是雞飛狗跳，樑帝后妃皇子……還有宮中宮女太監忙跟著收拾細軟，生怕被落下。

然而，遷都乃是大事，先要派大批宮婢太監前往襄涼行宮，而後才是皇帝和后妃車駕。後宮之中……就連位分較低的嬪妃細軟行李也都要十幾輛車來裝，更別說，還有皇帝的行裝。只有三皇子決意留守韓城，等待戎狄鬼面王爺帶援軍前來，只安排妻兒妾室隨樑帝遷都襄涼。

宣嘉十八年四月十一在樑帝車駕準備出城，韓城百姓人人自危兵荒馬亂之際，晉軍如天降奇兵，趙勝率部圍堵樑國國都韓城東、西、北三門。

同時樑帝接到消息，月古城守將林鵬飛見鎮國公主兵臨城下頑抗三日之後，出城投降，已歸順鎮國公主，此時……鎮國公主正率兵往韓城而來。

樑帝聞訊吐血暈厥，被抬回寢宮，韓城大亂。

三皇子當機立斷，命遷都大軍輕裝簡行立刻護送樑帝出城，前往襄涼。

誰知，樑帝轉醒還未來得及出韓城，便傳來消息高義郡主率部從大泉方向奔襲而來，正在攻打韓城東門。

不到一個時辰，又有消息送來，晉國大將軍劉宏已破中興，正率大軍逼近韓城南門方向。月古守將林鵬飛已降，鎮國公主白卿言也率部前來韓城……

晉國三路夾擊，且圍困韓城，樑國大勢已去。而樑國皇室……因樑帝早前遲疑不肯遷都的緣故，如今被困於韓城，樑廷老丞相懇請樑帝向晉國割地求和，自此納貢稱臣，以求存國。

樑帝深知老丞相所言在理，瞧著滿朝跪地不起的官員，卻又不甘心，高聲訓斥：「戎狄的鬼面王爺已經在來的路上！只要我們能守住韓城再撐幾天，鬼面王爺一到，必能解我韓城困局！」

此時，白卿言騎著匹通體雪白的駿馬，帶兵走在最前，已可看到韓城城池，聽到韓城傳來的廝殺聲。

「報……」看到探子騎快馬而回，白卿言抬手，浩浩蕩蕩的軍隊令行禁止，動作齊整。

探子一躍下馬，單膝跪地抱拳道：「稟報鎮國公主，高義郡主正率兵攻韓城東門！」

「報……」又有探子快馬而回，身後黃土飛揚。

探子下馬，單膝跪地：「稟報鎮國公主，劉宏將軍已破中興城，率部正趕往韓城南門。」

「報……」探子接連不斷回來。

「稟報鎮國公主，樑國皇族親貴，被困韓城之中，少數逃出韓城者已被高義郡主活捉扣押！」

白卿言頷首，她緊握手中韁繩，望著豔陽之下巍峨的韓城，心中陡生一種豪邁之情……

曾經背靠北海，坐收漁鹽航運之利，富庶而強大的樑國，以後便不復存在。

而這……只是一統天下的開始。

拿下樑國之後，白卿言下一步要做的，便是將晉國已經腐朽的林氏皇權推翻，為晉國庶民立心立命，以一種全新的……以民為本，而非只以利於權貴之族的方式來治理晉國。

「啟稟鎮國公主，有稱是鎮國公主暗衛之人，奉白家二姑娘秦夫人之命求見鎮國公主！」楊武策的下屬楊威領命前來同鎮國公主報信。

錦繡將暗衛派了出來，難不成是大都城出了事？

「人在哪裡，帶我去見！」白卿言調轉馬頭，隨楊威一同快馬直奔大軍後方。

從出了大都城，這些暗衛連日快馬，晝夜不歇，日行五百里甚至將近六百里，逢驛站換馬，餓了馬上吃點兒東西，睏得實在撐不住了，便將自己扎扎實實捆在馬背之上，讓駿馬跟著同伴飛馳向前。他們用如此極端的方式，以短短十九日的時間，將消息送到了即將要到達樑國國都韓城的白卿言手中。使命完成，這些暗衛，終於撐不住，紛紛倒坐在地上，有的甚至已經睡了過去。

遠遠看到快馬朝大軍隊尾疾馳而來的白卿言，那位曾數次在大都城夜裡潛入白府給白卿言送消息的暗衛星辰，忙站起身來。

星辰還未上前……就被晉軍將士用長矛指著，不得已向後退了一步。

直到白卿言勒馬，星辰才叫醒其他六個暗衛，紛紛單膝跪地朝白卿言行禮，「見過主子！」

「可是大都城出了什麼事？」白卿言揚了揚馬鞭，示意守著這些暗衛的將士退下。

「回主子，二姑娘三月二十四命屬下帶人前來傳信，梁王夥同左相李茂、禁軍統領范餘淮謀反！」星辰語速極快道。

跟在白卿言身邊的楊威驚到了，從晉國大都城到此地……這些暗衛竟然只用了十九天！

白卿言手心收緊。范餘淮和梁王……和李茂。果然，白卿言猜的事情還是發生了。

可她不是老早就傳信回去，讓白錦繡同秦朗一同前去白沃城赴任，她怎麼還在大都城?!

「二姑娘還在大都城？」白卿言問。

「回大姑娘，是！」

她緊緊攥住韁繩，梁王此次再次舉事，必定是想要趕在大軍滅梁班師回都之前扣太子一個弒君之罪，而後登基，再昭告四海，如此……便能定下大局。

此次，沒有了信王掩護，梁王沒有退路，不成功便成仁……必定會傾盡全力，她即便是此刻便帶兵回援怕是也來不及。且只有自家暗衛來報，怕是不足以取信劉宏，隨她一同帶兵折返。

「鎮國公主！」楊武策快馬上前同白卿言拱了拱手之後，才道，「有一個自稱是鎮國公主府奴才的太監被我們的人捉了，說是叫魏忠，求見鎮國公主！屬下瞧著，人已經快不成的樣子了！不知道……是不是鎮國公主府上的？」

魏忠?他怎麼也來了?是祖母派他來送信，命她帶兵勤王的?

白卿言聞言眉頭緊皺，鬆開韁繩下馬，問：「人呢？」

楊武策也跟著下馬，朝後面喊了一聲：「把人帶上來！」

白卿言看到遠處，兩個士兵架著已經瘦脫了形，沒法走路，腳尖拖地，硬是被拖過來的魏忠，疾步上前。

「主……主子……」魏忠隱隱約約看到白卿言，乾裂的唇瓣動了動。

見白卿言過來，架著魏忠的兩個將士忙將魏忠放下，雙手抱拳行禮後退到一旁。

魏忠跪在地上，只覺頭重腳輕，整個人搖搖欲墜：「主子，梁王與左相李茂、禁軍統領范餘淮勾結謀反，意圖栽贓太子弒君罪名，屬下奉命沿途已經將消息散播出去，如今晉國應當人盡皆知！」魏忠話說完，便一頭栽倒在地，白卿言三步並作兩步，一把扶住魏忠……這才發現，魏忠已經瘦得只剩一把骨頭。

「來人！抬他下去休息，請洪大夫過來看看他！」白卿言道。

魏忠隻身一人前來，沿途還要散播消息，竟然也能緊隨這些暗衛之後而來，可見其能耐不凡。

「報……高義郡主已破韓城城門！率三千人馬直逼大樑皇宮！」前方探子接連不斷送來戰報。

白卿言不再耽擱，一躍上馬，高聲同楊威道：「帶將士們原地休整，楊武策將軍隨我快馬面見劉宏劉將軍！」

「是！」楊威抱拳稱是。

「派人弄輛馬車，將剛才來送信的暗衛和魏忠，都送來韓城南門！」白卿言說完，一夾馬肚率先衝了出去。

楊武策叮囑楊威速度要快，便帶著一隊騎兵隨白卿言而去。

魏忠乃是祖母大長公主身邊的太監，要比已經歸入白卿言麾下的皇家暗衛更具說服力。

白錦繡如今仍在大都城之中，大樑今日應當就能平定，留白錦稚率重兵駐守大樑把控剛剛打下的大樑城池沃土，她與劉宏率兵勤王。只有如此才能確保大樑這一仗沒有白打，否則若是她與白錦稚率兵勤王，一旦……白家舉事，劉宏手有重兵，以他對皇帝的忠心，難保不會設法擁護林家皇權。而劉宏隨她同行，她有大把的時間說服劉宏，即便是最後劉宏還是堅定擁護林家，她也可以以最小的損失控制住劉宏。

所以……留在大樑的只能是白錦稚。

劉宏所率一部，正在攻打韓城南門。約莫是已經聽說高義郡主攻入城內，而鎮國公主也快到了，劉宏知道這一戰必定滅樑，竟然在後方支起了茶桌喝茶。

一聽鎮國公主來了，劉宏忙從臨時搭建的大帳之中出來相迎。

見白卿言勒馬急停，劉宏迎上前，一副人逢喜事精神爽的模樣：「鎮國公主！」

白卿言朝著劉宏走了兩步，簡單拱手之後便道：「劉大人，大都城出事了！梁王聯合范餘淮、左相李茂，意圖扣太子一個弒君之罪！殺陛下同太子登基！」

劉宏臉色大變：「怎麼……怎麼會？梁王那個人……」

「我二妹白錦繡先派暗衛來報信，隨後我祖母身邊伺候的老太監魏忠也來了！」白卿言轉頭看向楊武策，「楊武策將軍當時也在！劉將軍可以詢問！楊威已經在尋找馬車……很快便會將暗衛和魏忠等人送過來！可我以為……事不宜遲，我們應當儘快往回趕！能早一點回去說不定還能來得及救下陛下和太子！」

這個消息來的太突然，劉宏腦子有些亂：「可……消息可靠嗎？如今這大樑還未打下來，就是打下來了，很多事情還需處理！」

「不瞞劉將軍，我原本的意思……是想讓劉將軍留下來處置後續事宜，我帶兵回大都城救陛下和太子，可我這個身子……劉將軍是知道的，不知道什麼時候就會倒下，小四到底年紀輕且不如劉將軍在軍中威望高不說，若是我同小四一同回大都城救駕怕陛下心裡會有所忌憚，故而……只能讓劉將軍同我一同回大都城救駕了！」白卿言道。

白卿言沒有瞞著劉宏她知道皇帝忌憚她的事情，擺事實同劉宏說話，劉宏作為皇帝稍微能信得過的將領，早在頭一次出征大樑之時，皇帝就同劉宏交過底……皇帝要用白卿言卻不信白卿言。

如今，劉宏相信白卿言對太子的忠心，站在臣子的角度考慮，此次救駕，要想進行的順利，還真是不能讓白錦稚同白卿言一同回大都城救駕。

「鎮國公主所言我明白了！這樣……我讓我的副將先率兩萬兵馬即刻出發馳援大都城！再下令全力攻城，拿下大樑，我們再率大軍緊隨其後！」劉宏道。

「白錦稚已經從東門攻入韓城……」白卿言轉頭吩咐道，「去傳令趙勝、趙冉……即刻攻城！務必以最快的速度拿下韓城！」

韓城內，臉上和鎧甲上全都是血的白錦稚殺入皇城，快馬衝在最前，不忘回頭高呼：「全軍上下，不許傷韓城百姓分毫，直取皇城！殺！」

「殺！」晉軍高亢將的喊聲振聾發聵。

百姓們躲在家中門戶緊閉大氣都不敢喘，家中有幼小孩童的，父母皆將孩子抱在懷中，緊緊捂著孩童的嘴，生怕孩子哭出聲將晉軍引來，全家遭難。

大樑皇宮內，大樑重臣聚集在大殿之中，有的稱應當死戰，有的稱應當出城投降，兩撥人吵得不可開交，而樑帝氣得眼歪口斜，中風臥床，聽說晉國高義郡主已經帶兵殺入韓城，頓時臉紅脖子粗又暈了過去，太醫慌忙救治。

聽著戰報不斷傳來，高義郡主已經率先帶人殺入城，樑廷老丞相之前心裡存著的疑惑終於解開……

之前劉宏和鎮國公主各走一路攻向大樑韓城，他還奇怪，為何鎮國公主一到，這有著驍勇之稱的高義郡主，竟然在後來的戰役之中一直安分，未曾攻打任何一個城池。

如今看來，他們分明就是為了吸引樑國兵力，好讓高義郡主能夠順利抵達韓城攻城！

老丞相再想到……他們險些就要遷都前往襄涼的方向，若是那個時候真的出城往東而去，怕是會和高義郡主遇上，那樑國才是真正的全軍覆滅。

老丞相甚至懷疑，晉國當初定下這樣的路線……打得就是將大樑皇室逼向大樑以東的主意！晉國，是要讓他們自己上趕著送到高義郡主的嘴邊兒去。

老丞相滿心的蒼涼惶惶，晉國這一場仗謀劃的如此周密，大樑……必敗啊！

想來戎狄的鬼面王爺也趕不過來救韓城了！

要怪……就怪他們的皇帝一心復仇，全然不顧樑國。

如今老丞相等幾位朝中重臣，也是被大臣吵得頭腦脹痛，只等三皇子拿主意。

體態圓潤的三皇子用帕子擦了擦頭上的汗，終於還是下定決心，開口道：「不必……再讓將士們枉送性命了！我們……出城投降！」

「殿下！殿下不可啊！」主張死戰的朝臣紛紛朝三皇子跪下。

「不管是投降，還是死戰，最後都免不了一個被滅國的下場，何苦再讓將士們白白丟了性命？」

「我等願意死戰最後，若不能勝……寧可殉國！」有武將含淚開口道。

「何苦來的！」三皇子語聲極輕，「咱們樑國百姓的心都已經向著晉國了，你們還不明白嗎？在樑廷強搶百姓手中藥材，不顧百姓死活之時，是晉國的鎮國公主帶著藥材來救了那些百姓！那些被晉國救了的百姓就是晉國收攬的人心！」

「趙家軍世代忠心，為何到了趙勝就偏偏要投身於敵營？因為……我們大樑丟了人心啊！」三皇子哽咽道，「父皇臥病在床，我身為皇子，便代表父皇，捧玉璽出城投降。」

宣嘉十八年四月十三，晉國高義郡主白錦稚大破樑都，樑國三皇子率百官頭戴孝布，捧樑國國璽、短劍，肉袒牽羊，跪於高義郡主馬下。

滿身血腥和殺氣的白錦稚拿過大樑國璽，接過短劍，轉手交給了沈青竹。

在北方屹立了百年之久的樑國，自今日宣告滅亡，樑國富饒的土地盡歸晉國所有。

白錦稚一躍上馬，高聲傳令：「立刻清掃戰場！恭迎鎮國公主、劉將軍入城！」

白錦稚攻下韓城之後，跟隨後續大軍進城的蔡子源，看到耀目金光之下……全身是血的白錦稚，風姿颯颯，心中難以抑制的澎湃。

難怪曾有言說，百年將門鎮國公府之所以世代都為晉國脊梁，是因……從不出廢物。

不過是個十七八歲的女娃子，這一身殺伐的氣魄，讓多少男子都難以望其項背。

「蔡先生！」白錦稚命沈青竹把玉璽和短劍給蔡子源，「煩請蔡先生先行出城，將玉璽和短劍交於我長姐手中！」

「是！」蔡子源頷首領命。

樑國皇宮之內，樑帝聽聞三皇子代他出城投降，氣得硬是憋著一口氣扶住老太監的手站起身，拔出寶劍，那怒火滔天的模樣似乎要將三皇子斬殺一般，可剛走出兩步……竟噴出一口鮮血，睜著一雙混濁充血的眼睛，直愣愣倒地。

大殿內太監們慌成一團，七手八腳將樑帝接住，太醫膝行上前，竟發現樑帝斷了氣息，被活活氣死。

白錦稚帶兵在樑廷皇宮清掃頑抗之人，將樑帝一眾后妃，和跪地求饒的宦官之流全部關押。還沒等白錦稚將樑廷整理妥當，恭迎自家長姐入城，便接到命令，讓沈晏從接手白錦稚清理大樑皇宮的任務，白錦稚和沈青竹即刻快馬出城，有要事相商。

白錦稚、沈青竹領命快馬出城。

很快，白錦稚和沈青竹便出城趕到了城外營地，晉軍包括後來降晉的樑國幾位將軍全都在劉宏的大帳之中。

蔡子源已經將大樑的玉璽和短劍交到白卿言手中，此時就放置在白卿言所坐案桌之上。

劉宏面色凝重，見白錦稚進門，對白錦稚做了一個落坐的手勢，白錦稚便疾步朝著白卿言走去，在白卿言身旁落坐，難掩興奮喚了一聲：「長姐！」

白卿言望著又長高不少的白錦稚，抬手摸了摸白錦稚的腦袋，看向跪坐在白錦稚身後不苟言笑的沈青竹，輕輕頷首，謝沈青竹這一路對小四的保護。

劉宏見人到齊了，轉頭同白卿言道：「既然人到齊了，還請鎮國公主做安排！」

白卿言頷首，開口道：「大都城梁王謀逆！我與劉將軍將率大軍趕赴大都勤王救駕！白錦稚與趙勝將軍，率所有晉軍與安平大軍還有趙家軍留於韓城，請大樑官員協助下發文書，告知樑國已歸為晉土。」

劉宏手心收緊，險些坐不住，沒想到白卿言竟然連大都城生亂這樣的事情都告訴了這些降將，萬一這些降將再生了別的心思怎麼辦？

劉宏能夠理解白卿言將晉軍全部放在大樑，就是怕他們二人走後，這些降將生旁的心思，可將這些樑國的降將降卒全部帶走，萬一這些人要是中途反了呢？

劉宏一向謹慎，可思來想去他自己也沒有一個萬全之策，不論如何大樑付出這麼大的代價打下來了，自然是不能讓丟了的！

將這些降將降卒帶回去救駕就救駕吧，攻打樑國鎮國公主帶的全都是降將降卒，想來……鎮國公主是有辦法鎮住這些降將降卒的。

見降晉的將領你看我我看你，可趙勝心裡明白，這白卿言必是要反晉的！趙勝私心裡覺得這是好事，他當初降的……並非晉國而是白卿言！

如今大都城亂了好，亂成一鍋粥，便能加快白卿言取而代之的腳步！

沒有了晉國皇室那些心無大志只圖自保的皇族環繞掣肘，必會加快白卿言天下一統的步伐！

趙勝也明白，白卿言將他和白錦稚放在大樑，是因為白卿言給了他這個降將最大的信任，他也必不會辜負白卿言。

白卿言見在座之人都各有所思，又道：「以前或許我們是對手，可如今我們同為晉國大將，同為一國，所以此事我不瞞著你們，此次舉兵征戰百姓已經受過一次罪了，只要平定大都城梁王之亂，至少晉土之內的百姓可以休養生息，所以還請諸位再同我辛苦一趟。」

「謹聽鎮國公主吩咐！」楊武策挺直腰身，率先抱拳道。楊武策已經聽趙勝說過了，鎮國公主有將晉國皇帝取而代之的心思，他跟著鎮國公主打了這麼久的仗，還能看不出鎮國公主的雄心抱負和心志？

對楊武策和趙勝他們這些降將來說，他們降的是鎮國公主，至於晉國的主子是誰他們不在意。而此次白卿言要帶如此之眾的樑國降卒降將回去救駕，為的……就是讓劉宏無法把控這些降將降卒。白卿言轉頭看向劉宏，道：「劉將軍……事不宜遲，點兵出發吧！」

劉宏聽說梁王造反，也是心急如焚，點頭。

趁著點兵的間隙，白卿言將白家護衛召集了起來。

她先派白家護衛去給白卿瑜送信，告訴白卿瑜她欲調白家軍回大都勤王，讓白卿瑜防著西涼異動。

又將一封親筆信交給白家護衛：「你即刻帶三人，前往登州，將信親交登州刺史董大人！」

白卿言在信中告知董清嶽，大都城梁王破釜沉舟意圖篡位，她和劉宏要帶著樑國的降將降卒，回大都城勤王救駕之事，讓舅舅董清嶽留意各州動向……

她話未說得太過清楚明白，可她相信以舅舅董清嶽的心智，能看得明白，此次她未帶老晉兵，而是帶著降卒回大都城，是存了取而代之的心思。

她又吩咐沈青竹：「青竹，你即刻出發前往南疆，傳令白卿玦和沈昆陽、衛兆年、谷文昌三位將軍，留下駐守邊塞兵力之後，即刻以勤王為名……帶兵回大都！兵分兩路……一路趕往平陽請平陽刺史率平陽軍前往大都城救駕，一路前往大都城。」

「是！」沈青竹應聲不再耽擱，立刻出發。

白錦稚與趙勝、蔡子源來詢問白卿言大都城具體情況之事，白卿言又叮囑三人：「不論大都城方向傳來的消息是什麼，你們都要看好大樑，絕不允許大樑趁機生亂，可明白了？」

「子源也有一句話要同鎮國公主說……」蔡子源朝著白卿言長揖一禮之後，朝著白卿言走進了一步，低聲道，「公主，取而代之是一個徐徐圖進的過程，若是真的不能一氣呵成，鎮國公主不妨……仿效古人，挾天子而令！」蔡子源這是害怕晉國亂起來，若是晉國一亂，就怕大樑剛剛歸入晉土的那些心存慾望之人會藉機生事。

雖然說，他們打到現在留下將士都是精英，不懼怕打仗，可是卻擔心會沒完沒了的打。

趙勝朝蔡子源看了一眼，亦是覺得蔡子源說得有理，但是他更相信白卿言的判斷，便抱拳同白卿言說：「鎮國公主不論做何種決定，趙勝與趙家軍必定誓死跟從！鎮國公主也放心，韓城有高義郡主和趙勝在……樑國，必不會亂起來！」

「如此，就託付三位了！」白卿言抱拳道。

「長姐……」白錦稚拿下大樑都城，這分激烈的欣喜還來不及同長姐分享，沒想到長姐連韓城未進就要走了。

蔡子源見白錦稚和白卿言有話要說，悄悄對趙勝做了一個請的動作，兩人先行離去，留給這兩姐妹敘話的時間。

「小四這一次做的很好，沒有冒進，穩紮穩打成為我晉國的奇兵！」白卿言眼底全都是欣慰。

「要不是遇見了戎狄軍隊打了一仗，我應該早就到了，我當時就瞧著那戎狄軍隊排兵布陣似有白家軍的影子，我還懷疑是不是有人叛國了，若非青竹姐姐及時趕到，我非要剿滅了那些戎狄軍不可！」白錦稚說到這裡看向白卿言，「長姐說那位鬼面將軍是我們自己人嗎？我此次並未見到鬼面將軍，這鬼面將軍是誰啊？」

白錦稚望著白卿言，她不論如何都想不到，那戎狄的鬼面將軍便是她的五哥……白卿瑜。

夜風吹拂著白卿言鬢邊細碎的髮，她眉目間盡是溫潤淺笑，靠近白錦稚的耳邊，與白錦稚低聲耳語。

白錦稚聞言震驚睜大了雙眼，用雙手捂住嘴，眼淚一下就湧了出來，險些驚呼出聲。

白卿言眼眶亦是濕紅，她用力捏了捏白錦稚的肩膀：「你心裡知道就好！如今他的身分不能暴露，但……只要我們都還活著，就有相聚的那一天！」

白錦稚用力點頭，她擦去淚水：「長姐，小四知道輕重！一定會守口如瓶！」

「我相信我們小四！我們小四……經大樑韓城一戰，必會威名震天下！」白卿言唇角帶著淺笑，「小四……終於還是成長成了祖父和叔父們所期待的模樣！」

白錦稚擦去淚水，朝著白卿言拱手：「長姐此番回大都城萬望小心，白錦稚就是死……也會守住大樑不亂！」

如今的晉國，經過白家這兩年多來殫精竭慮的謀劃布置，只要林氏皇權一倒，白家便可順理成章取而代之，屆時……不論是五哥白卿瑜也好，七哥白卿玦也好，還是九哥白卿雲也罷！全都能回來，他們也可全家團聚！長姐有一統天下之心，更有治理天下之能！

甚至白錦稚有一種感覺，長姐不會如同剛才蔡先生建議的那般，挾天子而令，長姐會將林氏皇權取代！因為……只要白家將林氏皇權取而代之的消息傳播開，白家或是白家軍之中還有尚存於世之人，一定都會回來！

白錦稚無比期待著這一天的到來。

宣嘉十八年四月十三，高義郡主率重兵留守韓城，鎮國公主與晉國大將軍劉宏，率楊武策等猛將，返回大都勤王。

宣嘉十八年四月二十一，燕國九王爺慕容衍對魏國進行了將近一個月的大清洗，誅殺權貴，實惠百姓。將魏國皇室斬草除根，推行新政，以雷霆手段穩住魏國大局，留大將軍謝荀帶重兵於昌城，九王爺慕容衍率二皇子慕容平折返燕都。

宣嘉十八年四月二十三，梁王和范餘淮已經圍困皇宮整整一個月了，范餘淮對外是稱怕攻打皇宮會逼得太子狗急跳牆傷了陛下，因為投鼠忌器，不敢攻打。

可實際上，圍困皇城是李明瑞出的主意……

這皇宮糧食有限，而皇帝后妃和皇宮裡的太監宮婢人數何其多，是人總要吃喝！謝羽長所帶將士們更要吃喝，他們只要圍困皇城……用不了一個月等糧食耗盡，守皇城的將士們必然倒戈，屆時他們便可以最小的代價取得皇城。

可這已經整整一個月過去了，守著皇城的將士們絲毫沒有斷糧的情況，梁王顯得有些急躁，李明瑞只覺這其中必有蹊蹺，問題可能出在他們圍困皇宮的將士身上。

此次李明瑞跟著梁王一起反，不成功便是滿門抄斬，所以必須竭盡全力，他秘密調動左相府人手，暗中密查。

四月二十九，果然查出范餘淮麾下把守皇宮西門的將領，竟然在深夜偷偷為皇宮之中送糧，人贓俱獲，一問之下才知那將領是太子安插在禁軍之中的暗樁。

謝羽長眼睜睜看著范餘淮在皇城之外砍了那將領的腦袋，又聽到范餘淮高聲喊他：「謝羽長，我敬你是條漢子！你若是乖乖投降……梁王殿下不但會求陛下饒你全家老小一命，還會對你委以重用！否則……你可別怪我不講同袍之情！」

那位早早被鎮國公主安排在范餘淮麾下的將領，將運糧之事做的萬分小心，每夜送進皇宮的也不過是少量糧食，儘管謝羽長再三要求要多送一些糧食過來，可那將領卻小心謹慎，不敢多送怕被梁王察覺。沒想到如此謹慎，還是被發現了……

若是沒有糧食，謝羽長深覺自己恐怕要有負秦夫人所托，守不住皇宮，守不住皇帝了。

那日白錦繡身著戎裝與謝羽長同時出現在武德門城門之上，抵禦攻城禁軍，的確是震懾住了范餘淮一干人等。嚇退禁軍之後，白錦繡便親自前往皇宮南門找到這位將領，讓其每日夜裡往皇宮內送糧食，隨後白錦繡從南門悄悄出了皇宮，去聯繫曾經白卿言安排進禁軍之中的人手，打算控制了大都城出入城門之後，再請皇帝出宮……

畢竟，若是謝羽長真的守不住皇宮，那皇帝也絕不能落在梁王手中。

誰知，等白錦繡好不容易悄無聲息掌控了大都城南門，皇帝卻不願出宮了。

皇帝說天師有言……沒有比皇宮數代真龍龍氣聚集之地更適合煉丹，所以皇帝不願意走，但好在是給了謝羽長一道聖旨，讓謝羽長設法交給太子……讓太子去調兵馳援。

謝羽長無法，只得讓人將聖旨帶給了白錦繡，稱他誓死都會護住皇帝，請白錦繡放心，只求白錦繡能夠帶著聖旨出城求援，時機成熟他們便可裡應外合，剿滅梁王一黨。

白錦繡拿到聖旨簡直要被氣笑，有人要殺太子弒君篡位，皇帝竟然為了煉丹不願意離開皇宮，是瘋了嗎？

不過也好，皇帝不願意從皇宮內出來，反而能夠將范餘淮的兵力吸引在皇宮周圍。

而後，謝羽長親自陪著陛下登上城樓，陛下城樓之上怒斥梁王是包藏禍心的逆賊。

可梁王那戲唱的是極好，跪在武德門之下，高呼對不住皇帝……竟然讓皇帝受太子脅迫，稱雖然皇帝說了要梁王一定要拿下太子不計任何代價，可他不能眼睜睜看著父親受辱，他就是死也要先救出皇帝。

氣得皇帝一口氣沒上來暈了過去，謝羽長只好命人先將皇帝抬回去救治，范餘淮便藉機對著將士們高呼，稱……太子反心昭然若揭，否則為何不敢讓皇帝繼續說下去。

梁王更是將一個孝子演繹的淋漓盡致，一改往日懦弱無能的形象，指著城牆之上高罵太子，稱太子若是敢傷皇帝一根寒毛，就別怪他不顧念兄弟之情。

於是，皇宮之內的將士們越發確信了梁王要反……

而皇宮之外的將士們，卻覺得范餘淮說的對，肯定是太子脅迫皇帝上了城牆，否則為何皇帝看到梁王跪地痛哭之後，就再無什麼話說，也不替太子辯白。

加上范餘淮本就是平武德門之亂的功臣，梁王又一向以膽小懦弱且無能示人，圍困皇宮的那些將士們就越發相信他們才是勤王之兵。

就連皇帝被氣暈過去，也被杜撰成被謝羽長打暈了過去，不許皇帝多說。

謝羽長本是要將皇帝送出皇宮，可皇帝不肯……謝羽長才想了個折中的法子讓皇帝登上城樓，可沒想到……反倒是弄巧成拙了。

白錦繡得知皇宮南門安排的暗樁被查出來時，便明白……如今皇宮內用不了幾日便會糧絕。她如今在宮外，已經派出去了幾波人探長姐行進到了哪裡，她能這麼做……梁王也必會如此做，不過梁王的人比她的人更方便進出大都城，消息自然比她更靈通。

白錦繡如今在暗，只能盯著梁王和范餘淮的行動來推測，然後做決斷。

不過幸而，她手中握著皇帝親筆所書的聖旨，可號令各地節度使和軍營前來救駕，白錦繡還並未將聖旨交給太子，亦還未用。

如今能夠調動的軍隊，除了登州刺史董清嶽手中防備戎狄、西涼的登州軍，和遠在平陽城防備大燕的平陽軍之外，再有便是遠平的三萬守軍可以調動。

但，遠平距大都城快馬兩日的路程，目前長姐位置不明，還不能過早讓遠平大軍摻合進來，萬一禁軍不敵遠平大軍，過早結束大都城的這場內亂於大局並無好處。

所以，不到梁王登基之時長姐還未回來，遠平大軍便不能動。

宣嘉十八年五月初三，左相李茂府上早早派去大樑探聽大軍動向的探子回到大都城，向李明瑞回報，鎮國公主與劉宏正率大軍疾行回國，且他送信回來之時，沿途百姓官員都已知梁王謀逆之事，熱議沸騰。

李明瑞拳頭緊緊攥著，知道不能再耽擱下去，他請梁王命范餘淮立刻竭盡全力攻打皇城，必須即刻入宮逼迫皇帝下旨傳位於梁王。

誰知范餘淮剛剛下令攻打皇城，武德門城門便自行打開……

謝羽長與符若兮從武德門之內出來，謝羽長臉色十分難看，道：「陛下有旨，請梁王入宮。」

皇宮之內昨日已經斷糧，這倒不算什麼，皇帝用來煉丹的硝石不夠了需要從宮外運進來，皇帝便命謝羽長傳令讓梁王入宮。

呂相與兵部尚書，還有謝羽長同皇帝據理力爭過了，可毫不管用，鬼迷心竅的皇帝竟然讓謝羽長將呂相和兵部尚書一干人等拿下，呂相那麼圓滑的一個臣子，氣得直罵昏君。

皇帝趁勢廢了呂相丞相之位，又問謝羽長是不是只聽太子的不認他這個皇帝，要違抗聖命……抗旨不遵。

好大一頂帽子壓下來，還是符若兮拉住了要死諫的謝羽長，領命陪著謝羽長出城來請梁王。

可從心底裡，不管是符若兮也好，還是謝羽長也罷，都已對這個皇帝和這個王朝失望透頂，他們也不願意這些將士們為了這樣的皇帝捨命，所以按照皇帝的要求出來請梁王。

雖然太子算不上是一個賢明之君，至少他不是梁王這樣詭計和陰損善於偽裝之人，有時候臣工諫言太子還能聽得進去。可梁王若是登基，這晉國還不知道要變成什麼樣子。

梁王為人小心謹慎，聽說皇帝請他入宮生怕其中有詐，先是讓范餘淮派人接管了皇城幾個門，又將謝羽長、符若兮拿下，這才帶著重兵進入皇宮，讓范餘淮留在皇宮之外布防。

皇帝就坐在寶殿皇位之上，望著帶重兵從殿外進來，朝他跪拜行禮的梁王，拍了拍龍椅扶手，開口：「你此次率兵逼宮，就是想要這把龍椅？」

梁王此時面對皇帝態度雖然恭謹，卻全然沒有了往日的惶惶和驚恐，叩首之後道：「兒臣請父皇退位……」

「好！真好……」皇帝視線混濁的眼睛望著梁王，他是真的沒有想到自己竟然將這個兒子給看走眼了，「梁王可真是朕的好兒子，平日裡那唯唯諾諾的模樣，竟然都是裝出來的！」

梁王保持著跪地俯首的模樣一動不動，大有任由皇帝洩憤的謙卑姿態。

「你想要這個皇位不是不可以！朕有條件……」

梁王聽到皇帝這話，面露欣喜，忙道：「父皇放心，兒臣必不會為難太子哥哥！」

皇帝卻搖了搖頭，道：「朕要說的不是太子，而是朕的九重台！九重台……不論如何都要建成！所以……朝政你想要，朕現在就可以下旨讓你領政，可皇位……你什麼時候建成了九重台，幫朕找來了一千童男童女，什麼時候朕退位，讓你來當這個皇帝！」

梁王還以為皇帝是要為太子求情，沒想到最關心的竟然還是他求仙問道的九重台！他心中竟對太子生出一絲絲憐憫來，原來……太子在父皇的心中也沒有多特別，還是說捨棄就能捨棄的人。

見梁王不答話，皇帝又道：「你若是不肯，那麼……便殺了朕這個皇帝，然後你登基！不過……朕已經將親筆密旨送出宮去，讓太子持聖旨調令各地駐防兵馳援！如此……將來你這個亂臣賊子的名聲便永遠無法洗脫了。」

梁王並不太信皇帝這話，覺得皇帝這話是唬他的，太子已經逃了一個多月，要是手中真的有聖旨可以調兵前來，早就到大都城了。

跪在梁王背後的李明瑞倒是覺得太子手中可能真的有聖旨，到現在援兵未到，說不定太子還在大都城內！李明瑞心裡咯噔了一聲，抬眸朝著梁王看了眼，頓時起了私心，他想派李府的人悄悄去搜太子，若是能得到太子手中的密旨，將來梁王登基，這密旨……就是李家可以牽制梁王最有力的把柄！

李明瑞在心裡盤算了白卿言大軍行進的時間，壓低了聲音同梁王開口：「殿下……只要陛下還活著，殿下登基天下人便會覺得是名正言順，否則如今太子還未抓到，而大都城皇帝卻身死……殿下登基，旁人便會覺得殿下這皇位來的名不正言不順，有心存他念……忠誠於太子的，比如鎮國公主，就有了充足的藉口反了殿下！」

梁王抿唇未語，可那九重台應該還需要一個多月才能造完，若是鎮國公主及時趕回來……

梁王抬眸朝皇帝看去。屆時，他和皇帝的位置可就變了，那時就只有他被皇帝拿捏的分兒。

李明瑞像是知道梁王的擔憂，低聲道：「殿下，九重台工部尚書若是加緊督造，二十天之內可以完工！」

工部尚書是左相李茂的人梁王知道，李明瑞同他一起舉事，敗了就是抄家滅族，想來若是二十日內不能完工，也不敢如此說。「殿下不妨答應陛下，圖一個名正言順！九重台和一千童男童女都不是難事！」李明瑞再次勸道。

梁王聞言看向皇帝，再次叩首：「請父皇下旨，捉拿意圖謀逆的太子，兒臣二十日之內必定將九重台和一千童男童女之事辦妥！」

皇帝眸色冷沉：「十日之內！」

梁王咬緊了牙關，微微側頭看向身後的李明瑞。

李明瑞在心裡盤算，若是能再徵召更多的百姓一同修建，在三日之內趕到九重台，或許……

能夠來得及十日之內修建完成。

難就難在這一千童男童女，李明瑞之前聽這位天師說過，要的是五歲至十歲的童男和童女，並且還要家世清白，更別說之前有風聲傳出說皇帝要用這一千孩童的性命煉丹，十日之內湊齊這一千孩童，的確是有難度。

不過難歸難，十日之內也不是沒有辦法做成！只要命令傳下去，不遵從重罰便是了，百姓如螻蟻，還不是上位者說什麼……他們就得遵從什麼！

梁王見李明瑞對他頷首，示意他答應，梁王這才應聲：「十日之內，兒臣必定將這兩件事辦妥！」

「好！」皇帝頷首，凝視著梁王喚高德茂，「高德茂……」

高德茂忙上前：「奴才在！」

「傳旨，捉拿意圖謀逆的太子，即日起國政交於梁王之手。」皇帝道。

高德茂內心咯噔，沒想到皇帝竟然如此就將太子捨棄了。

「多謝父皇！」梁王朝皇帝叩首。

「別忘了，十日！十日之後，朕的九重台和一千童男童女都有了，朕……便退位專心研究長生之術，將皇位傳於你。」皇帝說完，又道，「讓謝羽長和符若兮來護衛朕的寢宮！」

梁王見皇帝拂袖離去，恭敬叩首道：「是……」

李明瑞跟在梁王身後跨出大殿，望著被陽光映照得金碧輝煌的重簷殿宇，望著遠處雕刻蓮花基石的紅漆木柱，負在背後的拳頭緊緊攥住。很快，只要梁王登上皇位，只要梁王替二皇子平反……那麼鎮國公主手中的書信便沒用了，更別說梁王登位之後第一個要對付的便是鎮國公主，甚至會滅了滿門為二皇子復仇。到那個時候整個白家都只會成為史書中的幾筆墨水罷了，鎮國公主手中的書信……更是無關緊要，誰還會記得？

白錦繡前腳剛得到消息……稱皇帝命謝羽長開武德門請梁王入宮，後腳皇帝的聖旨便傳了出來，呂相因抗旨入獄，聖旨明言廢除左右丞相之位，建立內閣。

又下令捉拿意圖謀逆的太子，將一應朝政交給梁王主理，緊接著梁王傳令左相李茂為內閣首輔，在朝中對百官施恩。隨後，數道聖旨緊跟著頒布……

皇帝和梁王命工部尚書在十日之內建成九重台。又傳令各地府衙，將一千童男童女的任務分派下去，要求童男童女年齡在五歲到十歲之間，且都必須家世清白，必須在本月五月十三之內全部送到大都城，若有適齡童男童女不上交者，連坐鄰里，格殺勿論。

命建造九重台之地，就近徵召方圓一百里的成年男子，所有成年男子需在接到詔令之後，三日內趕往九重台，誤期者死，逃者……連坐全家。

如此近乎殘暴的手段，將百姓當做牛馬對待，這個林氏皇權也是到頭了。

白錦繡正坐在劉氏陪嫁的胭脂坊後院，聽到這個消息，心裡痛恨之餘……又覺得皇室是自作孽，尤其是梁王這十日之內強行徵一千童男童女的消息傳出去，必定會在晉國掀起軒然大波。

之前長姐便已經讓她將皇帝欲用這一千童男童女煉仙丹的消息散播了出去，若是各地官員為了完成梁王只限十日派遣下去的任務，再鬧出什麼強搶百姓孩童的事情來，那才真的是官逼民反。

甚至都不需要她在後面做推手，長姐要反這林家皇權，便能堪稱水到渠成……

儘管如此，白錦繡還是要做萬全準備。

她想起自己手中攥著的皇帝親筆所書的聖旨，閉眼想……若是想利用這道聖旨達到最大的目的，便要在長姐快到大都城前，讓大都城亂成一鍋粥，讓太子和梁王兩敗俱傷才是。

「二姑娘……」羅嬤嬤邁著碎步從外面進來，同白錦繡行禮後道，「如今謝羽長統領手中的禁軍都被梁王接手，梁王派了許多禁軍出城捉拿太子，說是陛下的命令，那帶隊的禁軍小隊長，人人手裡都拿著令旗，聽說大都城內開始搜查二姑娘和太子了！」

「我知道了，羅嬤嬤不必憂心，我自有安排！」白錦繡安撫好羅嬤嬤，又指派羅嬤嬤了些活計，羅嬤嬤只有忙起來，才不會胡思亂想。

見羅嬤嬤頷首，去廚房忙活，白錦繡從石凳上起身，喚道：「來人！」

暗衛應聲出現。

「入夜之後，帶人從大都城南門出，在九重台方圓一百里的地方，多講一講秦朝暴政苦民害民，陳勝吳廣揭竿起義的典故！範圍越廣越好……必要之時，你等可混在徵召去修建九重台的隊伍之中，號召百姓起義反林氏皇權！」

暗衛被白錦繡的話驚到，抬頭望著白錦繡。

卻見白錦繡一雙凌厲而肅然的眸子望著她：「此事我之所以交給你這個白家暗衛去做，而非是祖母留下的皇家暗衛，是因你是白家人，皇權腐朽至此，皇家皆視百姓為芻狗，我白家世代護民……堅決不能看著皇家如此作賤百姓！」

暗衛在白家這麼多年，並非不明白白家的大義，更是眼睜睜看著這些年皇家的所作所為，明白白家要反，暗衛不再遲疑，抱拳稱是：「是！」

正在任世傑安排的宅院之中喝茶的太子，聽聞皇帝讓謝羽長迎梁王入宮，隨後便下旨捉拿他這個謀逆太子，驚得摔了手中的茶杯。

後來，消息不斷傳來……說皇帝已經罷免呂相，梁王順勢建立內閣，讓李茂成為內閣首輔大臣。再後來，皇帝要工部尚書十日之內建好九重台，又命各地父母官十日之內將一千童男童女湊齊。

太子頓時明白，他已經被皇帝放棄，成為棄子了。太子跟在皇帝身邊這麼久，太瞭解自己這個父親，他如今為了這個九重台，為了追求長生不老已經瘋了。

所以皇帝應該是害怕這場亂事再拖下去，影響他九重台的建成，耽誤他求長生不老，所以便拿皇位和他這個太子的命，同梁王做了交易。

這一次，太子就是想找一個藉口來安慰自己，他都找不到。

「殿下……」任世傑看著太子陡然頹廢的模樣，低聲安撫，「或許……這是陛下為了穩住梁王的權宜之計。」

「孤的父親，孤瞭解……」太子聲音沙啞，「任先生不必勸孤，孤心裡明白的很，孤……是被放棄了！」

「殿下不可將事情想得如此糟糕……」任世傑不知該如何勸太子，話音乾澀無力。

「父皇他如今全心全意要煉丹，求長生不老，什麼兒子……對他來說都無所謂了，父皇他……不要我這個兒子了。」

任世傑唇瓣囁喏，最終還是什麼都沒有說。這晉國的太子聽到這些消息，首先關心的不是梁王如此行事，怕是會鬧到官逼民反的這一步，從而使晉國大亂，想的竟然是皇帝不要他這個兒子了。

如此太子，如此皇族……

任世傑都覺得，這天下要是被晉國皇室這樣的草包鼠膽之輩得了，那可真是滑天下之大稽。

「任先生，你出去吧！孤知道你想安慰孤……」太子聲音裡透著幾分難過，「可孤想一個人待一會兒。」

他以為對他最忠誠的方老，在最關鍵的時刻拋棄了他，甚至背叛了他！

他以為對他最好的父親，也在最關鍵的時刻拋棄了他。太子從未如此難過過……

可太子的確是誤會方老了，此時的方老正在大牢之中被折磨的全無人形，不論旁人如何拷問太子在何處，他都稱不知道，即便知道也不會說。

任世傑從房內出來，替太子將門關好，只覺梁王開始在大都城內搜查太子和白錦繡，想來已經開始懷疑太子並未出城。任世傑還得設法同白錦繡聯繫，保住太子的命才是……

白家此時應當是最想保住太子命的，畢竟鎮國公主已經投入太子門下，若是太子死了……而與白家有仇的梁王繼位，白家前途堪憂。任世傑未敢耽誤，立刻派人去聯繫白錦繡。

白錦繡得知太子意興闌珊頹廢的消息，遲疑片刻，先是派人去通知白卿言她決定於九日後五月初三帶遠平大軍攻打大都城，拖延時間，請長姐速速歸來。

而後又派人將身邊如今僅留的兩個皇家暗衛喚了過來，帶上皇帝的那封親筆聖旨，換了衣裳從胭脂鋪子後門出，直徑去了任世傑安置太子的小院子。

白錦繡見到眼眶發紅強撐著打起精神的太子，這才將皇帝那道聖旨拿出來，遞給太子：「殿下……陛下親筆聖旨，陛下還在等著殿下帶兵去救！殿下切不可如此頹廢，枉費了陛下對太子殿下的殷殷期待。」說著，白錦繡便單膝跪地，將聖旨送到了太子面前。

太子看到聖旨一怔，用手抹了把臉，扶著座椅扶手站起身，走到白錦繡面前，拿起聖旨，匆匆展開就看。當太子看到是皇帝的親筆聖旨，看到聖旨上說命他即刻帶聖旨出城調兵馳援，太子還未來得及看日期，就聽白錦繡開口……

「聖旨謝羽長早就送出來了，只是當初為了謹慎起見，我並不知道任先生同太子殿下到底藏身在哪兒，故而……沒有能及時將聖旨交於太子殿下，但錦繡猜陛下定然是以為太子殿下已經出城去調援兵，所以才假意將國政交於梁王！殿下手中的可是陛下的親筆聖旨！」

太子手指輕撫著聖旨上的國璽印章和字跡，竟不知自己的眼淚已湧了出來，他笑了一聲抬眸看向白錦繡：「父皇沒有放棄孤！父皇只是權宜之計……才假意將國政交給梁王的！孤就知道！孤就知道！父皇那麼心高氣傲的一個人，怎麼能容忍梁王這個小人作賤到他的頭上！」

「可……」太子猛然攥緊了聖旨，「可孤如今如何出去？如何拿著聖旨去調兵？」

「太子殿下莫慌，今日一早梁王下令攻打皇宮，這就說明……長姐快回來了，否則梁王不會這麼著急！」白錦繡徐徐同太子說著，「我猜測……梁王以聖旨之名下令讓工部尚書十日之內建成九重台，又要各地十日之內將一千童男童女送到大都城，應當是陛下為了拖延時間和梁王敲定了期限，十日之後……梁王怕是就要登基了！」

「可是從大樑回大都，所需要的時間太久……」太子喉頭哽咽，心中生了懼意，「要是十日之內鎮國公主趕不回來怎麼辦？」

「我也有這樣的顧慮，畢竟長姐一人回來不行，必須帶兵回來！可帶著大軍行進……這個行進時間不好把控，但長姐必會拼盡全力。」白錦繡點了點頭，「所以，我們也要為長姐回來取得時間！」

太子將聖旨卷好攥在手中，望著白錦繡彷彿看著自己的主心骨：「那孤應該如何做，還請秦夫人指教。」

「接下來需要太子靜心等一等！我會儘快打點大都城城門處的禁軍，妥當之後，必會設法先行將太子送出大都城，屆時……我等直奔遠平大營，帶遠平大軍回大都城救駕，為長姐和劉將軍率兵回都城爭取時間！」

太子頷首：「辛苦秦夫人了！」

「還請太子耐心等候幾日，錦繡一定儘快安排好殿下出城之事！」白錦繡朝著太子行禮之後，便要走，卻被太子喚住。

「孤還有一事請秦夫人務必幫忙！」太子竟然朝著白錦繡鄭重長揖行禮。

白錦繡忙側身避過太子的禮，恭敬朝著太子抱拳：「殿下有事吩咐就是了！」

「等秦夫人安排好可以出城了，能否……請秦夫人將太子妃和小皇孫，還有……還有紅梅也先送出城，派人帶著他們先去安頓，我們前往遠平，否則將他們留在大都城內，萬一被梁王搜到，怕是他們有危險！」太子說道。

送太子妃和小皇孫倒是沒有問題，可是紅梅……白錦繡還是將心中的疑惑說於太子聽：「殿下，送太子妃和小皇子，白錦繡義不容辭，可是這紅梅，我懷疑她是范餘淮或是梁王的人！」

「不會的！」太子眉目帶著幾分淡笑，「紅梅的身世……孤已經查的一清二楚，還請秦夫人不要嫌棄紅梅的出身，孤……很喜歡紅梅。」

白錦繡眉頭微緊，還是應了下來，恭敬退了出去。

任世傑送白錦繡離開前，回頭朝著屋內的太子看了眼……

見太子懷裡抱著聖旨表情不知是哭還是笑，任世傑也不知道該哭還是該笑。

不過，好歹總算是讓太子振作了，他想讓晉國亂……就得讓太子活著，有拼勁兒的活著。

白錦繡已經計算過時間，從大都城到遠平……快馬需要兩天，從遠平帶兵前往大都城時間算寬鬆一些需要三天，而將士們從遠平奔襲大都城休整需要一天，一共需要六天。

所以白錦繡定在四月二十七日夜裡護送太子出城，白錦繡訂好計畫之後，便派人通知了任世傑，她告訴任世傑……一定要防著太子身邊的那個紅梅，先瞞著太子他們是從南門出，轉告太子白錦繡打點好是從北門出，也好試一試這個紅梅到底是否是梁王或范餘淮埋在太子身邊的暗樁。

任世傑聞訊之後，照實將白錦繡要帶他們從南門出的消息轉告給了太子。

太子一得信兒，就忙命任世傑派護衛悄悄回了一趟太子府，將消息告知紅梅和全漁，並吩咐讓護衛就留在那裡……等二十七日一入夜，便帶著紅梅和全漁前往南門，一同出城。

任世傑在任何人看來，都稱得上是對太子最忠心不二的謀士，可實際上任世傑是燕人……心繫燕國，但凡有讓晉國大亂的機會他都不會放過。

他盤算的，是此次若是梁王等人得信，在南門設伏活捉太子，甚至是殺了太子，殺了太子妃和小皇孫除後患，而皇帝的聖旨外傳出去，是否會讓晉國那些蠢蠢欲動有反心之人有口實造反，那晉國才是真正亂成一鍋粥。

任世傑雙手抄在袖口裡，仰頭望著豔陽高照的天空，尋思著得找個機會將消息送出去才是。

四月二十七，亥時。

白錦繡一行人一身黑衣，疾步快行前往南城門。

太子妃也是一身黑衣勁裝，懷裡抱著熟睡的小皇孫，就連奶娘也跟著，這是怕緊要時候小皇孫醒了，可以讓小皇孫喝幾口奶，防止小皇孫哭啼引起不必要的麻煩。

太子妃一直都是名門閨秀何曾做過這樣的事情，可如今生死一線她顧不上那麼多，只雙手緊緊抱著自己的孩子，心底祈求今日能夠順利出城，不要再生什麼波瀾。

三十名身手奇高的護衛，由白錦繡帶頭，將太子、太子妃、小皇孫和任世傑護在中間，太子府其餘護衛早在半個時辰前被白錦繡派到了南門周圍隱蔽，為以防萬一。

剛到南門城下，白錦繡抬手，示意三十護衛停下，太子攬著太子妃的肩膀，護著妻兒蹲下，靜候。

「殿下，我先去同城門守衛交涉，太子稍後。」白錦繡壓低了聲音同太子道。

「等等！」太子急切望著任世傑，「紅梅和全漁來了嗎？」

被太子攬在懷中的太子妃聽到「紅梅」二字，臉色十分難看，全漁自小伺候太子也就罷了，沒想到如此緊要的時候，太子竟然還不忘了那個娼婦，還想要將那個娼婦帶上！

白錦繡朝任世傑看了眼，開口解圍：「殿下，目下當以您和太子妃還有小皇孫的安全為重，梁王之前未抓全漁公公和紅梅，如今便不會難為太子身邊的伺候公公和小小的妾室！他們現在都沒到，沒有不顧您和太子妃小皇孫的安全……在這裡等一個妾室的道理，先設法出城才是！」

太子心繫全漁和紅梅，卻也知道白錦繡所言才是正理，他頷首：「孤聽秦夫人安排！」

白錦繡頷首，叮囑護衛護住太子，轉身一躍上屋頂，踩著屋頂瓦片一路奔至南門下。

很快，禁軍將領疾步從城牆之上走下來，對白錦繡行禮，轉而高呼：「開城門！」

聞聲，任世傑攙住太子的手臂：「殿下，我們走……」

太子頷首，雙手扶住太子妃的肩膀，在護衛保護下往前行。

白錦繡抬頭望著城樓之上的將士，視線又環視四周，見四周除卻商鋪門口掛著的燈籠，無一絲亮光，隱隱察覺出不對勁兒。

可還未等白錦繡轉身回去讓太子避開，就見太子和任世傑一行人已經來到她身旁。

四面陡然火光大盛，白錦繡等人紛紛拔劍將太子護在其中，與白錦繡相對而立的禁軍將領亦是拔劍率兵護住太子。

只見重兵舉著火把突然從巷子四面八方湧出來，將他們團團圍住，就連城門外也衝進來許多范餘淮麾下將士來。范餘淮與梁王騎於高馬之上，緩緩而出。

梁王冷肅的眸子望著太子，視線又落在白錦繡和守城將軍身上，唇角勾起，對范餘淮道：「范大人監管下屬不力啊，如此重要的城門關口，怎得就出了叛徒？」

語氣輕描淡寫的梁王，哪裡還有平日裡唯唯諾諾的模樣。

太子曾經對梁王的懷疑全部清晰起來，什麼懦弱可欺，什麼軟弱無能，全都是梁王在演戲。

「王將軍，范某人自認待你不薄，將你一路提攜到今日的位置，更是將城門重地交給你，為何要背叛？」只剩一隻眼睛的范餘淮咬緊牙關望著那守城將領。

守城的王將軍冷笑：「你和梁王乃是亂臣賊子！人人得而誅之！」

「亂臣賊子？」梁王冷笑，視線看向那守城的王將軍，「從來都沒有什麼亂臣賊子，只有成王敗寇！誰有能耐……誰則登皇位！太子哥哥……你覺得弟弟說得對嗎？」

太子咬緊了牙關，不吭聲。太子妃抖如篩糠……緊緊抱著懷中幼子，眼淚吧嗒吧嗒往下掉，原本以為能夠逃出城去，沒想到竟然被人守株待兔，她死不要緊，可小皇孫不能有事！

范餘淮沉著臉望著王將軍，高聲道：「弓箭手準備！」

弓箭手！太子睜大了眼……

弓箭手齊刷刷從梁王和范餘淮身後衝出來，搭箭拉弓瞄準白錦繡、太子一行人。

「不必射殺，活捉太子！」梁王覺得勝券在握，他要活捉太子，讓皇帝下令殺太子，只有如此才能證明他並非亂臣賊子，日後史官記載，他才不會落得一個篡位之名。

「出城！殺出一條血路護送太子出城！快！」白錦繡護著太子不斷向後退高呼道。

「將士們！梁王乃是叛臣賊子！我等誓死護衛太子殿下出城！殺！」王將軍高呼，帶著將士們轉身迎戰從城門之外衝進來的敵軍，企圖為太子一行人殺出血路。金戈碰撞，殺聲震天。

太子妃驚恐萬分，緊抱著懷中小皇孫，隨著太子被眾人夾裹其中，向後退。

小皇孫被太子妃抱得太緊喘不上氣，「哇」一聲哭了出來，太子妃被擠著往後腳下一絆跌倒在地，險些摔了懷裡的小皇孫。

「太子妃！太子妃！」太子連忙俯身去扶，沒想到被護著他的護衛撞到，兵荒馬亂之中被踩了手，疼得嗷嗷直叫。

梁王眸色陰沉，高聲道：「弓箭！」

正搭箭拉弓瞄準太子一行人的禁軍，忙將手中弓箭遞給梁王。

梁王坐於駿馬之上，拉弓瞄準了太子妃懷裡哭鬧不止的嬰兒，眸色陰沉放箭……

寒光逼近，白錦繡幾乎是憑藉下意識的反應，長劍斬斷了射向小皇孫的羽箭，一把將倒地的太子妃拽了起來。

「嘖……可惜沒射中。」梁王語聲冷漠又淡然。

白錦繡回眸看向梁王的目光殺氣森森，成為娘親之後，白錦繡最看不得有人對幼童出手，梁王可當真是讓白錦繡厭惡到了骨子裡，她當初怎麼會鬼迷心竅，以為這麼一個玩意兒是真心愛慕長姐的?!梁王給她長姐提鞋都不配！

「護好太子、太子妃和小皇孫！」白錦繡高呼。

這下……太子和太子妃還有小皇孫被圍得更緊，太子妃都已經喘不過氣了更別提懷裡的小皇子。然而，城內有狼，城外有虎，殺出去何其困難。

梁王坐在高馬之上，在欣賞白錦繡和太子一行人做困獸之鬥，心情十分愉悅。

護著太子的護衛接連倒下，人頭落地時，熱血噴濺在太子或太子妃的臉上，太子頭一次嘗到了鮮血的腥味，臉色煞白，腹中作嘔，太子妃驚呼出聲，只顧抱緊孩子哭得歇斯底里。

被推搡擁擠著往後退的太子抬頭看向梁王，又看向身手卓絕滿臉是血還在沉著拼殺……要帶他出城的白錦繡，他幾乎是一瞬就下了決心，他將懷中的聖旨掏出來，塞到白錦繡的懷中。

「太子?!」白錦繡轉頭望著太子。

太子用手，抹了一把臉上鮮血開口：「秦夫人，指望你去搬救兵了！不要管孤……孤有其他人護著，你一個人殺出去應當綽綽有餘！」

太子語聲鄭重，話音剛落，就被護著他的護衛擠得踉蹌往後一步，抬眸便見城門之外設伏的叛軍將他們往城內逼，護著他的將士和護衛寡不敵眾，被叛軍數根長矛穿胸，硬生生被人挑了起來，鮮血流了一地。

從未經歷過戰場殘酷的太子，看到這一幕竟當場吐了出來。

「殿下！」白錦繡一把扶住太子。

噁心感讓太子頭重腳輕，他拼盡腦中最後一絲清明，開口：「梁王要用孤的命證明他不是叛臣賊子，不會現在就殺孤！只要你快去快回！就能救下孤！秦夫人……孤和小皇子還有太子妃的生死交於你手！」

原本白錦繡是想帶著太子同去遠平，如此更有說服力一些，可如今的情況也的確是無法全然將太子和小皇孫還有太子妃一同帶出去。

「護送秦夫人出城！」太子推了白錦繡一把，低聲同身邊的皇家暗衛道。

白錦繡頷首，帶著暗衛轉頭朝外拼殺。

任世傑亦是拔出腰間佩劍，同太子道：「任某護送秦夫人出城！」

太子一怔，看著舉劍拼殺的任世傑，他這是頭一次看到任世傑拔劍，也是頭一次知道任世傑竟然也會武功，太子一直都以為任世傑腰上的佩劍，不過是一種裝飾。

任世傑此時顯露出武功，高呼護送秦夫人出城，無非是為了蒙混出城，好給燕國報信。

城牆之上，也並非全都是王將軍的人，王將軍高呼放箭，可城牆之上正在廝殺，弓箭手根本沒有機會放箭。

梁王一行人的主要目的，是太子和太子妃還有小皇子，全然沒有注意到，正在向外拼殺的白錦繡根本就不是要為太子拼殺一條血路，而是要先行離開。

白錦繡懷裡揣著皇帝的親筆聖旨，帶著白家護衛和皇家暗衛一路拼殺到了城門口，只聽王將軍吹了一聲哨子，城外的十幾匹駿馬聞聲疾馳而來。

范餘淮反應過來，白錦繡那一小股拼殺的力量是要先走，忙高聲喊道：「攔住他們！」

駿馬飛馳而來，撞翻了圍堵白錦繡一行人的禁軍……

「放箭！放箭！不能放走一個人！」梁王焦躁高呼。

城牆之上，有范餘淮的弓箭手，瞄準了已經衝出城外，正在拼殺的白錦繡，王將軍睜大眼推了一把白錦繡，利箭穿透王將軍的肩膀，王將軍緊捂住冒血的傷口，轉身繼續與叛軍拼殺，高聲道：「秦夫人快走！」

白錦繡眸色沉著收劍，一把抓住飛馳駿馬的馬鞍，一躍上馬，疾馳而去！

跟隨在白錦繡身邊的白家護衛和皇家暗衛，也都紛紛抓住馬鞍，一躍上馬，狂奔而去。

「兄弟們！攔住他們！」王將軍咬著牙，對城牆上自己的將士高呼，「關城門！關城門！快關城門！」一定不能放這些叛軍去追秦夫人，只有秦夫人一行人不被捉住，才能去求援兵。

王將軍麾下的禁軍前赴後繼，就像是不怕死似的衝向城門絞盤……

城門，緩緩動了起來，城門內……和城門外的縫隙縮縮停停，但終究是越來越小。

太子望著那兩扇城門的縫隙終於閉上，總算是鬆了一口氣，險些被護著他的將士撞倒。

他只求白錦繡速度能夠快一點兒再快一點兒，儘快將遠平大軍帶來。

夜色幽深，不見星月。大都城之中的殺聲，到底是逐漸平靜了下來。

護著白錦繡離開的王將軍終是戰死，王將軍麾下的一眾禁軍們，無一人投降……

除卻最後護在太子和太子妃還有小皇孫身邊的幾個人，其餘將士全部戰死。

梁王一夾馬肚，高馬踩著滿地的屍骨和血水，走至滿臉是血……將妻兒護在身後的太子面前。

他居高臨下望著太子：「一個白錦繡，就算是出城了……你覺得她能趕得及將消息送到白卿言那裡，讓白卿言回來救你嗎？我的太子哥哥……」
太子怕的喉嚨發緊，一語不發望著梁王：「小人得志！」
「還是你以為，白錦繡能憑藉白家的威望，在哪裡給你請來救兵？你現在……是父皇聖旨之中的逆子！」梁王勾唇淺笑。
太子咬緊了牙關，知道自己不能將聖旨之事告訴梁王，否則……就怕梁王派人去追殺白錦繡，屆時他唯一的希望遠平大軍就來不了了，而他……說不定就會真的成為晉國史上迫不及待登基，而害自己父皇的謀逆太子。
「秦夫人，一定會將鎮國公主請回來！到時候你們這些逆臣全都得死！」
見太子眼中全都是怒意，梁王低笑一聲，道：「來人，好生的將太子和太子妃……哦還有小皇孫，請入天牢待著，等候陛下發落！」
太子妃懷中小皇孫哭泣不止，太子妃抱著孩子看向太子，語聲哽咽：「殿下！」
「莫怕！孤……會護著你和孩子的！」
儘管太子自己也很怕，卻還是抬手將太子妃擁入懷中，低聲安撫。
「對了，進了天牢，太子哥哥正好可以和您最信任的那位謀士，方老相會，希望太子哥哥還能認得出方老！」梁王笑道。
如今的方老已經被梁王折磨的不成人形，想來就是太子見了，怕也認不出來。

白錦繡一行人不知道疾馳飛奔了多久，直到天際放亮，胯下駿馬都已經疲憊喘息不止，速度減緩了下來，白錦繡這才勒馬，下令休整。白錦繡下馬之後，看向狂奔疾馳一夜精神狀態還算不錯的任世傑，視線落在任世傑腰間的寶劍上，道：「沒想到任先生還會劍術。」

任世傑忙朝白錦繡行禮：「在秦夫人面前賣弄了。」

「不知道任先生可否將劍借我一觀？」白錦繡問。

任世傑握著劍的手一緊，只是遲疑了那麼一瞬便將腰間佩劍解下，雙手遞給白錦繡：「秦夫人要看，自然是可以的！」

白錦繡接過劍，抽出來看著那把寶劍，寒光森森，她問任世傑：「不知道任先生是否通知了紅梅今夜我們要從北門出，讓她在北門候著？」

任世傑猜到白錦繡這是因為梁王和范餘淮在南門設伏之事起了疑心，便道：「此事……都怪任某！因為紅梅是太子最寵愛的妾室，太子又十分相信紅梅，而紅梅入太子府之後並無什麼異常舉動，任某便認為是秦夫人太過謹慎，便……按照太子殿下的吩咐，將我們要從南門出的消息告知了紅梅，讓紅梅準備！」

「那就怪了，為何任先生通知了紅梅是從南門出，卻沒有在南門見到紅梅？」白錦繡將寶劍收入劍鞘之中，「不知道任先生可有頭緒？」

任世傑心中飛快盤算，白錦繡分明是知道紅梅是梁王和范餘淮的人，他已經告訴了白錦繡……他同紅梅說的是南門，為何白錦繡還要反問他？任世傑不認為白錦繡蠢到，會想不到是紅梅將消息出賣給了梁王和范餘淮，那她這麼問自己是什麼意思？試探？難不成他哪裡露了馬腳？

任世傑視線落在白錦繡手中那把寶劍之上，這寶劍是他來晉國之後才打得，並沒有任何燕國徽記，而剛才的招數也多是普通的劍術招式，應該是沒有暴露身分的。
任世傑抿了抿唇，一本正經同白錦繡分析：「要麼，就是南門那裡出了叛徒。紅梅已經到了，可是看到梁王將太子圍困，便躲起來了！要麼……就是紅梅如同秦夫人所料，是梁王的人。」
「白錦繡還有一問，既然任先生是太子殿下的謀士，又有這麼好的身手，為何不留在太子身邊，反而要隨我一同出城，棄太子而不顧呢？」白錦繡這話問得不客氣，眼底分明已經有了殺氣。
任世傑的劍在白錦繡的手中，他只能陪著笑臉道：「秦夫人懷中有關乎太子存亡的聖旨，任某為太子謀士，自然是當隨秦夫人一同護送聖旨才是！」
「好！任先生也算是能夠自圓其說！」白錦繡隨手將寶劍丟給白家護衛，冷聲道，「將任世傑給我捆了！綁在馬背上，讓他跟著我們一同走，若是他有任何異動……殺！」
白家護衛應聲將任世傑捉拿起來。太子身邊的皇家暗衛，你看我我看你，立在原地。
「秦夫人！任某乃是太子謀士，打狗還看主人，秦夫人如此是對太子不敬！」任世傑臉色大變，「即便是任某顧及太子，將此事告知紅梅錯了，可也是無心之失。此時……正是太子用人之際，秦夫人何必在這裡與任某自傷心肺？」
「太子會從南門出之事，除了我之外便是任先生知道……紅梅知道，南門的王將軍都是剛剛見到我，才得知太子要從南門出的事情！既然我早已經告訴過任先生紅梅可能是范餘淮或者梁王的人，任先生又為何要告知紅梅是從哪個門出如此多此一舉？直接派人帶上紅梅就是了，難不成不告訴紅梅是從哪個門出，還帶不走紅梅了嗎？」
白錦繡一雙凌厲的眸子望著任世傑：「畢竟，任先生能成為太子謀士，心智當是健全的，沒有道理……蠢到這個地步！如此說來，就只能是任先生……故意告訴紅梅，讓紅梅轉告梁王或是范餘淮的！」

任世傑心沉了一瞬……他的確是留下了漏洞。可如此小的漏洞，竟然還是被白錦繡察覺了。

「任先生無話可說？」白錦繡聲音冷肅。

「任某是忠心太子的！此次的確是百密一疏，但秦夫人不能因此就懷疑任某的忠誠！」任世傑高聲道。見白錦繡無動於衷的模樣，任世傑又說了一句：「謀士有謀士的氣節，任某既然擇主，就永遠不會背叛自己的主子！士可殺不可辱！秦夫人如此侮辱任某，還不如殺了任某！」

任世傑的確沒有說謊，他認了大燕九王爺慕容衍為主，便永遠不會背叛自己的主子。

「眼下，我不會殺你。」白錦繡冰涼入骨的視線望著任世傑，「可你也得明白，現在是非常時期，你若是敢有什麼異動，白家護衛……可就寧錯殺不放過了！」

白錦繡話音一落，跟隨白錦繡從大都城逃出來的皇家暗衛，親自拿了繩將任世傑捆了一個結結實實。

「抓緊時間休息一個時辰，一個時辰後，繼續出發前往遠平！」白錦繡深深看了任世傑一眼，用馬鞭指著任世傑，「把他打暈，省得生事！」

「秦夫人！」任世傑剛高呼一聲，人就被皇家暗衛打暈了過去。

第七章　應機立斷

五月初一，白卿言、劉宏還有林康樂率兵疾行至春暮山春暮城外。

白卿言和劉宏已經得到消息，呂相被下獄，皇帝下旨廢除丞相之位，建立內閣，而梁王已經拿下皇宮，脅迫皇帝下旨將國政交於梁王之手，且下令捉拿太子，故而他們行軍的速度又加快了，將士們跟在後面疾步快行，全身大汗淋漓。驕陽似火，高懸於空，好在官道之上，左側綠柳成蔭，右側河水湍急，為疾行趕路的將士們驅散了暑熱。

騎馬在最前的白卿言遠遠就見有牽著個八九歲男童的老婦人，和懷中抱著個五六歲女童的年輕婦人，沒命似的往前跑，那老婦人鞋子都跑掉，一隻腳血淋淋的都不敢停下，身後似有老虎追趕一般。

看到不遠處的軍隊，那老婦人陡然絕望痛呼一聲，抱著身邊氣喘不止的男童倒地嚎啕痛哭。那抱著小姑娘的年輕婦人怔愣一瞬，面色決絕，單手抱著小姑娘一手扯過男童，戒備看向急速行進的軍隊，二話不說就朝著水流湍急的河流方向衝去。

白卿言不知發生了何事，卻也看得出這年輕婦人是要帶著兩個孩子衝進河流之中，即便是他們會水，也會被湍急的水流吞沒，忙轉頭對楊武策道：「去攔住他們！」

楊武策領命，帶十個輕騎兵快馬衝向抱著女童牽著男童……往河流方向跑的年輕婦人。

老婦人見狀，睜大了眼，驚呼一聲衝向騎兵，張開雙臂要攔楊武策，那年輕婦人更是驚慌不已地回頭看了眼朝他們飛奔而來的將士，尖叫著加快速度往河流方向衝。

眼看著那老婦人抱著必死的決心迎頭往疾馳的快馬衝去，白卿言坐不住，一夾馬肚衝了出去。

「鎮國公主！」劉宏揪心白卿言那身子，忙抬手示意大軍停止行進，見白卿言從快馬上一躍而下，將那老婦人撲倒護住，才免於那老婦人撞在楊武策馬腿上。

還不等劉宏聽清楚那對白卿言又打又罵的老婦人都罵了些什麼，就見遠處有拿著鋤頭和繩子追趕而來的百姓，還有佩刀衙役。

劉宏見楊武策所帶騎兵已經將那年輕婦人攔住，兩個騎兵下馬將兩個孩子護在懷中，誰知那年輕婦人跟瘋了似的抓撓楊武策，那兩個孩子也尖叫哭喊著，對救下他們的將士又是踢又是咬。

劉宏連忙吩咐林康樂命大軍原地休整片刻，也跟著快馬過去查看。

白卿言撇開臉，避開老婦人抓她的手，單手制住老婦人。

劉宏一下馬，便聽那老婦人哭罵：「你們都是狗皇帝的走狗！狗皇帝為了求長生不老，就要我們家兩個孩子的命！憑什麼！那挨千刀的狗皇帝怎麼不去死！你們怎麼不去死！」

白卿言瞳仁收緊，梁王謀反，內亂還未定，皇帝竟然就開始強行徵孩童了？

劉宏臉色一白，雖然還沒有弄清楚是怎麼回事兒，可當下心中同白卿言是一個想法，這內亂未定……皇帝就開始徵召孩童了？

楊武策讓人押著那個年輕婦人，抱著兩個哭喊要娘的孩子，朝白卿言走來。

遠遠瞧著這邊兒狀況的林康樂也按捺不住，也快馬過來。

年輕婦人哭得不像樣子，汗水沁濕了衣裳，頭髮凌亂，狼狽不堪，似見到白卿言是個女子，不等靠近……那年輕婦人就徑直跪倒在地，膝行朝著白卿言的方向爬來，淚水就像斷了線一樣，哭得肝腸寸斷：「姑娘！姑娘……求你，我求你放了我兩個孩子！我做牛做馬報答你啊姑娘！」

楊武策朝白卿言抱拳道：「鎮國公主，劉將軍，人攔住了！」

「鎮國公主！」年輕婦人一聽是鎮國公主，瞬大了眼，震驚看向白卿言，「你是……是鎮國公府的白家後人？你就是護民安民的鎮國公主白卿言?!」

白卿言頷首：「大嫂，你先起來……」

那婦人確定是白卿言後，竟哇的一聲哭了出來，她緊緊拽住白卿言銀甲下擺，用力朝白卿言叩首：「鎮國公主求你救救我兩個孩子！我小時候就聽爺爺和爹爹總同我說，白家……還有白家軍是最護著我們這些平頭百姓的！現在那皇帝下旨，要抓我們家兩個孩子……用孩子的性命去給他煉丹！我公公和兩個孩子的爹……都是戰死在南疆的晉兵！家裡就剩這兩個血脈了啊！」

剛剛下馬的林康樂聽到這話，瞪大了眼，朝白卿言看去。

白卿言手心收緊，胸腔內怒火中燒，將士為國拼殺捨命，拋頭顱灑熱血，到頭來……狗皇帝還要用這些將士子女的鮮血為他延續狗命，為他煉丹！她緊跟著又想起了宣嘉十四年除夕，她祖父和父親、叔父和弟弟們全部戰死的消息送回來後，信王恨不得將白家遺孤踩死時的情形。

年輕婦人說到這裡便已泣不成聲：「求鎮國公主可憐可憐我兩個孩子！縣令從人牙子那裡買了孩子替代他自家骨血，有錢人家紛紛仿效……」

那老婦人也抬頭望著白卿言痛哭：「有錢有勢的都想辦法花錢給自家孩子買命，可我們窮人家怎麼辦？窮人家的孩子也是命啊！怎麼能送去給皇帝煉丹啊！求鎮國公主救救我兩個孫子，要我做什麼都行！做牛做馬……就是要了我的命也行啊！求您了！求您了！」老婦人一個勁兒磕頭。

年輕婦人見老婦人對著白卿言直叩首，亦是跪著叩首，河岸之上的鵝卵石都染上了紅色。

「二位！二位！」白卿言忙去拉那年輕婦人和老婦人。

林康樂紅著眼，趕忙上前去扶。

劉宏忙對那老婦人解釋：「兩位，陛下徵召孩童，是為了一同登九重台求仙丹，並非……要用孩童煉丹！你們怎可如此揣測陛下?!」

誰知那老婦人一聽這話，竟然朝著劉宏吐了一口唾沫：「你就是皇帝的好狗，淨拿這些話糊弄我們！孩子真的交給你們了還能活著回來？要真是如此……你怎麼不把你自己的孩子交給狗皇帝！」

劉宏閉上眼，直起身用手將唾沫擦去，心裡惶惶，百姓如今竟如此恨皇帝……

來追趕老婦人、年輕婦人和兩個孩子的百姓和衙役，老遠看到兩個婦人和兩個孩子都被當兵的制服，忙指向白卿言和楊武策的方向，高聲喊道：「在那裡！在那裡！軍爺將他們抓住了！」

老婦人和年輕婦人聞聲驚恐得全身顫抖，如臨大敵一般轉頭死死抓住白卿言的胳膊……

年輕婦人再次懇求白卿言：「鎮國公主！求您救救我的孩子……救救我的孩子！您讓我做什麼都成啊！」

老婦人絕望無助，仰頭望著白卿言聲嘶力竭哭喊：「我的老頭子和三個兒子全都當兵戰死了！我們家就剩這兩個孩子，這兩個孩子是我們全家的希望啊！您是白家的子孫，您一定會護著我們這些平頭百姓對不對?!只要您能護住我的孫兒和孫女兒，老身……老身願意即刻就死！求您了！」

「娘！祖母！」「阿娘……祖母……」兩個孩子從摟著他們的兵士懷中掙扎出來，跑到自己祖母和母親身邊，抱住母親和祖母哇哇大哭。

年輕婦人鬆開白卿言，將兩個孩子緊緊摟在懷中，回頭驚恐萬分望著朝他們撲來的衙役和百姓，絕望又無助望著白卿言，那種走投無路想要護住自己兩個孩子，卻又無能為力的心酸，極為戳人心肺。

百姓看到當兵的，腳下步子漸漸停了下來，倒是那些帶刀的衙役，壯著膽子朝白卿言和劉宏的方向走來。

見衙役走來，年輕婦人用力摟著兩個孩子，用手摸著兩個孩子的腦袋，不知該如何是好，只能捂著他們的耳朵，哽咽道：「鎮國公主若是無法違抗上命救我們母子，求您就放了我們母子，讓我們母子三人死在一起！死了……也好過讓我的孩子被人做成丹藥！」

林康樂拳頭緊緊握著，咬緊了後槽牙一語不發，皇帝怎麼會如此……如此殘暴！

白卿言在年輕婦人面前蹲下，鄭重開口：「不僅是白家和白家軍，所有軍隊的建立……初衷都是為了保民安民！」

來的衙役眼明心亮，一看到遠處原地休整的大軍所舉旌旗，便知道眼前這兩位，一位是鎮國公主，一位是大將軍劉宏，忙行禮：「多謝鎮國公主將軍援手！」說著，那衙役就伸手要去抓那婦人懷中的孩子，林康樂和立在白卿言身後的楊武策拔劍，兩柄長劍抵住那衙役的喉嚨。

林康樂和楊武策二人，面色陰沉。白卿言說……所有軍隊建立的初衷都是為了保民安民，意思便是答應了這婦人要護住兩個孩子，更何況這兩個孩子是將士遺孤，同為當兵的，楊武策和林康樂又怎麼能眼睜睜看著衙役把孩子帶走。

尤其是林康樂，心中很是氣憤難當，皇帝簡直不把百姓當人，他們這些當兵的浴血拼殺……留下這麼點兒血脈，還要給皇帝煉丹?!皇帝把將士們當什麼！又把人當什麼！把這些孩子們當什麼！是他飼養的牲畜嗎說殺就殺！

衙役看著林康樂和楊武策寒光畢現的利刃，陪著笑臉：「不是……兩位將軍，我們也是奉上命辦事！聖旨上說……讓十日之內建成九重台，又讓我們在五月初四前交齊五到十歲一百童男童女！我們這裡就差這兩個孩子了！不然的話……不止我們掉腦袋，就連春暮城的百姓也得跟著掉腦袋！」

那些跟著衙役而來的百姓一個接一個跪了下來：「將軍，要是交不上童男童女，我們都要死啊！上面有令……誰家要是藏了孩子，連坐鄰里！總不能為了這兩個娃娃……讓我們都丟了命啊！」

「素芹……你行行好，饒過我們一家子老小吧！你要是不把虎蛋兒和妞妞交出去，二伯一家子老小都得跟著死啊！」有百姓朝著那年輕婦人叩首。

「你怎麼不交你們家孩子！」那叫素芹的年輕婦人用力抱緊自己的兩個孩子，「兩個孩子是我的命！他爹死在了南疆……就剩這兩個血脈了！你們怎麼能這麼狠心如此欺負我們孤兒寡母！」

「誰家的孩子不是血脈啊！可陛下聖旨下來誰又能怎麼樣？誰讓咱們命不好孩子正好在五歲到十歲之間！」有百姓哭著勸那年輕婦人，「我外孫昨日才剛滿五歲，可還是被怕受牽連的鄰里夥同拉去了府衙！我外孫……昨日才剛滿五歲啊！」

那人一哭，來追趕這母子三人的百姓幾乎都跟著落淚，人人都有沾親帶故的孩子被送去府衙！

白卿言咬緊了牙關，心口情緒翻湧。

「他媽的！」林康樂紅著眼罵了一聲，「鎮國公主，林某人就算這個將軍不當了！孩子也堅決不能交！」

劉宏見狀也慌了神。「這定然不是陛下的意思！這……可能是梁王的詭計！定是梁王！」劉宏高聲道，「梁王是叛臣賊子，定然是他脅迫陛下下了這道聖旨！」

關於梁王和皇帝用一千童男童女和九重台，交易皇位之事，白錦繡沒有讓人來通報白卿言，是因擔心白卿言身邊還有其他將領。

要是讓其他將領提前知曉，那麼……回大都城途中看到百姓淒慘的景象，將領們心中有準備便不會覺得有多觸目驚心，只有在他們毫不知情的情況下看到……心裡的觸動才會越大。

白卿言心中惱火不已，對皇帝也是對劉宏：「梁王已經把控皇城，把控皇帝！他這麼做的目的是什麼？難不成是梁王最初讓皇帝建九重台！難不成是梁王最初讓皇帝召集一千童男童女的?!」

若是白卿言猜的沒錯，皇帝怕是用皇位和梁王做了交易，要求梁王十日之內建好九重台，十日之內為他收集到一千童男童女，如此……皇帝便將這個皇位傳給梁王！

這一點……劉宏定然已經猜到了，可是劉宏不願意承認是皇帝的錯。

白卿言轉頭看向劉宏，提高音量：「劉將軍你並非庸人，難道推測不出來，皇帝正在用皇位和梁王做交易！」

劉宏唇瓣緊緊抿著唇，是啊……他能想到，可他不願意將皇帝想的如此不堪。

「你是什麼人？」白卿言視線落在被楊武策用劍指著的衙役。

「回……回鎮國公主，小的是春暮城的衙役！」那衙役回答道。

她又問：「孩子們都關在府衙內？」

那衙役小心翼翼點頭：「正是！」

「劉將軍，讓大軍原地休整，辛苦你一趟……和我一同去一趟府衙吧！」白卿言同劉宏說，有些事情得讓劉宏親眼看看，劉宏才能明白。

劉宏頷首：「好！」

「林將軍，你在這裡看著大軍！我們去去就回！」白卿言說。

林康樂原本想要同去，可軍令如山，只得抱拳稱是。

白卿言俯身對那緊緊將孩子抱在懷中的年輕婦人說：「別怕！你們的孩子誰都帶不走！」

見那年輕婦人朝著劉宏看了眼，似乎有些遲疑，白卿言又說：「我是白家人，自小承教，便是護民安民四字！我白卿言以白家先祖起誓，有我在……誰都帶不走你們的孩子！」

劉宏望著白卿言，見那婦人哭著對白卿言叩首謝恩，心中隱隱生了一個預感。

很快，白卿言和劉宏、楊武策帶了一百輕騎兵入城。

白卿言一行人還未到府衙門口，便聽到遠處傳來此起彼伏的痛哭聲。

等他們同衙役快到府衙前時，就看到府衙門口密密麻麻跪著的全都是人，或是婦人或是夫婦兩人，甚至還有老人家，都在哀求著府衙門口守門的衙役，讓他們進去再見孩子最後一面，那哭聲之淒慘讓人聞之傷心落淚。

看到身著鎧甲的軍人騎馬來到府衙門口，這些百姓以為自家孩子要被帶走，哭聲越發歇斯底里，有幾個年紀大的老婦人竟然哭暈了過去。

一時間，哀嚎聲震天，那些孩子的父母親眷不知道如何是好，捶地砸胸，有的更是膝行上前抱住那衙役的腿，稱奉上全部家財，求放過孩子，實在不行見孩子一面也行。

劉宏心中情緒翻湧，怎麼就將百姓逼到了如此地步?!

更有瘸了腿的血性男兒滿眼含淚，站起身來，用拐杖撐著身子高聲喊：「他媽的！老子為了晉國打仗，腿都沒了！現在這狗皇帝竟然要我兒子的命去給他煉仙丹！一千個孩子啊！一千個孩子就為了延續這狗皇帝的命！這樣的皇帝要真是長生不老了，還有我們百姓的活路嗎?!鄉親們……咱們反了他們狗日的！」

不知是不是因為這血性男兒的一席話，激得百姓們都紛紛站起身來。

「反了他們狗日的！」

「誰要我孩子的命！我就要他的命！」

「鄉親們！我們的孩子就在府衙裡面！我們奔波這一輩子不就是為了孩子嗎?!我們和這群狗日的拼了！能救出一個孩子是一個！」

百姓們紛紛回應，手無寸鐵，可為了孩子卻瘋了似的往隔絕了他們與孩子的那道大門撞去。

衙役們大驚，高呼：「你們這群賤民！是要造反嗎?!」

那瘸腿的男人拄著拐杖上前，掄起拐杖就砸在了那衙役頭上，衙役頓時倒地不起：「反?!老子今天就反了！今日誰攔著老子……老子就要他的命！鄉親們衝啊救出孩子！」

男人這話一出，那些原本垂淚不知所措的母親紛紛上前和衙役們拼命，府衙門前亂成一鍋粥。

給白卿言帶路的衙役們連忙上前去幫忙，攔截百姓。

劉宏胯下駿馬受驚，他用力攥住轠繩，高呼白卿言：「鎮國公主！不能讓百姓們亂了啊！」

楊武策見白卿言坐於高馬之上未曾下令，也無動於衷，任由劉宏朝他看來，亦是不動如山。

「鎮國公主！」劉宏再次高呼。

白卿言見百姓群情激動，怕百姓受傷，這才轉頭吩咐楊武策：「楊將軍！」

楊武策領命，提轠上前，氣如洪鐘，高聲喊道：「都住手！」

可百姓此時滿心都是自己被關在府衙內哭喊叫娘叫爹的孩子，哪裡能聽楊武策的吩咐！

衙役衣裳都被撕扯開了，百姓們吼叫著去撞府衙大門，很快府衙大門被撞開，百姓們蜂擁衝進去，哭喊著自己孩子的名字，循著孩子們的哭聲和喊聲跌跌撞撞尋找。

楊武策快馬回來，朝白卿言抱拳：「鎮國公主！攔不住！百姓們已經衝進去了！」

「這可不行啊！會引發民亂的！」劉宏內心惶惶。

「劉將軍以為這還不算是民亂嗎？」白卿言並未看劉宏，聲音冰涼入骨，「這只是春暮山，晉國境內凡是下旨的地方，還不知道會生出多少這樣的亂子！」

劉宏擔心的也正是這個！

「快！快去叫人，一定要攔住那些人，真要讓他們把孩子帶走了，咱們都活不成了！」府衙的衙役班頭高聲喊道。

那給白卿言帶路的衙役見狀，匆匆朝著白卿言和劉宏的方向跑來，見他們帶著一百輕騎而來，長揖行禮之後道：「還請鎮國公主和劉將軍援手！」

白卿言一躍翻身下馬，回頭看著被騎兵一併帶回來已經下馬的兩個孩子和兩個婦人，他們滿目的不確定和驚慌。

她出言安撫道：「放心，有我在……沒有人能從春暮城帶走一個孩童！回去吧！」

那年輕婦人聞言，頓時熱淚盈眶，忙拉著兩個孩子跪下給白卿言叩首：「鎮國公主的大恩大德，民婦一定謹記！絕不敢忘！虎蛋兒、妞妞，快……快給鎮國公主叩首！」

老婦人也跟著一起哭著叩首：「多謝鎮國公主！」

「鎮國公主！」劉宏不贊同白卿言將這孩子放走，既然聖旨要這些孩子，那就必須將這些孩子送到九重台去，他相信皇帝用皇位和梁王做交換，卻不相信皇帝會用一千個幼童的性命去煉那虛無縹緲的長生丹藥。

白卿言對劉宏的聲音充耳不聞，將婦人和孩子都扶了起來：「起來吧！不必如此！快回去吧！」

眼見更多的衙役聞訊趕來，各個拔刀要往府衙內衝，白卿言眸色冷沉，下令：「楊武策圍住府衙，不許那些衙役靠近百姓半步！」

「是！」楊武策應聲，帶一半騎兵下馬，圍在府衙前。

那些聞訊趕來的衙役，見五十將士將府衙門前圍住，竟然拔刀向著他們，阻止他們進府衙內，衙役們你看我我看你，不明情況。

府衙內，那些已經找到自家孩子的百姓，見自家孩子都被關在木籠裡，哭罵著砸了鎖頭將孩子救出來，抱在懷中又是親又是摸。還是那瘸腿的退伍士兵高喊讓大傢伙兒趕緊撤，百姓們這才忙拉著自家的孩子往外跑。誰知他們剛要衝出府衙，就見府衙門口被當兵的圍了，可奇怪的是那些當兵的沒有拔刀對他們，反而是拔刀將衙役攔在了府衙外。

瘸腿的退伍男子將百姓和自家兒子護在身後，戒備看向門外的晉軍。

「這位將軍，您……是不是搞反了？」來捉拿那些生亂百姓的衙役不解，「那些搶孩子的百姓在裡面！」

「爺爺我知道！」楊武策立在最前，手握腰間佩劍，「鎮國公主有令，不許你們這些衙役靠近百姓半步！」

衙役知道硬拼拼不過這些當兵的，只好轉頭低聲對下屬道：「快去！通知縣令……鎮國公主來了！」

白卿言和劉宏帶著餘下的五十騎兵，朝府衙門前走來。

她朝著那些衙役看了眼，直徑朝府衙內走去。

府衙內的百姓紛紛將孩童藏在身後，咬牙切齒看向白卿言一行人，大有誰敢搶孩子他們就死拼的架勢。

「讓諸位受驚了！」劉宏一進門，生怕白卿言先行答應讓百姓們將孩子帶回去，違抗聖旨，疾步上前朝著百姓們拱手，「諸位！我是晉國將軍劉宏，今日我劉宏以性命做保，陛下絕非要用孩童性命煉製長生不老丹藥，而是要挑選品行純潔的孩童，同陛下一同登九重台求仙藥的！」

「呸！你這話是糊弄鬼呢！」有潑辣的婦人紅著眼啐了劉宏一口，咬牙切齒道，「真要是這麼好，怎麼縣太爺都不敢讓自己的小兒子去，還有那些富貴人家……都是從人牙子那裡買了孩子送過來的！」就因此事鬧得，如今人牙子手中五歲到十歲的童男童女都成了緊俏貨，要價極高。

「可不是！要是真的只是讓孩子們去求仙藥，為何要用連坐這種酷法！誰家有孩子不上交……便要連著鄰里一起殺頭，你當我們都是傻子嗎?!」

「鎮國公主！」那瘸了腿的退伍男子望著負手而立一身銀甲的白卿言，睜大眼，他認出白卿言來，眼眶陡然一熱。

男子瘸著腿上前，拄著拐杖單膝跪地：「鎮國公主，小民乃是宣嘉十六年南疆戰場受傷退下來的晉卒，有幸見過鎮國公主！這裡……有許多孩子都是死去晉卒留下的一點骨血！小民曾見過鎮國公主在軍營之中教訓晉兵，稱……將士們是百姓賦稅供養，是百姓的兵！小民雖然沒有讀過許多書，鎮國公主的話卻一直在小民心中記著！小民懇請鎮國公主，看在這些孩童的父輩為國捐軀的分兒，饒過這些孩子吧！」

「鎮國公主?!」

「鎮國公白老將軍的嫡長孫女？」

「真的是鎮國公府白家的人嗎？」

百姓們見帶頭帶著他們搶孩子的男人跪下，七嘴八舌議論著，也都跟著跪下，爭先恐後向白卿言表述……稱自家孩子或叔伯或父親或祖父為國死戰之事。

「鎮國公主！求您和已故的鎮國公白老將軍一般，護住我們這些百姓的孩子吧！」有受過白威霆恩惠的老人家重重叩首，哭喊道。

白卿言握著馬鞭的手，幾乎要將馬鞭捏碎，心中情緒翻湧。她沉聲，高聲開口：「有我在，沒人能從你們身邊帶走你們的孩子！都帶著孩子回家去吧！」

不等百姓們叩謝白卿言，劉宏再也忍不住高聲道：「鎮國公主！你要抗旨不遵嗎？這些孩子……不論如何都是陛下下旨要的！我們身為臣子，怎麼罔顧皇權君威?!這是對陛下大不敬！」

「這樣的皇帝，讓我敬……他配嗎?!」白卿言咬緊了牙，轉頭看向劉宏拔高音量，「不論是春暮城外的兩個孩子，還是這裡的這些孩子，他們的祖父、父親、叔伯戰死沙場！為保境安民拋頭顱灑熱血！皇帝要用他們在這世間僅留的骨血去煉仙丹，求什麼長生不老！劉將軍……這樣的皇帝值得人敬重嗎?!」

劉宏拳頭緊握：「陛下是君，我等是臣……君王有錯，我等可以勸諫！但不能不敬！」

「勸諫?!呂相沒有勸諫嗎？皇帝聽嗎！以大不敬之罪下獄，下旨廢除丞相之位建立內閣，這是因為什麼?!難道不是因為呂相的勸諫！」白卿言高聲質問劉宏，「這還只是春暮城！晉國上下不知道還有多少個春暮城正在徵召孩童，不知道又多少城池都是如同這人間地獄的淒慘之象！」

「劉將軍稱敢用性命擔保皇帝並非要用這些孩子煉丹藥，可你憑什麼敢拿你的性命去擔保?!孩童……才是一國的未來！誰能保證來日或將帥……或宰相之才，不是出自這些孩童之中?!你劉將軍一個人的性命……難道就比一千孩子矜貴?!你是怎麼敢說出拿你性命保證這種話！」
劉宏臉色鐵青，一個字都說不出來。
「皇權君威?!呵！屆時……皇權要這一千個孩子的命！君威要這一千個孩子的命！劉將軍……你的死，能換回來這些孩子的命嗎?!」白卿言冷聲質問，「當年梁王拿孩童煉製丹藥送於皇帝服用之事，劉將軍忘了嗎?!我們都知道此事是梁王所為，而梁王是奉了誰的命?!為什麼事後皇帝要力保梁王平安無事?!劉將軍！你真的都忘了嗎?!」
「我們身為軍人，浴血廝殺為的是什麼?!為的是保民護民！可你看看！你睜大眼睛看看！」白卿言指著那些滿目含淚又似帶著仇恨的百姓，「他們是我們捨命守護的民！可皇帝卻視他們為草芥，視這些孩子的命為草芥！你若為了所謂皇權君威棄百姓於不顧，你對得起死去的兄弟們?!對得起死去的將士嗎?!」
白卿言所語，擲地有聲，劉宏都險些被白卿言說動。
「我們那個皇帝是個什麼德行！劉將軍比我更清楚！自私自利，為了一己私慾……」
「鎮國公主！」劉宏打斷白卿言的話，目眥欲裂，高聲道，「你別忘了，你是晉國的臣！你這個鎮國公主都是陛下封的！」
「這個鎮國公主我不當了。」白卿言摔了手中的馬鞭，她轉過身，正兒八經面對劉宏，「白家子嗣，生來就要學護民安民這四個字！白家軍不戰死不卸甲，是為了護衛百姓無憂無懼的太平山河！從不是為了什麼皇權君威！我白卿言也好，白錦稚也罷……捨命死戰，也從不是為了皇室！是為了……賦稅供養我們的百姓！誰傷民害民，誰……便是我白卿言，是我白家，乃至整個白家軍的死敵！」

劉宏和白卿言之間，頓時氣氛緊繃，有劍拔弩張之勢。

跪地叩求白卿言的百姓們還能看不出這是怎麼回事兒？紛紛看向白卿言……眸中含淚帶光，鎮國公主這是要拼死護民了！晉國百姓祖祖輩輩口口相傳的，說白家是晉國脊梁，說白家是晉國鎮國柱石，說白家軍是護民愛民之軍，是真的！

「鎮國公主！你這是要……要……」劉宏遲遲不敢說出那個「反」字，因為他不敢確定包括楊武策在內的這些帶回晉國的十幾萬降卒，是否會聽他的號令。

不……這些降卒是絕不會聽他號令的，剛剛看到楊武策的反應他就知道了，楊武策只聽鎮國公主的號令。

「鎮國公主！」春暮城的縣令踮著腳尖伸長脖子，隔著楊武策等人高馬大的將士朝裡面喊，「鎮國公主！下官乃是春暮城的父母官，請見鎮國公主！」

負手而立的白卿言轉頭朝府衙門口望去，道：「讓他進來！」

劉宏心裡憋著一口氣，但人微勢寡又不敢真的逼著白卿言說出那個反字，負氣站在一旁，心裡卻又在盤算他應當如何應對。

那春暮城縣令，避開楊武策的刀尖，小心翼翼收腹從攔在府衙門外將士的間隙中擠進來，他拎著官服下擺，小跑至白卿言面前跪下。

「鎮國公主明鑒，是大都城來了聖旨，命下官在春暮城召集一百童男童女，在五月初四必須送達九重台！可我們春暮城實在是湊不齊啊，下官和守城將軍李將軍湊銀子買了十幾個孩子，可還是來不及五月初四把孩子們送到九重台，我二人又散盡家財懇求前來接孩子的使臣寬限，那使臣這才答應只要今日下午能出發，願意替春暮城在陛下面前美言，看看能否寬恕春暮城百姓延遲之罪，如今……就差今日被鎮國公主救下的那兩個童男童女，就可以出發前往九重台！」

縣令抬頭望著白卿言：「下官自己人頭不保不要緊，就怕天子發怒，百姓都跟著遭殃啊！」

來的路上，縣令已經知道白卿言在城外救下了兩個孩子的事情，

「鎮國公主有所不知，不止春暮城，還有龍陽城、濮文城、幽化城……上面全都給分派了一百童男童女！那龍陽城的守城將軍和縣令聽說這樣的聖旨，兩人拒不遵從，結果被來傳旨的使臣斬了頭顱不說，妻女也沒有能倖免！龍陽城還有連夜帶著孩子跑的百姓……被抓回去可都是全家包括鄰里都被殺了頭啊！」縣令說到此處忍不住痛哭，真心實意的傷心，「陛下還下旨，要徵召方圓百里的成年男子去修建九重台，還要限期趕到九重台，否則也是死路一條，禍及全家，也有不少百姓已經被殺了！」

劉宏睜大了眼，負在背後的拳頭顫抖著，對待自家百姓，竟然用如此殘暴的手段。

連坐這樣的律法，早就因為殘暴而被棄之不用，如今竟然又在晉國盛行起來。

「下官想著，孩子送去九重台，也說不準不是用孩子的性命煉丹呢？雖然希望渺茫，可總好過……一城的百姓都被殺啊！」縣令說到此處，膝行上前，看向那些將孩子護在身後的百姓，叩首，「是在下對不起諸位，身為諸位的父母官，卻無法護住我們春暮城的孩子！」

縣令話音一落，就聽有孩童喊著爹，朝縣令的方向跑來。

百姓們這才認出，那七歲的孩童竟然真的是縣令的孩子！

縣令一看到自己的兒子，眼淚頓時湧了出來，抱著孩子失聲痛哭，又對百姓說：「我買孩子，並非為了替代我自己的孩子，是因為我們春暮城實在是湊不夠了！」

那七歲孩童躲在縣令的懷裡嚎啕大哭，還有那些被買來的孩童立在一旁，沒有父母無人問津，

顯得手足無措。

「鎮國公主，下官……下官若不是擔心百姓無辜枉死！也不會這樣派人捉拿這些孩童，下官也是當爹的啊！人心肉長……下官又怎麼忍心？」縣令雙眸發紅，滿心都是無能為力的絕望。

「爹……爹不哭！爹不哭！」縣令懷裡的七歲小兒伸出手，替縣令擦眼淚。

「兒啊！」縣令緊緊攥著孩子的手，又低頭親了親孩子的眉心，涕淚縱橫，「爹……對不起你啊！爹對不起你！」

劉宏眼眶發熱，撇過頭去不敢再看。

白卿言咬緊了牙關，將心中翻湧的情緒壓下去，伸手將雙腿發軟的縣令扶了起來，轉而看向那些跪地的百姓：「即日起，白卿言所到之地，不會再有任何一個孩子被送往大都城！」

「楊武策！」白卿言高呼。

楊武策應聲從門外進來，單膝跪地：「末將在！」

「你即刻帶人，捉拿來接孩子的使臣，不必帶到我面前來，直接關入大牢！」白卿言又看向縣令，「派個人給他們帶路！」

「是！」楊武策命楊威帶了二十人，和衙役一同離開。

「守城的李將軍何在?!」白卿言朝縣令看去。

縣令聞言，臉色一白，垂眸不敢言語。李將軍此時帶著十幾個忠誠的部下，在城外官道設伏，準備在使臣帶著孩子們去大都的路上，捨命一搏……看看能不能救下這些孩子。

「你如實說來！」白卿言走至縣令面前。

「回……回鎮國公主，李將軍此時帶人在城外官道設伏，準備……將春暮城的孩子們救下來！」縣令說完又朝著白卿言膝行兩步，「鎮國公主請不要怪李將軍，此次徵召的孩子們裡，有近乎一半都是父輩戰死沙場的遺孤，李將軍……只是不忍心！」

「好！」白卿言忍不住稱讚，「這才是我輩楷模！有血性有硬骨的軍人！你派人去將李將軍請回來，告訴李將軍……白卿言託付他守衛春暮城，一個孩子都不能讓人帶走！」

縣令聞言大喜，忙對白卿言叩首，轉頭吩咐：「快去！快去將李將軍喊回來！」

很快楊武策便將來春暮城接孩子的使臣帶了過來：「鎮國公主，這使臣非見您，人在門外，您若是不見，末將便讓人將他直接關入大牢。」

那使臣伸長了脖子往裡看，見府衙內身著戎裝滿身殺氣的白卿言，便全身哆嗦，還是硬撐著硬氣喊道：「鎮國公主，我可是陛下派來的使臣，代表著陛下！你隨隨便便讓人拿我，眼裡還有沒有陛下！你就不怕陛下治你大不敬之罪！」

「不必見……關起來！」白卿言開口。

「鎮國公主！」劉宏眉心直突突，「那可是陛下派來的人，你大可將人喚進來問清楚，何以如此對待陛下的使臣！你眼裡……」

劉宏話音戛然而止，鎮國公主眼裡……已經沒有皇帝了。鎮國公主怕是要反。

劉宏如今意識到了，可是也晚了……那楊武策也好還是那些大樑降卒也好，都不會聽他的調動。如今能聽他調動的晉軍全都在韓城，被高義郡主把控著。

劉宏閉上了眼，陛下下了這樣的旨意，以如此強硬的手段徵召這些孩子，想來這些孩子若是真的被送到九重台，怕是都活不成了！再想到今日在春暮城所見所聞，春暮城只是一角……窺一角可知全貌，現在晉國舉國上下會是個什麼情景，劉宏心裡已經有數。

不多時，春暮山的守城將軍李將軍一身勁裝，帶著自己的將士們回來，跪在縣令身旁：「末將李天寶，見過鎮國公主！」

「李將軍能為護民捨命，白卿言敬佩！」白卿言朝著李天寶一拜，高聲，「今日起，若有人再來傳令要接春暮城孩童入大都城，不論是手握聖旨也好，還是金牌令箭也罷！李將軍和縣令不得放行，將其扣押！李將軍和縣令奉我命行事，一切後果我白卿言一人承擔！春暮城就拜託李將軍和縣令大人了！」

李天寶和縣令眼仁一下就紅了，他們早就知道鎮國公主戰神之名，卻沒有想到鎮國公主為護民竟然什麼都敢做。縣令俯首以頭搶地，李天寶雙手抱拳，兩人鄭重應聲……

「鎮國公主放心！末將誓死守衛春暮城。」

「鎮國公主放心！下官誓死守衛春暮城。」

從春暮城出來，劉宏一直沉默著，他不知道白卿言是否是要反了皇帝，然後扶持太子登基，若是如此也還好，至少白卿言是回去平亂的。

劉宏看著白卿言挺拔的背影，還是更願意相信白卿言雖然對皇帝失望，但卻不是要反了整個皇家。劉宏想到剛才縣令和那位守城的李天寶將軍將他們送出城前說，此次隨同要強征一千童男童女的聖旨送來的還有一道聖旨，稱只有手持金牌令箭或皇帝聖旨，各守城將領才能允許有人帶兵從官道通過。

若是劉宏猜的不錯，這應當是粱王來防備和掣肘他和白卿言的，但如今看來……這道聖旨怕是掣肘不了白卿言。今日春暮山之事傳出去……只要鎮國公主的名號和黑帆白蟒旗一亮，但凡有護民愛民之心的守城將領，便會紛紛開門。

見白卿言一行人回來，坐在路旁休息的將士們站起身來。

如今白錦繡還在大都城，皇帝和梁王拿皇位做了交易，白卿言猜……白錦繡必然不會讓梁王順利登基，她得儘快趕回去，否則……就怕白錦繡為了拖延到她回來，和梁王魚死網破。

白卿言勒馬視線掃過這些將士們，出聲傳令：「林康樂、楊威……」

林康樂與剛隨白卿言回來的楊威立刻出列：「末將在！」

「命你二人帶三萬將士，直奔九重台方向，務必救下已經被送往九重台的孩童，不容有失！若有人因修建九重台而殘殺百姓，全軍上下不必留情立斬無赦！即刻出發！」

「是！」楊威一躍上馬，打算一會兒在路上將在府衙內看到的事情同林康樂說一遍。

「楊武策聽令！」白卿言眸色沉著，「你與劉宏將軍二人，帶兩萬將士沿途前往濮文城、龍陽城、幽化城、天瀾山、玉山關一路前往大都城，絕不允許官府強徵孩童！凡有違抗著……立斬無赦！」

「末將領命！」楊武策抱拳高聲應道。

白卿言轉頭，看向抿唇一語不發的劉宏：「劉將軍可有疑問？」

劉宏此人……白卿言不想與他敵對，所以讓他自己去看，看看皇帝都做了些什麼……看看這個皇帝是否應當讓他捨命效忠，只盼望劉宏能夠清醒過來。

劉宏全身顫抖，知道大勢已經在白卿言這頭。雖然他是征戰大樑的主帥，可一應策略全是白卿言謀劃，且如今大樑的戰事已結束，論尊卑……他得聽白卿言的，論實力……他也得聽白卿言的。

思索片刻，他抬頭看向白卿言。

「劉某，只問鎮國公主一句……」劉宏雙眼通紅，鄭重望著白卿言，那想問而不敢問的話，終於還是問出了口，「鎮國公主，可是要反？」

見白卿言面色冷肅不著急辯白，劉宏眼眶發熱，不等白卿言回答，便高聲喊道：「在龍陽城之時，鎮國公主曾經同劉某人說過，白家之人……忠義之心列國皆知，晉國邊民，皆是鎮國公主的祖父、父親，和數代白家軍拼死所護！所以白家人絕不會反！更不會在國家危難之際盤算私利！可為何如今的鎮國公主眼裡卻全無皇權君威?!為何?!」

「那日，白卿言同劉將軍說，白家人絕不會反！更不會在國家危難之際盤算私利，是因白家人忠的是晉國萬民，粉身糜骨所護的也是晉國萬民！白家人征戰殺伐都是為了保境安民四個字！」

在龍陽城時，白卿言同他說的那些話逐漸在劉宏腦子裡清晰起來，漸漸的劉宏也明白了白卿言的意思，腳下步子不住踉蹌向後退著。

「護民者……白家護之！護民千秋萬代者，白家護之千秋萬代！害民者……白家亦當為護民，反之！誅之！」高馬之上的白卿言，勒緊韁繩上前兩步，視線望著朝她看來的將士們，語聲鏗鏘，「曾經，白家、白家軍為晉國萬千黎庶，護林氏登至尊皇權！今日白卿言為晉國萬民，舉兵起義！反林氏皇權！是為還百姓無憂無懼的太平山河，讓百姓過上太平日子！生死無悔！白卿言今日懇請諸位……與白卿言攜手同肩，共翼天下萬民！」

豔陽之下，那一身銀甲的女子，此時才真正的顯露周身殺氣，那是一種……只要她立在那裡，便能成為軍心，只要她立在那裡，便能讓敵軍膽寒的氣魄。

楊武策被白卿言高亢的語聲說得熱血沸騰，單膝跪地，抱拳高呼：「誓死跟隨鎮國公主！」

林康樂、楊威更是下馬，跪地率將士們高呼。

「誓死跟隨鎮國公主！」

「誓死跟隨鎮國公主！」

「誓死跟隨鎮國公主！」

劉宏看著紛紛跪地高呼的將士們，腳下步子不斷向後退，踉蹌倒地。

宣嘉十八年五月初二，梁王以朔陽拒不上交一百童男童女為由，派李明瑞率一萬將士前往朔陽，密令活捉白氏一族。

宣嘉十八年五月初三，秦夫人白錦繡手持皇帝親筆聖旨，率遠平大軍攻打大都城勤王，獄中太子聞訊，振奮不已。

宣嘉十八年五月初五，李明瑞帶大軍抵達朔陽，攻城。

李明瑞身穿戰甲騎在馬上，看著不斷攻城的將士們，咬緊了後槽牙，他知道白錦繡已經帶著遠平大軍去攻打大都城了，可他沒有掉頭馳援，而是選擇攻打朔陽！他給自己定了目標，三天之內他必須攻下朔陽，如此才能將白家諸人攥在手心裡，如此才能最大程度的把控白卿言。

更重要的是……把控了白家，便能讓白錦繡不敢再攻打大都城，或許還有機會得到白錦繡手中皇帝的親筆聖旨，如此他便有了梁王的一個把柄在手，對李家的將來有好處。

盤算完這些，李明瑞便越發堅定了攻打朔陽的決心。

而朔陽城內的董氏，早已經著手準備防著有這麼一天，在李明瑞率兵攻來時讓白卿平傳令下去，死守朔陽城。朔陽存糧足夠撐到白卿言帶兵回援。

朔陽城滿城上下，小至能走會跑，老至白髮蒼蒼的老人家，都聚集在朔陽城內，幫忙往城牆之上運石頭，好讓將士們砸死那群爬城牆的敵軍。

朔陽百姓都知道這一次朝廷派兵來攻打朔陽是為了要他們的孩子，若非白家的大夫人董氏按住了周太守，不讓其將朔陽的孩童交給朝廷，他們的孩子都得死。

那日，周太守將上令捧給白夫人董氏看，稱要是不交上去，整個朔陽百姓都要遭殃。

就在朔陽百姓人心惶惶，甚至有人帶著孩子要逃之際，白夫人董氏當機立斷，召集朔陽百姓，慷慨陳詞，表示……朔陽白氏一族和白家軍源起自朔陽，數百年前為護民而建立白家軍，如今皇室施行暴政，視百姓為草芥，視百姓為豢養的牲畜，白家和朔陽軍亦會秉承白家先祖遺志，為保民護民而戰，不戰死不卸甲！絕不會讓朔陽任何一個孩子被送到九重台，不允許任何人用任何一個孩子的命給皇帝煉仙丹。

董氏一席話，讓全城百姓感激涕零，全城將士熱血沸騰。所以，這一次大戰，朔陽城內的百姓沒有一個人選擇在大戰到來之前逃走，他們有錢的出錢，有力的出力，共同抵抗敵軍。

這是百年來朔陽人心最齊的一次，鄰里之間摒棄從前的矛盾，攜手共肩，同衛朔陽。

白家護衛曾經都是白家軍，此時已經立於城樓，準備帶領朔陽兵抗敵。

朔陽城的城樓之上，高高掛起了黑帆白蟒旗，用董氏一句話說，那便是……今日凡為護衛朔陽百姓而戰的將士們，都是戰無不勝的白家軍！白家英靈……會護佑每一位為百姓拼殺的將士！

白錦昭和白錦華更是一身戎裝，分立兩側，帶著弓弩手，朝城牆下和遠處的敵軍射箭抵擋攀爬城牆的敵軍。

沈晏安、沈晏重也都幫忙搬運石頭，帶著隊伍有序交替朝企圖爬上城牆的敵軍砸去。

眼看著李明瑞已經命人推上投石車，弓箭手也已經放箭……

沈晏安高聲喊道：「都蹲下！都蹲下！」沈晏安話音剛落，從遠處飛來的箭矢射穿了沈晏安的胳膊，沈晏安頓時倒地，他緊咬著牙不讓自己痛呼出聲，躲在牆壁之下，調整呼吸。

第一波箭雨停下，沈晏安又站起身，高呼：「射！射！射他娘的狗日的！」

城牆之下，有箭雨越過城牆，傷到了城中百姓，有的箭甚至穿透了臨時搭建用來供大夫治療傷兵的帳篷。還在奔跑往城牆之上運送物資的朔陽軍高喊著：「快快快！躲起來！躲起來！」跑腿搬石頭的孩子和青年人動作靈活，要麼躲進桌子下面，要麼躲進屋裡，等箭雨一歇，又迅速抱著石頭往城牆上送。

花樓的歌舞伎們，伸長了脖子往外看，見朔陽軍民如此齊心對抗敵軍，不免心潮澎湃……

娜康自從見過白卿言，創作了一曲《白大將軍出征曲》之後，便留在了朔陽，她推開窗看著樓下奔走叫嚷著去城門口幫自家參軍孩子忙的百姓，手心收緊。

有平日裡和巡城的白家五姑娘六姑娘玩兒的比較好的小兒們，相互結伴，吆喝著要去幫忙：「白家的五姐姐和六姐姐都上城牆上殺賊去了！我們也快去幫忙！」

「等等我！我拿上彈弓……打死那群賊人！」有小兒高聲喊道。

娜康望著團結一心的朔陽百姓，心中再次情緒翻湧，陡生出豪邁之情來，她轉身朝著花樓裡跑去，高聲喊著，讓姐妹們穿好衣裳，隨同百姓前去幫忙。有妓子嬌弱靠在朱漆紅柱之上，嬌滴滴道：「我們這些人肩不能扛手不能拎的，去了能幫上什麼忙？」

「我們可以擂鼓！可以助威！可以給將士們鼓勁！」娜康高聲道，「我們平日裡在這花樓不是總跳《白大將軍出征曲》嗎？我們不是也豔羨鎮國公主那樣的女子，可以騎馬持劍，率兵殺敵嗎?!今日難道不是我們的機會?!」

妓子們似乎受到了娜康的鼓舞，有人稱願意跟著娜康一起去幫忙。

妓子們換了俐落的衣裳，將長髮束起，做自己力所能及的事情，哪怕是幫著大夫為將士們做簡單的傷口包紮，哪怕是給將士們送一碗水。

而此時的李明瑞全然不知朔陽城內的情況，他從未真正的上過戰場，這是頭一次，只覺得奪城的速度遠比他想像的要慢，他胯下駿馬躁動不安來回踢踏著馬蹄。

他轉頭問帶過兵有經驗的將軍：「小小朔陽，烏合之軍……為何攻得如此艱難?」

那禁軍將領瞧著樓上那些將士拼命的架勢，可不覺得這些都是烏合之軍。「雖然說，朔陽這些弓弩手的準頭不怎麼樣，可是都足夠敢拼命，這樣的話……是難打一些。」禁軍將領道。

李明瑞攥著韁繩的手收緊：「依你看需要多久?」

「大人，這個真的不好說！打仗這種事情……誰也不敢說多久能把一座城池打下來！」那將領說。

李明瑞扯著韁繩，視線凝視著城牆之上白錦昭和白錦華帶兵射箭的身影，調轉馬頭，同那晉軍將領道：「他們所有兵力應該都集中在這北門，你即刻帶一千將士繞至西門或者南門，分散他們的兵力去布防，好讓北門打得更容易一些！」

那晉軍將領領命，調轉馬頭帶著將士們狂奔離去。

李明瑞手心裡全都是汗，他雖然自幼讀過不少兵書，可這是頭一次真正上戰場，真的到了打起來的時候，李明瑞還是有些惴惴不安，哪怕面對的是朔陽這些烏合之兵，他也不敢懈怠。

然而，讓李明瑞沒有想到的是，他剛命將領帶著一千將士離開，去吸引朔陽兵力，就聽到他們大軍後方陡然傳來震天殺聲。

李明瑞轉過頭，只見後方竟陡然冒出高舉黑帆白蟒旗聲勢浩大的軍隊，黑壓壓一片潮水似的朝他們湧來。李明瑞瞪大了眼，死死盯著那些迎風獵獵的黑帆白蟒旗，衝在最前的鐵甲騎兵一字排開，人還未到，那陣勢和震天的吼聲，已經足以震懾這些成日在皇城內度日的禁軍心膽。

震驚惶恐的李明瑞，死死扯住韁繩，目光所及全都是兵甲，粗略估計也得上萬……他心頭打顫，是白卿言回來了？她怎麼可能如此之快?!李明瑞在梁王向各地下達徵召童男童女命令之時，硬是勸著梁王向皇帝要了一道旨意為梁王正名，稱太子是逆臣，梁王平定有功，除手中握有陛下金牌令箭或聖旨擅自調兵者，堅決不能開城放行……

李明瑞細細的算過，如此哪怕白卿言一行人強行回大都城，路途之中必會有人阻攔，她絕不會回來的如此之快！可世上萬事，誰又敢說絕對二字！若是朔陽城內之人看到他們援軍已到，再出城來戰，這在皇城之內一向少經歷戰事的禁軍哪裡會是對手?!

「撤！撤退！快撤！」李明瑞高呼。

李明瑞身旁傳令兵，四散開來傳令，守兵撤退的號角聲一響……

朔陽城牆上還在拼死廝殺的白錦昭抬頭朝著遠處望去，只聽到敵軍的收兵號角，只看到遠處黑壓壓一片，不知來的是敵軍還是援軍。

正在攻城的禁軍聽到號角聲，紛紛撤退。

遠處舉著黑帆白蟒旗的將士們速度越來越快，越來越近，白錦昭睜大了眼，高呼：「黑帆白蟒！是黑帆白蟒旗！是我白家軍的旗幟！」

「是鎮國公主回來了！鎮國公主回來了！」

何止是白錦昭，當黑帆白蟒旗映入眼簾那一刻，整個朔陽軍都要沸騰了！

白錦昭激動的全身熱血奔騰，又放了一箭，聲嘶力竭高喊：「沈晏安！帶兵隨我出城追殺敵軍！」

「五姐等等！」白錦華出聲阻止，她凝視遠方撲殺宛若黑色巨浪湧來的將士，道，「長姐遠在大樑，算時間長姐不可能回來的如此快！如今不知敵我，說不準是那個李明瑞的詭計，為的就是誘我等開城門！所以五姐……還是死守朔陽城穩妥！」

喘著粗氣的白錦昭深覺白錦華說得有理，一腔熱血冷靜下來，點了點頭。

白卿平看到黑帆白蟒旗時，也是激動的險些沖昏頭腦，經白錦華這麼一說，忙高聲道：「嗚鼓！戒備！」

很快，第一排弓箭手重新到位立在城牆之上，瞄準遠處，第二排和第三排弓箭手也蹲在城牆下，隨時準備替換。

朔陽的將士和百姓，趁著這喘口氣兒的功夫，將更多物資運到城牆之上，準備下一場惡戰。

李明瑞帶兵往北逃去，那朝朔陽城撲來的將士在獨臂紀庭瑜的帶領下……猶如寬廣的河流緩緩轉了方向，奔湧向北方去截殺李明瑞所率禁軍。

白錦昭緊握手中弓箭，看到朔陽城外不知道從哪兒冒出來的軍隊，正圍追堵截李明瑞所率禁軍，以極為迅速和淩厲的氣勢將其剿殺，那畫面十分震撼人心，她心頭大撼，原來這就是戰場！

城外戰爭還在繼續，蹲守在城牆上的弓箭手，額頭上豆大的汗水往下掉，卻沒有一個人敢懈怠。

剛才突如其來冒出來的軍隊，戰鬥力如此彪悍，萬一滅了敵軍之後來攻城，他們不能沒有防備。

直到日落西山，白錦昭和白錦華等人看到有人率一小隊騎兵朝著朔陽城方向騁馳而來，白卿平抬手高呼：「弓箭手準備！」

只見帶頭的是一獨臂將軍，他快馬行至城牆之下，看著滿地的羽箭和禁軍屍體，勒馬摘下頭上盔帽，高聲喊道：「末將紀庭瑜，率兵馳援朔陽，已全殲敵軍，活捉敵軍主帥李明瑞，請開城門！」

白錦昭睜大了眼，看著城牆之下，只剩一臂，又黑又瘦的紀庭瑜，眼眶頓時就濕了：「紀庭瑜！是紀庭瑜！開城門！」

白卿平不知紀庭瑜是誰，卻見白錦昭如此激動，求證似的看向白錦華，只見白錦華亦是雙眸通紅，對白卿平道：「快開城門！是白家軍！真的是白家軍！」

紀庭瑜奉白卿言之命練兵，當他聽說大都城梁王謀逆之事，原本是準備帶兵隱藏在大都城附近，若是大姑娘和四姑娘趕不回來……他便在大都城亂了之後，先行攻城，把控大都城。

沒想到梁王竟然派李明瑞率兵來攻朔陽，二姑娘手中有遠平大軍可用，已經開始攻打大都城。

紀庭瑜當機立斷，先行帶兵馳援朔陽。

一入朔陽城，紀庭瑜沒有敢耽擱，直奔白府。

董氏聞訊紀庭瑜率兵前來解了朔陽之困，眼眶陡然就濕潤了，原來……她的女兒走之前，已經對朔陽做了安排。她更沒有想到，率兵來解了朔陽之困的，竟然是紀庭瑜……那個曾經為白家清白捨命，那個曾經險些被婆母大長公主悄無聲息殺死的紀庭瑜。

董氏平復心中酸楚的情緒，站起身，帶著白家三夫人李氏、四夫人王氏、五夫人齊氏一同在白府門前迎紀庭瑜。

紀庭瑜與白錦昭、白錦華在沿街百姓矚目之下快馬而來。

看到立在白府門前的四位白家夫人，紀庭瑜勒馬，不等駿馬停穩一躍下馬，單膝跪地，那僅剩的一隻手撐著膝蓋，高聲道：「紀庭瑜，見過四位夫人！」

「快起來！」董氏疾步走下高階，將紀庭瑜扶了起來，雙眸發紅，「這兩年你不在家，我還以為是白家傷了你的心，你不願意再回白家了！」

紀庭瑜抿了抿唇道：「紀庭瑜一日是白家軍白家僕，生生世世都是白家軍、白家僕！」

五夫人齊氏聽到這話，用帕子擦了擦眼淚。

三夫人也忙道：「先讓紀庭瑜進來歇歇吧！」

「不了，四位夫人！」紀庭瑜表情沉著道，「二姑娘如今率遠平大軍圍困大都城，紀庭瑜要趕過去給二姑娘幫忙！此次……除了大姑娘留在牛角山的八千朔陽軍之外，還有兩千牛角山將士會全部留在朔陽，四位夫人安心！」

董氏點頭：「辛苦你了！去吧！」

「大伯母！」白錦昭上前單膝跪地抱拳，「白錦昭請命，隨紀庭瑜一同前往大都城，助二姐一臂之力。」

「五姑娘還是留於朔陽，以防萬一的好！」紀庭瑜同白錦昭道，「朔陽是重中之重，白家的諸位夫人和白氏宗族都在朔陽，稍不留神便會被人拿捏住，成為要脅大姑娘的把柄！五姑娘守住朔陽……就是幫了大姑娘和二姑娘最大的忙！」

白錦昭眉頭緊皺，半晌還是站起身來，對紀庭瑜頷首：「還請你帶話給二姐，我們一定會守住朔陽，讓二姐不必掛心！」

宣嘉十八年五月初七，白錦繡所率遠平大軍與紀庭瑜所率白家軍攻破大都城城門，梁王派人從天牢之中接出太子、太子妃和小皇孫，挾持太子，率禁軍退守皇宮。

不過一月，梁王與白錦繡的勢態調轉，如今梁王死守皇城，白錦繡兵臨城下。

梁王在四月二十三，謝羽長和符若兮請入皇宮之後，便聽從了李明瑞的建議，防著忠於太子的鎮國公主率兵回大都之後……卻發現梁王登基已成定局，卻還執意要扶太子登基而作亂。

所以，梁王把控皇宮之後，吩咐皇宮之內屯糧，防備意外發生，並且接受李茂建議，命人帶著皇帝的金牌令箭前往平陽城，號令平陽大軍速速回防大都。

白錦繡仿效梁王，以皇帝和太子還有小皇孫安危為藉口，圍城而不攻，下令疏散大都城中百姓，以免百姓無辜受累。

白錦繡要為長姐來日將林氏皇權取而代之做打算，就要耗……耗得梁王對太子和皇帝動手，更得拖到長姐回來之時。

梁王亦是按兵不動，他的目的也是為了拖延時間，拖到平陽大軍趕至大都城，成為他的奇兵。

宣嘉十八年五月初十，梁王攜皇帝與太子登上武德門。

太子被五花大綁推上城門，一看到皇帝就忍不住哭出聲，撞開押著他的禁軍，往皇帝方向狂奔過去，跪地哭喊道：「父皇！梁王你個畜生！你怎麼能如此對父皇！」

皇帝被梁王攙扶著登上城樓，心中又難堪又惱火，他冰涼入骨的視線看了眼哭泣不止的太子，眼底濃烈的厭惡驚到了太子。

太子淚水彷彿都凝滯在了臉上，沒想到自己的父皇會用那種眼神看著自己。

太子不知道皇帝這是不是怪他沒有用，沒有能救下他，生了他的氣。

皇帝一出現在城牆之上，白錦繡所率遠平大軍將領紛紛下馬，跪地朝皇帝行禮。

「白錦繡，誰給你的膽子圍困皇城?!」皇帝高聲訓斥白錦繡，「太子謀逆已經被梁王捉拿，你還敢聚兵生事，眼裡還有沒有朕這個皇帝?!」

白錦繡視線朝著梁王看了眼，抱拳道：「陛下……白錦繡知道，陛下定然是被梁王以太子殿下性命要脅了！白錦繡有愧陛下有愧太子！雖然陛下和太子叮囑白錦繡不計任何代價一定要拿下梁王，可白錦繡卻不能下令即刻攻城啊！白錦繡不能眼睜睜看著梁王這個狗東西傷到陛下和太子分毫！請陛下和太子放心，白錦繡必會想到萬全之法，就是死……也一定會先救出陛下和太子！」

白錦繡將當初梁王在武德門門口唱的那齣戲，反過來給皇帝和梁王唱了一遍。

皇帝一口老血堵在嗓子眼兒，差點兒又一口氣沒有上來，這都叫什麼事兒！

梁王更是臉色難看，沒想到白錦繡還有這有樣學樣的本事。

偏偏被五花大綁的太子聽到這話，熱淚盈眶，再次掙扎開押著他的將士奔上前，對著城牆之下的白錦繡高聲呼喊道：「秦夫人，不必管我！請你一定要救出父皇！」

皇帝臉色氣得發青，瞪了太子一眼，高聲道：「誰要你救！你現在即刻撤兵！否則就你們所有人全部以謀逆罪論處！遠平守軍將領在哪裡?!」

「回陛下，遠平守軍將領已經戰死！」白錦繡說完，抬頭朝著皇帝的方向望去，高聲道，「太子殿下將陛下親筆所書……調兵剿滅叛賊梁王的聖旨給了白錦繡，白錦繡奉命率遠平大軍勤王！如今朔陽白家軍也已來馳援，白錦繡和所有白家軍、遠平將士不救出陛下和太子，不斬殺梁王這個叛賊！絕不甘休！」

皇帝睜大了眼，白錦繡這是威脅！

還有白家軍?!梁王心中盤算了可以調動的遠平大軍和朔陽白家軍的數目，可是……卻不知道朔陽白家軍來了多少。他咬緊了牙關，上前一步，望著白錦繡，高聲道：「父皇已經說了，太子才是謀逆的叛臣，白錦繡你還是不退嗎？」

「若太子才是謀逆叛臣，為何不見忠心耿耿的呂相隨陛下一同登上城牆？為何不見謝羽長和符若兮等忠心護衛陛下的將領！只看到了梁王！只看到了叛賊范餘淮！只看到了一開始鼓動二皇子造反，而後又和你攪和在一起的左相李茂！」

白錦繡看向李茂：「李茂！你鼓動二皇子造反的書信，證據就在我的手中，壽山公和譚老帝師已經甄別過了，現在全天下都知道當年二皇子造反是你鼓動！來人……將東西拿上來！」

李茂手心收緊，喉頭一陣陣發緊。

紀庭瑜領命，命人將如今還留在大都城內官員簽名，證實梁王、李茂謀反的萬人書錦帛拿了上來，命人展開……

譚老帝師鐵畫銀鉤的遒勁大字，就在錦帛之上，稱有書信為證……李茂先是攛掇二皇子造反失敗，後又攛掇梁王造反，實為晉國逆臣賊子。那錦帛大字一旁，是如今留於大都城……或被梁王認為無關緊要的還未被關押進獄中的官員簽名。

李茂負在背後的拳頭緊緊攥著，有了以譚老帝師為首寫的百官書，若是此次梁王不能成功，那他就是萬劫不復。

「李茂，你若是覺得壽山公和譚老帝師鑒別過的書信都不夠，再加上你的兒子分量夠不夠？李明瑞在朔陽被俘！若是他出面指證你當初攛掇二皇子造反，如今又同樣鼓動梁王，你認是不認?!」

白錦繡又問。

在紀庭瑜帶著被俘的李明瑞來大都城之後，沈柏仲回來見過白錦繡一次……想請白錦繡放李明瑞一馬，沈柏仲想將李明瑞帶走，遠離大都城的是是非非。

白錦繡便去見了李明瑞，白錦繡倒也沒有威逼利誘，就說了自己丈夫秦朗的親身經歷，告訴李明瑞……當初忠勇侯秦德昭在南疆軍糧之上做手腳，秦朗帶著所有證據舉發自己的父親秦德昭，這才保全了秦氏一門的性命。

李明瑞聽完之後，便明白了白錦繡是什麼意思，捨棄父親一人性命，大義滅親保住李家其他人的性命。按照道理說，李明瑞作為李家的長子嫡孫，自小受的教育便是這樣，以全族利益為大，必要的時候……捨棄一人也在所不惜。

這也是李茂經常教導李明瑞的，可李明瑞不明白為何白錦繡要來同他說這些。

也是直到這個時候，李明瑞才知道……原來救了他性命的老翁，竟然是白岐山的摯友。

他陡然明白為何梁王突然舉事，白錦繡卻有了防備，他不放心老翁，讓老翁先走……可老翁卻去向白錦繡報信了。李明瑞心痛難過老翁的背叛之餘，又覺得慶幸。

因為他明白了，如今對他來說是慘敗，卻也是一次機遇。

他的父親站在梁王那一頭，而他站在太子這一頭，最後不論是梁王贏了，還是太子贏了，至少李家可以因為一個人保全，犧牲的人不過是在他和父親之間二則其一罷了！

李明瑞被帶了上來，他並未被人捆綁押送上來，他衣著乾淨整潔，從將士們中間走了出來，仰頭望著自己的父親：「父親！回頭是岸……」

梁王大驚，心中疑惑不已，不知道李明瑞這是詐降白錦繡，還是真的背叛了他。

而李茂父子倆四目相對，李茂緊抿著唇，怒火陡生，可片刻怒火便消散……他頓時明白了兒子的意圖，眼底怒火消散之後望著兒子的目光是欣慰，是讚賞。

只有他們父子站在了對立面，如此將來成王的不論是梁王還是太子，李家至少都能得以保全。犧牲一人性命，全族得益，這是一筆划算的買賣。

看來，如此……此生他們父子有幸要鬥上一鬥，看誰壓對了人。

李茂故作惱羞成怒，訓斥李明瑞：「李明瑞，你怎可如此冤枉父親！你還是不是個人！」

李明瑞眸中帶著淚水，喉頭哽咽難語。

李茂見皇帝瞪大眼睛朝他看來，做出一副鎮定自若的模樣：「陛下，微臣忠心天地可鑒，陛下千萬不要被小人誤導！」

「誤導?!」皇帝這輩子最恨兩件事，一被人管束牽制，二便是被人欺騙，皇帝咬緊了牙關，怒極，「你同梁王謀反也是旁人誤導?!」

「眾將士們！陛下說了……梁王同李茂謀反！」白錦繡高呼。

今日梁王帶著皇帝露面，有些遠平將士已經有些猶疑，可顧念著紀庭瑜帶來的朔陽軍震懾，才不得已說服自己相信白錦繡說梁王造反的話，如今……皇帝親口說出來，遠平將士便再無猶疑。

見李茂面色鐵青，白錦繡又故意出言激怒梁王：「梁王你如今脅迫陛下，等我殺進皇宮，定然會將你凌遲為陛下和太子洩憤！」

「父皇，您若是再不說些什麼挽回，咱們被白錦繡這樣圍困下去，說不定我們就堅持不到平陽軍來馳援！您……也無法登上九重台！九重台那裡……說不定現在童男童女已經集齊，只等父皇您和國師一到便可煉仙丹了。」梁王轉頭看向面色難看的皇帝。

皇帝一聽這話，身側拳頭收緊，混濁帶著紅血絲的眸子驟然收緊問：「白錦繡你退不退兵?!」

「白錦繡誓死護衛陛下太子！」

皇帝目光冷肅看向太子：「來人！給朕將太子吊在武德門之上！」

太子聽到這話，不可思議看向自己的父皇，雙腿發軟：「父皇?!」

梁王高聲道：「還愣著幹什麼！陛下有旨，將太子吊在武德門之上！」

「父皇！父皇！父皇救命啊！」太子驚恐萬分喊著皇帝，扭動掙扎還是被人推上了武德門城牆，涕淚縱橫。

武德門之上的禁軍在太子身上繫好繩子，一把就將害怕的一個勁兒往後縮的太子推了下去。

太子凌空墜落發出驚恐嘶嚎，墜落半空又被繩子死死勒住，險些吐了出來，只覺褲管一熱，熱流順著褲管和髒汙的衣衫下擺滴滴答答，羞憤欲死的心情和害怕的情緒交錯，太子失控大哭：「父皇！父皇救救兒子！兒子還不想死！」

「梁王！你還敢說不是你逼迫陛下！」白錦繡猛然站起身來，指著武德門之上的梁王，「虎毒尚且不食子，陛下怎會是那種如此對待親生骨肉的畜生?!只有梁王你這個不忠不孝不仁不義的無恥豬狗，才會如此對待自己的兄長！」

梁王都要被氣笑了，沒想到白錦繡竟然比他還會唱戲。

「白錦繡！」皇帝一想到九重台便什麼都不顧了，高聲問道，「你退是不退兵?!」

「除非陛下和太子安然從皇城內出來，否則……白錦繡誓死護衛陛下和太子安危絕對不退！」白錦繡手握腰間佩劍高聲喊道，「也只有如此，白錦繡方能確定梁王不是謀逆，才能放心！」

如今梁王手中最大的籌碼，就是捏著皇帝和太子，梁王會放皇帝和太子出來？

呵……以梁王對皇帝的瞭解，定然知道他這位父皇……連太子都能捨棄，更遑論他一個本就不受寵愛的皇子。

「梁王既然你稱你不是謀逆，你可敢放陛下和太子出宮，如此白錦繡即刻將軍權交於陛下！聽憑處置！」白錦繡高聲道。打蛇打七寸，白錦繡心裡清楚梁王不敢。

「朕出宮去！」皇帝心急去九重台道。

梁王轉頭看著自己的父皇，冷笑：「父皇出宮去九重台，好留下白錦繡專心對付兒臣嗎？」梁王還能不清楚自己這位父皇的品性？他逼宮篡位……令他受了如此大辱，若是沒有任何把柄拿捏他這位父皇，他的父皇怕得將他碎屍萬段吧！

「朕現在就下旨傳皇位於你！」皇帝壓低了聲音道，「這還不成?!」

「父皇啊……現在是兵臨城下，您就算是即刻傳位於我，也要看白錦繡認不認啊……」梁王視線落在武德門之下的白錦繡身上，「再說，父皇出城之後反悔，您是皇帝，誰能奈你何?」

被吊在城牆之上的太子還在嚎叫，皇帝已經拂袖離去，他滿心的憤怒，這輩子皇帝最恨的就是被人掣肘牽制，從前白威霆在的時候，處處掣肘他……

如今他最懦弱孝順的兒子，竟然搖身一變……成了最威脅自己的存在。

梁王深深看了眼白錦繡，高聲道：「就將太子吊在這裡，什麼時候白錦繡撤了，什麼時候將太子放下來！」說完，梁王亦是跟著轉身離開。

李茂跟在梁王身後，壓低聲音同梁王開口：「殿下，已經不能再拖了……得設法逼迫陛下讓位，讓殿下登基！平陽大軍此時應當已經在來的路上了，若是平陽大軍來了……白錦繡巧言令色，說服平陽大軍請陛下先出城，陛下一旦脫離我們的把控，我們就輸了！只有在平陽大軍來之前，梁王殿下您登上皇位，陛下駕崩！殿下至少能在平陽大軍那裡名正言順！」

梁王腳下步子一頓，轉頭看著李茂，眉目間帶著幾分嘲弄：「左相這是怕若是此次失敗了，會被白錦繡等人碎屍萬段吧！我二皇兄……真的是你攛掇著篡位的？」

李茂知道二皇子在梁王心中的分量，心裡飛快盤算應當如何說。

不過片刻，李茂已經想好說辭，朝著梁王長揖行禮，對梁王的態度越發恭敬：「回梁王殿下，如今不僅僅是微臣，還有戶部尚書等臣子，都同梁王是一條船上的人，一榮俱榮一損俱損，微臣自然是害怕失敗的！」

他抬頭看向梁王，目光故作坦然：「也正如白錦繡所說，當初二皇子篡位是微臣提議的，因為二皇子才德兼備，若是當時不反，必然會被佟貴妃母族連累同皇位失之交臂，微臣不忍心！」

聽到李茂如此說，梁王的臉色果然好了不少，他深深看了眼李茂收回視線，朝武德門下走去，心裡倒是開始認真思索起李茂的話來。

見城牆上的皇帝和梁王一行人已經離開，被吊在城牆之上的太子還在鬼哭狼嚎，白錦繡轉頭問紀庭瑜：「長姐到哪兒了？」

紀庭瑜根據上一次送回來的消息推算了一下，道：「最晚十八大姑娘一定能到。」

白錦繡頷首，轉頭朝著被掛在城牆之上哭喊的太子看了眼，聽紀庭瑜問她：「二姑娘，梁王若是在大姑娘回來之前，不殺皇帝和太子呢？」

「刀在我們手中……」白錦繡眸色冷沉，透著股子殺伐決斷的狠勁兒，「成王敗寇，都是由人說的！梁王要是不動手，我們便替梁王動手，扣在梁王頭上也就是了。」

李明瑞離得遠，這些話聽得不是很真切，可他望著白錦繡，心中陡然生出一個極為大膽的想法，他朝著被吊在城牆之上嚇得尿了褲子還在哭喊的太子看了眼，又朝著白錦繡看了眼。

李明瑞覺得有著這樣駭人氣魄的白家人，不應當會甘願俯首在太子那麼樣一個被一嚇就尿褲子的草包廢物之下！

他知道梁王死守皇城是為了等待平陽軍，可白錦繡圍城不攻是為了什麼？

雖然李明瑞實戰經驗不夠，但也讀過兵書，凡攻城者，求得都是速戰速決，最忌諱拖延，白錦繡出生於將門，自幼和兵書打交道，又是曾經征戰過沙場的，怎麼會只圍不攻任由梁王拖延時間？

想來只有一個原因，白錦繡想要拖到梁王耐不住對皇帝和太子動手，甚至想要拖到白卿言回來……

等梁王對皇帝和太子動手，又等白卿言回來，為的是什麼？

名正言順的取而代之！李明瑞手指一抖，白家忠義之名天下皆知，所以李明瑞從來沒有將白家往這個方向想過，一直都覺得白家應當是為了扶持正統登基。

可他在一旁冷眼瞧著，白錦繡對那位掛在城牆之上的太子並未露出什麼擔憂之情，便知道他之前所想是錯的。白家不是想要從龍之功，而是想要那至高無上的位置！

可……白家的男子都已經死光了！她們憑什麼敢肖想？

李明瑞腦中不禁想到了西涼女帝，西涼女帝也是女子，但還是登基為帝了……

這麼說，是白卿言有仿效西涼女帝，有稱帝之心！定然是這樣！

以往不清楚的事情，逐漸在李明瑞的腦海之中清楚起來。

以往，白卿言所為，李明瑞都算作是白卿言為太子盤算的事情也都清晰起來，朔陽練兵也好，什麼要在禁軍之中安排自己人也好……白卿言那哪裡是為太子盤算，分明就是為了來日登上至尊皇位鋪路。白家好大的野心！白卿言好大的野心！

李明瑞的確是沒有想到白家有這樣的志向，可如今既然已經想到了，為了李家日後，他便必須上了白卿言這條船！如今白家軍權太盛，更是早就開始布置謀劃，勝算要比這皇宮之內已經快要腐朽的皇家大太多，甚至可以說是穩勝的。

而且，若是白家真的取代了林氏皇權，那麼……便是一個嶄新的王朝，那個時候白卿言又怎麼會揪著父親曾經攛掇前朝二皇子謀逆的事情不放？

李明瑞下定決心，抬腳朝著白錦繡走來，長揖一拜：「秦夫人……」

「李大人有事？」身著鎧甲的白錦繡，自有著平日裡沒有的英氣和殺伐氣魄。

李明瑞這才開口道：「秦夫人若是想要在鎮國公主回來前，逼迫梁王動手處置皇帝和太子，光是圍城是不夠的，還需要一些別的刺激，比如放出風聲……讓梁王知道，秦夫人已經派人去與平陽軍碰頭，打算告知平陽軍……那道調令平陽軍前來大都勤王救駕捉拿太子的聖旨，是梁王脅迫陛下寫的！」

白錦繡似笑非笑望著李明瑞：「這麼說，梁王早已派人去調平陽軍了？」

「正是，就在四月二十三，陛下讓謝羽長將軍和符若兮將軍請梁王入宮之後，便派人拿了金牌令箭前往平陽城，調平陽守軍回大都城勤王救駕捉拿謀逆太子！除此之外……還有隨同發放往各地徵召五至十歲童男童女的聖旨一同傳往各地的，還有一道密令，便是不允許任何人帶兵前往大都方向來，除非手持聖旨或是金牌令箭。」

李明瑞抬頭望著白錦繡，照實說：「所以，鎮國公主率兵歸來之路怕是阻礙重重，不會太快回來，秦夫人還需及早準備。」

紀庭瑜瞅了眼李明瑞，對李明瑞的話可信與否表示懷疑。

「原來如此，可李大人說逼迫梁王動手處置皇帝和太子這話……」白錦繡負手而立，揣著明白裝糊塗，「我就聽不明白了……」

李明瑞突然投誠，白錦繡懷疑也是理所應當，他含笑長揖道：「雖然李明瑞算不上絕頂聰明，但是還算識時務。」

既然已經知道誰會成為最後贏家，他又有這個機會錦上添花，做派雖然小人行徑了些，但至少可以在這皇權更替的巨浪之中保全李家。

李家滿門的性命，與李明瑞一個人的性命和榮辱相比，李明瑞不會有絲毫猶豫便選李家滿門。再者，李明瑞當初與梁王本就是因為利益捆綁在一起，如今選擇白卿言亦是如此。

白錦繡低笑一聲，想起白卿言對李明瑞的評價，無大義……有小節。

「原本我勸你，是想給你一條保住李氏滿門的路，可……你和左相李茂不僅僅只是想在這亂局之中保住你們李氏滿門，你們一人站一頭，不論是誰輸誰贏，最後成敗蓋棺，也就是死你二人其中之一，李家滿門不但會因另一個人的功績保全下來，還會因一人得道雞犬升天。」白錦繡望著李明瑞的目光清明，「然否？」

李明瑞沒有料到白錦繡竟然能猜到他的心思，可既然被猜透了，他便坦然承認：「不過是設法為李氏滿門求活路，求好的活路！如同當初白家男丁戰死沙場，陛下和信王都想讓白家滿門死，鎮國公主設法為白家滿門求活路是一樣的，都是身不由己。」

雙手負在背後的白錦繡平靜望著李明瑞：「不一樣的……」

同樣都是求活路，可李明瑞如何能同她長姐相提並論？

李明瑞這樣的人，根本就不明白白家，更不明白長姐。

李明瑞抬眼望著白錦繡，不太明白白錦繡是說什麼不一樣，但見白錦繡沒有再說下去的意思，李明瑞只望著白錦繡也沒有開口催問。

白錦繡笑了笑道：「李大人還是適合做文官謀臣，不適合帶兵打仗。」

「是……」李明瑞坦蕩承認，「所以，鎮國王當初在世時，命白家子嗣自幼學兵法，十歲軍中磨練，沙場征戰，是有道理的。」

白錦繡還是按照李明瑞的提議，將派人去同平陽大軍接觸的消息設法悄然送到了皇宮，而梁王也的確沒有讓白錦繡和李明瑞失望，很快便有了行動。

宣嘉十八年五月十一，晉帝下旨冊封梁王為太子，前太子廢為庶人，罪犯謀逆，擇日腰斬。

宣嘉十八年五月十四，晉廢太子在晉帝召見之時行刺晉帝，太醫回天乏術，晉帝崩。

同日，李茂等人跪地請梁王登基主持大局，逢此緊迫時刻，登基大典從簡，定於五月十六。

還未登基的梁王，在定下登基日期後，便以皇帝的身分下旨，稱已經詳查當年佟貴妃之事，人證物證皆能證實佟貴妃和佟貴妃母家乃是被冤枉，御史簡從文本就是罪該萬死，二皇子謀逆更是無稽之談，乃是已故鎮國王白威霆栽贓陷害，故而追封佟貴妃為仁德太后，追封二皇子為八德閒王。

呂相等一眾老臣被押至大殿前聽旨，可百官拒不承認梁王為晉帝，更不承認佟貴妃的太后之位，呂相怒不可遏，細數二皇子八惡……何敢稱八德，更是高呼梁王乃是謀逆犯上弒君殺父，栽贓兄長的無恥之徒。

李茂等人也勸梁王，梁王登基之初，應當先為先皇定謚號，怎麼也不能先追封佟貴妃和二皇子。

一眾老臣反對，梁王卻稱誰若反對，便送誰下去陪他的父皇，李茂一眾人不敢再言，呂相、兵部尚書沈敬中、大理寺卿呂晉、鴻臚寺卿董清平等官員寧死不從。

梁王決意在五月十六登基，在登基之日將以太子為首的，呂相、兵部尚書沈敬中、大理寺卿呂晉和鴻臚寺卿董清平的一眾大臣斬首，頭顱懸掛於武德門外震懾白錦繡所率遠平和朔陽的叛軍。

白錦繡得到皇帝駕崩……梁王要繼位的消息時，正在與眾將士商議攻城策略，並未覺得有多意外，只覺如今怕是不能再拖下去，最晚五月十六必須攻打皇城，否則呂相等一眾朝中重臣危矣，尤其是鴻臚寺卿董清平，他可是長姐的親舅舅。可如何確保梁王要了太子的命，而不傷及呂相、董清平等一眾朝臣的性命，這一點上十分不好把控。

反倒是有幾個遠平大軍將領痛哭之後，下定決心一定要為皇帝復仇活捉梁王。

第八章　跪地俯首

元和初年五月十六，晉謀逆梁王於皇宮之中登基，定年號為元和。

同日，白錦繡率兵，同時從四門攻打武德門。

已經登基的梁王，身著帝袍，頭戴冕旒，腰佩帝王劍，立在正殿門口，居高臨下看著已經被禁軍捆綁押至大殿之前的廢太子和呂相、謝羽長、符若兮、兵部尚書沈敬中、大理寺卿呂晉和鴻臚寺卿董清平等一眾大臣。

大臣們被剝了官服，手戴鐐銬，已成為一身白衣的階下囚。

廢太子一見身穿帝袍的梁王出來，全身一抖，哭著高呼：「陛下！陛下……求你饒了我吧！皇位你都已經得到了，就留哥哥一命吧！」廢太子滿身髒汙狼狽，頭髮上還沾著稻草，身上的味道也不好聞，那日被從城樓上推下去，廢太子嚇得尿了褲子，到現在也沒有能換掉這一身衣裳。

面對梁王，一時視死如歸的勇氣廢太子有，可自從那夜送白錦繡逃出去之後，時間拖的越久廢太子就越是後悔，後悔自己當時腦子到底是抽了什麼風，竟然讓白錦繡懷揣聖旨逃出。

當初他應該讓將士們死拼，不論如何都先帶著他和小皇孫還有太子妃先逃出去才是，管她白錦繡能不能帶兵救下父皇。

呂相看到這樣的廢太子，滿心失望，痛心疾首：「殿下！梁王那個逆賊弒君殺父栽贓兄長，您怎麼能向這樣的人求饒！」

廢太子卻如同聽不到呂相的喊聲一般，只顧著磕頭朝梁王求饒。

謝羽長垂下眸子不去看，已經對這位太子死心，對整個林氏皇權死心。

符若兮更不必說，從知道皇帝和梁王用皇位交易，還要一千個孩子為皇帝求長生不老殞命開始，符若兮就已經對皇室死心。太子被捉，同被關在牢中，太子操心的不是那一千孩童的生死，而是擔憂梁王搶在他前面為皇帝建好九重台，搜羅到一千童男童女，皇帝會對梁王另眼相看。

符若兮簡直嘔心不已，不知道鎮國公主若是聽到這個消息，得嘔心成什麼樣子。

梁王唇角勾起，瞧著太子那狼狽如喪家犬的模樣，心頭十分舒爽，為了故意侮辱廢太子，梁王朝著廢太子招手。

廢太子手腳並用，連忙爬到梁王面前，仰頭望著梁王，露出討好的笑容：「陛下……陛下你就看在我們是兄弟分兒上，饒了哥哥吧！」

呂相等一眾重臣看到太子竟對弒君篡位的亂臣賊子這般搖尾乞憐的模樣，強撐了如此之久的情緒終於繃不住，如同蒙受奇恥大辱，放聲痛哭。

梁王拎著極重的禮服下擺，用腳尖挑起廢太子的下巴，瞅著眼中全都是懼怕，卻對他露出諂媚笑容的太子，突然放聲大笑，一腳將太子踹開。梁王志得意滿，高聲問呂相那些已經被扒了官服即將赴死的重臣們：「這就是你們心心念念想要扶上位的太子？呂相……你在朝中一向最識時務，朕再給你一次機會，你若是好好的臣服於朕，你來執刀……親自斬了這個謀逆弒君的廢太子頭顱，你就還是朕的肱骨大臣！」

廢太子聞言驚恐不已看向呂相，忙爬至梁王腳邊，用手扯住梁王的禮服下擺：「陛下！陛下饒了我吧！廢我為庶人……也好！我這輩子絕對不會和陛下爭皇位的！你就饒了我吧！」

呂相不忍再看太子這毫無氣節，俯首乞憐的模樣，啐了梁王一口：「呸！」

「好！呂相硬骨！」梁王不怒反笑，「平陽大軍即將到達都城，屆時……呂相看到自家子孫一個一個死在你的眼前，希望呂相還能如此硬氣！」

梁王話音剛落，就有將士來報：「報……稟報陛下，平陽大軍已到，王猛將軍正率平陽大軍攻打大都城，圍攻皇宮的叛軍已撤退半數前往城樓對抗平陽大軍！」

「好！」梁王氣勢大盛。

以呂相、沈敬中、董清平和呂晉為首不屈從梁王的官員們內心不安，只能在心中祈禱……白錦繡一定要大勝，祈禱鎮國公主白卿言能儘快趕回來。

梁王視線掃過被禁軍壓著跪在大殿前，或低頭痛哭的大臣，轉頭吩咐范餘淮：「范餘淮你是此次朕登基最大的功臣，你不是向朕求情想讓朕饒了這些大臣嗎？」

只剩下一隻眼的范餘淮連忙上前，單膝跪地：「陛下剛剛登基，赦免這些朝臣……方能穩固朝政啊！」

「好！」梁王唇角勾起，笑容透著幾分森冷，看向還在不住叩首求饒的廢太子，笑道，「把你的劍拔出來！去給那些曾經反朕的朝臣，只要他們誰敢往廢太子的身上戳上一劍，朕……就饒過誰！當做什麼都沒有發生過！」

廢太子睜大了眼，驚恐的視線落在那些曾經為了支持他被梁王下獄的朝臣身上，生怕有惜命的拿起范餘淮手中的劍往他身上戳，頓時涕淚縱橫叩首跪求梁王饒命。

跪在大殿前的官員們你看我，我看你，不知所措。

呂相聽到這話驚得要站起身來罵人，卻被禁軍按了回去，呂相胸口起伏劇烈：「梁王！你還是不是個人?!」

就連李茂和戶部尚書楚忠興都頗為意外，梁王竟然不顧來日史書工筆，只圖自己一時痛快。

李茂拳頭收緊，若是此次平陽大軍不能大勝白錦繡……後果，李茂不想去想，此次……梁王必能大勝，且梁王這樣的人繼位了，李茂才有那個餘地去把控朝政。

一向以呂相馬首是瞻的兵部尚書沈敬中拳頭收緊，高聲道：「我來！」

呂相扭頭看向被五花大綁的沈敬中站起身來，面沉如水，道：「鬆綁！我來！」

「好！沈大人還是識時務啊！」梁王笑著示意范餘淮將寶劍給沈敬中。

大理寺卿呂晉似明白沈敬中要做什麼，睜大了眼：「沈大人！」

沈敬中看也不看呂晉，趁著丟下捆著他繩子的間隙瞧了眼謝羽長和符若兮，似有暗示之意，才不緊不慢走向范餘淮，拿過劍掂了掂朝廢太子的方向走去。

范餘淮眸色戒備，幾乎同沈敬中同步朝著梁王廢太子的方向走去，示意梁王身邊的禁軍護衛梁王。

廢太子嚇得雙腿發軟不住向後退，看著面沉如水的沈敬中，喉嚨像是被人掐住了一般，發不出一點聲音，涕淚縱橫往後退，一個勁兒的搖頭，用祈求的目光望著沈敬中。

「報……」有探子飛奔上高階，單膝跪地，抱拳道，「稟報陛下！大都城外……出……出現黑帆白蟒旗！遠平叛軍和朔陽叛軍都叫嚷著說鎮國公主回來了！目前狀況不明！」

「哈哈！」董清平狂笑一聲，挺直腰脊，眼底帶著振奮和狂喜，他的外甥女回來了！看梁王這狗賊還能玩兒出什麼花招，「梁王！聽到沒有！鎮國公主回來了！我看你還能倡狂到幾時！」

「什麼?!怎麼會如此之快！」李茂大驚失色，「不會的！兵不厭詐……他們定然是詐我們的！陛下當初隨同徵召一千童男童女的聖旨送出去的，還有阻攔帶兵者的聖旨，白卿言她不可能到的這麼快！」李茂是算過時間的，白卿言除非是插翅，否則定不能在五月份內率兵趕回來。

見眾人因為鎮國公主回來的消息緩不過神來之際，沈敬中陡然掉頭，舉劍朝著梁王的方向刺去，符若兮和謝羽長大喝一聲猛然起身，撞倒了身邊看守他們的禁軍，高呼：「呂相！董大人、呂大人快跑！」

「保護陛下！」范餘淮將梁王護在身後，拔劍高呼。

梁王身上穿著極為沉重的禮服，被范餘淮往後一扯，跌坐在地，又被禁軍攙扶起來，往殿內避去。梁王暴怒高呼：「殺了他們！一個不留！全部殺了！」

太子見狀，跌跌撞撞爬起來，衝向一旁漢白玉圍欄處，抱著頭躲藏。

被押著跪在大殿前的朝中大臣趁亂紛紛起身，撞開身旁的禁軍，胡亂逃竄，有人或斃命於禁軍刀下，有人或狼狽躲開。大殿外，頓時亂成一團。

「報……」又有探子飛奔了上來，哭喊道，「稟報陛下！鎮國公主親率兵正與平陽大軍激戰，遠平叛軍和朔陽叛軍見狀大開大都城門，平陽大軍腹背受敵！」

范餘淮、李茂一干人等睜大了眼，沒想到白卿言竟然能回來的如此之快，這才多少天……白卿言是插翅了嗎！難不成白卿言率軍所到城池的守城將領們，都沒有抵抗阻攔嗎？

「范大人！」李茂忙擠到范餘淮的身邊，一把拽住范餘淮的手臂，「鎮國公主回來了，我們的指望都在平陽大軍身上，不能再死守皇宮了，應當派禁軍殺出皇城，在背後牽制遠平亂軍和朔陽軍，否則……平陽大軍腹背受敵，若是平陽大軍沒了……我們的指望就全沒了！」

梁王一把甩開護著他的范餘淮：「怎麼是什麼指望就全都沒有了，你們忘了嗎？我們還有籌碼！白卿言舉兵勤王為的不就是我的父皇和太子，我們手中有我那位父皇……還有太子怕什麼！

去……將太子抓過來！」

梁王對外稱，廢太子行刺皇帝，太醫回天乏術，皇帝駕崩，可事實上……梁王並沒有對自己這位父皇下手。他讓人將晉帝軟禁了起來，他要留著晉帝的命，讓晉帝親眼看著他即便是沒有晉帝的支持，也能名正言順坐穩這個皇位。

他更是要一直不肯親自下旨為佟貴妃和二皇子平反的晉帝，好好看著他是如何為佟貴妃和二皇子翻案的。儘管當時李茂和范餘淮都不贊成，可沒想到留著皇帝竟然讓他們多了一個籌碼。

很快，被嚇得全身顫抖站不起身子的太子，被禁軍拖了起來。

李茂又對梁王道：「儘管如此還是要救平陽大軍啊！」

「范餘淮，你調派兩萬禁軍出城馳援平陽大軍，再派遣五千人將廢太子推上城樓，只要白卿言敢攻城，立刻將廢太子推下去！命這五千人盡可能拖延時間守住皇城。」

梁王語聲沉著，似乎早已經盤算好了：「剩下的五千人……即刻護送朕還有諸位悄悄從東門殺出大都城，只要父皇在我們手裡，他們就算是攻破了大都城又有什麼關係！」

李茂心中略微一盤算，頷首：「陛下所言甚是！不過微臣以為……將廢太子從城樓之上推下去，怕是會激得那些反賊攻城越發迅猛，而且……先皇已經崩逝的消息傳出去了，若是白卿言只忠於太子不認太上皇，屆時就麻煩了！」

梁王點了點頭，認為李茂說的對，吩咐范餘淮按照吩咐去辦事。

范餘淮立刻傳令。李茂與楚忠興湊在一起商議應當去往哪裡，楚忠興認為應當去廣陵城，廣陵城前面有廣河渠天險，一向是易守難攻，可李茂卻認為應當去洛鴻城。

李茂卻覺得廣陵城太靠近燕國，與其到廣陵城，不如到廣河渠北側的洛鴻城，如今洛鴻城那裡正在修廣河渠有兵有糧，且靠近燕沃，廣河渠修好……燕沃便會成為晉國巨大的糧倉，絕對不能丟！「雖然說我們的兵力只夠從東門出，可出城之後，應當分散各個方向而去……以迷惑追兵！給陛下爭取時間！」李茂手指在輿圖之上點了點，壓低聲音道，「最好陛下的隊伍輕裝簡行，旁的隊伍聲勢浩大一些也無妨，以吸引追兵兵力為主！且陛下的去處除了你我二人之外，也不能讓旁人知道！」

梁王全然沒有聽李茂和楚忠興在說些什麼，他坐在龍椅上，只盯著伸長脖子往外瞧的廢太子，冷笑：「怎麼……你還盼著白卿言打進來然後擁你做皇帝？你看看你現在的模樣……當著那麼多朝臣的面對朕搖尾乞憐，還尿了兩次褲子，騷味兒還在呢！你好意思坐上這把椅子？」

梁王手指摩挲著龍椅，眼神似帶著刀子一般。

廢太子聞言收回視線，越發覺得身下還未乾……涼颼颼的感覺，讓他羞恥難當。尿褲子，對梁王搖尾乞憐……他真是抬不起頭做人了！可那個時候生死一瞬，廢太子還哪裡能顧得上尊嚴？

「陛下……」李茂適時開口，「微臣與戶部尚書大人已經商議妥當，請陛下輕裝簡行，即刻便準備與臣等出發。」

大都城外。當黑帆白蟒旗從千軍萬馬帶起的滾滾沙塵之中出現的那一刻，平陽大軍的將領就已經慌了，他知道如今在大都城內與他們對抗的是鎮國公主的妹子白錦繡，所以代表著白家的黑帆白蟒旗一亮相，必然是來馳援白錦繡的。

平陽大軍的將領王猛在看到快馬衝在最前，白馬、銀甲、紅色披風獵獵，手握射日弓的女子時，頓時一個頭兩個大，竟然是鎮國公主親自帶兵前來。

再聽到大都城城牆之上叛軍的歡呼聲，和白錦繡命令開城門要內外夾擊的命令，按照戰時隨機應變，此時……平陽大軍應當急速撤離。

可是……平陽大軍領兵的將軍王猛卻心裡明白，此刻一撤，鎮國公主所率兵馬入大都城，皇城危矣！陛下危矣！故而，平陽大軍，只能死戰，絕不能退！

王猛見平陽軍因為黑帆白蟒旗的出現軍心浮動，高聲喊道：「將士們！陛下就在皇城之內，我等若退……皇城必將失守！我等已為我晉國最後防線！誓死不能退！那鎮國公主已經是久病將死之人，哪裡會是我們的對手！將士們勝了鎮國公主，你等便是勝了不敗戰神的將士！我軍就是勝了不敗戰勝的神武之軍！我等需儘快入大都城中！殺啊！」

城牆之上，紀庭瑜聽到王猛的高呼，眸色肅殺，高高舉起手臂：「弓箭手準備！」

呼嘯帶風的箭雨從大都城城樓之上射下來，來不及躲在盾牌之下的平陽軍慘叫著倒了一片。

王猛副將奔襲後方，帶兵抵禦白卿言所率大軍，誰知剛剛舉箭還未來得及瞄準白卿言，就見一道寒光朝他呼嘯而來，還未來得及反應，箭簇便自他喉嚨穿過。

王猛副將噴出一口鮮血，只覺滾燙的鮮血全部灌進嗓子眼裡，直愣愣從馬背之上摔下。

「將軍！」

「是……是鎮國公主！」有平陽軍大呼。射日弓，箭無虛發，但凡射出……必定穿喉見血而過，放眼晉國只有鎮國公主有這樣讓人膽寒心顫的箭法。

遠處，遮天蔽日的黃沙之中，黑帆白蟒旗招展翻滾，黑甲將士們如潮水湧來，高舉金戈長矛朝他們刺去，發出驚天動地的喊殺聲，讓人耳畔嗡嗡作響。

遠處未聽到王猛高呼的平陽兵卒扶了扶頭上的盔帽，看著遠處射來的箭雨，有些發愣弄不清楚：「鎮國公主是不是打錯人了?!」

另一個平陽兵卒忙將同伴扯回盾牌之下，喊道：「狗屁！那大都城裡面的是鎮國公主的妹子！人家打錯?!」

「可是……那可是鎮國公主！白家可是忠義之家！」這平陽兵卒的話音剛落，就聽見箭雨「咻咻咻」從耳邊刮過，四周全都是慘叫連連，他撐著盾牌的手臂能感覺到力道極大的箭雨接連不斷紮入盾牌之中，他全身被震的發麻。

隨著高舉黑帆白蟒旗的鐵騎飛速衝來的距離越來越近，他們腳下的土地跟著顫抖的速度也越來越快，石子都跟著跳動起來，速度快到如同眾將士的心跳。

箭雨剛歇，平陽兵才從被紮成刺蝟的盾牌後探出頭來，就見一騎著白馬，身穿銀甲，手持長槍的身影從他們頭頂上方一躍而過，他們才剛剛看到那紅色招展的披風，下一刻喉嚨就已被寒光劃過，頓時鮮血噴濺。

披著鎖子甲的鐵騎已經衝到了平陽大軍的盾牌陣中，大開殺戒。白卿言一騎當先殺入平陽軍中，紅纓長槍所到之處必取人命，銀甲染血，宛若血池羅剎，怒馬揚蹄長嘶，周身殺氣凜凜。

白錦繡立在城牆之上，搭弓拉箭……瞄準白卿言周遭，生怕旁人傷到她。

她看著自家所向披靡風骨傲岸的長姐，眼眶濕紅，她從未想過能再次在戰場之上看到長姐，沒想到能看到白家軍小白帥奮力殺敵的身影。儘管白卿言周遭全都是敵軍，可她身上那是真正浴血沙場，身經百戰的逼人殺氣，迫得敵軍不敢正面敵對，她銀槍寒光所到之處……無敵軍存活。

從大開的城門衝殺出來的紀庭瑜，已經率小隊人馬衝殺到白卿言身旁，白錦繡立刻收弓，高聲同遠平的諸位將領道：「鎮國公主已到！平陽叛軍必敗！諸位將軍，我等應竭力攻破皇城……活捉梁王，儘快平定戰事！」

「聽從秦夫人吩咐！」遠平大軍將領抱拳道。

那黑帆白蟒旗一亮，眾將士就如同飲了雞血一般，更別提如今已經親眼看到戰無不勝的鎮國公主率先殺入平陽軍之中，勢如破竹所向無敵，簡直是讓心潮澎湃，熱血沸騰，恨不得現在就衝上前與鎮國公主攜手殺敵。

大都城外，白卿言所率部眾與平陽大軍激戰。

大都城內，白錦繡帶著遠平大軍攻打皇城。

黑帆白蟒旗下的將士們各個氣勢如虹，越殺越勇。

平陽大軍漸漸不敵，甚至有招子亮的已經棄械投降來保命。平陽大軍的潰敗來的比王猛預料的更快更迅猛，不到半個時辰，王猛和所餘的十幾將士便已經被王喜平帶人團團圍住。

王猛手握卷邊刀刃，滿身是血，心口也中了一箭，被忠心的下屬攙扶著才勉強站立。

杜三保雖然是晉國的將領，但與王猛平生從無交集，下手也是毫不留情面，見王猛身受重傷還不降，他用手抹去臉上剛被噴濺的鮮血，對王猛伸出拇指：「是條漢子！原本你若降了我們還是好同僚，可你非不降！念在同為晉人的情誼上，老子一定痛痛快快送你上路！」

說著，杜三保正要舉刀拼殺，便聽後面傳來紀庭瑜的高呼聲：「住手！」

杜三保轉頭，見白卿言從高馬之上一躍而下，忙收了刀和將士們讓開一條道。

白卿言將紅纓銀槍丟給紀庭瑜，抬腳朝王猛方向大步走來，身後跟著氣喘吁吁的王喜平。

王猛望著腳下帶風英姿颯颯的白卿言，只覺之前的流言簡直無稽……

這樣的鎮國公主，叫纏綿病榻？叫命不久矣？

誰家纏綿病榻的人能殺他的兵跟切菜瓜似的，銀槍所到之處便倒下一大片！

誰家命不久矣的人敢身先士卒，沙場衝到最前，單人匹馬衝撞破壞他的陣型？

誰家?!這分明還是當年那個戰無不勝的白家軍小白帥，不……眼前的鎮國公主可要比當年的小白帥凶狠太多了。王猛眼中含淚，什麼纏綿病榻命不久矣，全都是他奶奶的扯蛋！

「王猛將軍！」白卿言朝著王猛拱手。

王猛強撐著一口氣站起身來，亦是朝著白卿言拱了拱手：「早年曾有幸同鎮國公主與白家軍一同沙場血戰過，便知曉鎮國公主驍勇無敵，今日……是王猛敗在鎮國公主手下心服口服！」

「勝了王將軍的並非是白卿言，而是人心。」

「願聽……鎮國公主賜教！」王猛再次朝白卿言拱手。

白卿言沉靜幽深的目光望著王猛：「我帶大軍一路疾馳回來，麾下將士們見了不少官員強搶孩童之事，心中已經將這視百姓為牲畜的林氏皇朝恨入骨髓。平陽大軍這一路而來，想來也見了不少，王猛將軍麾下將士們不對林氏皇朝心寒嗎？我所率之將士是為民而戰，王猛將軍所率平陽軍卻已動搖了維護林氏皇朝之心！勝負……早就定了！」

王猛睜大了眼，他還以為……鎮國公主是要擁護太子登基，可這話的意思……是要反嗎？

「鎮國公主此言……」王猛話頭停止，鎮國公主的話有錯嗎？平陽大軍一路來大都城看到的簡直是人間地獄，人牙子那裡五歲至十歲的孩童太過搶手，丟孩子的人家比比皆是，甚至還鬧出了為官者命令衙役強搶百姓孩童的事情發生。這些王猛看了不心痛嗎？

「王猛將軍，你是降，還是死戰殉國！皆由你意……」

白卿言同王猛說完，轉頭看向杜三保：「交給你了！」

「鎮國公主放心！末將一定會照顧好王猛將軍！」杜三保抱拳，狼崽子似的視線盯著滿眼不可思議的王猛。

白卿言一躍上馬，接過紀庭瑜拋來的紅纓銀槍，意氣風發，滿目篤勝，高呼道：「留一小隊隨杜三保將軍打掃戰場，其餘人等隨我殺入皇宮，率先破門者……賞百金！」

將士們情緒激昂，跟隨白卿言朝著皇宮內衝殺去。

杜三保聽到白卿言叫她將軍，唇角咧開……露出一口大白牙，心中無比激動興奮。

此時的梁王挾持著已經「駕崩」的皇帝和太子還有大長公主，擠在一輛馬車之上一路顛簸南行，遠遠將大都城的殺聲拋在腦後。

皇帝被五花大綁嘴裡塞了一塊抹布，坐在顛簸的馬車內，面色鐵青難看。

太子已經暈了過去，眼角還掛著淚痕，嘴角帶血。

梁王咬著後槽牙，用帕子按著自己被太子咬下了一塊肉的虎口。

梁王在出大都城之前，下令派人去殺了太子妃和小皇孫，太子聞言驚恐不已，見求情無用……便想同梁王拼命，若非被范餘淮及時打暈了過去，梁王這手得廢。

年邁的大長公主身姿筆挺坐在馬車內，雙手交疊於雙腿上，她知道……梁王脅迫她跟隨著一起出城，不過是為了用她來牽制她的孫女兒們。

原本，在白錦繡攻破大都城之時，梁王是沒有來得及將大長公主一同帶入宮中的，畢竟鎮國公主府的護衛十分凶悍，梁王那個時候已經來不及強抓大長公主入宮。

可今日，大長公主是自己走出了被白錦繡派重兵保護的鎮國公主府，上了梁王的馬車，因為大長公主還想保住太子。

梁王派人傳信，若是大長公主不上馬車，他便殺了太子和已經「駕崩」的皇帝。

皇帝……大長公主早已經不在意了。

大長公主也不是不知道，梁王如今的保命符還是太子，他是絕對不會那麼輕易殺了太子的。

大長公主是不知道應當怎麼面對，要反了林氏的孫女兒白卿言。

所以她選擇留下白錦瑟和蔣嬤嬤，獨自一人上了梁王的馬車。

她還想為林家皇權掙扎著再做最後一搏，希望不論到了什麼地方，她都能夠護太子一護，希望到時候白卿言可以擁立太子登基，甚至是……擁立小皇孫登基，做一個把控朝廷的權臣，而非……謀逆的亂臣賊子。否則，百年後她既沒有護住白家她的兒孫，又沒有能護住林氏江山，她無法面對丈夫白威霆，更無顏面去見自己的父皇。

她是貪心，原本希望可以兩全其美，可不能。

如今，既然已經沒有能護住她的兒孫，她便想要為林氏江山再盡最後一分力。

臨走的時候，白錦瑟和蔣嬤嬤執意要跟，大長公主誰都沒有帶……

她要捨命為林氏皇權盡最後一分力，是因為她是晉國的大長公主，可她幼小懵懂的孫女兒白錦瑟不該跟著她一起成為梁王要脅阿寶的把柄。而她也明白，她之所以能為這林氏皇權盡力，因她是白家的媳婦兒……鎮國公主白卿言的祖母。

大長公主知道自己這個身子一日不如一日，她若是能死在阿寶推翻林氏皇權前頭，也算是順應天意，若是不能……她的阿寶要以女子之身登上那至尊之位，她是贊同的，論品格……論治世大才，和殺伐果斷，阿寶一樣不差！

可若阿寶登位，她未必會是個好帝王。阿寶秉承白家先輩風骨，是一個人品正直頂天立地且心懷大愛大志的君子，可越是璞玉渾金的君子越是做不好一個國的帝王。

曾經阿寶問她，是不是這個世間越是忠勇心存大義之士便越是不能存活，問她是不是這個世上心存良善，心存大義，心存底線之人便註定不得好死。

她那時無法回答阿寶，因為阿寶口中良善、忠勇、大義和底線這是為人……為君子、臣子的根本。可若是要成為王，成為帝王！甚至成為一代雄主……良善、大義和底線這三樣東西，還如何能要得？能成大事成王者……心底便能深藏多少汙穢和骯髒，手段需不拘一格。

似先秦七子、顏回、曾子那樣懷瑾握瑜高山景行的君子，心中是不容藏汙納垢，不容潰爛腐朽的，可大長公主生在帝王之家，自幼便在父皇身邊長大，知道……帝王之心非君子和聖賢可比，可容天下大義大愛，亦可含垢納汙容得下天下最卑劣的骯髒。

《左傳》有載，山藪藏疾，川澤納汙，瑾瑜匿惡。

山嶽藏疾，所以就其大。川澤納汙，所以成其深。美玉含瑕，所以成就其獨特的美。

可白家人都太過剛直不阿，太過重情重義，若是遇到捨義取利之事……比如捨棄她這個祖母，成就一番王業，阿寶怕是做不出來，但身為帝王她又必須做出來！

為大仁而捨情、捨義，這是一個君王一個皇帝必修的一課。

帝王之心，不能是非黑即白的，帝王之心更不能是熱的。

帝王的心要狠，帝王的血要冷！帝王是不應該被情感牽絆的，帝王之術是權衡之術，以利弊取捨，而非君子衡量情義，以情義二字作取捨。

一個大國的帝王不是那麼好當的，否則何以那些先輩君王總是稱孤道寡……

權力之巔的人，註定是孤獨的，這個位置並沒有旁人想像的那麼好坐，更沒有梁王想像的那般，只要坐上去便可以隨心所欲。

她親眼見證了父皇、皇兄和如今這位皇帝三位帝王的盛衰，知道權柄在握的喜悅，很快會隨著沉重的擔子和壓力，消磨不見。冰冷的皇位，就像這世上最沉重的枷鎖牢籠，將親情、友情和愛情隔絕在外，只有捨得下這些牽絆，君王才能成為萬古之君，才能成就萬古王業！

說來可笑，或許只有坐上那個位置的人，才懂得那個位置的可怕。

然，一旦坐上去了，就是一生，除非是死不得解脫……

所以，若最後她實在阻止不了林氏皇權的覆滅，那麼她便要教阿寶成為帝王最重要的一課。

權衡利弊和親情，大長公主最終做出了這麼一個決定。

她打著這個主意，便絕對不能帶上白錦瑟和蔣嬤嬤，多送給梁王兩個可以要脅的軟肋。

該交代讓蔣嬤嬤轉告阿寶的話，她都已經交代了，還得留下蔣嬤嬤為阿寶傳話。

坐在馬車上的大長公主，望著越來越遠的大都城，卻在想……如果她沒有生在帝王家，或許她不是這樣的，她可乾乾淨淨做白威霆純粹的妻，可以完完整整做阿寶的祖母。

她和阿寶明明是世上最親近的人，最後……卻還是要背道而馳，站在對立一面。

白錦瑟和蔣嬤嬤被大長公主命人關在長壽院內不得外出，蔣嬤嬤是被祖母命人打暈了現在還沒醒，她焦心不已。

看著守在長壽院外的帶刀護衛，她略作思索悄悄挪到長壽院後院，爬上樹……從樹上一躍而下，雙手撐地……掌心一滑火辣辣的疼。她死死咬著牙不讓自己叫喊出聲，怕驚動了守著長壽院的人，她忍著疼痛，提起裙子就往後角門的方向跑，她得趕緊出去給長姐和二姐報信。

白錦瑟跑到角門時，已經滿頭大汗，見角門處也有人把守，忙轉身躲在牆角後，死死抿住唇調整呼吸。

祖母走的著急不可能下令全府上下看著她，門口守著的人很有可能是二姐派來的，她倒不必這麼戒備。想到這裡，白錦瑟沒有再躲，她抽出帕子擦去自己臉上的汗，儘管呼吸還有些喘，她還是鎮定自若從牆後出來，高聲道：「帶我去見二姐！快！」

門外守著白府角門的一隊兵卒的小隊長認出白錦瑟，忙上前行禮：「七姑娘，如今城中戰亂七姑娘不宜出門，七姑娘有什麼事情，屬下代為轉告！」

「我祖母大長公主被梁王帶走了這種事情你也能轉告?!」白錦瑟眸色凌厲，「備馬！我要去見長姐和二姐！快！」

「屬下等人護送七姑娘！」那小隊長轉頭高呼，「去牽馬！」

白卿言率部殺進城後，命紀庭瑜帶一隊人馬直奔鎮國公主府。

紀庭瑜領命剛剛率兵進入鎮國公主府那條長街，就看到被一隊護衛護送騎馬而來的白錦瑟。

白錦瑟遠遠看到紀庭瑜，睜大了眼，高聲喊道：「紀庭瑜！」

紀庭瑜忙抬手示意軍隊停止行進，提快步上前。

白錦瑟勒馬，高聲問：「長姐和二姐呢？」

紀庭瑜抱拳：「大姑娘和二姑娘正在攻打皇宮，皇宮很快就要奪下來了！」

「梁王已經挾持我祖母，還有對外號稱駕崩的皇帝和太子逃出城去了！」白錦瑟高聲道。

紀庭瑜聞言心頭大驚，吩咐留下一隊人馬照顧白錦瑟。

「七姑娘放心！紀庭瑜一定會將大長公主救回來！」紀庭瑜説完，便帶著其餘人追出城去。

「我等護送七姑娘回府！」

「不回府，我要去見長姐和二姐！」白錦瑟一夾馬肚朝著殺聲震天的皇宮方向衝去。

留於皇城守城的五千將士，在得知梁王已經帶人逃出城去就已經沒有了戰心，再遠遠看到黑帆白蟒旗，和那白馬銀甲飛馳而來的身影，更是內心惶惶，深覺敗局已定，繳械投降。

豔陽之下，厚重滄桑的武德門緩緩大開。

白卿言與白錦繡騎馬並肩，在大軍隨護之下緩緩入城。將城門打開的將士們紛紛跪地俯首，以示臣服。就連皇宮內的將士們也已經放下手中刀戈，跪地俯首。

呂相等還活著的朝中重臣聽到殺聲已停，大局已定，這才相互攙扶著從躲藏的地方出來。

見那些禁軍紛紛朝向武德門的方向跪地，他們也攜手走至大殿前方，遠遠便看到穿過重重紅漆宮門而來，騎馬走在最前的白卿言和白錦繡。

董清平熱淚盈眶，看到自家外甥女騎馬走在最前的模樣，陡然就想到了鐵骨錚錚鎮國王白威霆，還有他傲骨嶙嶙卻為人溫潤穩重的妹婿白岐山。

雖然白家兒郎都不在了，可他的外甥女完全承襲兩人風骨，文武雙全，仁心傲骨兼具一身。

日光耀目，白卿言帶血的銀甲被映得寒芒熠熠，她一騎當先，身形筆挺，身後手舉重盾的盾兵將士和重甲鐵騎，振人耳膜的齊整腳步聲，和將士們染血盔甲上的金屬寒光，讓整個皇城都肅穆下來。

百官不知是因剛才經歷過生死一線，此時情緒波動較大，還是因這畫面太過震撼人心，竟各個眼眶發紅，有官員甚至忍不住低聲啜泣，又忙用衣袖擦去淚水。

呂相拳頭緊握，看著風骨傲岸的白卿言和白錦繡，難免想到那樣一個皇帝……那樣一個太子，和梁王。這樣的皇室，怎配得上這樣的白家輔佐?!呂相由衷的替白家不值，替白威霆不值。

白卿言望著正對武德門的重簷大殿，琉璃瓦被映得金碧輝煌光芒萬丈，彷彿這大殿並未被戰火驚擾分毫，莊嚴宏偉坐落於萬丈霞光之中，壯闊雄渾，任由朝代如何更替，皇權如何更迭它始終鎮定自若，從容而沉靜。

呂相攜百官立在大殿前的廣場上，見白卿言抬手，整肅的軍隊令行禁止，動作如出一轍，頓時鴉雀無聲，只能聽到風過之旌旗招展嘩嘩響動，十分震撼人心，威懾力逼人。

陡然間，狂風驟起，剛才還豔陽耀目的天漸漸暗了下來。

有官員指著高空驚呼：「快看！」眾人仰頭朝著天空之上望去，只見那輪金色的太陽竟然缺了一塊，黑色緩慢又穩健地吞噬高懸在空中的那輪炎炎烈日，黑暗也隨之悄然將大都城籠罩其中……

良久之後，天空上只剩光芒耀目的一輪圓環。這千百年來難得一遇的奇景，竟在此時顯現，欽天監的官員擠了出來，跪地高呼：「國無政，不用善，則自取謫於日月之災啊！」

呂相內心不安，日食可不是好徵兆。

白錦繡仰頭望著日食，身側拳頭收緊，日食一向都是君王無德國之將滅的徵兆。君王無德，既然如此，有德者取而代之又有何不可？

看來……老天爺都在助長姐，林氏這樣汙穢的皇室，連老天爺都看不下去了。

百官紛紛跪了下來，朝著天際叩拜痛哭。

城牆之上的將士擂鼓，吹號……

漸漸的，那遮擋住太陽的黑色漸漸挪開，大都城也跟著緩緩明亮了起來，刺目的金色光線，逼得眾人低下頭去，百官視線所及之處，滿目的綠色斑駁，這天地綠色之間他們只能看到那立在白馬旁，身姿挺拔的銀甲女子。

不多時，日光大盛，又重新為大都城鍍上了一層金芒。

白卿言手握腰間佩劍，抬腳朝著高階之上走來。

謝羽長扶著滿目花綠的呂相站起身，低聲道：「呂相，是鎮國公主！」

呂相恍若大夢初醒，被謝羽長扶著帶領百官匆匆從高階之上往下走，前去相迎帶將士們而來的白卿言。

「鎮國公主！」呂相喉頭帶著哽咽，率百官疾步朝白卿言走來，行禮。

拿下大樑都城韓城，短短時間又趕回大都城，算時間白卿言大約是率兵不眠不休而來。可不值得的……為了那樣一個視百姓為草芥的皇帝，那樣一個慫包全無硬骨的太子，真的不值得！
董清平忍不住對白卿言笑著，直點頭，千言萬語盡在不言中，他忙示意白卿言先扶起呂相，白卿言頷首上前：「呂相不必多禮！諸位不必多禮！」
「報……」
白卿言剛剛將呂相扶起，便有將士快馬衝進武德門。
不等馬停，那將士便一躍而下，雙手捧著急報跪於白卿言面前：「稟報鎮國公主，汾平送來急報，汾平太守與守城將軍五月初五率兵造反，拒不上交五十童男童女，傳信兵見大都城混戰不敢入城，消息已耽誤一日。」
「報……」又有將士快馬衝進武德門，一躍下馬，跪地將急報雙手呈於白卿言：「稟報鎮國公主，五月初十崇巒嶺劇烈地動，水江闞水壩崩塌潰堤，淹沒水江城和良田農宅，泥水石流不斷，百姓死傷無數！」
呂相等人大驚，這大都城的亂事還未平定，怎麼又是地動又是水壩崩塌潰堤，又是泥水石流……
白卿言忙拿過信筒拆開，她粗略流覽之後，帶著兩份急報，高聲道：「諸位大人，災情緊急，還請諸位隨白卿言速速入殿商議！」
呂相頷首，連忙稱是。之前被梁王扒了官服，生死一線的晉廷官員，顧不上整理儀容，滿身狼狽隨銀甲沾血的白卿言跨進大殿。
官員們傳閱著水江城太守的奏報，七嘴八舌的議論著應當如何賑災，白卿言立在大殿玉砌的高階上，正低頭看汾平方向送來的急報……

汾平太守之所以反，還是因為皇帝強召一千孩童之事鬧的。戶部尚書楚忠興按照人口數目要汾平交上八十童男童女，太守夫人得知皇帝要這些孩童，是為了用這些孩童的性命煉丹，怒不可遏與梁王派遣去汾平的使者爭論，那使者惱羞成怒拔劍……一劍刺入汾平太守之妻的胸膛。

汾平太守愛妻如命人盡皆知，斬下使者頭顱，舉旗造反。

「水江城太守已經派人警示鄰縣，派人疏散百姓，預計水患還要持續，目前無法統計傷亡人數，糧庫被淹……」呂相朝著白卿言開口，「鎮國公主，當務之急……還是應當先派兵前去賑災！」

「可戶部尚書楚忠興那個叛臣已經不知所蹤，跟著梁王謀反的六部官員涉及也不少，還需要先行重新提拔委派官員，才能定下賑災之事，否則相關事宜需要調令都不知找誰！」

「事急從權，現下來不及重新考核委派職務，各部暫時……凡有缺位，可按照品階依次往上替補，代上級職務。」白卿言語速又快又穩，「戶部官員何在？」

戶部幾位官員紛紛上前行禮。

「如今戶部能動的，可撥付崇巒嶺賑災的糧錢能有多少？」白卿言問。

戶部幾個官員相互看了一眼，正在心裡盤算，畢竟今年先是修建九重台，後來又撥付銀款修了廣河渠，再加上又有華陽城瘟疫，戶部幾個官員正在想能從哪兒挪騰銀子。

一位身上帶血，全身狼狽，可神容鎮定的戶部巡官上前，抱拳道：「回鎮國公主，梁王篡位謀反時曾在宮中屯糧，微臣粗略計算定當夠兩萬人十日之用！戶部今年修建九重台，而後又是修建廣河渠，所能動的銀錢不多，但……微臣斗膽，請開皇帝私庫，用於賑災之用！」

這話可謂說得十分大膽了，皇帝都不在……竟然讓鎮國公主做主開皇帝私庫，若是鎮國公主開了……那皇帝問罪如何是好？

「你叫什麼名字？」白卿言問。

兵部尚書沈敬中見狀，忙上前對白卿言道：「鎮國公主，此人性子一向如此，並非有意，還望……」

「尚書大人不必替下官求情。」不等沈敬中說完，戶部巡官便打斷了沈敬中的話，抬頭看了眼白卿言，雙膝跪地，一副視死如歸的模樣道：「下官魏不恭。」

白卿言看著目光清明乾淨的魏不恭，開口道：「即日起，魏不恭便是戶部尚書，由你主理崇巒嶺、水江城賑災事宜，許你先行後奏之權，一切以百姓為重！此次賑災……你若能免百姓凍餓之苦，以後這戶部尚書便是你的！」

魏不恭瞳仁一顫，沒有反應過來，怎麼突然戶部尚書的位置就落在了他的頭上。

可魏不恭也聽明白了，鎮國公主這是說……此次賑災，她不允許有百姓被餓死凍死！時值五月凍死倒也不會，可要免百姓餓死，就需要主理賑災的官員有極強的手段，且耿直鐵血，才能震懾下面那些意圖發國難財的官員。

所以，鎮國公主不能選一個有世家背景的官員前去賑災，世家關係盤根錯節，可以說牽一髮而動全身，光憑著一股子蠻勁不顧及全族是不行的，而他魏不恭……寒庶出身，雖然沒有顧忌，可也沒有依仗，這賑災之事想辦好也難！

晉國朝廷腐朽已久，那些等著發國難財的官員，如狼環伺，他一人二手……能不能拼個你死我活都不好說。好的是鎮國公主給了他先行後奏之權，只要他有鐵血手腕兒，此次他就豁出這條命……等賑災之事辦好，也算是為民出力了。

「王喜平！」

門外王喜平聽到白卿言的喊聲，即刻進殿：「命你帶三萬將士，隨戶部尚書魏不恭前往崇山嶺、水江關賑災！一切聽從魏大人調遣，護衛好魏大人的安全，魏大人之命便是我白卿言之命，有違者立斬無赦！」

魏不恭震驚抬頭，他剛還在想自己沒有依仗，可轉眼之間……白卿言便給了他三萬將士做依仗！

「末將領命！」王喜平跪地領命，語聲響徹殿宇。

「魏大人？」白卿言看向魏不恭。

魏不恭連忙叩首領命：「魏不恭領命！必不負鎮國公主所期！」

「時間緊迫，即刻就去安排運糧！要調動什麼人手，儘管告訴王喜平將軍！」白卿言說完，看也不看魏不恭一眼，著手處理汾平太守造反之事，她走下高階，將手中的奏報交給呂相，「此奏報避重就輕，倒像是指責汾平太守是因其妻室之死而反！」

在王喜平同魏不恭一同從大殿內出來之時，百官紛紛傳閱那份奏報，殿內議論之聲越發大了起來。

魏不恭跨出大殿，忍不住回頭朝著殿內的白卿言看了眼，有些茫然，鎮國公主是以什麼身分來號令百官？公主……還是……帝王？

魏不恭因為性子拗，被壓在戶部多年，向來是上令不對……他便不從，可今日鎮國公主之命，他卻心甘情願遵從，明明女子之身卻顯露帝王殺伐決斷之威。他抿了抿唇，被「帝王之威」四字驚到，他收回視線，隨王喜平匆匆走下臺階，去盤點皇帝私庫，準備運糧食。

魏不恭覺得，應該是鎮國公主所言所做皆是為民，讓他打從心底裡敬佩，所以白卿言之命他才願意遵從。

白錦繡帶兵守在殿外，剛得知紀庭瑜已經帶人出城去追梁王和大長公主一行人，就接到下屬來報，說找到了太子妃和小皇孫，梁王派人去殺太子妃和小皇孫，正巧被他們救下了，他們已經將消息瞞死，來請示白錦繡應當如何處置。

白錦繡沉吟片刻，垂眸道：「先將他們從牢中請出來，安排到乾淨的宅院居住，不要對外透了風聲，對外就稱……這位小皇孫和太子妃已經被梁王殺了。」

「是！」白錦繡屬下領命，疾步離去。

李明瑞拎著長衫下擺匆匆上前，請白錦繡借一步說話。

白錦繡負手而立，同李明瑞站在大殿門口稍偏一些的位置，只聽李明瑞說：「鎮國公主稱帝這件事，堅決不能由鎮國公主開口，對百官威脅也好還是循循善誘也罷，都需要一個和白家無關的人來做！」

白錦繡側目望著李明瑞：「李大人……這是想要毛遂自薦？」

李明瑞朝著白錦繡長揖行禮：「李明瑞不才，欲保住全族性命，願意為鎮國公主出力。」

「好！」白錦繡笑著頷首，「那……就讓我看看李大人通天的本事。」

「不是我李明瑞有通天的本領，而是我太瞭解這官場和清貴世家的本性，他們能存續如此之久……是因為懂得順勢而為，就如同宮牆一角的爬山虎，它們從不介意這個皇宮的主人姓甚名誰，只要那個主人能夠借牆讓他們依附攀爬，他們便會以此為基礎來生長……來壯大！絕不會做玉石俱焚之事。」李明瑞瞧著白錦繡洗耳恭聽的模樣，又笑了一聲，「自然，白家……並非這樣的世家。」

正是因為白家不是這樣的世家，正是因為白家各個都頂天立地，鐵骨錚錚，所以才落得滿門男子皆亡的下場。可也正因為白家有如此風骨，白家才有如今這旁的世家都沒有的局面。

「那我就靜候李大人佳音了。」

白錦繡話音剛落，風塵僕僕的林康樂帶著一個身穿樑國戰甲的將領，急匆匆朝著大殿方向而來。林康樂看到白錦繡，抬手朝著白錦繡一拱手，又深深看了眼朝他行禮的李明瑞，便帶那身穿樑國戰甲的將領進入大殿之中。

「末將林康樂與楊威將軍，奉鎮國公主之命，率三萬將士奔赴九重台，已救下被送往九重台孩童四百八十人，朝廷強令限期徵召至九重台……或去解救孩童的造反百姓，得知末將與楊將軍是鎮國公主派遣，前去解救被送往九重台孩童……勒令九重台停工的，紛紛歸順……共計七百九十二人！」

大殿內陡然寂靜無聲。

「林將軍和楊將軍辛苦了！」白卿言頷首之後，看向大殿內靜默無聲的官員。

她知道這些官員都在心中揣測什麼，他們在揣測她白卿言竟然在還未進大都城之前，便已違抗聖旨派兵前往九重台，強令九重台停工，又救下皇帝要的那些孩童，如此罔顧君威，是否要反？

與白卿言所猜差不多，百官心中打鼓……雖然說，鎮國公主所做無錯，可如此強硬的公然違抗聖旨，罔顧皇權君威，這不免讓人懷疑鎮國公主有不臣之心。若是鎮國公主真的有不臣之心，有將如今的林氏皇權取而代之之心，他們這些手無縛雞之力的文臣又能做什麼？

這到處都是鎮國公主的兵，許多造反的城池已經歸順鎮國公主，他們還能做什麼?!

在場的諸位官員，哪一個沒有看到太子向梁王求饒之時的諂媚之態，若是讓他們輔佐這樣一個君王，在場的哪一位官員又甘心?!

林氏皇權大勢已去，這是顯而易見的事情。他們敬佩鎮國公主，甚至願意擁戴鎮國公主，可前提是……她是個男人，女子怎麼能主政一國？

「長姐……」白錦繡適時跨入正殿，朝白卿言拱手，對白卿言使眼色，「小七來了！說有急事要見長姐，事關祖母！」

白錦繡雖然不喜歡李明瑞這個人，卻不得不承認李明瑞話說得很對，長姐稱帝這件事……需要有人來挑頭，可話不能由長姐來說。

白卿言原本打算直面眾臣，可她明白白錦繡的意思，已經到了這一步，就差白卿言明說她早已決意反了這林氏皇權，但白錦繡不想白卿言背負叛臣之名，想推著白卿言名正言順的更進一步，可她不知白卿言有自己的打算。

「我知諸位心中多有揣測疑惑……」白卿言目光清明望著大殿之中的大臣，「還請諸位稍後……白卿言定會為諸位解惑！如今民心不穩，百廢待興……還請諸位商議商議，好生拿出個章程來，如何穩定民心朝局！還有崇山嶺一帶受災之地如何災後重建，當定什麼樣的措施，雖然往年賑災皆有例可循，但於百姓而言還是頗為沉重，勞煩諸位多費心。」

白卿言朝著眾位朝臣拱手後，隨白錦繡跨出大殿。

大殿之內朝臣們頓時如同炸開一般熱議，有官員想要跟隨白卿言，卻被帶刀將士攔在大殿之內。

兵部尚書沈敬中望著白卿言的背影，轉身壓低聲同呂相道：「鎮國公主帶兵回來，若真要稱帝，怕是……我們不同意也得同意！」

呂相緊緊抿著唇，半晌才道：「可你能說鎮國公主做錯了嗎？陛下的旨意……誰人聽了不心寒，我等死諫卻被打入天牢，梁王呢？只在乎登基，又怎會在乎百姓死活，他甚至連史書工筆都不怕！這樣謀權篡位肆無忌憚的皇帝，你敢效忠？」

沈敬中垂眸靜思。

「再說那位太子殿下……」呂相提到太子就搖頭。

「不提也罷！」沈敬中掩飾不住心裡鄙夷，一想到太子朝梁王搖尾乞憐的模樣，沈敬中就無法再認那位太子為主上。

白卿言出了大殿，脫下盔帽，白錦繡順勢接過，她看到長姐的手臂在抖，知道此戰長姐是拼盡全力速戰速決，身上定然有傷。

白卿言目光溫柔望著白錦繡：「是祖母出了事，還是你害怕長姐直面那些大臣說出要反的意圖，會被千夫所指？」

「梁王將祖母和已經駕崩的皇帝，還有太子，一同帶出了大都城！」

聞言，白卿言瞳仁一緊。

「長姐勿憂，紀庭瑜已經帶人去追了。」

騎著快馬從宮門外進來的白錦瑟，看到高階之上的白卿言和白錦繡，從馬背一躍而下，險些踉蹌跌倒，扯著嗓子喊了一聲「長姐」，便拎著裙擺匆匆朝臺階上跑來。

白卿言和白錦繡兩人從高階上往下迎了幾步，白錦瑟一見到自家長姐眼睛就紅了：「長姐……」

白卿言凝視長高不少的幼妹，抬手摸了摸白錦瑟的髮頂。

「小七，二姐不是派了兵去護著鎮國公主府，祖母怎麼會被梁王帶走？」白錦繡急不可耐問。

「梁王用皇帝和太子的性命要脅祖母，祖母便獨自一人出鎮國公主府，同他們一同離去了，可是長姐……祖母還有更深的用意！」白錦瑟用力握著白卿言的手，「祖母在臨行前和蔣嬤嬤說了一些話，我都聽到了，祖母知道梁王想用她做籌碼，她之所以去了，一來是無法看著長姐這個她最疼愛的孫女兒覆滅林家皇權，二來……是為了教會長姐成為帝王最為重要的一課，帝王之心當無情，帝王之血應冰冷，為大仁捨小義，為大局捨私情，才能成為一個成熟的帝王，帝王之心需心容天下，而權力之巔，生而孤寡，只有國之利益，沒有容納帝王個人榮辱和私情的餘地。」

白錦瑟幾乎將大長公主的話一字不落背給白卿言聽。

「長姐，祖母這是抱了必死的決心，要麼用命護住林氏皇權，要麼……用命教會長姐帝王無情。」白錦瑟用衣袖擦去額頭的汗。

白卿言是大長公主一手帶大，所以當皇帝下了強搶孩童的聖旨，當白錦繡帶兵圍困皇城卻遲遲不攻，當白卿言帶兵回都，大長公主就知道……這林氏皇權到頭了。

白家不反，是因為不想讓這晉國百姓無辜受累，不想讓將士無辜喪命。

而如今，林氏皇權不但不護民，還要用百姓的孩子去煉製丹藥，一個是為求長生不老……一個是為名正言順交換皇位，而那位太子……多半會是只要皇帝開口，他必照辦！

白家建立白家軍之初，便是為了護民安民，如今林氏害民……白家舉兵反之，順理成章。

「長姐，祖母是林氏的大長公主，也是我們的祖母……這對祖母來說，已是她能做的最好選擇。」白錦繡不想讓白卿言心中難過，低聲安撫，「祖母護著林家，同我們護著白家是一樣的。」

白卿言手心收緊，她緊抿著唇，半晌啞著嗓子開口：「祖母……是錯的。」

帝王無情，這是林氏的為君之道！

可她以為，治國依法，法是無情，君需有情！國君不僅要心懷大仁，更要心有情義。

她會證明給祖母看，祖母是錯的……

「長姐……」白錦瑟上前一步，低聲開口，「紀庭瑜已經去追了，定然能將祖母追回來！」

白卿言點了點頭：「你派人給朔陽報個平安，以免母親和嬸嬸們掛心。」

「長姐放心，我已經派人回朔陽報信了！」白錦繡道。

而大殿之內，李明瑞口中正念著《十月之交》，長揖對百官行禮：「詩經之中的《十月之交》，是周幽王當政之時朝中小官所作！日者，陽德之母也，日者亦是人君之象。如今我晉國天地不寧，警示天下，不仁者不配為君，林氏皇權就如同周幽王皇室一般，已走到盡頭。」

「李明瑞！你還敢來！」兵部尚書沈敬中抽出林康樂身上佩刀就要朝李明瑞砍去，幸虧林康樂眼疾手快將其攔住。

「諸位，明瑞知道……因為之前明瑞相助梁王之事，諸位對明瑞心中多有芥蒂，可站在這裡的官員之中，也並非只有明瑞一人助過梁王，安大人……潘大人？對嗎？」李明瑞笑盈盈朝著縮在百官最後的兩位官員看去。

那兩位官員訕訕一笑，潘大人更是忙朝著大殿門口的方向跪地叩首：「下官日後誓死跟隨鎮國公主！」

李明瑞視線落在呂相身上，大有要侃侃而談的架勢：「呂相，今日先有日食，後又傳來崇巒嶺地動，水江鬧水患，這難道還不算是上天警示，這晉國的天地應當換主了？」

「皇帝一心建造九重台……要用一千孩童的命來煉製長生不老的丹藥，這樣視百姓為草芥甚至是牲畜的君王與當初的商紂有何區別？」李明瑞語聲慢條斯理，手捂心口，彷彿心痛至極，「李明瑞原本以為……梁王會是良主，可後來發現錯的離譜，梁王只想要登上這個皇位，坐上那個位置，不是為百姓謀利，而是他可以為所欲為，想殺誰便殺誰！這樣的君王必會是下一個商紂！」

「而廢太子……」李明瑞搖了搖頭，「諸位都應該看到了，那樣的品性，那樣的懦弱，又怎麼能當得起一國之君？」

「百年將門大都白家，護衛晉國數百年，白家一直以匡扶萬民為己任，征南伐北，護我晉國邊民無憂無懼！白氏一門的功績，可以說在晉國無人可比，白氏的護民之心更是無人可比！」李明瑞環視百官，「在朝中諸位都曾與鎮國王白威霆，或是鎮國公白岐山為同僚，白氏一族的品行諸位有目共睹！」

李明瑞正在侃侃而談之時，白卿言已經跨入大殿：「此事還是我親自來同諸位大人說，就不勞李大人費心了。」

聞言，李明瑞忙朝著白卿言一拜，姿態溫文爾雅退至一旁。他負在背後的手收緊心有不甘，李明瑞此次挑頭，本是想要在白卿言面前搏一點功勞，誰知白卿言卻似不買帳，非要直面百官。

白卿言在百官矚目之下，朝著放置龍椅高座的臺階走去，向上跨了幾步，轉身面對大殿之中的百官，開口：「白卿言行事一向磊落，心中無愧，凡事沒有不敢與人正面直言……」

話音剛落，百官就見劉宏，帶著一位樑國降將一同跨進大殿。

「見過鎮國公主！」劉宏與楊武策同白卿言行禮。

劉宏這一路以來看了那麼多的淒慘如同人間地獄之景象，對皇帝的忠心在逐漸動搖之後……又逐漸冷卻，他如今回來其實心底裡還是抱了一線希望，白卿言要反皇帝可以，皇帝不仁……讓他退位，好歹太子還算是個心善之人，扶太子登基也就是了。

然而，一進城，劉宏便聽說……皇帝崩逝，梁王登位之事，如今也不知道太子還活著沒有。

若是太子沒有能活下來，或許鎮國公主才是晉國最好的選擇。

白卿言垂眸望著單膝跪地覆命的劉宏和楊武策。

劉宏高聲道：「末將劉宏與楊武策將軍，奉命率兩萬將士，沿濮文城、龍陽城、幽化城、天瀾山一線城池回大都，勒令府衙不得強徵孩童，將已經徵回府衙的幼童送回家中，還有無人認領被買去充數的孩童，末將和楊將軍將孩子們帶回了大都城。」

楊武策看了眼話不說完的劉宏，抱拳繼續道：「沿途……濮文城、龍陽城、天瀾山等大小十六座城池守將造反，聽聞鎮國公主下令不得強徵孩童，且已反視百姓為牲畜草芥的林氏王朝，紛紛出城投降歸順！」

楊武策這話音一落，朝臣們頓時恍然，紛紛睜大眼朝白卿言望去……鎮國公主反了?!

劉宏死死咬著牙關，楊武策沒有一個字是瞎說的，尤其是龍陽城，聽聞鎮國公主已反，百姓歡呼雀躍，奔走哭喊，稱終於要迎來真正保民護民之主。

那樣的場景……劉宏到現在想起來，都覺蕩氣迴腸。

白卿言單手握著腰間佩劍，身姿挺拔如松柏立於高階之上，沒有絲毫的心虛退縮，任由百官注視打量……和揣測。

她看著或若有所思、或茫然無措的官員們，視線落在呂相的身上。

呂相是個聰明人，如今白卿言軍權在握，若是真的要反，如今站在這裡的……誰又有餘力同鎮國公主對抗？且劉宏和這位大樑的降將帶回來消息，皇帝施暴政，要用一千孩童煉製丹藥之事，已經逼得多地造反……

那些已反的將領，是因知道鎮國公主已反……臣服於鎮國公主的威名和德行。

這已經稱得上是眾望所歸了。

「白家世代忠義！我不信鎮國公主會反！」有官員跪地高呼，求證似的看向白卿言，聲音帶著哽咽，「白家世代忠義磊落，下官怎麼都不會相信，鎮國公主會罔顧白家百年的名聲，舉兵造反！」

「多地因皇帝、梁王昏聵已反，是因得知鎮國公主欲反林氏皇權，這才臣服束手！」李明瑞笑著同那位官員說，「正如這位大人所言，白氏一族……世代忠義，鎮國公主身為白家嫡長女，由大長公主和鎮國王親自教養長大，將林氏皇朝取而代之理所應當，我等應擁護鎮國公主登基為女帝，護我國萬千子民。」

呂相心中情緒千迴百折，聽到李明瑞說起鎮國王白威霆，垂眸靜思片刻，抬起一雙如炬的眸子望著白卿言，上前兩步問道：「鎮國公主，真的要反？」

白卿言絲毫不避諱呂相的目光，頷首，語聲鄭重：「不瞞諸位，從得知我祖父、父親、叔父和弟弟們戰死南疆時，我便生了反心。白家和白家軍南疆之死，全因陛下以為鎮國公府白家擁兵自重，猜忌白家忌憚白家，下面的人便揣摩聖意，聯合將我白家男兒置於死地之。」

大殿之內鴉雀無聲，所有人都靜靜望著白卿言。

董清平負在背後的手收緊，心裡不免替外甥女捏了一把冷汗，只覺白卿言說得也太直白了些。

「諸位可知道為何我祖父下令白家子嗣，年滿十歲者便要前往軍營歷練？」白卿言手握腰間佩劍，眸色發紅，她轉頭看著那象徵著皇權的寶座，「在我們這位皇帝最初被立為太子之時，他同我祖父說……姑父年長孤十歲，孤自幼視姑父為父兄，不以姑父為朝臣，姑父胸懷天下萬民，為天下蒼生謀求海晏河清，孤亦如此！朝中有孤，戰場有姑父，終此一生，託付軍權，永不相疑。」

朝臣屏息，靜靜聆聽白卿言徐徐話音。

「大晉稱霸列國數十年，多少封侯得爵將門都不願意自家子嗣再去前線捨命博功名，以致我晉國拿的出手的武將鳳毛麟角！既然無法強令其他將門之子入軍營，我祖父……為替大晉培養後繼震懾列國的將才，便只能命白家子嗣年滿十歲便入軍營歷練，可在皇帝眼中……卻覺得白家是為了將兵權把控在手心之中！」

「南疆之戰，面對西涼悍將雲破行，我祖父決意將白家滿門男兒盡數帶去前線，最小的小十七……才十歲，祖父不為白門留後路，這樣的赤膽忠心……就是因為皇帝當初的一句，為天下蒼生謀求海晏河清！所以祖父定下如此家規……是在為來日晉國一統天下做準備，祖父要讓白家諸子成為皇帝手中最鋒利的刀刃，為來日晉國一統天下培養所需將帥之才。」

白錦繡與白錦瑟就立在大殿門外，聽著自家長姐並不高亢的語聲，就那麼如泉水潺潺細細道來，卻讓人肝膽俱碎。

白家的結局，是因為相信了皇帝意欲一統天下的誓言。

「我祖父字為不渝，其意在……願還百姓以太平，建清平於人間，矢志不渝，至死方休。」

「天下一統……這是我白家世代相傳的志向，因為只有天下一統，才能四海太平，才能不再有骨肉分離，不再有老無所依，不再有家破人亡十室九空！天下一國，天下萬民皆一國之民，海晏河清，天下太平……白家要天下百姓都過上這樣的日子！」

這是白卿言第一次，將欲要天下一統這樣的心思，告訴晉國諸人。

「晉國皇帝沒有這個氣魄，晉國的皇室諸子安於現狀，只想守住祖宗基業，從未想過成為開疆拓土的明君，從無一統天下志向！」

白卿言目光灼灼：「後來又接到消息，大燕意欲滅魏，我便更加堅定了在滅梁之後，取代林氏皇權的念想！大燕滅魏……為的不僅僅是想雄踞列國之首！為的……是使燕國西面和南面再無後顧之憂，為來日天下一統打好基礎！燕國這樣民弱國貧之國，國君都有一統天下的雄心壯志，可看看我們的皇帝我們的皇子，哪一個有這樣的氣魄？」

但燕國短暫的優勢，在晉國滅了大樑之後便已消失了。

儘管如此……在這大殿內的百官也不得不承認，燕國……短短十數年，從當初被迫依附晉國而存的小國，到如今險些超越晉國的大國，讓人不由心生忌憚。

若非鎮國公主滅樑，如今的晉國……怕是屈居燕國之下了。

「再到回國途中，知道皇帝要用一千孩童煉製長生不老丹藥，弄得民不聊生，我便決意舉兵造反！各地如人間地獄的慘狀，諸位沒有看到，劉將軍和林將軍想必看得很清楚！」白卿言看向劉宏和林康樂。

林康樂上前抱拳同諸位大人道：「末將是個粗人，回來的途中……看到那孩童的母親不忍心自家孩子被做成丹藥，帶著孩子投河自盡時，知道那兩個孩子的父親和祖父是當年戰死在南疆戰場上時，便已決定……鎮國公主若是遵從聖旨不庇護那些孩子，末將就反了！就是死也不能讓皇帝派來的那群狗雜碎把孩子帶走！後來鎮國公主說，護民者白家護之！護民千秋萬代者，白家護之千秋萬代！害民者白家亦當為護民，反之！誅之！」

林康樂想起那日白卿言說起要反林氏皇權的話，便熱血沸騰，語聲激動的哽咽：「那日鎮國公主言，要為晉國萬民舉兵起義反林氏皇權！還百姓無憂無懼的太平山河，生死無悔！末將也願意跟隨鎮國公主，生死無悔！」說完，林康樂便抱拳跪在白卿言面前。

「白卿言已反林氏皇權，欲取而代之，為這天下一統，窮盡畢生之力！」她抱拳看向大殿之中的百官，「懇請諸位，同白卿言同舟共濟，白卿言必當會讓諸位看到百姓安居樂業，海晏河清的盛世之景！」白卿言說完，朝著滿殿的大臣鄭重長揖一拜。

李明瑞見狀，跪的十分快，高聲道：「誓死跟隨鎮國公主！」

「大燕已經在為天下一統籌謀行動，我楊武策降於鎮國公主，為的就是跟隨鎮國公主一統天下！至於那些不願意的……就老老實實窩在家裡，看別人在這亂世爭雄了！」楊武策說完，雙膝朝白卿言跪下，「末將率櫟國降卒，誓死跟隨鎮國公主！」

「末將誓死跟隨鎮國公主！」楊威也跪了下來。

白錦繡緊咬著牙，眼眶發紅跪下：「白錦繡率遠平大軍、白家軍……誓死跟隨鎮國公主！」

白錦瑟用衣袖擦了一把眼淚，有樣學樣跟著跪下。

大殿內官員手足無措，遊移不定，不知如何是好，只能都看向呂相，只等呂相拿個主意。

董清平見官員們眼含熱淚顯然已經被說動，原想當那個最先應聲之人，給心中已經臣服白卿言的臣子帶個頭，可一想到他和白卿言的舅甥關係，又怕不夠服眾。

董清平亦是看向呂相，若呂相能帶頭跟隨白卿言，百官必定再無疑慮。

呂相瞅著那立在高階之上，朝他們長揖行禮的女娃子，又再次想到了自己的老友白威霆，他與白威霆因官職的緣由……怕被皇帝忌憚，所以來往不多，可呂相一直是很敬佩白威霆的。

能被白威霆看重的嫡長孫女，能被鴻儒關雍崇視為……此生驕傲的弟子，品格也好，謀略也好，都如此出塵拔俗，當世又有多少人可以匹敵？

就在剛才皇城之內還亂成一團，陡然接到災報，白卿言先是臨時提拔官員，以賑災撫民為先，將能提出如何安排賑災糧餉的小小戶部巡官提拔為戶部尚書，又給了魏不恭三萬將士，用人不疑，有條不紊將事情安排下去。

戶部這位魏不恭，兵部尚書沈敬中同呂相說過多次，此人有才能，卻因太過耿直不願拍上峰馬屁，被戶部的官員排擠打壓。危急之時，鎮國公主敢大膽啟用能提出對策的小官。

再想到那位要用孩童煉丹的皇帝，再想到陰毒狠辣的梁王，又或是……那位軟骨頭的太子，不分對錯便對權勢低頭搖尾乞憐，全無氣節。

誰料讓人意外的，向來有著強牛之稱的柳如士竟先站了出來。

柳如士朝著白卿言一拜：「柳如士曾因鎮國公主焚殺降俘，心中不滿！可今日鎮國公主未曾惺惺作態讓他人前來威逼利誘，自己裝作臨危受命被迫登基，而是敢直言明告我等……為百姓、為天下一統反林氏皇權，柳如士敬服鎮國公主的坦蕩和胸懷！柳如士雖是文人，也有血性，亦是想看到天下一統那日！柳如士……願跟隨鎮國公主！」

柳如士說完，跪了下來。雖然柳如士已經不滿林氏皇權，可剛才李明瑞走進大殿，嘴裡念叨著什麼日者陽德之母也，著實是將柳如士給噁心壞了。

柳如士還以為白卿言道貌岸然，想要了這晉國天下……卻又不想背負罵名，所以啟用李明瑞這樣的小人，意欲勸說他們推舉白卿言登基為帝時，柳如士都已想好，若真是如此，他寧死都不會屈從白卿言。

而他沒有想到，白卿言卻打斷了李明瑞的話，直抒胸臆，坦然磊落……表述其欲反林氏，欲奪天下的勃勃雄心，可柳如士卻絲毫沒有覺得白卿言野心太大，反而被白卿言的光明磊落打動，被白卿言一統天下的言辭打動，熱血沸騰，願意跟隨白卿言共創大業。

呂相上前，朝著白卿言跪下：「老臣，願跟隨鎮國公主，恭請鎮國公主登基為帝，匡翼天下萬民！」董清平跪下，其餘官員有樣學樣跟著跪下，高呼：「臣願跟隨鎮國公主，恭請鎮國公主登基為帝，匡翼天下萬民！」

劉宏亦是紅了眼，終於還是跟隨己心，隨大臣們一同跪下。

白錦繡眉目間盡是笑意，抬頭看向自家站立在玉階之上的長姐……

是啊，這才是她的長姐，白家人心懷坦蕩，要那個皇位也要的坦坦蕩蕩，不願假借他人之口，惺惺作態做出一副臨危受命登位的模樣。

白家的志向，白家人護民安民之心，白家的氣魄和風骨，便足以讓朝臣追隨，何須他人相助。

這天下書同文，車同軌，度同制，行同倫，本就是一家，但凡有大志向的文官武將……誰不想完成這豐功偉業？建立不世之功？

「白卿言必不負諸位信賴！」白卿言朝著百官一拜，直起身道，「目下最要緊的是崇巒嶺和水江關災情，並昭告國境之內，不能再有徵召孩童之事發生，穩定國內民心！梁王鬧騰的這些日子，耽誤積壓下來的朝政想必已經堆積如山，雖知諸位大人這些日子受苦了，但還需呂相帶領百官受累，先行整理朝政！」

「應當的！」呂相拱手道。

「報……」有傳信兵快步奔至大殿門口，跪地高聲道，「紀庭瑜將軍傳信回來，梁王一行人出城之後，兵分六路而行，紀庭瑜將軍已經分兵前去追趕，特命人回來稟報。」

白卿言手心收緊，招手示意白錦繡將她的盔帽拿過來，轉頭看向呂相：「大都城，白卿言託付給呂相，如今梁王挾持廢太子和祖母逃離大都，白卿言需親自將祖母救回……」

「鎮國公主不可！」柳如士站起身來，改口道，「陛下如今為我國女帝，登基大典未定，大都城亂事剛平，怎可輕易涉險?!」

「禮部和欽天監商議出登基大典的時間，由呂相擬旨昭告列國，定國號為周，元為根本……天下一統為和，故定年號為元和。」白卿言語聲沉穩，說一不二的氣魄，「昭告四海……宣嘉年間南疆一戰，如有尚存一息的白家軍，白家子，務必火速回都，共證登基大典，與白卿言共建白家祖輩之宏圖大志。」

白錦繡聽到這話，眼淚頓時繃不住，淚流滿面。

白錦瑟用衣袖抹去眼淚，喉頭哽咽，轉過頭去還是忍不住低低哭出聲來。

她知道，這……便是長姐要登上這個位置最大的推動力！

長姐一旦登基，尚存一息的白家軍，白家子便會知道，回大都城來不會再連累白家，也不用他們再忍辱復仇，長姐想讓他們知道晉國改天換地為大周，一切都過去從此要掀開新的篇章，要開啟天下一統之戰。長姐要白家諸子和白家軍，堂堂正正的回來！

白卿言朝白錦繡招手，示意白錦繡將她的盔帽拿來……

「梁王一行人剛剛出城，我救回祖母便折返，若真是事出有變，登基大典之前，白卿言必會趕回。」她接過白錦繡遞來的盔帽，夾在手肘之下，道，「白卿言不在大都期間，朝政由呂相、白錦繡總領。」

「陛下！」柳如士還想再勸，卻被呂相攔住。

呂相知道，白卿言是她的祖母大長公主親手帶大的，她不可能棄她的祖母於不顧，且白卿言怕是還有同皇室做最後了結的想法，可如今的大都城大亂人心不穩，十分需要白卿言留下穩定人心，勸是要勸，但不能同柳如士這般莽撞直言，還需繞彎。

呂相習慣性用對待晉帝時圓滑的態度笑了笑，對白卿言長揖行禮：「陛下放心前去，大都城一切有老夫和秦夫人，一定不會出岔子！登基大典的日子定下之後，老臣會遣使臣去知會列國，屆時列國使臣將會來賀，還請陛下務必在登基大典之前趕回來！」

呂相話音頓了頓，又接著道：「只是……如今還有一件難事，官位多有空缺，還需要陛下在出發之前，將官員補位之事定下，此事……臣等確實不敢越俎代庖。」

白卿言朝呂相頷首，她明白呂相這是繞著彎兒勸她留下，更是在避嫌，呂相不想讓人以為他會趁此機會往各部安插自己的人手，更是為了防著旁人在各部安插自己的人，最重要的是讓她給百官一個施恩的機會，讓她留下來穩定人心，可呂相卻沒有明說。

或許是因為習慣了君王不聽勸，沒聽到白卿言應聲，呂相怕事關大長公主白卿言衝動，又勸了一句：「梁王兵分六路，未得到確鑿消息之前，陛下還是坐鎮宮中，等確定梁王挾持大長公主逃往哪裡，陛下再親自前去不晚！」

得知梁王挾持祖母出城，白卿言腦中大致過了一遍地圖，便已想明白梁王等人要去哪裡，南有朔陽，梁王不會去，東有登州府……白卿言的舅舅帶著登州軍在那裡，去東面容易腹背受敵。

北面白卿言剛剛帶軍回來，李茂、梁王一行人擔心冒險，那便只有往西南方向走，西南方向梁王能選的……要麼廣陵，要麼洛鴻城。

梁王手中沒兵了，要想同白卿言抗衡，便需要兵力和糧草……巧不巧如今燕沃正在修建廣河渠，有兵有糧草……

且廣河渠修好，燕沃便會是晉國最大的糧倉，基於重重考慮，若是逃出大都城，找一城固守，自然是廣陵城和洛鴻城最為合適。

而廣陵城靠近燕國，梁王一行人想必不願意冒這個風險，那便只能是洛鴻城了。

呂相還是怕勸不住白卿言，回頭扯住董清平的胳膊，拉著董清平一同上前……

白卿言連忙從高階之上走下來，絲毫沒有拿架子，全然將自己當做晚輩。

呂相將董清平拉到跟前，語重心長對白卿言道：「做一個帝王和做一個征戰殺伐的將軍不同，大都亂事剛平，朝野混亂……朝政不穩、人心更不穩，如今這裡……需要陛下留下來穩定大局，陛下才是這個大都城的主心骨！」

董清平也頷首點頭：「是啊，這件事上……我覺得呂相說得有道理。」

「長姐，呂相和董家舅舅如此說，自然有道理，我去吧！」白錦繡道，「我一定會將祖母安然無恙救回來！」

白卿言並非是一個聽不進去勸的人，白家從無不臣之心，所以……白家諸子自幼所學是如何做一個好的將帥，從未有人教過白家諸人如何去做一個帝王。

在如何做帝王這方面，她是一個學生，等著她去學的有太多。

她頷首，朝著呂相一拜，呂相連忙側身避開白卿言的禮，直呼不敢。

「白卿言年幼，曾在祖父面前受教……學得是如何做一個好的將帥，如今要領一國朝政，還需呂相與諸位大人多多匡扶！」白卿言抬頭望著呂相，「白卿言欲拜呂相為帝師，請呂相教我為君王之道。」

呂相在皇帝面前卑微圓滑慣了，這位即將登基的女帝，陡然以如此謙卑的態度求教，讓呂相措手不及之餘，更是心生感慨。

白家之人光明磊落，心懷天下，又肯虛心求教，比林氏皇族不知道強出多少倍，未來的大周國，有這樣一位帝王，何愁不能一統天下？

白家從不出廢物紈褲，是因為白家家風純正，白家……實在是太會教孩子了。

呂相眼含熱淚，心中感慨萬千，鄭重對白卿言長揖到地：「承蒙陛下不棄，老朽願鞠躬盡瘁，窮盡所學匡翼陛下……」

白卿言禮賢下士的誠懇姿態，讓大殿之中的文人眼眶發熱。

「白錦繡，林康樂……你二人先帶兵一路疾行前往洛鴻城的方向去追，務必要保證大長公主和廢太子安全，速度要快！我隨後就到。」白卿言道。

「白錦繡領命！」白錦繡抱拳道。

「末將領命！」林康樂沒問為何，白卿言算無遺策，三次征戰林康樂已經領教的清清楚楚，但凡鎮國公主有命，他絕不會遲疑。

皇宮已經清掃妥當，堆成山的奏摺被抬上來。

白卿言染血的銀甲未換，大臣們身上還是白衣，他們共坐大殿之內，處理堆積了太久的政務，誰都不敢懈怠。

白錦瑟派人將大殿明燈點亮，吩咐道：「派人去各位大人家中取來乾淨衣裳，為各位大人準備吃食。」

禮部和欽天監不到半個時辰便商定，白卿言登基大典定在六月二十，並遣使即刻前往各國，邀請列國使臣前來觀禮。

說是列國，其實如今也就是通知燕國、西涼還有戎狄三國。

登基的日子定下，白卿言利用大臣們用膳的間隙，走出大殿，喚來白家護衛，詢問白錦繡是否有消息送回來，是否已經追上了梁王……救出了大長公主。

白家護衛搖頭，白錦繡帶兵奔赴洛鴻城方向，至今還沒有消息送回來。

白卿言沉默片刻，才吩咐白家護衛回朔陽傳信報平安……

「再告訴白家諸位夫人，我登基的日子定於六月二十，讓諸位夫人不必著急趕來大都城，隨後白家七子……白卿玦，會率白家軍回朔陽，屆時由白卿玦率白家軍護衛白家諸位夫人回大都城。」

「大姑娘！」白家護衛不可思議抬頭看向白卿言，七公子……還活著?!

白卿言瞧著白家護衛的模樣，眼眶發酸，唇角勾起笑了笑，頷首：「去吧！去給諸位夫人報信！讓她們知道七公子還活著！」

如今已經不是白家危如累卵之時，白卿言與白家諸人披荊斬棘走到今天這個地步，站在今天這個位置，為的就是讓她的弟弟們和白家軍……堂堂正正的回來！

第九章　開創盛世

劉宏與楊武策已經帶人前去大都城勳貴各家宣旨，告知各家大周女帝登基大典定於六月二十。

謝羽長和符若兮率兵維護大都城內治安。

因梁王叛亂，冷清了兩個月的大都城，終於逐漸恢復往日的熱鬧。

皇權更替，晉國換周朝。第二日清晨，太陽高高升起，金色的朝陽將大都城籠罩其中。

那些被白錦繡及時疏散出大都城的百姓們聞訊，又都拖家帶口的回來。

大都城城門城牆之上，貼著好幾個告示，自今日起……他們便是大周的百姓，那個要用一千童男童女煉仙丹的皇帝，被鎮國公主推翻了！還有大都城城中被梁王強徵送往九重台的孩子們，鎮國公主已經派兵將孩子們全部接了回來，讓被奪了孩子的百姓去京兆尹府門前認領自家孩子。

多少孩子的父母看到這個消息，痛哭著往京兆尹府的方向跑去，有的跑丟了鞋子都不自知，期望快些見到自家的命根子。

有商戶也在朝陽之中，挪開門板……開門營業。

而大都城官員家眷，都派了人去皇宮周圍打探情況。昨日劉宏和楊武策到各家宣旨，告知白卿言要稱帝了，著實是將人嚇了一大跳，他們家裡眼巴巴等著自家當官的老爺回來，詢問情況。

可宮裡又來人取了他們老爺的衣裳，說是要在宮中處理積壓的政務。

這不，一夜過去了，也不見人回來，誰家家眷不擔心，生怕是自家老爺不從鎮國公主正在宮中受刑。奈何如今皇宮城門換防，換下來的全都是鎮國公主從大樑帶回來的兵，連做人情買賣套消息的門路都沒有。

皇宮內，白卿言與諸位大臣一夜未睡，此時所堆積的政務才處理了一小半。

官位較低的官員進行分揀，不重要的全部挪給六部侍郎處置，較為重要的交由六部尚書和呂相與白卿言一同商議。

呂相這一夜他算是長了見識……白卿言並非如她所言只懂得帶兵打仗，呂相著實是沒有想到白卿言對各國政事也是相當熟悉，對各部呈報上的問題也有十分妥當的處置之法，有與晉國原本律法不相同的地方，白卿言會與呂相和新提拔上來的幾部尚書商討，拿出實例……有理有據，令呂相等人折服。

藉此機會，白卿言又提出推行新法之事，並且將已經草擬好的變法綱要，取來同呂相等人商討。白卿言變法綱要之中，融合了蕭容衍派人送來姬后主持國政之時推行的新法、治國策略，同當初商君推行的新法、治國策略，各取所長相互融合，講的是以民為本，民富則國強，民強則兵強的道理。極為符合如今大周國情民情，呂相等人為白卿言的才智驚歎，而折服。

不僅如此，白卿言在沿用晉朝官制的同時，增設了一處校事府，但這個校事府的職能又與魏國時期的校事府有所不同，魏國的校事府是為監察百官，可白卿言要設立的校事府是在列國為大周收集情報。隨著大燕滅魏，大周滅樑國，兩國版圖擴大，逐鹿中原之心漸現……情報消息就來的尤為重要。

呂相和各部尚書深以為然，白卿言目光長遠，能夠深謀遠慮，為長遠做打算，他們很是敬佩。

白卿言欲將校事府交由兵部尚書沈敬中，讓其領兵部的同時，兼領校事府。

而此時，白卿言與白錦繡平安拿下大都城的消息，已經送到了白府，一直跟隨在白錦繡身邊的白府護衛繪聲繪色同白家諸位夫人講述了此次大都城亂世，大姑娘和二姑娘奪城的英勇。

白家諸位夫人還有五姑娘、六姑娘剛鬆了一口氣，董氏又問來報信的白家護衛：「既然梁王遁走，如今大都城內無主……大姑娘和二姑娘預備擁立誰人為帝，你可知曉？」

她心中隱隱有一個猜想，此次梁王既然已經殺了皇帝，太子又將臉丟到了天下人面前，若是阿寶真有稱帝之心，此時……便正是她拿下那個位置的好時候。

董氏的話音剛落，外面就又有白家護衛從大都城送信回來。

「快請進來！」董氏握緊了手中的茶杯。

很快，來送信的白家護衛進門，單膝跪地朝著諸位夫人行禮後道：「大姑娘派遣屬下回來同諸位夫人報信，六月二十大姑娘登基大典。」

登基?!正廳中幾位白家夫人除了董氏之外，皆是一臉震驚。

「嫂嫂？」五夫人齊氏睜大眼看向董氏，「這……」

五夫人話還未說完，就聽那來送信的白家護衛接著道：「大姑娘請諸位夫人不必著急趕去大都城，隨後七公子會率南疆白家軍回朔陽，屆時由七公子率白家軍親自護衛白家諸位夫人回大都城！」

「什麼?!」五夫人不由驚呼出聲，滿目不可置信，聲音顫抖道，「你再說一遍！」

七公子！白卿玦！董氏猛然握緊了座椅扶手，朝四夫人王氏看去。

白家護衛說完，抬頭竟不知何時已經淚流滿面，他看著震驚無比的諸位白家夫人，哽咽道：「夫人……七公子還活著！七公子還活著！」

四夫人王氏手中的佛珠順著手腕滑落，她忙跪地撿起佛珠，淚流滿面問：「你說……阿玦要回來了?!」

「母親！」白錦昭連忙上前扶起四夫人王氏，「七哥要回來了！這是好事！母親怎麼哭了？」

白錦華也忙扶住四夫人右側，哽咽道：「七哥要回來了，母親！七哥要回來了！」

王氏死死揪著心口的衣裳，用力點頭，明明是該高興的事情，可她不知為何眼淚如同斷線。

儘管白卿玦還活著的消息，白卿言早已經告訴了四夫人，可四夫人一直都以為自己此生怕是難見自己的兒子了，她整日求神拜佛，只求在死前能夠確定兒子活著就好，沒想到……此時白卿言卻派人送回消息……白卿玦不日就要回朔陽來，接她們回大都城。

「你……你沒騙我們，真的是阿玦？」三夫人李氏急急發問。

「大姑娘親口說的，讓諸位夫人不必急著趕去大都城，七公子會率兵回來親自護送諸位夫人前往，大姑娘叮囑讓我轉告諸位夫人……七公子還活著！」

李氏用帕子捂著嘴，眼淚吧嗒吧嗒往下掉。

五夫人齊氏亦是用力握緊座椅扶手，忍住哽咽問：「七公子還活著，那……其他公子呢？還有沒有……活下來的?!」

白卿玦還活著，是不是表示他們的其他孩子也活著?!死裡逃生了一個，旁的孩子是不是也有機會？老天爺開眼……能不能將白家的那些好孩子，都還回來……白卿玦還活著的消息陡然傳來，在白家人心中的震撼程度，要比白卿言六月二十登基還要來的震撼。

或許是因為諸位夫人很早前便已經看透，晉朝皇室早已腐朽，江山更迭是遲早的事情，且白家諸位夫人都聰慧，她們早在不經意之時，隱隱窺見會有這麼一日白卿言取而代之，可白家諸子……在那行軍記錄裡，可都是死了的啊！

董氏喉頭翻滚，她強壓著問護衛阿瑜會不會回來的話頭，坐在椅子上，死死扣著座椅扶手。

「大姑娘已經昭告四海，宣嘉年間南疆一戰，還尚存一息的白家子與白家軍務必火速回都，共證登基大典，共建白家祖輩宏圖大志！聖旨已經從大都城出發發往各地，想來很快舉國上下全都會收到！」

五夫人齊氏長長呼出一口氣，閉了閉眼又睜開，強撐著挺直脊梁，看向董氏：「大嫂，我明白了……阿寶不怕背負罵名登上帝位，為的就是讓所有的還存於世的白家人、白家軍，堂堂正正回來！晉國已改天換地，阿寶要讓他們知道……這個國，再也沒有人能讓他們背負汙名，這個國以後便是白家說了算！」

她們這些人都知道在白家男兒悉數葬身南疆之後，白卿言扛起白家肩膀上的擔子重，卻沒有想到是如此之重……她到底是什麼時候開始籌謀這些事情，她們一點兒都不知道，若是知道……多少都能夠開口求一求母家，幫白卿言一把！哪怕在旁人眼裡，白卿言是如何的戰無不勝，如何的無所不能，可她……在她們這些嬸嬸的眼裡，還只是一個孩子。

董氏喉頭酸脹，雙眼被霧氣朦朧，淺淺頷首之後道：「只希望，還存於世的白家人能回來！至少……能讓孩子們都回來！也算不枉費阿寶這一番辛苦。」

李氏哽咽點頭：「希望老天有眼……哪怕讓阿珞、阿雲他們回來一個呢！哪怕回來一個呢……」喜悲情緒交錯，白家燭火耀目的正廳內，幾位夫人哭成一團，在心底祈求上蒼……希望白卿言稱帝的消息昭告四海，她們的孩子都能回來！

五夫人齊氏垂淚之後，用帕子沾了沾眼角，語聲鄭重道：「嫂嫂，如今阿寶要登基了，還有些事情我們也能出得上力，派人給母家送信吧！我們各自母家在各地方也都有一定的勢力，幫不上大忙也必定能夠幫上小忙，改朝換代，穩定地方勢力也格外重要，尤其阿寶是女子，定會有人心有不服藉機生亂。」

「五弟妹說的對！」李氏也反應了過來，「我這就給母家去信一封！」

已哭得不能自已的四夫人王氏也點了點頭：「只是我人微言輕，不知道……母家肯不肯聽我的。」四夫人王氏雖是嫡女，可嫡親的弟弟早逝，母親傷了身子無法再孕，王氏一族便將庶弟過繼到母親膝下，那庶子如今是王家家主，不見得會聽她的。

「四嫂放心，阿寶就要登基了，聰明人都會明白何為大勢所趨……」五夫人齊氏道。

消息白家沒有刻意瞞著，便傳的十分快……

白氏宗族很快便知道白卿言要稱帝的消息，白氏宗族的人都要高興瘋了。

白岐禾的妻室方氏，聽到這個消息，大喜過後……又忍不住埋怨白岐禾和白卿平。

「當初我都說讓老爺和阿平有機會去白府的時候，就帶上我們那兩個女兒，讓她們也在鎮國公主面前露露臉，都是表姐妹的……她們之間就該多來往！可他們倆全然將我的話當成耳邊風！現在好了……人家白卿言要做皇帝了！我們家女兒還沒有來得及在人家面前混一個臉熟。」

「哎呦我的夫人！」蒲柳忙伸長脖子往外看了眼，這才壓低了聲音叮囑，「這話您可不能再說了！如今，那位可是陛下了……夫人這樣直呼其名，是犯了大忌諱！若是讓老爺和少爺聽到了還好說，要是讓有心之人聽到了，這可是天大的罪過！弄不好可是要掉腦袋的。」

方氏嚇得忙捂住嘴，往外瞧了瞧也沒有旁人，又氣惱的甩了甩帕子：「我這不是一時間改不過口嘛，再說了……就算是她登基成了女帝，我不還是她的嬸子！當初我同老爺提過，想為那位保媒……若是當初老爺鬆口，那位同我二哥家的嫡次子成了，你說現在我們還用愁什麼！都是老爺……白白錯過了這次好機會！」

蒲柳望著方氏，心裡暗暗歎氣，只覺方氏也太拎不清了些，那鎮國公主別說現在已經要登基為帝了，就是當初只是鎮國公主的時候……這樣的人物，哪裡就是方氏的侄子能配的上的？

說到這裡，方氏不知道想到了什麼，又轉過頭去眼神明亮瞅著蒲柳：「蒲柳，你說……這白卿言不是早年傷了身子沒有子嗣緣嗎？那以後她這皇位傳給誰？」

「夫人！」蒲柳瞪大了眼，「夫人這事不是夫人你能操心的！夫人也千萬不要在這件事上動什麼心思，小心得不償失！」

「我就是和你說說！」方氏越想這件事心裡就越高興，「你想想看，她在朔陽養病這段日子，三番四次差點兒救不過來，這次強撐著出征滅櫟，應該……差不多快油盡燈枯了吧？你說……這白家嫡支一脈的兒郎都已經死光了，我的阿平……平日裡又與她走的比較近，會不會……」

蒲柳再次被方氏的異想天開驚出一身冷汗來，她老早就知道方氏有時喜歡異想天開，沒想到方氏竟能匪夷所思到這個地步。「夫人，這話您可不能再說了！」蒲柳聲音壓得極低，「陛下是女帝，她自然可以將皇位傳給自家妹妹，別說陛下還有一個親庶妹，就是同嫡支二房、三房的嫡出姑娘那也是情比親姐妹！更何況那白家五夫人齊氏所出的白家八姑娘，陛下在朔陽的時候……幾乎成日都要見，都要帶在身邊。」

「可那都是女子，都是要嫁人……」方氏話說完才反應過來白卿言也是女子，她一甩帕子，皺眉低聲呢喃，「是啊！怎麼都輪不到我的阿平！可我的阿平為她練兵……為她守朔陽，難不成就白白辛苦了？」

「夫人……」蒲柳耐著性子，語重心長勸方氏，「少爺為陛下辛苦，所以陛下才重用了少爺，您忘了上一次白家的大夫人董氏曾有言，此次白氏宗族助朔陽渡過難關，等陛下回來必然是會論功行賞的，但……此事全由陛下決定，陛下不論賞什麼，我們都高高興興接著就是了，千萬不能去要，要……就是逾矩，便失了分寸！所以您可千萬別同老爺說讓老爺去同陛下要什麼！」

見方氏咬著下唇心有不甘，似受了天大的委屈，紅了眼，蒲柳繼續道：「您之前和老爺生了嫌隙，好不容易才挽回了老爺的心，可別再將老爺推遠了，到時受委屈的還是夫人您不是！」

蒲柳拍了拍方氏的手，柔聲叮囑道：「夫人可千萬記著奴婢的話，別一會兒老爺回來了，您忘乎所以在老爺跟前兒說了不該說的，惹老爺生氣。」

此時白岐禾正被一屋子的族老圍著，都在問白岐禾白卿言六月二十要登基為帝，族長準備怎麼安排，他們是否需要舉家搬入大都城之中，畢竟白卿言登基為帝之後，他們朔陽白氏一族便是正兒八經的皇親國戚了。

當初白卿言出手整治白氏宗族，沒有被除族的族人後怕不已，多虧當初他們自家或是兄弟或是子嗣被除族的時候，他們沒有意氣用事跟著一同出族，否則……如今皇親國戚裡可就沒有他們了。

而被除族的白氏族人，如今日子過的窮困潦倒，早已後悔不已，聽說了白卿言要稱帝的消息，更是捶胸頓腳懊悔不已，他們見不著白岐禾，便想方設法去軍營找到了白卿平，求白卿平在族長白岐禾面前說說好話，求讓他們回到族內，他們再也不敢肆意妄為了。

白卿平自小生在朔陽，長在朔陽，還不明白宗族這群人的德性？被除族後他們的日子過的不如之前在白氏族內……可以仗著大都城鎮國公府白家之威那麼舒坦。

而今，知道阿姐要登基為帝了，被除族的這些人想著白氏一族都要成為皇親國戚了，這才低聲下氣屈膝前來認錯。他們這樣的人，江山易改本性難移，當初還只是仗著大都城白家鎮國公府的威勢都敢欺淩朔陽百姓，若是讓他們這樣的人成為皇親國戚，還不知道要怎麼欺凌百姓。

白卿平在朔陽帶兵這麼久，早已經不是當初那個無底氣無魄力只有一腔憤懣的少年郎，白卿平下令若有人再來軍營門口生事，一律關押入獄，罰其礦窯勞作三十日才能放人。

將士們奉命將被除族的白氏族人拉開，白卿平揚鞭快馬離去。

他知道，此時朔陽白氏族人應當已經得到消息去找父親了，他得趕緊回去看看。

白卿平剛走到廊廡之下，還未來得及跨進白岐禾書房，就聽到有族人說起此次守朔陽他們家出力最多應當論什麼樣的功勞，白卿言是不是得給他們封一個王爺……

「族長，您說……現在陛下登基，咱們作為族人，還是此次守朔陽有功的族人，是不是應當好好的封賞封賞，我們在陛下面前說不上話，屆時還希望族長您能在陛下面前說說我們的功勞，好歹都是皇親國戚了，封個什麼封地，得個世襲罔替的王爺應該不成問題吧！」

「對對對！當初保朔陽的時候，那董氏……不，是太后可是親口說了，誰家出力最多要論功行賞，我們幾家子為了給朔陽屯糧食，那可是幾乎傾家蕩產，族長您這都是知道的！」

「可不是，為了讓鎮國公主順利登基，護住白家各位夫人不被梁王的人捉去威脅鎮國公主，我們可是拼死相護，出了大力的！族長你想想，若是太后讓人捉走了……鎮國公主能這麼順利登基嗎？這要論起來，鎮國公主登基我們白氏宗族當居首功啊！」

白岐禾聽著族人七嘴八舌癡心妄想之語，只端起茶杯垂眸喝茶，隱忍不發。

「首功?!我倒不知道……諸位什麼時候拼死相護白家諸位夫人了？」白卿平語速慢條斯理，不緊不慢從書房外進來，朝著白岐禾一禮，接著同族人道，「李明瑞帶兵攻朔陽的時候，諸位領兵上城牆之上禦敵了？還是親自射殺賊人活捉李明瑞了？是白家兩位姑娘帶著鎮國公主練的朔陽軍上城牆禦敵，更是白家夫人將府中護衛盡數派出，抵禦敵軍！也是白家護衛紀庭瑜帶著白家軍及時趕到，這才保住了在座諸位的腦袋！」

「白卿平年紀雖然不大，也算是見過厚顏無恥的，見過忘恩負義的，也見過以德報怨，可沒見過如此顛倒黑白……將旁人給予自己的恩情，說成自己給恩人恩情的！諸位可真是讓我大開眼界。」白卿平語音冷肅。

「論功勞，白卿平自認不敢同奔赴韓城滅梁的將士們相比，亦是不敢同大都白家諸位夫人和幾位姑娘相比！只是諸位……護住朔陽亦是為了護住你們自己的命，此次護衛朔陽你們有功的……白家諸位夫人都記在心裡，等呈報於陛下，陛下自會論功行賞。」

「但……諸位若是再如此顛倒黑白，以為此次護衛朔陽都盡是白氏一族的功勞，我白卿平第一個不答應，必會將諸位今日所言……原原本本告知陛下！」

族老見白卿平態度如此強硬，卻又不敢輕易得罪這父子倆，畢竟現在能在白卿言面前說上話的也就是白岐禾和白卿平了。年紀最大的族老見狀，笑著道：「好了好了！我們不在這兒說爭功的事情了，什麼封不封地……或是封不封王的，不管封不封咱們也都是陛下的親人，陛下的長輩！」話音一落，就見諸位族人要爭辯，那年紀最大的族老擺了擺手示意族人先不要著急，隨即雙手握住拐杖，故作沉穩的長長歎了一口氣，轉頭朝白岐禾的方向看去：「族長，您看……咱們都是陛下的親人族人和長輩，有些話旁人不能說的，咱們做長輩的可要替陛下操心操心！」

白岐禾端著茶杯，抬眸含笑問：「在外陛下有百官大臣，在內陛下有白家諸位夫人，不知陛下有什麼事……是需要輪到族老您來操心的？」

「這些話……大臣們不敢說，提起來恐怕會讓白家諸位夫人傷心，所以也只能由我們這些長輩厚顏向陛下諫言了！您看，陛下早年傷了身子，沒有子嗣緣！且就這麼個身子還為了救前朝太子傷過一次，在朔陽養傷期間幾次三番差點兒……」那族老似乎不忍心說下去，聲音頓了頓便接著道，「陛下身子已經成了那個樣子，膝下又不能再有子嗣，這要是有一個萬一……大周上下可就亂了，所以為舉國穩定，還需要早日確立儲君以安人心！」

「是啊！」有族人連忙跟著附和，「可以讓陛下從宗族之中過繼幼子，立為儲君養在膝下，將來若是陛下身體有一個萬一，國有儲君……也就有主心骨，國也不至於跟著大亂啊！」

「諸位說笑了……」已經落坐的白卿平冷笑，「陛下的身子也不是你們應該操心的事情，陛下更不會從宗族之中過繼子嗣的，雖然陛下子嗣緣淺薄，但不代表陛下不會有子嗣，且陛下諸多妹妹都在，那白家八姑娘更是自小便與陛下處在一處，情分十分深！」

「向來傳位都是傳於子的，哪有傳位於妹妹的！這像什麼話……」

「世上並非沒有傳位於弟弟的先例，陛下為女子可以登基為帝，傳位於親妹又有何不可？」白卿平轉頭看向那位說話的族人，「即便是陛下真的要過繼子嗣，別說陛下的幾位妹妹還都未成親，成親的白家姑娘秦夫人膝下便有一子，論起近親來……難道不比宗族之人的子嗣更親近？」

「那怎麼能一樣，那二姑娘膝下的孩子可姓秦不姓白！難不成還要白家的皇位旁落成秦家人的！」

白卿平接著問：「難道二姑娘體內流的，難不成不是白家嫡支的血？」

「那不一樣，女生外向的……」那族人話一出口，說完才想起這白卿言也是女子。

「哦……原來是看不起女子啊！」白卿平端起手邊茶杯，「既然是如此，何必以皇親自居？

陛下……可是女子啊！」

「阿平你也是的，竟還真的同諸位族老在這裡大言炎炎談論此事，此事是宗族可以左右的嗎？」白岐禾老神在在，一副風淡雲輕的模樣，「別忘了宗族之人當初胡作非為，差點兒逼得陛下自請出族，如今護衛朔陽捐錢糧一事，不過是戴罪立功！陛下登基之後不怪罪都是好的了，誰有那個膽子去陛下面前請功，誰有那個膽子逼著陛下非過繼宗族子嗣不可？誰有那個膽子……那誰便去見陛下，反正我這個族長不敢，我可不想日子過的稍微舒坦一些，就真拿自己當個東西，做出那些不是東西的事情來。」

族人聽白岐禾如此說立刻噤聲。

「父親教訓的是！」白卿平站起身，心氣兒倒也平穩了不少，忍著笑對白岐禾長揖一禮，「兒子以後不敢了。」

白氏族人：「……」

整整三天，白卿言同百官一直在大殿之內處理政事。

這三天宮內忙的是熱火朝天，宮外也沒有消停。清貴人家到處奔走打探情況。如今還被扣在宮中的官員，除了曾經是李茂一黨……又被梁王抛下的官員之外，其餘人都是支持太子的！

記得之前，每每消息傳回來，以呂相為首、兵部尚書沈敬中、大理寺卿呂晉、鴻臚寺卿董清平等，都是十分堅定的立在太子一邊。

還有梁王登基之前，曾稱要在登基之後斬殺呂相一干重臣，不止呂相一家，但凡是支持太子的官員家中都是惶惶不安，只求白錦繡能盡快攻下皇宮救出自家寧死不從梁王的老爺和孩子。

後來，鎮國公主帶兵攻下皇城，眾人才高興了沒多久，宮中就又傳來消息，說鎮國公主要登基為女帝。這可把大都城內這些勳貴人家嚇慘了，鎮國公主是帶著兵回來的不說，那白錦繡的手裡也攥著兵權，這亂世中……誰握著兵權，誰就是強者，這大都城顯然已經是白家天下。

各家都在怕，若是他們自家的老爺和兒子執拗就是不肯屈從鎮國公主，弄不好還是逃不過被殺的命運，連他們這些家眷怕是也沒法倖免。

惶惶不安的清貴人家，紛紛派家中得力的僕從去宮外打探消息，又都什麼都打探不出來。打探不出消息……這才是讓人最心慌的。

還有人去了鎮國公主府，誰知鎮國公主府外被重兵把守，他們根本就進不去，裡面的人到現在也出不來，況且鎮國公主府的下人嘴巴一向緊，就算是能見，保不齊也是打探不出什麼來。

緊接著宮中又派人出來，去往官員府邸給諸位官員拿衣裳，這更是讓大都城中清貴家女眷坐立不安，這擺明是把人扣在宮裡了啊！也有消息靈通的，聽說宮裡出來的人也同樣去了鴻臚寺卿董大人家中取衣裳，眾人又紛紛趕往董府打探消息。

誰知道鴻臚寺卿的夫人宋氏，也是一問三不知，只是安撫各位，稱白卿言並非是如同梁王一般濫殺無辜之人，且白家百年盛譽，子嗣各個都是頂天立地，品性端方，更別說白卿言還是連鴻儒關老先生都稱作此生之傲的弟子。

宋氏只說她猜測，白卿言將人留在宮中，或許是因為這段日子大都城生亂堆積的朝政太多，便留百官在宮中處理朝政，但大多數人都以為這是糊弄搪塞的說詞。

送走了前來打探消息的各路人馬，宋氏也是口乾舌燥，端起女兒遞來的茶杯一杯接一杯。

最初消息送來，說白卿言要登基為女帝，改國號為周，著實是將宋氏嚇了一大跳。

這女子登基為帝之事，可是晉國千古來頭一遭，西涼就不說了，那西涼女帝可是正兒八經的西涼皇帝親女，而西涼皇帝也的確是沒有兒子，女帝這才登基稱帝的。

可白卿言……雖說祖母是大長公主，到底不姓林。

倒是董葶珍，錯愕之後，反倒是同母親分析起白卿言比任何人都適合當女帝的因由，林氏一族……不論是梁王也好，太子也罷，繼位都不會是明君。

晉朝接連生亂，已如桑落瓦解，其勢可見。再看表姐，命人救下九重台的孩童，那些各地已經造反的將士們，聽到表姐已反便紛紛跟隨，否則表姐如何能回來的如此之快？

這就叫眾望所歸……風骨傲岸的表姐白卿言，品行出眾，是個頂天立地的女君子。

源潔則流清，形端則影直。若是大周國的帝王是表姐白卿言這樣一個冰壑玉壺的君子，那麼大周朝朝政必然會顯現朗朗風氣，將會有晉朝高祖在世時……文臣死諫，武將死戰的清明態勢。

而且，若是晉國有一位女帝，必會大大提高女子的地位，說不準……表姐會開創先河，准許女子考科舉，允許女子為官。

大都城之中才女眾多，可是才女總是被困於後宅……

猶如白家這樣，不輕視女子，女兒家也可以同自家兒子一同學習……一同沙場歷練的人家太少。

若是自小從這樣家族中長大的表姐成為皇帝，必然會影響一朝男尊女卑的風氣。

宋氏聽完轉頭看向雙眸發亮的董葶珍，握住董葶珍的手：「所以，你是希望你表姐登上帝位，可以改善女子地位？」

「表姐登基為帝，大周朝女子的地位必會有所變化。」董葶珍語氣肯定。

宋氏緩緩點了點頭，同為女子……宋氏也知道晉國女子的地位的確是太低，可男尊女卑延續了數千年，真的能因為白卿言登基有所改善嗎？

一國風氣源端便是皇帝，就如同當初晉朝皇帝煉丹，清貴人家便跟著仿效，一時間往家中請道士煉丹，服用丹藥，竟然在大都城形成了權貴的象徵，道士丹師一下成了大都城炙手可熱的。又有多少清貴人家學皇帝……從人牙子手中買來幼童，就是為了煉製丹藥，為自己延續壽命，枉死在丹爐裡的孩童不知有多少。這樣的朝廷，即便是表姐不推翻，來日必會引發更大的亂象。

直到第三日傍晚，堆積在宮內的奏摺處理完畢，官員們拖著發軟的身子被將士護送回府，從大殿中出來的那一刻，官員們都有種回到了少年參加科舉考試時的那幾日，簡直跟脫了層皮一般。

白卿言派將士送官員出宮回府的消息傳回各府，各府主母攜家眷紛紛都立在門口迎接自家的老爺、或是兒子。

呂相子孫眾多，呂相府門口此時更是擠滿了呂家子孫女眷，呂元慶更是騎馬去宮門口等候自家翁翁和大伯。一見自家翁翁的馬車出來，呂元慶立刻提韁上前：「翁翁，大伯……」

呂相聞言，挑開馬車車簾，抬眸朝著孫子看了眼，同孫子道：「回府再說！」

「是！」呂元慶快馬行至最前，在前方帶路。

回呂相府途中，呂元慶看到不少下了馬車的官員被自家哭泣著的女眷或是子嗣攙扶入府，心中不免打鼓，猜測這些官員是否在宮裡受了大刑，是同意了白卿言登基為女帝，才被放出來。

呂相一到呂府門口，兒子、孫子、孫女和兒媳婦們都圍了上去，呂元慶扶著呂相下了馬車，就聽三兒媳哭著道：「讓父親受苦了！」

呂相眉頭一緊：「這是什麼話?!處理積壓的政務，陛下也同我等在大殿忙碌了三天三夜，陛下都沒有喊苦，我等怎麼能喊苦！」

呂元慶知道，翁翁這是害怕母親口不擇言說些什麼不敬白卿言的話來，反而對呂家不妙。

呂元寶忙上前扶住自家父親，同呂相道：「翁翁，爹爹，我們回家再說。」

「快，給老爺和父親準備熱茶吃食！」呂相長媳喊道。

扶著呂相進門，一家子在正廳坐下之後，呂相的長子屏退左右，連貼身的長隨都沒有留，長舒了一口氣，看向呂相：「父親，在宮內的時候，兒子沒有敢問，父親是真的贊同鎮國公主登基？」

「不贊同，你還有更好的人選嗎？」呂相端起熱茶喝了一口，「雖然說她是個女子，可這接連三日來……你也看到了，遠見卓識、胸懷廣袤，對大燕和西涼的治國之法瞭解甚深，甚至可以取其精華來彌補我國國策上的不足，又能禮賢下士，聽得進去旁人的意見！最重要的……是有一顆一統天下的勃勃雄心。」

呂相長子點了點頭，若非白卿言是個女子，這接連三日接觸下來，呂相的長子必當佩服的五體投地。「敢在這個時候提出推行新法之事，且已草擬好變法綱要，且非常符合目下國情，又敢大力推行這種……以民為本，民富則國強，民強則兵強的策略，而並非是以往的以皇族和世家利益為先！若是太子登基，怕是無法推行新法！只有朝代更迭，新任國君上位，才不會被世族和皇族掣肘！可見……將林氏皇權取而代之和變法之事，正如她所言，早在宣嘉年間白家諸人戰死之時，便已經開始圖謀！」

呂相自打看過新法之後，心中震撼久久不能平復：「從生了這個心思，到如今將林氏皇權取而代之，短短不到三年的時間啊……陛下滅了樑國擴大晉國地域，轉而又將林氏皇權取而代之！這樣的魄力……拔山超海！有這樣的帝王……何愁不能天下一同！」

「是啊……」呂相長子聽父親這麼說，也恍然點頭，「那年白家逢難，所有人都以為白家在大都城無立錐之地，誰知道不到三年的時間……陛下帶著白氏一族捲土重來，平南疆，滅大樑，推翻林氏皇權取而代之！更讓人心驚的是……那年白家正處於生死邊緣之時，她竟然就已經開始為天下一統謀劃！窮且益堅，不墜青雲之志……這樣的品性實屬難得。」

「此女子更是放眼於整個天下，設立校事府……不是為了監視百官，而是為了收集各國情報，以備來日！」呂相半瞇著眼，凝視著微微搖曳的燭火，搖頭，「這林氏皇家，誰能有這樣的遠見？曾經的君王沒有這樣的雄心，我等朝臣……也便從來沒有想過，去完成那天下一統的大業。」

坐在一旁的呂元慶見自家翁翁和大伯你一句我一句，說的全都是對白卿言的讚賞之語問：「所以翁翁和大伯是贊成鎮國公主稱帝的？」

「是陛下！」呂相手中杯蓋猛然扣住，叮囑呂家諸人，「從即刻起，你們都記住了，雖然陛下還未登基，但新朝大周已定！我等以後便是大周朝臣！尤其是你們……呂元慶、呂元寶，陛下登基之後，要推行新政，必然會大膽啟用新人，你們一個是榜眼，一個是二甲第六，說不準會入陛下之眼，你們要記住翁翁的話，千萬不要因為陛下是女子之身，便輕看陛下！不到三年能做到如此成績的……別說是女子，就是男子怕都是鳳毛麟角！陛下……是一個有真本事的人。」

呂元寶與呂元慶連忙起身同呂相長揖行禮道：「孫兒謹記翁翁教誨。」這話，即便是呂相不說，呂元寶和呂元慶也絕不敢輕視白卿言，畢竟……白卿言戰功卓著，別說此次的滅樑之戰，和之前平定南疆，白卿言年幼時隨鎮國王白威霆出征，可是砍下了敵國大將龐平國頭顱的！

不管旁人怎麼說，這是鎮國王為自家孫女兒做臉面，可若是白卿言沒有幾分真本領，是絕無可能斬下敵國大將軍腦袋的。

此時不僅呂府，各朝臣回府之後幾乎都傳達了這樣的想法。

這些晉國朝臣，不管是屈服於白卿言手中兵權的官員，還是如同呂相真的願意效忠白卿言的官員，都叮囑了自家人，雖然如今白卿言還未登基，但已經是大周朝，白卿言也已經是大周國的皇帝，千萬要對白卿言敬之尊之，就算是背地裡也不可出言冒犯，以免給家裡招來禍端。

很快，白卿言重新任命官員的旨意便傳達各府邸。

呂相拜為帝師，其餘官員酌情提拔，陳太傅的孫子陳釗鹿、董長元、呂元慶三人被大力提拔，而這其中並沒有對於李明瑞的任命。

呂相與長子剛剛沐浴準備歇下，就聽說……大都城之中晉朝的皇親貴族紛紛前來登門，稱有事求教呂相。呂相的長子聞訊，匆忙穿好衣裳便去請見自家老父親。

「父親，想來是這些晉朝皇親國戚從旁人處得知了陛下意圖變法之事，變法必定會傷到皇親國戚和世家的利益，可偏偏晉朝已經改換成大周，這些皇親國戚沒法在陛下面前拿架子，只好前來求教父親。」呂相長子立於書房几案前，看著正閉目由呂元慶幫忙絞頭髮的父親，心中擔憂不已道，「這些晉朝皇親國戚的力量不可小覷，怕會生亂啊！」

「你以為陛下帶回來的兵都是擺設？」呂相老神在在閉著眼，語速慢條斯理，未曾顯露絲毫擔憂之意，「陛下不會想不到這些晉朝皇親國戚會反對變法，老夫若猜的沒有錯……陛下定然還有後招，這位陛下雖是女子，可卻從來不做沒有把握之事啊！」

「那……晉朝的皇親國戚，父親見是不見？」呂相長子問。

「不見了！」呂相調整了一個較為舒坦的姿勢，「陛下要想朝政安穩……前朝勳貴必然是要解決的，此時相見無益……」

說完，呂相又看向自己的長子，似在思索什麼，約莫是被父親的目光看得不自在，呂相的長子打量了自己的衣裳，見沒有什麼不妥當才問：「父親，兒子可是有什麼不妥當？」

「錦賢……為父問你，你來日可想坐為父這個位置？」呂相突然問道。

呂錦賢一怔，明白父親這是有事託付，他朝著父親長揖一禮，道：「請父親教我！」

新皇要於六月二十日登基，皇宮要進行整體修葺，後宮之中前朝皇帝的妃嬪都要遣散出宮，還需要重新將太監和宮女登記造冊，事情十分瑣碎，白卿言一應交給董清平的兩個兒子，董長生、董長慶負責。

白卿言命人去給從南疆趕往朔陽和大都城的兩路白家軍送信，命他們不必太著急，趕在六月二十日登基大典回來便好，隨後就悄然挪回鎮國公主府清輝院中，暫時居住。

朔陽城的白家軍和白家護衛軍將鎮國公主府守了一個密不透風，大周朝將要登基的開國女帝就住在這裡，誰敢大意？

偏偏就有那不長眼的還是要往裡闖。這不，一個滿身狼狽的花子竟然往白府裡闖，口稱自己是晉朝太子身邊伺候的公公，要見鎮國公主。

朔陽來的白家軍瞅著眼前全身狼狽的花子，藉著白府門口懸在簷角的羊皮燈籠，隱約能看清楚這花子身上的衣裳，的確是晉朝皇宮裡太監的服飾。

「走走走！現在已經沒有什麼鎮國公主了！如今已經是大周朝了！我們女帝也不是你一個前朝奴才想見就能見的，再在白府門口喧嘩，小心你的腦袋！」說話的朔陽軍操著一口地方方言，伸手推了全漁一把。

全漁仰頭，這才發現鎮國公主府的牌匾已經換成了白府。「不會的！鎮國公主怎麼會反……鎮國公主是忠於太子的！」全漁瞳仁顫抖，滿眼不可置信，目光死死盯著那白府的牌匾不斷向後退。哪怕所有人都說鎮國公主反了，全漁都不相信，他清楚的記得那日鎮國公主為太子擋箭是多麼的義無反顧，滿身都是血……

如此忠於太子殿下的人，又怎麼會反了太子?!全漁不相信！

他向後退了幾步又陡然定住步子，他知道……一定是梁王登基，鎮國公主以為梁王已經殺了太子，所以才反的！「鎮國公主！太子沒死！」全漁拼死想闖進白府內，「太子被梁王劫持，求鎮國公主救太子殿下啊！」

朔陽白家軍將全漁死死攔住，剛才讓全漁走的小隊長頓時怒火中燒，一腳踹在全漁胸口，將全漁踹得飛出去老遠，狼狽跪在地上，疼得無法撐起身子。

那小隊長正要上前拎起全漁，將人丟遠一點，正巧之前經常陪著大姑娘還有四姑娘去太子府多次的白家護衛認出了全漁，忙從白府小跑出來，攔住了那脾氣暴躁的小隊長：「兄弟！兄弟！這位公公是晉朝廢太子身邊的公公，一直對我們大姑娘恭敬有加，不必如此……」

朔陽白家軍聽白家護衛如此說，這才收了怒氣，低聲道：「那也不能由著他如此在這裡喊。」

「我來勸勸！我來勸……」白家護衛笑著同朔陽白家軍的小隊長說了一聲，忙上前扶起全漁，「全漁公公！」

全漁抬頭，雙眸含淚：「鎮國公主定然是不知道太子還活著，太子殿下只是被梁王挾持了！求你了……讓我見一見鎮國公主，我得求鎮國公主救太子殿下！」

那護衛看著滿目惶恐不安，目光又急切的全漁，出言低聲安撫：「全漁公公，大姑娘日夜不休從韓城趕回來，後來又是一堆的朝政等著，根本就沒有休息，就剛才一筐一筐的奏摺抬入白府，大姑娘現在根本就抽不出時間見公公！」

全漁聽到這話，竟屈膝對白家護衛跪下：「求您了，讓我見一見鎮國公主！我知道鎮國公主是最忠心太子殿下的，鎮國公主……鎮國公主曾經為了救殿下連命都不要了啊！求您讓我見一見鎮國公主，求求您了……」

全漁仰頭望著白家護衛，從語聲哽咽到忍不住哭出了聲，卑微懇求。

自小在太子身邊伺候，哪怕當初太子還是不受寵的齊王，他也是皇子身邊最得寵的太監，除了主子……很少有人能讓全漁這般捨棄尊嚴跪下懇求。再後來齊王被封為太子，全漁的身分也跟著水漲船高，全漁身邊多的是對他獻媚的人，即便是主子……他也沒有再對誰屈膝過。

這是這麼多年來，全漁頭一次不要尊嚴，對一個護衛下跪懇求。

白家護衛瞧著全漁這模樣於心不忍，他見過全漁多次，全漁對大姑娘也好還是四姑娘也罷，一直都是關懷有加，他不似別的奴才那樣奴顏婢膝，那是發自內心的關心和擔憂，還記得大姑娘受傷那次，這位全漁公公比太子還要憂慮。

聽聞府外有人鬧事，白錦瑟聞訊本是出來瞧瞧，想看是誰不要命了，誰知一出來就看到了太子身邊那位公公全漁。白府門前守著的朔陽白家軍要行禮，被白錦瑟抬手制止。

聽到白家護衛正在低聲勸全漁先回去，說他們家大姑娘現在是真的沒有空閒見他，大姑娘回來到現在連歇都沒有歇，他們這些做護衛的是真的不忍心前去打擾之語。

白錦瑟轉過頭低聲交代了一句：「對待那位公公客氣些，將人勸走就是了，不要動粗。」

那朔陽白家軍的小隊長抱拳稱是。

白錦瑟深深看了眼還在白府門外痛哭懇求的全漁，轉身回了白府。

全漁是晉朝太子身邊最得寵的太監，按照道理說……更換新朝，這樣的太監是不能留的，可全漁在廢太子身邊並未害過白家，反而助過長姐。

只是，全漁身分尷尬，如此堅定的以為長姐是以為太子死了才要這個皇位的，即便是真的讓他見了長姐，得到的答案亦和他想的有所不同，又何必呢？

白錦瑟用小銀盞端了一盞酪漿，打簾剛進清輝院上房，就見蔣嬤嬤跪在幾筐奏摺旁，對著白卿言直哭，她將酪漿和小銀勺放在白卿言手邊，悄悄退到一旁。

蔣嬤嬤語聲哽咽難言，白卿言幾次讓珍明和珍光扶蔣嬤嬤起來，蔣嬤嬤都不起來。

蔣嬤嬤膝行上前，望著白卿言，語速又慢又悲傷道：「大姐兒，大長公主一番苦心，求大姐兒不要怪她，她是大姐兒的祖母，卻也是晉國的大長公主……大長公主那是自小被捧在手心裡長大的，她如何能不顧及自己父皇託付她守住的江山社稷，求大姐兒不要怪大長公主！」

「嬤嬤要這麼跪著，是要我陪著嬤嬤一同跪嗎？」白卿言擱下筆，望著蔣嬤嬤問。

白錦瑟上前親自去扶蔣嬤嬤：「嬤嬤……起來吧！您要再這麼長跪下去，長姐可就真的同您一起要跪下了……」

聽白錦瑟這麼說，蔣嬤嬤才含淚站起身來，滿眼淚水望著白卿言：「大姐兒……」

「嬤嬤，祖母為何同梁王走，我心裡已經清楚，不論是祖母想要奮力一搏希望能以她保住林氏皇權也好，還是若我反林氏皇權登基稱帝，便教於我成為帝王的一課也好，我都會救回祖母，因為她是我的祖母。」白卿言柔聲同蔣嬤嬤道，「且梁王如今還要用祖母來脅迫我，定然不會傷祖母分毫，蔣嬤嬤盡可放心。」

蔣嬤嬤點了點頭，瞧見白卿言眼下烏青的模樣，忍不住擔心白卿言的身子：「大姑娘征戰大樑之時，太醫傳回消息說大姑娘身子不大好，不知道如今可好些了？」蔣嬤嬤還記得當初白家大喪之時，她只顧著勸慰白卿言放過二爺在外面生的那個孽障，只顧著同白卿言絮叨大長公主有多苦，卻全然沒有顧及白卿言敲登聞鼓身上挨了一棍時……白錦繡說的那番話。

白卿言是蔣嬤嬤親眼從小貓那麼大一點兒看著長大的，從來都是個傷了痛了也不願吭聲的人，她那段時間揪心的事情太多，白卿言不說……她便真以為白卿言金剛不壞一般。

「嬤嬤放心，有洪大夫一直隨行。」白卿言低聲同蔣嬤嬤說完，又囑咐，「嬤嬤回去歇著吧，等祖母回來還需要嬤嬤多加照顧，請嬤嬤千萬保重身子。」

蔣嬤嬤濕紅的眸子望著白卿言，點了點頭：「大姐兒也早點兒歇著才是！」

蔣嬤嬤一走，白錦瑟就替白卿言換了一盞更亮堂的燈，讓軟榻小几前都亮了起來。

白卿言用筆蘸了蘸朱砂在奏摺上做批註，抬頭就看到白錦瑟立在垂帷旁沉香木鏤空雕花的高几旁，踮著腳尖用銀針挑燭火燈芯。

「你二姐還是沒有送消息回來嗎？」白卿言掐了掐眉心問白錦瑟。

白錦瑟搖頭之後又安慰白卿言道：「長姐也不必太過憂心了，正如長姐同蔣嬤嬤所言，梁王挾持祖母……是為了用祖母要脅長姐，必不會傷祖母性命。」

見白卿言點頭，白錦瑟在白卿言身邊坐下：「長姐讓官員們明日休整一日，自己也歇歇吧！」

「看完這些奏摺……」白卿言抬眸看向白錦瑟被包紮好的雙手，抬手摸了摸白錦瑟的髮頂，「去歇著吧！」

白錦瑟還想在這裡陪著長姐，又知道說出來長姐定會以她還要長身體為由，將她趕去就寢，便一邊為白卿言整理已經批註好的奏摺，一邊道：「剛才晉朝廢太子身邊的全漁公公來了我們白府門外，嚷嚷著要見長姐，我去看了眼……我們府上的護衛正在勸全漁回去。」

白卿言蘸朱砂的手一頓，她想起曾經小四在查軍糧摻砂石的案子時，全漁曾經提點過小四的事情，又想到全漁許多不著痕跡的襄助……以致小四都錯將全漁當做是她安排的暗樁。

她未曾抬頭，垂眸繼續用朱砂在奏摺上批註，語聲平淡：「你讓珍明去門口瞧瞧全漁還在不在，若是在……將人帶進來。」

白錦瑟點了點頭，打簾出去吩咐守在院外的珍明。

不多時，全漁便被珍明帶著跨入了清輝院的正門。全漁雙手交疊在小腹前，規規矩矩跟在珍明身後，在跨入清輝院那一瞬，他看到窗戶上映著白卿言正在低頭書寫的剪影，眼眶一熱。

「公公稍後，我進去同大姑娘稟報一聲。」珍明同全漁行禮道。

全漁頷首致謝，頗為拘謹站在廊廡之下，垂眸便看到自己頭髮散亂衣衫不整的狼狽樣，想到一會兒要見鎮國公主，全漁忙整理好衣衫，又拍去身上浮灰，用手梳理頭髮……便聽到珍明請他進去。全漁朝珍明道謝，低眉順眼跟隨珍明進了上房，緊緊盯著珍明的繡鞋，繞過屏風來到軟榻前，他便立刻跪下行禮：「全漁見過鎮國公主。」

「全漁公公不必多禮。」白卿言擱下筆，接過珍光給她送來提神的熱茶，「珍明……給全漁公公拿個凳子過來。」

聽到白卿言對他態度如常，全漁這才敢抬起頭來看向白卿言：「多謝鎮國公主！」

他見又清減不少但依舊挺拔的白卿言，看向他的目光亦是一如往常，全漁眼眶一熱，不免低聲問：「不知鎮國公主的身體可還好？」

「有勞全漁公公關心，有洪大夫調理倒是恢復了不少……」白卿言像是與全漁閒話家常一般，見珍明端了一個繡墩過來，她示意全漁坐。

全漁點了點頭起身，剛落坐，珍光便給全漁上了茶，全漁又忙起身道謝，隨即坐回去望著白卿言說：「奴才斗膽，聽說鎮國公主要登基為帝，不知道……是不是因為鎮國公主以為太子殿下不在了，所以要登基的？」

白錦瑟看向自家長姐，只見白卿言認真看著全漁，沒有絲毫敷衍的意思：「並非如此，全漁公公跟在太子殿下身邊的日子不短了，應當深知太子殿下畏懼陛下甚深，就連晉帝要建九重台這樣荒謬的要求都會設法達成，來取悅陛下！如今晉帝還未死……若是太子登位，全漁公公以你對太子的瞭解，這一千無辜的童男童女能否逃脫命運？」

全漁握著茶杯的手收緊，幾乎不用掙扎思考，全漁便知道……不能。

「再說太子殿下的才能，若是能聽進去能臣勸勉，也便能勉強做一個守成之君，卻無法成為開疆拓土……一統天下的明主。」

所以，鎮國公主是真的要做皇帝了……全漁抬眸，濕漉漉的眼睛望著白卿言：「那……太子被梁王劫持，鎮國公主您不救殿下了嗎？殿下……一直都深信鎮國公主的忠心！鎮國公主您……

不能見死不救啊！」全漁哽咽難言。

「梁王挾持太子應當是前往洛鴻城了，秦尚志正在那裡主持修渠之事，手中有兵，且忠於太子，梁王若是想要聚力抵抗，就必須挾太子以令秦尚志，所以暫時太子還不會有危險，況且……有我的祖母晉朝大長公主在，她不會讓梁王殺了太子。」

因為祖母恐怕還抱了一線希望，希望她能擁立太子登基。

「全漁公公，有件事我一直想問……」白卿言認真望著全漁，「當初我四妹白錦稚在查軍糧案時，曾得全漁公公提點，後來細思……發覺全漁公公似乎對白家諸人有意多加照顧，不知是否有何因由？」

全漁聽到這話，亦是抬眼認真望著白卿言，紅著眼眶道：「提點四姑娘……是因為不想四姑娘莽撞，若是驚動了太子妃腹中的小皇子，怕太子會遷怒鎮國公主，至於……對白家人多加照顧，亦是因為鎮國公主。」

白卿言靜靜望著全漁，靜靜等著全漁的下文。

全漁喉頭翻滾，半晌才啞著嗓音道：「因為，鎮國公主瞧著我的眼神，像是在看一個正常人，不像是……在看一個玩意兒，也不像那些求著我辦事的人，明面上對我諂媚，背地裡罵我是閹人！只有鎮國公主看著我的時候，讓我覺得……我是個人。」

白卿言陡然恍然。原來，白家和她什麼都沒有給予過這位全漁公公，不過是她的不輕視……才讓全漁心甘情願照顧白家諸人。

說著，全漁的眼淚就掉了下來，他忙垂頭用衣袖擦去，又將手中熱茶放在一旁，規規矩矩朝著白卿言行了叩拜大禮：「奴才斗膽，求鎮國公主……救太子殿下一命！」

「放心吧，我二妹已經率兵前往洛鴻城。」白卿言對全漁説完，又問了一句，「全漁你可願意留在我身邊？」

全漁沒想到白卿言會讓他留在身邊伺候，他可是前朝太子的貼身太監！

全漁震驚之餘，眼底露出喜意，可那熱烈的喜意卻很快又冷卻下去，眸中只餘悲傷，他朝著白卿言叩首一拜：「承蒙鎮國公主抬愛，全漁……很想在鎮國公主身邊伺候，可……全漁不能拋下太子！全漁幼年跟在太子身邊，是太子給了全漁體面……讓全漁不受人欺負，讓全漁吃飽穿暖！太子對全漁恩同再造！雖然……在太子眼中，全漁只是一個能將他伺候舒坦的奴才，可奴才卻不能忘了太子的恩德！」

全漁鼻音濃重：「如今太子蒙難，全漁更加不能捨太子而去，如今大都城內全漁無依無靠，手中亦無銀錢買馬，厚顏懇求鎮國公主能賜全漁馬匹，讓全漁前往洛鴻城。」

白卿言望著朝她叩首的全漁，半晌之後道：「全漁公公的忠心令人感佩，珍明……你去吩咐一聲，派人護送全漁公公去洛鴻城。」

「多謝鎮國公主！」全漁感激不已朝著白卿言再次叩首後，抬頭望著白卿言，「願鎮國公主日後平安順遂，健康長壽。」這是全漁對白卿言最真誠的祝福，也是他如今唯一能給白卿言的。

白卿言對全漁頷首致謝：「全漁公公一路保重。」

全漁眼淚如斷線，再次朝白卿言叩首，起身彎著腰規規矩矩退出了清輝院上房。

目送全漁出去之後，白錦瑟忍不住感慨：「全漁公公，倒是一個重情重義的人。」

白卿言垂眸拿起毛筆蘸了蘸朱砂，低聲開口：「珍光……你去吩咐一聲，讓送全漁去洛鴻城之人轉告二姑娘，對全漁多加照顧，務必保他活命。」

「是！」珍光應聲，行禮後匆匆打簾出去。

白錦瑟知道，長姐這是感念全漁曾經對白家諸人的多加照顧，也是欣賞全漁的重情重義，她在白卿言身邊坐下，仰頭望著問：「長姐，六月二十日登基，長姐要接母親和嬸嬸們回來嗎？」

「算日子，你七哥必然會在登基大典前回來，你七哥會先到朔陽，屆時讓你七哥親自接母親和嬸嬸們回來。」白卿言回頭看著稚氣未脫的白錦瑟，道，「有大軍護送，我也放心些！」

她已經能夠想像到，四嬸若是見到阿玦，還不知道會怎麼樣高興。

白錦瑟揉了揉濕紅的眼睛，唇角露出笑容：「長姐，你說……昭告四海，長姐要登基，還活著的叔叔或是哥哥們，還有白家軍……都會回來嗎？」

「會的！」白卿言眉目含笑，她登基除了是想要實現白家數代人的志向之外，也是為了告訴還倖存於世間的白家子和白家軍，可以安心回家，堂堂正正回家了，她登至尊之位……便不會再讓任何人傷他們分毫。

白錦瑟點頭，眼淚如斷線一般：「若是阿瑜哥還活著多好……」

白卿言直笑不語，並未將戎狄鬼面將軍便是阿瑜的消息告訴小七，以她對阿瑜的瞭解，阿瑜必定還會留在戎狄，因為此時還不到戎狄可以併入大周的時候。

第十章 推行新法

三月二十九燕國大將謝荀攻破衛暑城，魏國太后葬身火海，宣告了魏國滅亡，其國土盡歸燕國。

吞併魏國的燕國可以說一躍雄踞列國之首，讓西涼惶惶不安。

如今，白卿言滅樑，得樑之沃土，使如今的大周朝版圖擴張，大周國結束了燕國短暫的列國之首地位，重新成為列國之首，西涼能不害怕嗎？

大周與燕國越強，勢必會讓西涼越弱……此時的西涼，要麼與戎狄結盟，共抗大周和燕國，要麼……吞併戎狄壯大西涼，或是選擇依附大周或大燕以求存國。

可吞併戎狄，不論是大周也好，還是燕國也好，都不會允許！

所以西涼只有兩條路可選，與戎狄結盟，或依附大周或燕國。然而，不論是大周還是燕國，都有吞併天下之心，西涼不論依附於誰都無異於與虎謀皮，逃不掉最後被吞噬的命運。

若白卿言是西涼女帝，必然會選結盟戎狄……然，倘若此時戎狄併入大周，必會使西涼產生危機感，而逼得西涼靠向大燕，以此來對抗越發強盛的大周。

向來列國聯盟，都是弱國聯盟以抗強。

所以，大周還不到可以鋒芒太露之時，以免將西涼逼向燕國，使燕不費吹灰之力取得西涼。

「大姑娘……」珍明打簾進來，朝著白卿言行禮之後道，「呂相在角門求見！」

白卿言放下手中奏摺，掐了掐眉心，道：「請呂相進來……」

「呂相忙了三天三夜，卻未曾休息深夜到訪，想來是因為今日晉朝的皇親國戚都去了呂府的緣故。」白錦瑟站起身來同白卿言道。

晉朝的皇親國戚，雖然白卿言未曾將人關押入大獄，卻也派人盯著。

珍明還未出去請呂相，珍光也打簾進來，稟報道：「大姑娘……董家大人和大理寺卿呂晉一同來求見。」

「舅舅也來了……」白錦瑟朝白卿言望去。

「你親自去一趟，動靜小一些，將人請到木蘭閣。」白卿言說著又指了指案桌上的竹簡，「將我剛寫好的那份竹簡帶上！」木蘭閣僻靜，適合談事情。

「好……」白錦瑟對白卿言行禮後，隨珍明珍光一同前往角門邀呂相還有董清平、呂晉進了白府，前往木蘭閣。

呂相、董清平、呂晉和呂相的長子呂錦賢到的時候，白卿言人已經到了木蘭閣，正坐在几案前候著這四人。

呂相等人都披著黑色披風，隨白錦瑟一同跨入木蘭院，見婢女們打簾恭敬請四人入內，四人也沒有客氣，一進門就見白卿言拎著茶壺正為四人斟茶。

呂相連忙上前欲同白卿言行大禮，被白卿言出言阻止：「呂相，不必如此多禮！這是在白府並非在宮中！況且同來的還有我的舅舅……」

「禮不可廢！」呂相說完，堅持同白卿言行了大禮。

董清平、呂晉與呂錦賢也忙跟著朝白卿言行禮。

「坐吧！」白卿言將茶杯推至跪坐在自己几案對面的四人面前，「呂相喝茶，舅舅喝茶，兩位呂大人喝茶！」

三十二頭的銅製纏枝蓮花燈下，白卿言身姿筆挺，絲毫不見一連三天三夜處置政事的疲憊之感。

白錦瑟在白卿言身後的位置跪坐下來。

「呂相和舅舅還有兩位大人深夜前來，定然是有極為要緊的事情。」白卿言目光清明，「還請四位大人直言。」

「陛下，老臣今日前來，是為了陛下欲推行新法之事。」呂相並未倚老賣老，姿態在白卿言面前很是恭敬，帶著長輩的慈愛笑意，「陛下欲推行新法，傷到的是世家和晉朝皇親國戚的利益，陛下仁慈……並未將晉朝皇親國戚捉拿入獄，可這些人心中卻都有自己的盤算，仗著陛下的祖母大長公主是晉朝公主，以陛下長輩自居，這些人已有意聯合世家，同陛下討價還價了。」

白卿言點了點頭：「新法推行，利國利民，但凡有新法推行就必會傷及世家和皇親國戚，這是自然的！入城之後之所以未曾強抓晉朝皇親國戚入獄，是為了一個名正言順，呂相放心……白卿言心中有數。」

呂相笑著點了點頭：「陛下如此說，老臣就放心了！」

「再有一事……便是樑國，樑國已被陛下所滅，樑國國土盡歸我晉國，可樑國國制與我晉國不同，皇子皆有封地，又各自為政，若是想要推行陛下新政，稍有不甚便會激起兵變。」呂相轉頭朝著自己的長子呂錦賢看了眼，「故而……老臣斗膽，向陛下推舉我這長子，陛下可派他前往大樑……主持此次推舉新法之事！」

呂錦賢忙直起腰身，朝著白卿言行禮：「若陛下肯將此事託付微臣，微臣必當竭盡所能，將此事辦妥當！」

「呂錦賢大人正直壯年，來日便是大周朝的肱骨之臣，我原本想此次晉國內的新法推行便由呂相主持，呂錦賢大人輔佐，讓呂相主要用一用也教一教董長元和李明瑞二人，剛剛收入懷中的樑地……便交由陳釗鹿和呂元慶去做的，也好趁此機會為我大周磨練磨練這些可用之才……」白卿言手指摩挲著隱几扶手。

陳釗鹿也好，呂元慶也好，白卿言曾在大都城時並非沒有瞭解過，這兩個人可都是聰明絕頂之人，尤其是呂元慶……看似冷面，手段有一些！陳釗鹿嘛……表面上是個溫文如玉的公子，骨子裡帶著幾分狠辣，又都是熱血青年，推行起新政來必定會比呂錦賢這種在官場混跡多年之人，更狠辣強硬一些。

呂相沒有想到白卿言竟然如此看重呂元慶，忙道：「元慶到底年輕，在大樑之地推行新政當以穩妥安撫為先啊。」

「呂相此言差矣，推行新政……利在百姓！」呂晉突然對呂相開口，「晉朝和已滅的樑國，雖然那些勳貴皇親還算有勢力，可陛下要的是百姓的擁戴！勳貴皇親苦民已久，若是此次能以雷霆手段推行新政，鎮壓皇親勳貴，必會使陛下在百姓心中呼聲更高。」

呂晉又看向白卿言：「就如同燕國，當初收復南燕之時，打得是恢復姬后新政的旗號，結果呢……燕國幾乎沒怎麼打，大軍所到之處，百姓夾道歡迎！還有魏國……魏國滅了之後，大燕九王爺雷霆手段處置了那些魏國勳貴，百姓無不拍手叫好！」

「可這燕國九王爺也落得了一個殘暴的名聲。」正捧著茶杯的呂錦賢接話。

「雖然燕國九王爺名聲殘暴，可魏國百姓卻對新政十分推崇，也就是說陛下所派遣推行新政的能臣，心中要有會落罵名的準備。」呂晉放下茶杯朝著呂相拱手行禮，「呂晉所言冒犯之處，還請呂相恕罪。」

「哎……討論朝政，何談冒犯！呂大人有遠見，比老臣目光更廣袤，著眼於百姓，能為陛下獻策，這是好事！」呂相並未有絲毫介意，反倒很讚賞呂晉，他看向白卿言也道，「陛下，呂大人所言有理，陛下新政利在百姓，是老臣目光短淺……只看到世族皇親勢力，未曾顧及到百姓！若是如此……老臣倒覺得晉朝舊士新政推行也可以交給年輕人來做！也的確是該年輕人登場的時候了，此次便給他們一個嶄露頭角的機會，若真的遇到難事老臣也必會背後幫扶。」

呂相在晉朝做官幾十年，思想難免陳舊保守，可呂相的優點在於能聽得進去旁人的意見，並非那種死不認錯之人。

「如此，便還是派遣陳釗鹿、呂元慶前往韓城，主持推行新政之事！至於晉朝舊士鴻雀山以南至銅古山以北的範圍內嘛……」白卿言手指輕輕敲了下桌几，「就按呂相所言，試著讓李明瑞和董長元來總領如何？」

「長元自然是可以的！」董清平皺眉，「可啟用李明瑞……會不會太冒險？況且如呂晉大人所說，推行新政的能臣，或許會落罵名，李明瑞此人……和其父親一般十分會鑽營，怕是會想要連忙討好，不會竭盡全力，反而誤事。」

「李明瑞這個人，手腕有，聰慧也有，就是沒有用在正道之上。其父李茂已為叛臣，李明瑞企圖以一己之力保住李氏滿門性命，甚至還想要讓李氏一門跟著他升天，將新政迅速推行下去，保證新政順利實施，是他唯一的機會，李明瑞一定會抓住。」

「陛下識人用人之能，老臣不及！」呂相心悅誠服朝白卿言一拜。

董清平朝著呂相看去，腹誹呂相還是改不了這對皇帝拍馬屁的行徑。

「再有便是這幾天處理政務沒有來得及同陛下商討的事情，此次陛下順利登基……擁戴陛下的武將功不可沒，還有聽聞陛下已反晉朝，便紛紛跟隨的各地將領，是否應該嘉賞？若是嘉賞……還有剛剛平定的樑國，樑國三皇子已降，陛下是打算給他一塊封地讓他安度晚年，還是要接進大都城……放在眼皮子底下比較好？」

白卿言轉頭示意白錦瑟將她早已經寫好的竹簡拿來，白錦瑟會意起身去取了竹簡。

「呂相！」白錦瑟恭敬將竹簡遞給呂相。

呂相致謝接過竹簡展開，裡面是白卿言寫好的，對此次有功之臣的嘉賞……

「四位大人可以先看看，若是有什麼不妥當的地方，我們再來商議。」

呂相頷首，同董清平、呂晉和呂錦賢湊在一起看竹簡上白卿言的任命。

白卿言聲音徐徐，繼續道：「至於缺失官位的任命……我想呂錦賢大人身為吏部侍郎應當比我更清楚，所以吏部我想交由呂錦賢大人，官位補缺之事還需要呂大人費心。」

呂相和呂錦賢都沒有想到，白卿言竟然敢將吏部交到呂錦賢的手中如此抬舉呂家，忙叩首謝恩。

「大樑的三皇子，便留在故土封韓城王，但無封土，不能養兵，不可控制賦稅，韓城王私產不必充公……」如此，就是給大樑的三皇子留一個韓城王的名頭，讓他在韓城當一個富家翁。

白卿言給呂錦賢和呂晉添了茶，看向董清平問：「舅舅同呂晉大人一同來，又是為了何事？」

「是有些事情要說……」董清平說著朝著呂相和呂錦賢看去。

呂相見微知著，明白有些話不能當著他的面兒說，十分有眼色扶住几案起身告辭。

「呂相和呂大人不必著急，坐！」白卿言對已經起身的呂相擺手，示意呂相和呂錦賢坐，「在這裡的四位，都是來日白卿言需要倚重的肱骨之臣，萬事沒有不能言的，只有如此……君臣相知，我等才能同心協力建立好大周朝。」

君臣相知……因為這四字呂相眼眶一紅，君臣相知這是多少臣子的願望，呂相忙朝著白卿言叩謝：「多謝陛下信任，老臣……定當竭盡此生所能，匡翼大周朝！」

白卿言頷首，同董清平道：「舅舅，說吧……」

董清平抬手摸了摸鼻子，開口：「是這樣的，呂大人聽到些風言風語，怕這風言風語會讓大周朝不穩定，想著我們到底是一家人，便登門請我同他一同來了！」

呂晉見董清平似乎不太好意思提及，約莫是顧及白卿言是未嫁之身半晌說不到點子上，便抬手朝白卿言行禮之後，直截了當道：「陛下的身子早年受傷，子嗣方面艱難，陛下雖然如今還年輕，可朝臣們和大都城的勳貴們，不免就會想到大周朝來日繼承大統之事，雖然此事說起來似乎還為時尚早，可難免不會有人動什麼心思，長此以往……其實於國無利！」

呂相聞言也跟著點頭，這話他雖然心裡知道，可卻是萬萬不敢同新帝白卿言說的。

「陛下為女子，與男子相比……子嗣方面本就有劣勢，更不要說陛下身體本就不如常人！史上有多少亂事都是起源於儲位之爭，一國之君乃國本，而國之儲君當為國之基石！若是按照往常……陛下登位之後，第一件事便應該確立後宮，就連西涼女帝登基之後也是如此，儘快為西涼生下儲君。」呂晉眉頭緊皺，「陛下一日無皇子，懷有其他心思的小人，就一日不會安分。」

說到這裡，呂晉抬頭看了眼白卿言，大著膽子繼續說：「比如說，微臣早有耳聞的朔陽宗族的所作所為……大膽揣度，白氏宗族會不會設法要將自家子嗣過繼到陛下名下，而強令自家子嗣儘快成親生子，爭儲君之位，既而鬧出什麼不可收拾之事，畢竟外界所知……陛下的身子纏綿病榻，此次滅樑之戰都是強撐著去的！微臣提及白氏宗族若有冒犯之處……還請陛下海涵。」到底是白卿言的族人，呂晉雖然知道朔陽白氏一族做事兒太過，可在白卿言面前該給朔陽宗族的面子還是得給。

呂晉這話說的十分委婉，總不能直接說……陛下你假裝身子孱弱，纏綿病榻兩年，如今旁人都覺得陛下您快死了，那些和陛下沾親帶故的，應當都眼巴巴的想著怎麼從陛下你手中繼承皇位。

「呂大人所言有理！」呂相朝著白卿言點頭，「此事陛下還需上心，洪大夫不知是否已隨陛下回來了，為大周千秋之計，陛下還需早日調理好身子，與此同時應當先確立皇夫，以安人心。」

白卿言垂眸，搖曳的燭火映著她極長的睫毛，在白淨無暇的臉上留下一道扇形陰影。

她原本和蕭容衍說好了，大燕平定魏國，他便登門提親。而如今蕭容衍要主理燕國大小事宜，雖然……到現在還未傳來燕帝駕崩的消息，可白卿言猜測……十有八九是因為魏國初定，所以燕國秘不發喪。也不知道蕭容衍有否收到她的信。

見白卿言陷入沉思之中，呂相低低喚了一聲：「陛下？」

她聞聲抬頭：「確立皇夫之事倒不著急，要想絕了這些小心思，也並非難事，就有勞舅舅與我演一場戲，呂相和兩位呂大人守口如瓶，也就是了。」

「你是讓舅舅早朝之時提起此事，你假作訓斥？甚至是貶罰？」董清平歎氣，「我倒不是介意貶罰訓斥，可這終究是震懾得了一時，震懾不了長久，最穩妥的還是確立皇夫。」

「我是想讓舅舅提起立皇夫之事，我會以新政未定，國政未穩為由推拒，畢竟如今我身強體健，若真是過繼子嗣，這不是告訴列國我身子不行了，於國政無益。」白卿言倚在隱几上，轉動著手中茶杯，輕笑，「如今正是用舅舅的時候，我貶罰舅舅，又重新啟用，旁人就算是瞧不出這是我們舅甥倆在做戲，也會以為又到了可以提起立皇夫或過繼子嗣的時候了。」

「陛下……為何不願意立皇夫？」呂相對白卿言行禮後問，「古來皇帝都有通過後宮來制約前朝，或者與他國盟好的先例，老臣想著此次陛下登基大典，各國來賀定然會提出聯姻之事，難不成陛下也要婉拒？老臣斗膽揣測，是否……陛下身為女子過不了心裡那一關？」

「並非如此。」白卿言摩挲著手中茶杯，「不瞞諸位，我白家還有諸位妹妹在，還有弟弟活著，此次登基大典就能回來，即便白卿言不能有孕，來日儲君……大可從諸子之中挑選合適之人繼承皇位，並非後繼無人。」

呂相陡然想起呂元鵬寄回來的信中稱，在南疆偶然碰到了一個和白家的七郎十分相似之人。可若是真的有白家子在，白卿言還將自己的妹妹們也算進可以繼位的人選之中，如今還好，若是真的事出有變，怕是又會讓大都城陷入奪嫡的漩渦之中，呂相思及此，忙直起身：「陛下若是如此……」

「我知道呂相憂慮什麼。」白卿言抬手示意呂相坐下，笑著說，「就如同尋常人家，兄弟奪產一般，呂相是怕我將來若是從兄弟或者妹妹們中選一個繼承皇位，怕會壞了白家人的感情，以致兄弟姐妹相殘，甚至兄弟姐妹的夫君妻室爭鬥不休！更會讓居心叵測的朝臣先行站隊，使朝局紊亂……」

呂相頷首。

「呂相錯估了我白家兄弟姐妹間的情義……」

就如同祖母錯估了白卿言，如今的白卿言早已經非昨日的白卿言，她明白何為川澤納汙，山藪藏疾，瑾瑜匿瑕。她也承認能一統天下的帝王之心，應該是能既包容天下之最善，亦能包容天下之最惡，可這不代表君王就不能心存底線，不能心存情義。

呂相朝著白卿言背後的白錦瑟看了一眼，見白錦瑟並未因剛才白卿言說，要從他們兄弟姐妹之中挑選合適之人繼位，而有任何喜怒。

「呂相更錯估了我的身子。」白卿言淺笑著，「不瞞舅舅和三位大人，我的身子……已經恢復的差不多了，之前太醫前去大樑為我診治……是托了洪大夫的福，才勉強瞞過。」

呂相聽白卿言如此說，這才放下心來：「那便找個機會讓太醫為陛下診脈，也好打消眾人的顧慮。」

「還有一事……」白卿言朝著呂相看去，「命戶部，將天下第一富商蕭容衍在大周境內登記在冊的所有商鋪的文書，全都交到校事府手中，命人嚴加看管，再查一查……看看有沒有藏在暗處的商鋪宅子，以花樓酒肆為主。」

呂相等人都沒有問為什麼，畢竟歷來商賈成為母國間者的事情不在少數，越是名聲大的商賈就越是要防備，這是情理之中的事情，沒有什麼可值得意外的。

就連當初晉帝也對這位魏國富商蕭容衍都調查了一番，更別提本就心思縝密的白卿言。

白卿言與呂相、董清平、呂晉和呂錦賢談到三更才結束，白錦瑟命人將四位大人送出府，隨白卿言回清輝院的途中說起了蕭容衍。

「通過上次蕭先生帶人護衛白府的事看來，這位蕭先生的身分一定不簡單，但……應當也是真心心悅長姐，長姐若登基為女帝，是否有考慮蕭先生？」

白卿言抬手摸了摸白錦瑟的髮頂，笑而不語。

五月二十一，陳釗鹿與呂元慶領命即刻前往韓城，主理鴻雀山以北……大周新收入懷中的新土新法事宜，董長元與李明瑞主理此次舊土推行新法事宜。

五月二十二，從南疆率兵而歸的白卿玦和沈昆陽剛剛疾馳至朔陽城外，見城門之上掛著黑帆白蟒旗，白卿玦高懸了一路的心總算是落了回來。

即便是探子來報說朔陽平安，他還是懸心一路。他老遠看向朔陽城門，不知為何陡然生出近鄉情更怯的感覺來，忍不住收緊韁繩，讓坐騎的速度慢了下來。

「七公子?!」沈昆陽扭頭看向速度慢下來的白卿玦，也勒住韁繩。

白卿言派沈青竹從大樑韓城前往南疆傳信，這期間沈青竹從韓城到銅古山，已經耗費大量時間，接到命令的白卿玦和沈昆陽，幾乎是不眠不休率軍從銅古山趕往朔陽。

即便是後來白卿言管控大都城，派人送信給分別馳援朔陽和趕往大都城的白家軍送信，讓他們不用著急趕，在六月二十日登基大典之時到達大都城就好，白卿玦還是帶著白家軍不眠不休往回趕。

白卿玦一夾馬肚追上沈昆陽，心中的情緒無法用言語描繪。

這是南疆戰事之後白卿玦第一次回家，可他……沒有能為母親帶回小十七，沒有能帶回十四弟和十五弟，就他一人平安回來了……

白家祖訓庶護嫡也就罷了，小十七……他一母同胞的親弟弟，他不但沒有護住，還讓他死的那般慘烈。

他還記得出征之前，小十七一身鎧甲站在母親跟前，笑著攥住他的手，興高采烈同母親說：「母親放心，哥哥一定會護住我的！」

可他讓母親失望了，讓小十七失望了。白卿玦緊緊攥著韁繩，手背青筋暴起。

遠遠看到黑帆白蟒旗，正在城樓上巡視的白錦昭立刻勒令關城門，全城戒備，兵不厭詐……白錦昭怕是梁王一行人故意用黑帆白蟒旗迷惑他們。

「弓箭手準備！」白錦昭高呼。

白卿玦遠遠看到朔陽城全城戒備，關了城門，抬手示意大軍停止行進，與沈昆陽二人快馬先行一路朝朔陽城下快馬而去。

白錦昭見聲勢浩大的軍隊停在了朔陽城外不遠處，有兩人快馬朝著朔陽城而來，她搭箭拉弓，瞄準那疾馳而來的兩人，目光凌厲。

直到沈昆陽和白卿玦已達到朔陽城樓之下，白錦昭高聲問：「來者何人?!」

沈昆陽仰頭，瞧見一個身著戰甲的女娃娃，膽大妄為站在城牆之上，正舉箭瞄準他。

城牆之上旌旗被吹得獵獵作響，那女娃子束髮的黑色髮帶已被吹得胡亂飛舞，可站的卻極穩，頗有股四姑娘高義郡主的狠勁兒。

沈昆陽眼底不由露出喜意，猜測出這定是白家哪位姑娘，連忙勒馬高呼：「沈昆陽奉命率白家軍前來朔陽，護衛白家諸位夫人前往大都城，參加登基大典。」

聽到沈昆陽的名字，白錦昭只覺有些耳熟，還未反應過來，就見沈昆陽身邊的男子脫下頭上盔帽，仰頭朝著她看來，道：「白家七子白卿玦，奉命率白家軍前來朔陽，請開城門！」

白錦昭拉著弓箭的手一抖，連忙收箭朝著城下看去……

前天，白家諸人剛收到七哥還活著的消息，沒想到今日七哥就到了！

「七哥……」白錦昭呢喃了一聲，忍不住雙手扶住城牆，朝城牆下高聲喊道，「七哥！」

白卿玦仰頭望著白錦昭，泛紅的眉目間帶著極為溫潤的笑意，陽光之下……分明就是一個品貌非凡的翩翩少年郎。

「快！快開城門！」白錦昭高聲喊著，就往城樓下飛奔而去，她不忘吩咐道，「快去白府報信！就說七哥回來了！快！」

「是！」守門將士得令，立刻前往白府報信。

朔陽城城門緩緩打開一條縫隙，白錦昭便已經從城門內擠了出來，朝著白卿玦的方向飛快跑來。

「七哥！七哥……」白錦昭滿臉淚水，聲音裡帶著哭腔，不斷喊著白卿玦。

白卿玦眼眶脹痛，動作緩慢從馬背上下來，喉頭如同被什麼堵住了一般發不出聲音來，只定睛瞧著白錦昭飛快跑來，忙抬手將白錦昭摟入懷中。

「七哥！七哥你可回來了！母親和我們都以為七哥不在了！小十七沒了……那行軍記錄裡說七哥也沒了，母親連活下去的念想都沒有，成日裡吃齋念佛……」

聽著妹妹在懷裡哭著，他一手緊緊攥著韁繩，一手輕撫著妹妹的腦袋，柔聲致歉：「是七哥的錯，七哥回來晚了！讓你們擔心了！」

方氏坐在府中正喝茶，陡然聽說白卿玦死而復生回來的消息，驚得站起身來：「你說什麼?!白家七子?!白家七子……是那個白家四爺白岐川的嫡子，白卿玦?!」

原本笑盈盈來報訊的蒲柳被方氏的反應嚇了一跳，點了點頭道：「正是！老爺讓夫人開庫房挑揀挑揀備下賀禮，下午他要親自送去白府……」

方氏聽聞這話，又一屁股坐回軟榻上：「白家七子回來了……」

「夫人？」蒲柳見方氏臉色煞白，以為方氏身子不舒坦，連忙上前，「夫人您這是怎麼了？」

「這……白家七子回來了，那……將來那皇位不是沒有我阿平什麼事兒了嗎！」方氏眼眶陡然一紅，眼看著眼淚就要掉下來，明明阿平和白卿言關係如此親近，就算是將來不立阿平成親有了孩子，也是可以讓白卿言過繼，成為皇帝的！

自打得了白卿言要登基為帝的消息，方氏在宗族裡盤算來盤算去，都覺得將來……白卿言傳位的話，要麼傳位給白卿平，若是不願意傳位給白卿平想在宗族裡選一個孩子過繼，也應當是選和她關係親近之人的孩子，那數來數去還應該是白卿平。

所以前幾天方氏已經派人回去同她兄長說過此事，想讓他兄長將嫡女嫁給白卿平，儘快成親生子，只要一舉得男……將來這大周朝的皇帝就是她孫子的。

可如今，這白卿玦回來了，論起血緣和感情……這白家嫡支的第七子與白卿言的感情，必定要勝過白卿言和白卿平的感情，就算是要過繼……這白卿言肯定也是過繼白卿玦的孩子，這可應該如何是好？若是如此，到手邊的皇位……這不就丟了嗎！

蒲柳聽完方氏的話，睜大了眼不可思議看著方氏：「夫人，這就算白家第七子不回來，這皇位和少爺也不相干啊！」這都是哪兒冒出來的癡心妄想！

「你懂什麼！若論那平日裡白卿言和宗族裡誰走的近……那就只有我的阿平！那個時候她無依無靠只能依靠我的阿平，可現在這白卿玦回來了，我的阿平還不被她踢到一邊去！」

「夫人！」蒲柳驚呼，「那是陛下，您怎可直呼其名！」

方氏心裡難受，甩了下帕子哽咽道：「我在自己家裡說一說怎麼了！」

蒲柳瞧著方氏還一臉委屈落淚的樣子，也不再去勸，靜靜退立在一旁，不吭聲。

白府。四夫人王氏得到消息說白卿玦回來了，又驚又喜趕至前院，見大夫人董氏、三夫人李氏和五夫人齊氏都到了，她忙用帕子擦了擦眼淚，朝董氏行禮：「聽說阿玦回來了，我……我……」

「好了！」董氏輕輕拍了拍王氏的手，扶著她起身，「我們去門口迎迎孩子！」

王氏頷首，眼淚如同斷線，和幾位夫人一同走至白府門外，等候近三年未歸……死而復生的白家子，白卿玦。

白家七子白卿玦回來的消息很快便傳遍了朔陽城，聞訊的朔陽百姓紛紛擠到白府門前，同幾位白家夫人一同等著，想要看看這白家七子是怎麼樣的風采。

四夫人王氏不住的伸長脖子往遠處瞧，突然聽到有百姓叫嚷著「來了！來了！」，王氏忙拎著月華裙下擺往白府門前的臺階下走了一步，果真看到被豔陽映亮的長街盡頭，有三人騎著駿馬而來。

一個是白錦昭，一個是沈昆陽……還有一個便是她的兒子，白卿玦。

王氏一看到兒子的輪廓，眼淚頓時就忍不住了，明明是個高興事兒，可她這心……怎麼就如此難過，她緊緊攥著胸前的衣裳，眼淚撲簌簌往下掉。

白卿玦看到母親，看到立在白府門口的白家諸人，眼眶發酸，視線被模糊，他忍不住加快速度朝著母親……朝著家的方向疾馳而去。

率先到達白府門前的白卿玦勒馬，朝著母親和諸位伯母嬸嬸望去，喉頭酸脹，丟開韁繩一躍下馬，上前幾步，跪於白府門前，將盔帽放在一旁，鄭重一拜，強忍著淚水，哽咽著高聲道：「游龍騎兵營白家七郎……白卿玦，平安回家。」

四夫人王氏聽到兒子平安回家之語，疾步從高階上跑下來。

白卿玦脊背挺立，與母親四目相對，終於還是忍不住淚水，哽咽喚了一聲：「娘……」

王氏想要應聲回答兒子，卻不知為何心像是被刀絞一般難受，只能發出撕心裂肺的哭聲，她一把抱住兒子，放聲大哭，同兒子一起跪下。

她汗津津的雙手捧著兒子的臉，仔細望著兒子與丈夫越發相似的挺拔五官，一遍又一遍撫摸著……似乎生怕這是一場夢。她以為再也聽不到兒子喊她娘了，她以為丈夫沒有能護好他們的孩子，讓孩子們全都留在了南疆……

「娘……」白卿玦抬手替母親擦去淚水，「兒，回來了！兒回來晚了……」

都說男兒有淚不輕彈，可歷經生死再見親人，白卿玦還是忍不住，鼻翼煽動，眼淚繃不住。

王氏的心都要碎了，緊緊將兒子抱在懷中，仰頭痛哭。

她曾經有多恨老天爺，如今就有多感激老天爺，她謝謝老天爺將阿玦還給了她！

董氏、三夫人李氏和五夫人齊氏都立在門口用帕子抹眼淚，還是董氏先開口：「好了！哪有這樣在外面哭的道理，孩子好不容易回來了，先回家！咱們在屋內說話！」

三夫人李氏用帕子擦了擦眼淚：「是啊！這是高興事，弟妹……別哭了！咱們回家說話！」

瞧見白錦昭和沈昆陽也已經下馬，五夫人齊氏也低笑一聲，道：「快別讓孩子跪著了！小五，還不快將你母親和七哥扶起來！」

沈昆陽抱拳：「沈昆陽見過白家諸位夫人！」

「沈將軍辛苦了，先回家！咱們回家說話！」董氏擦去眼淚笑著道。

沈昆陽笑著頷首，對白家軍的諸位將領來說，回白府……就是回家。

「母親，咱們回去說話！」白錦昭去扶王氏，卻沒有能將王氏扶起來，董氏忙拎著裙擺走下來搭了把手。

將王氏扶起來，董氏又去扶還跪著的白卿玦。

白卿玦卻握住了董氏的手腕，未曾起身，只抬頭用通紅的眼睛望著董氏，滿目歉疚：「大伯母，阿玦對不起大伯母，沒有能……護住五哥。」

聽白卿玦提起阿瑜，董氏眼眶又是一紅，鼻頭酸澀眼淚險些又忍不住，她滿目溫柔注視著白卿玦，輕輕拍了拍他的手，將白卿玦扶了起來，對他道：「你能回來，對我們白家來說……已經是老天爺天大的恩賜了！」

「七哥不要這麼說，長姐已經下令昭告四海，請宣嘉年間南疆一戰還倖存的白家子和白家軍，都回來共證登基大典，我相信……只要我們白家和白家軍還有同七哥一般活著的人，聽到長姐的詔書一定會回來的！」白錦昭說。

立在董氏身旁的白卿玦點了點頭：「一定會的！」

這些年，白卿玦就找到不少當年被打散了的白家軍。

「四弟妹，你瞧，阿玦又長高了……」李氏走到王氏身旁，扶住王氏笑著同白卿玦說，「你長姐送來消息，說你要回來，你母親將這兩年給你和小……」十七二字堵在李氏的嗓子眼兒，李氏笑了笑聲音低了不少，接著道：「給你做的衣裳翻了出來，我原本瞧著還覺得能穿，現在看來……想來是穿不上了！」

白卿玦一身戰甲，身姿修長挺拔立在這裡十分奪目，不同於沈昆陽常年行軍早已經曬得黑瘦，白卿玦還是離開大都城時……那個令閨閣女兒傾心不已，驚才耀目，風骨傲岸的白家七郎，只是比起那時的意氣風發，白卿玦越發顯得內斂和沉穩。哪怕經歷生死和巨變，白卿玦風骨不折，精氣未滅，已然成長為堅毅剛強能撐起白家門楣的好兒郎。

「回家！」王氏攥住兒子的手，緊緊地攥在自己汗津津的手中，像是怕兒子丟了似的，「我們回家！」

「回家！」董氏笑著點頭。

元和初年五月二十一，梁王挾持晉朝廢太子、晉朝大長公主逃入洛鴻城中，白錦繡、紀庭瑜率白家軍圍困洛鴻城，梁王以廢太子要脅主持修建廣河渠主事秦尚志，聚集洛鴻城將士、修渠百姓，抵抗白家軍。

元和初年五月二十六，大周女帝決意在登基大典前，親赴洛鴻城，救祖母晉朝大長公主。

元和初年五月二十七，燕國九王爺慕容衍與燕皇子慕容平抵達燕都。

因燕帝遺言秘不發喪，燕帝的遺體是被老太監馮耀一路悄悄護送回了燕都，早已經安置在了宮中，對外稱病避不見人，一切政令皆由皇子瀝傳達。

燕后日夜守於燕帝寢宮貼身伺候燕帝，寢宮除燕帝親信之外任何人不得靠近。

馮耀是姬后身邊的老人，又將燕帝從小伺候到大，朝堂宮內之事看的多了，心思也重一些。護送燕帝遺體回燕都之後，馮耀並未將燕帝聖旨傳位於慕容衍的旨意告知燕后與瀝皇子，只對燕后與瀝皇子說，燕帝旨意秘不發喪，待大魏穩定之後再公布喪訊，在此期間一切政事交由九王爺慕容衍主持，燕帝的傳位聖旨如今在九王爺手中，九王爺回燕都之後必會親自交於燕后手中。

然而，燕后生性柔弱，得知燕帝駕崩的消息，當場暈厥。

馮耀將燕后安置在燕帝寢宮，燕后轉醒後，交代馮耀……燕帝駕崩的消息堅決不能讓大皇子知道，大皇子平庸耳根子也軟，難保不會走漏風聲。

所幸燕帝一向偏愛皇子瀝，交代馮耀對外稱燕帝病重，她於燕帝寢宮照顧，一切政令由皇子瀝代為傳達，如此方能穩住燕國朝局，等九王爺回來。

燕后心中清楚，燕帝最後定然是將皇位傳給了九弟慕容衍，燕帝早在燕國決意滅魏國之時，便同燕后商議過此事。

燕帝說，燕國將來是要一統天下的，統領這樣的一國……阿瀝還稚嫩，肩膀扛不起，只有交於九弟慕容衍他才能放心。

燕帝還對燕后說，這件事他是同燕后商議，並非就這麼定下來，因為皇室的團結太過重要，若是讓燕后心生不滿，將來他在有皇子的情況下傳位於阿衍，難免燕廷那些心存他念之人會藉機生事。皇室自亂而自傷心肺之害，要比他國禍燕之害，更為致命，嚴重甚至會導致燕國一統天下的步伐從此停滯不前，甚至是給他國可趁之機，讓燕國再無一統天下之力。

燕后明白燕帝的壯志雄心，也明白這些年九弟慕容衍為這個國這個家付出了什麼，更明白……慕容衍與丈夫一般，自小長在姬后身邊，學得是帝王之術，志向是一統天下！

年紀也好、閱歷也好，還是實力也罷，慕容衍的確是比燕帝這幾個孩子更為合適。燕后便應了燕帝。所以，當慕容衍一到燕都，便被燕后召到了燕帝寢宮。

不過短短一月，燕后因為丈夫的離去悲傷過度，整個人瘦脫了形。

虛弱的燕后被馮耀扶起靠坐在床頭，竟生了華髮，她看著朝她行禮後起身，身著霜色直裰墨玉腰帶和禁步的蕭容衍，隱約似能從慕容衍的身上看出幾分燕帝慕容彧的影子。

只不過，慕容彧生的與姬后極像，所以樣貌精緻無暇堪稱驚豔絕倫，有天下第一美男之稱。而慕容衍五官比起慕容彧棱角更鮮明，輪廓亦更加剛毅，英俊中帶著極為厚重的陽剛之氣。尤其是那雙眼睛，沉靜又深邃，讓人看不透喜怒，周身都是極為迫人的威懾力，顯得高大又深沉，讓人不敢靠近，不像慕容彧眉眼間總帶著極為溫潤的淺笑，讓人不自主的想要親近。

燕后如同燕帝那般喚了一聲慕容衍：「阿衍，你來嫂嫂身邊……」

話音一落，燕后鼻翼煽動，眼淚便不自覺流了下來，那肝腸寸斷的劇痛再次襲來，她緊緊抓住身下錦緞，險些又承受不住暈厥過去。

慕容衍應聲走至燕后身邊，單膝跪下，記得幾年前見到嫂嫂的時候，嫂嫂還是一副小姑娘模樣，如今竟然生了銀絲，人也憔悴的不成樣子，他啞著嗓子喚了一聲：「嫂嫂。」

自兄長離世，慕容衍忍著悲痛，以雷霆手段鎮壓收拾了魏國企圖亂政的那些勳貴，可一閒下來，慕容衍都無法從悲傷之中緩過來，難以入眠。

後來，他收到了白卿言的來信，無法入眠的情況才稍有緩解。

今日來見燕后，為了不再次引得燕后傷心，慕容衍來之前，專程整理了儀容，讓自己看起來更為精神一些，但……眼底極為深重的紅血絲，還是能透露出慕容衍的五內俱焚。

「這些年在外，讓你受苦了……」燕后聲音極為柔和，她想要抬手如同丈夫那般摸一摸慕容衍的髮頂，卻發現自己胳膊痠軟的抬不起來，她艱難對慕容衍勾了勾唇，「嫂嫂知道，你兄長必定是將皇位傳給你了，陛下之前同我說過，我也是點了頭的。」

燕后長長呼出一口氣：「阿瀝年紀小，尚還稚嫩，你兄長走得早只有將皇位交到你的手中他方能放心，可是……嫂嫂也有嫂嫂的私心，還望阿衍能夠成全。」

燕后語氣有些心虛，她滿目憂愁看向慕容衍，用商量的口氣低聲詢問：「阿衍，能否來日再將皇位傳給阿瀝？將叔侄傳位之事……在你登基之前就定下來，可否？」

「嫂嫂，我從未想過要這個皇位……」慕容衍深邃黝黑的眸子望著燕后，雙眼波平如水，卻彷彿能夠一眼看到你的心底，有種說不清道不明的深沉，「阿瀝年幼不假，但並不稚嫩，不論如何……還有我，前路……我扶著他走！」

聽到慕容衍這話，燕后陡然哭了出來，她顫巍巍伸手握住蕭容衍的手，是她小人之心度君子之腹了。她知道燕帝是出於對燕國考慮，所以選擇傳位於慕容衍，可是她是慕容彧的妻……她不願意看著皇位旁落於慕容彧子嗣之外的人手中。

她不是慕容彧和慕容衍這樣心懷大略的人物，她只是一個女人，不忍心看到自己丈夫掙來的家業，不能由他的子嗣繼承。「是嫂嫂對不起你！」燕后哭著同慕容衍致歉。

慕容衍搖了搖頭。安撫好燕后，慕容衍從燕帝的寢宮出來，被當空豔陽刺得張不開眼。

馮耀跟在慕容衍身後出來，將殿門關好，見負手而立的慕容衍迎著耀目日光閉上了眼，他跟在慕容衍一側，輕喚：「小主子……」

「馮叔，該發喪了……」慕容衍啞著嗓音道。

「陛下讓小主子繼位的聖旨還在老奴這裡。」馮耀抬頭看著慕容衍輪廓挺拔的側顏，「老奴以為，小主子應該按照主子的意願，繼承皇位。」

慕容衍轉頭同馮耀開口：「馮叔，你將聖旨拿來，再將阿平和阿瀝喚來，告訴他們我在攬鳳閣等他。」

馮耀恭敬應聲：「是！」

攬鳳閣是姬后當初在燕國舊都匡平時，所居住的宮殿，慕容衍手握聖旨，立在攬鳳閣推開的窗櫺前，注視著院中開得正盛的海棠花。

豔陽高照，海棠樹被金色豔陽照得發亮，為那布滿枝頭的海棠鍍上了一層金芒。慕容平和慕容瀝一跨入攬鳳閣的宮門，就瞧見自家九叔立在窗前，手握著那份遺昭，盯著那棵海棠樹出神，兩人對視一眼，連忙快步走了進去。兩人忙朝著慕容衍的方向抱拳行禮：「九叔……」

蕭容衍低應一聲，轉過身望著慕容平和慕容瀝，走至几案前跪坐下來，將遺詔放在一旁，擺手示意兩人坐：「來了，九叔問你們……你們以為你兄弟二人，誰最能堪當大任？」

慕容平一怔，視線落在了慕容衍手中的遺詔上：「九叔，父皇遺詔是讓九叔繼位的。」

慕容瀝其實從知道九叔以雷霆手段整治魏國皇親世族之時，便知道九叔並沒有繼位的念想，慕容瀝認真望著慕容衍：「阿瀝知道，九叔從頭到尾都沒有要繼位的打算，但父皇早就交代過，燕國交到九叔手裡方能放心，我兄弟幾人也必當成為九叔最得力的刀刃，助我燕國完成統一大業……」

慕容平亦是恭敬對蕭容衍道：「九叔繼位，我們兄弟都是服氣的，若是沒有九叔……燕國沒有今天這樣的局面，九叔居功至偉。」

「九叔若是擔心在魏國手段太過淩厲，怕讓外人揣度我燕國國君暴虐成性，阿瀝願意從今日起成為九叔刀刃……」慕容瀝鄭重道。

「弟弟太小！我來！」慕容平抱拳同慕容衍道，「就說當初在魏國時，事情都是我逼著九叔做的！」

慕容衍望著一臉鄭重的慕容平和慕容瀝，被他們的稚氣逗得眼底隱隱有了笑意。他搖了搖頭，又鄭重同二人道：「要天下一統，溫吞慢行定然是不行的，必要用淩厲且非常規的手段，方能推進天下一統的速度，這件事需要有人來做……可決計不能是將來一統之後要統領天下的帝王來做！天下一統四海太平，百姓們所期待的君王，是心懷仁善為國為民的賢君明主！」

慕容平與慕容瀝一大一小，靜靜跪坐在慕容衍對面，認真聽著慕容衍的教誨。

「九叔……願意做燕國那個不擇手段，一手遮天的權臣，推進燕國一統的步伐，而燕國……就必須要有一位心懷仁善，被萬民擁戴的賢君明主！」慕容衍看了看慕容平，又看了看慕容瀝，接著道，「等天下大定，燕國功成那一日，明主賢君誅殺權臣，以寬仁厚德撫慰百姓，必能為我燕國收攏人心，使天下歸順明主。」

「九叔！」慕容平一驚，挺直脊背，「九叔你這是什麼話！我們是一家人，怎麼能……」

慕容衍擺手示意慕容平不要著急：「做個樣子給外人看罷了，屆時……四海太平，你們也就都長大，成為一國柱石，九叔也能放心將燕國交於你們手中，也想過一過自己的日子。」

他視線落在慕容瀝的身上：「況且正如你二哥所言，你們現在都小……誰都不適合做這個隻手遮天的人。」

「燕國步履維艱走到今天這一步，不論是你父皇欲將皇位交給我也好，還是我欲將皇位交於你們二人之一也好，都是為了燕國的大業！不是我們在選擇誰坐上那個位置，而是我們都必須選對燕國來說最好最穩妥的那條路。」

慕容瀝聽明白了慕容衍的話，慕容平也聽明白了，兩人沉默著。

「九叔，我是個武將，不適合做皇帝！」慕容平轉頭看向慕容瀝，「阿瀝雖然年紀小，卻是我們兄弟之中最為出色的！當初……原本是我要去晉國做質子，是阿瀝代替了我，也正是因為阿瀝這位嫡子去了晉國，才使得晉國對我燕國未曾那麼警惕，阿瀝不論是心胸智謀，都要勝出我們兄弟許多，我以為……阿瀝最為合適！」

慕容平的志向是在沙場建功立業，他有自知之明……他或許會是一個好將軍，但絕對稱不上是一個好帝王。而阿瀝不同，阿瀝是嫡出不說，心智深，目光長遠，小小年紀膽色也夠，這都是作為帝王最基本的品質，阿瀝都有。

「阿瀝，你以為呢？」慕容衍又看向慕容瀝，問道。

慕容衍背後三十二頭的纏枝蓮燈，火苗隨夏日微風晃動，作為帝王的品質慕容瀝都有，可作為帝王的野心，至少目前……慕容衍在慕容瀝的身上還看不到，所以他必須得問……

若是慕容瀝沒有這個意願，他不願勉強，寧願選擇慕容平。

半晌，年幼的慕容瀝沉默半晌後抬眸看向慕容衍，眸子堅韌又堅定，帶著濕紅之意：「阿瀝願意成為燕國國君，若九叔敢將燕國交於阿瀝手中，阿瀝必當同九叔同心同德，為燕國一統天下竭盡全力，與九叔和諸位兄弟一起完成……父皇和祖母的遺願！」

慕容衍聽慕容瀝提起母親和兄長，唇瓣微張，眼眶陡然酸澀，良久抿住唇笑了笑，抬手摸了摸慕容瀝的髮頂，拿起那份遺詔展開看了最後一眼，轉頭看了蓮頭燈搖搖曳曳的火苗，將遺詔放在火苗之上。

搖曳的火苗碰上繡著玄鳥青雀的遺詔，發出極為細微的滋滋聲響，火舌纏繞上了遺詔邊緣……

慕容衍幽邃湛黑的眸子，映著緩緩點燃遺詔的幽藍火苗，深不見底。

既然已經決定不登位，這個遺詔留下來就是麻煩，不如付之一炬，換燕國平安。

「九叔……」慕容瀝如何能不知九叔忍痛燒遺詔的用意，那畢竟是父皇生前留下的最後一樣東西，可九叔為了燕國安穩，為了他皇位安穩，還是燒了。

「今日便可以放出喪訊，對外便稱……遺詔皇子瀝登位，因皇子瀝年幼，特命九王爺慕容衍攝政監國……」慕容衍回頭看向慕容瀝，「以後，九叔便是權傾朝野的權臣，所做任何事……都和你無關，你只要等……等到天下一統，找一個合適的機會問罪九王爺，再對百姓施以仁政。」

慕容瀝眼眶一熱，眼淚忍不住就掉了下來，他忙用衣袖擦掉不讓九叔看到，他記得九叔是最討厭看到他們這些侄子掉眼淚的，男子漢流血不流淚。

慕容衍手中握著已經被點燃的遺詔，手腕下垂引著火苗將半個遺詔都已點燃，越來越旺的火苗將慕容衍冷硬的五官映得越發深沉，即便這黃澄澄的火光映照，也未能讓慕容衍的面容比平日多一絲暖意，越發凌厲威嚴。

慕容平十分有眼色起身去拿了個銅盆來，放在慕容衍腿邊，又規規矩矩跪坐了回去。

直到遺詔快被火苗完全吞噬乾淨，慕容衍這才將遺詔丟進慕容平端來的銅盆之中。

「九叔……」慕容瀝開口，語聲嘶啞。

「原本燕國拿下魏國，便雄居列國之首，可晉國的動作太快，晉國拿下樑國之後……便結束了燕國短暫的優勢，為換回被戎狄扣押的燕國將士，我替燕國與戎狄的鬼面王爺簽訂了三年之內，戎狄與西涼起任何戰端都不可插手，亦不可相助。」慕容衍望著慕容瀝，「算日子燕使應當已經進入西涼境內，西涼女帝應當也已經知道了燕國與戎狄簽訂的盟約……」

慕容衍遣使入西涼，將燕國為救被戎狄扣押將士不得已與戎狄簽訂三年之內，不插手戎狄攻打西涼之事告訴西涼女帝，便是為了讓西涼女帝提早防備。

「九叔，這樣會不會將西涼推到晉國……」慕容瀝想起白卿言要稱帝之事，改了口，「晉國現在已經是大周了，會不會將西涼推到大周那一邊？」

若是西涼知道戎狄欲在三年之內攻打西涼，而燕國已經簽訂盟約三年之內不可插手，雖如今大周國獨大，西涼難免會倒向大周，以求存國。

慕容衍搖了搖頭：「大周……女帝，曾經與雲破行有過三年之約，眼看著三年之約只剩幾個月就要到了，大周女帝……可是一個說一不二的人物，她給了雲破行三年的時間，三年後必會攻打西涼！所以西涼就算是有意與大周盟好，大周女帝想來也不會接受，即便是能接受……怕也需要西涼送上雲破行，西涼女帝不像是一個為存國而委屈朝中重臣之人。」

「所以，西涼如今最好的法子，就是與戎狄盟好，連弱抗強，只可惜……戎狄那位鬼面王爺是白家子嗣，大周女帝的弟弟。」慕容衍語速極慢。

「那……那九叔讓人將此事告知戎狄王了嗎？」慕容平極為著急問道。

慕容平再蠢也知道，如今大周已經滅樑，若是戎狄也在大周手中……燕國要想抗衡，怕是難！

尤其是，若讓大周再得西涼，那燕國……便是亡國之危。

慕容衍搖了搖頭，他在襄涼見過戎狄鬼面王爺之後，便派人前往戎狄試圖接觸戎狄王，誰知……戎狄王竟然完完全全被這位鬼面王爺把控在掌心裡，他的人根本就沒有機會。

「這位鬼面王爺手段不一般，戎狄王已經全然在鬼面王爺的掌控之中，依我看……即便是如今鬼面王爺殺了戎狄王取而代之，怕是戎狄也不會有人說什麼。」慕容衍溫潤醇厚的嗓音徐徐，「畢竟……戎狄的風氣，便是強者為尊，從不在乎血統。」

慕容瀝亦是跟著緊張了起來，他垂眸思索片刻，道：「九叔……可否將鬼面王爺是大周女帝弟弟的事情，告知西涼，西涼有了防備，也會暗地倒向燕國求援。」

「西涼女帝可不是個草包，她聰明……所以知道燕國的志向是一統天下，若要一統必定會要滅西涼。」慕容衍幽邃的眸子注視著即將要成為燕帝的慕容瀝，「而且聰明人都自負，所以……若燕國告訴西涼，鬼面王爺是大周女帝的弟弟，西涼女帝怕是要疑心，燕國有挑撥之意防備燕國，凡事有度，兩國相交亦是如此……點到即止，過……則易畫蛇添足。」

慕容瀝直起腰脊，朝著慕容衍一拜：「阿瀝謹記九叔教誨。」

慕容平也忙跟著朝慕容衍行禮：「阿平，也謹記九叔教誨。」

提起大周女帝，慕容瀝不免會想起九叔傾心白家軍小白帥的事情來，如今白家大姑娘登基為大周女帝，志向同樣是一統天下，這便與燕國站在了對立面。

慕容瀝望著慕容衍，九叔……還能和白家大姑娘成親嗎？「九叔……」慕容瀝低聲同慕容衍道，「大周女帝，六月二十登基大典，各國使臣應前往道賀，九叔以為……派誰去合適？」

慕容衍眉目平靜未動，擱在膝蓋上的手卻緩緩收緊……

他曾答應阿寶，在魏國平定之後，便登門提親，眼下魏國是定了，甚至阿寶已經將樑國平定……已經將晉國林氏皇權取而代之，可他兄長卻再也沒有辦法替他上門提親。

且如今阿瀝年幼，燕國百廢待興，他根本抽不開身。

而阿寶……亦是要登基為大周國女帝，想來也是日理萬機。

慕容衍思索片刻，半晌之後抬眸道：「我親自去……」

「可九叔的身分，若是讓旁人察覺，遍布天下的蕭家商鋪可就……」

「白家大姑娘一直都知道我的身分，在晉國之時……若非白家大姑娘出手相助，怕是這個身分早就被人知曉，所以……如今遍布晉、樑兩國明面兒上的蕭氏商鋪，怕是都已經被晉國監控起來，還要另行圖謀布置。」

蕭容衍望著大殿外的金光璀璨中隨風沙沙作響的海棠樹，低聲道：「這件事急不得……慢慢來。」他們彼此心裡都清楚，西涼滅國之日，便是燕和大周兩國對立之時。

元和初年六月初七，梁王於洛鴻城被擒，晉國已崩逝皇帝重見天日，復廢太子太子之位，命人將梁王與李茂一干人等打入天牢，擇日問斬。

元和初年六月初十，大周女帝白卿言率兵抵達洛鴻城。

白卿言剛到，正與白錦繡與林康樂二人商議攻城策略。

林康樂告訴白卿言，如今守洛鴻城的是秦尚志，和燕沃太守沈天之，梁王抵達洛鴻城以太子要脅秦尚志，沒成想中途殺出來了一個燕沃太守，梁王以為燕沃太守是來馳援的，開門讓人進城，誰知道燕沃太守沈天之帶兵一入城就將梁王和李茂等人給拿下了。

如今晉朝皇帝得以重見天日，依舊操心著自己的九重台，竟然又開始命被復位的廢太子為他強行徵召童男童女，亦有利用秦尚志和沈天之麾下的人馬殺回九重台方向的意思。

白卿言一聽沈天之，眉目間便有了笑意，秦尚志忠於太子……會被梁王拿捏不假，可燕沃太守沈天之卻不會，且沈天之是一個極具才智之人，梁王落在沈天之的手中不冤枉。

還不等白卿言告訴白錦繡和林康樂沈天之的身分，就聽外面來報，說是門外有一個自稱是大晉皇帝身邊伺候的太監給鎮國公主帶來了大長公主的信，身邊還跟著一個穿著黑色披風帶著帽兜看不清楚長相的人。

白錦繡轉頭看向坐在主帥几案前的白卿言道：「之前梁王總喜歡以晉帝自稱，皇帝自從重見天日之後便自稱是大晉皇帝，也不知道他這是要唱的什麼戲。」

白錦繡估摸著是因為皇帝知道長姐在大都城稱帝，別人都稱長姐為大周女帝，所以才自稱是大晉皇帝。

「管他什麼戲，活得不耐煩……我看直接砍了，將人頭給那晉帝送回去了事！」林康樂咬牙切齒道。

白卿言解下腰間佩劍擱在几案上，笑著道：「那就看看這位大晉皇帝派來的人，今天要唱什麼戲，把人帶進來。」

「是！」傳訊將士退出大帳，前去傳令。

不多時，就見一個唇紅齒白樣貌清秀的小太監走了進來，小太監身後跟著個用黑色斗篷將自己裏得嚴嚴實實的人，只能從步伐和身形判斷，約莫是一個中年男子。

白卿言看向那略顯趾高氣昂的太監，眉目淺笑，坐得四平八穩，她還以為皇帝是派了身邊的老太監高德茂前來的。

「鎮國公主，奴才奉陛下之命前來給鎮國公主送請柬，大長公主於今夜在洛鴻城內設宴，宴請鎮國公主……」小太監上前將信放在白卿言几案上，又笑盈盈退了回去，彷彿一點兒都不害怕，直視白卿言道，「陛下著實是沒有想到，對太子殿下一向忠心不二的鎮國公主，竟然會背叛陛下和太子殿下！陛下如今失望的很，但是……念在鎮國公主曾經救了太子殿下有功，若是鎮國公主現在肯投降認錯，陛下大度定會念在太子和大長公主的情分上，對鎮國公主網開一面。」

「晉朝皇帝這是吃了什麼了，這麼大的口氣……」林康樂一點兒都不怵，語聲冷硬，「都已經如同困獸了，還敢如此趾高氣揚同我們陛下說話。」

「雖然鎮國公主在大都城稱帝，可到底名不正言不順，天下能服氣的又有多少人呢？」小太監笑著瞧著白卿言，「陛下還說了，等陛下登上九重台之後，便會退位……將皇位讓給太子，鎮國公主若是顧念著大長公主，又還對太子殿下有那麼一絲忠心，還是降了的好。」

小太監話音一落，那男子也取下了披風兜帽，沒想到竟然是白卿言派到燕沃做太守的沈天之。

沈天之立在太監背後，朝著白卿言行禮：「下官奉大長公主之命，前來請鎮國公主的……」

「沈大人也算是舊相識，怎麼奉命前來……弄得如此神神秘秘？不知道還以為是皇帝自來了。」白卿言黑白分明的眸子含著極為淺淡的笑意。

「如今沈某人正在領兵抵抗敵軍，可三個兒子又都在鎮國公主麾下效力，沈某人若堂而皇之的來敵軍營中……被將士們看到了，怕是會動搖軍心，故而神秘了些，還請鎮國公主海涵。」沈天之朝著白卿言長揖一拜。

林康樂如牛鈴般的眼睛瞪向沈天之，冷笑：「沈大人怕亂軍心，我若砍了沈大人的腦袋，掛在旗杆上……不是正好更能亂你們的軍心了！」

「若是將軍如此做也甚好！」沈天之一點兒都沒有生氣，笑盈盈同林康樂說，「如此，也算是為下官證明了清白，下官的確並未因三子皆效忠鎮國公主，而背叛陛下，也算下官對得起陛下和太子的信任。」

白卿言清明的眸子望著沈天之，她聽明白……沈天之是皇帝專程派來的，因為沈天之的三個兒子都在白卿言麾下，所以皇帝疑心沈天之了。

她看完祖母的書信，單手將信擱在面前的几案上，手指有一下沒一下敲著，笑道：「祖母已經送來親筆書信一封，又為何還派了沈大人過來？」在信中……祖母說，若是白卿言願意稱降，她和太子願意勸說皇帝，讓白卿言成為攝政王輔佐太子，讓白卿言入城詳談。

「大長公主和陛下怕鎮國公主看了書信還有所猶疑，畢竟兩軍正在交戰，要請鎮國公主入城一聚，怕鎮國公主有過多擔心，而下官正巧曾經是朔陽太守，也算是鎮國公主的熟人，可以來勸一勸鎮國公主！」

白卿言在書信上輕輕敲擊的手指一頓，抬眸看向沈天之，見沈天之對她輕輕頷首。

這沈天之話裡有話。大長公主和陛下怕鎮國公主看了書信還有所猶疑……要請鎮國公主入城一聚？誰要請？沈天之這是在告訴她，入城一聚……是一個局。

「知道了，勞煩沈大人回去轉告祖母，今晚……我必到。」白卿言說。

白錦繡手心收緊，抬眸朝著白卿言望去，連白錦繡都知道這分明是個局，長姐為何答應？

「既然如此，下官也就放心了！」沈天之朝著白卿言長揖一禮，又戴好兜帽隨同梁王派來的太監一同離去。

「陛下！您不能去！」林康樂道。

白錦繡也跟著點頭：「長姐，這分明就是一個局！」

白卿言垂眸看著祖母的親筆信，她確信這的確是祖母的親筆信，祖母……也應當知道沈天之是她的人。所以祖母才設法讓皇帝命沈天之前來。

祖母會在此時如此做，應當是已經得到了她要稱帝的消息，想要為晉朝皇室做最後一搏，卻又捨不下祖孫情分，讓沈天之來見白卿言一面，不管沈天之是不是有人跟著……只要兩人見面便有機會溝通傳信，好讓她知道今夜是個局。

若是白卿言選擇顧念子孫情分，選擇降了，從此對林氏皇權稱臣，便入城與大長公主詳談，大長公主必會保證白卿言成為一朝權臣。

若是白卿言真要那個帝王之位，她的祖母大長公主勢必會被晉帝拿來威脅白卿言，她希望那個時候……白卿言不要手軟。

想要成為大周女帝，就必須能學會權衡利益來取捨親情，如今她的祖母已經站立在了她的敵對面，就是敵人不是親人。

皇權之爭……容不下親情，歷來皇權都是血腥的，皇位……都是無數的將士骸骨堆出來的，通往皇權、皇位路上的紅毯，是被無數敵人、親友鮮血染紅的。

這……便是大長公主想讓白卿言明白的道理。

活到大長公主這把歲數，她早已經不懼生死。

只希望自己的死，或是為她父皇託她守護的晉國……或是為孫女的皇權之路，略盡一些力。

「總得給祖母一個交代，去還是要去的！」白卿言看向白錦繡和打算再勸她的林康樂，道，「你們也不必太過擔憂，那位沈大人……是我們自己人！他來就是為了告訴我今夜是個局，我也已經告訴他今夜必去，他定然會有準備。」

「我陪長姐一起去！」白錦繡說。

祖母如今顯然已經站在了長姐的對立面，白錦繡不能讓長姐獨自一人去涉險。

「末將也陪陛下一同去！」林康樂抱拳道。

林康樂得知那晉國狗皇帝又在徵召一千童男童女，此次還是那個廢太子負責，若非白卿言的祖母大長公主還在城內，林康樂有所顧忌，他恨不得現在就殺進去，宰了狗皇帝和那個廢物太子！

白卿言慢條斯理搖了搖頭：「今夜……我入城半個時辰之後，你們二位便帶兵攻城！不必顧及我在城內！放心行事！」

林康樂頗為意外，他朝著白錦繡看了眼，擔憂道：「可陛下還在城中，若是那狗皇帝狗急跳牆，陛下怕是會有危險……」

「無妨，我敢讓你們攻城，便有這個信心平安無事，大周剛剛建立……朝政還不穩，我若是出事，必然會舉國大亂，我不會讓自己出事的！」白卿言說完，想到秦尚志，又道，「林將軍，有勞你親自走一趟，替我約見秦尚志秦先生，就說我欲在洛鴻城外見他，還請他賞光一見。」

「是！」林康樂抱拳稱是，轉身出了大帳去傳信。

「長姐，我去調兵，晉國那些人看到我大周銳士列隊在長姐身後，便不敢用什麼陰詭伎倆。」白錦繡說。

「先別著急，這位秦先生還不知道能不能出城來見……」白卿言笑著說完，又對白錦繡說，「將望哥兒拋下這麼長時間，一直讓你奔波……辛苦了。」

白錦繡低頭看著自己身上的戰甲，又抬頭看向自家長姐，笑著道：「原本還以為嫁人之後，再也沒有機會穿上它了，沒成想……還有機會穿上它為民而戰，錦繡心裡很是高興！若是能穿著它……與白家的兄弟們一同再戰，長姐……我會更高興！」

「長姐這是說得哪裡話？」白錦繡眉頭緊皺，「比起長姐辛苦，錦繡能做之事有限，而且……」

白卿言眼眶發紅，她知道白錦繡和她一樣……不知道最後到底能回來多少白家子而心有惴惴。

她希望每一個白家子都能與阿瑜、阿玦和阿雲一般遇到奇跡，能夠生還。

STORY 079

女帝 卷八

作者 千樺盡落
主編 汪婷婷
編輯協力 謝翠鈺
企劃 鄭家謙
美術設計 卷里工作室 季曉彤

董事長 趙政岷
出版者 時報文化出版企業股份有限公司
108019台北市和平西路三段二四〇號七樓
發行專線——（〇二）二三〇六六八四二
讀者服務專線——〇八〇〇二三一七〇五
（〇二）二三〇四七一〇三
讀者服務傳真——（〇二）二三〇四六八五八
郵撥——一九三四四七二四時報文化出版公司
信箱——一〇八九九 台北華江橋郵局第九九信箱
時報悅讀網 http://www.readingtimes.com.tw
法律顧問 理律法律事務所 陳長文律師、李念祖律師
印刷 勁達印刷有限公司
一版一刷 二〇二四年七月二十六日
定價 新台幣三八〇元
缺頁或破損的書，請寄回更換

時報文化出版公司成立於一九七五年，
並於一九九九年股票上櫃公開發行，於二〇〇八年脫離中時集團非屬旺中，
以「尊重智慧與創意的文化事業」為信念。

女帝 / 千樺盡落作 . -- 一版 . -- 臺北市 : 時報文化出版企業股份有限公司 , 2024.07-
冊 ;　14.8×21 公分 . -- (Story ; 79-)
ISBN 978-626-396-368-9(卷 8 : 平裝). --

857.7　　113007559

ISBN 978-626-396-368-9
Printed in Taiwan